本书得到 西北师大文学院"优势学科" 特别资助
西北师大古籍整理研究所

西北师大世纪中文·青年文丛
西北师大古籍整理研究所新编陇右文献丛书

张兵 冉耀斌 等 著

清代旅陇诗人研究

中国社会科学出版社

图书在版编目（CIP）数据

清代旅陇诗人研究/张兵等著. —北京：中国社会科学出版社，2021.4
ISBN 978-7-5203-5825-5

Ⅰ.①清… Ⅱ.①张… Ⅲ.①古典诗歌—诗歌研究—中国—清代 Ⅳ.①I207.22

中国版本图书馆CIP数据核字（2019）第290486号

出 版 人	赵剑英	
责任编辑	张　潜	
责任校对	王丽媛	
责任印制	王　超	

出　　版	中国社会科学出版社	
社　　址	北京鼓楼西大街甲158号	
邮　　编	100720	
网　　址	http://www.csspw.cn	
发 行 部	010-84083685	
门 市 部	010-84029450	
经　　销	新华书店及其他书店	
印　　刷	北京明恒达印务有限公司	
装　　订	廊坊市广阳区广增装订厂	
版　　次	2021年4月第1版	
印　　次	2021年4月第1次印刷	
开　　本	710×1000　1/16	
印　　张	21.5	
字　　数	320千字	
定　　价	118.00元	

凡购买中国社会科学出版社图书，如有质量问题请与本社营销中心联系调换
电话：010-84083683
版权所有　侵权必究

目　录

绪　论 …………………………………………………………………… 1

第一章　清代旅陇诗人与陇右文学 …………………………………… 14
第一节　清代旅陇诗人与陇右诗坛的兴盛 ………………………… 14
第二节　清代旅陇诗人的陇右诗歌创作 …………………………… 24
第三节　清代旅陇诗人陇右诗歌创作的成就 ……………………… 40

第二章　清初旅陇诗人及其陇右诗歌创作 …………………………… 52
第一节　清初旅陇诗人略论 ………………………………………… 52
第二节　李渔漫游陇右及其陇右诗歌创作 ………………………… 57
第三节　李楷漫游陇右及其陇右诗歌创作 ………………………… 71
第四节　李念慈从军陇右及其陇右诗歌创作 ……………………… 85
第五节　宋琬仕宦陇右及其陇右诗歌创作 ………………………… 97

第三章　清中期旅陇诗人及其陇右诗歌创作 ………………………… 114
第一节　清中期旅陇诗人略论 ……………………………………… 114
第二节　牛运震仕宦陇右及其陇右诗歌创作 ……………………… 118
第三节　周京漫游陇右及其陇右诗歌创作 ………………………… 133
第四节　杨芳灿仕宦陇右及其陇右诗歌创作 ……………………… 144
第五节　杨鸾漫游陇右及其陇右诗歌创作 ………………………… 167
第六节　杨揆从军陇右及其陇右诗歌创作 ………………………… 182

第七节　洪亮吉贬谪新疆及其陇右诗歌创作 …………………… 191

第四章　晚清旅陇诗人及其陇右诗歌创作 …………………………… 209
　　第一节　晚清旅陇诗人略论 ………………………………………… 209
　　第二节　林则徐贬谪新疆及其陇右诗歌创作 ……………………… 216
　　第三节　董文涣宦游陇右及其陇右诗歌创作 ……………………… 243
　　第四节　谭嗣同漫游陇右及其陇右诗歌创作 ……………………… 256
　　第五节　俞明震仕宦陇右及其陇右诗歌创作 ……………………… 275
　　第六节　宋伯鲁漫游陇右及其陇右诗歌创作 ……………………… 293
　　第七节　裴景福贬谪新疆及其陇右诗歌创作 ……………………… 307

参考文献 ……………………………………………………………………… 324

附　录 ………………………………………………………………………… 334

后　记 ………………………………………………………………………… 336

绪　论

一　文化视域中的清代旅陇诗人研究

陇右地区既是炎黄文化的故土，又是周秦民族的发祥地，有着灿烂的远古文明和悠久的文化传统。汉代以来，随着丝绸之路的开辟，陇右地区的经济和文化逐渐走向兴盛。东汉时期，陇右地区已出现王符、秦嘉、徐淑、赵壹等著名文士。魏晋南北朝时期，陇右诗人傅玄、阴铿也在诗歌形式变革方面做出了重要贡献。唐代是陇右文学的鼎盛期，李益、权德舆、牛僧孺、王仁裕、牛峤、牛希济、梁肃、李翱、李公佐等是陇右作家中的佼佼者。盛唐时期，随着唐王朝的国力强盛，不断向外开疆拓土，许多文士也投笔从戎，远登陇首和塞外地区，如王维、高适、王昌龄、岑参等。也有一些诗人曾漫游苦旅，辗转陇上，如杜甫、李商隐等。他们亲身经历了陇右大地奇异独特的自然景观和丰富多彩的地域文化，留下了许多不朽名篇，成为中国古代边塞诗歌的重要组成部分。

"陇右"是一个宽泛的地域概念，主要是指陇山以西、黄河以东的地区，与现在甘肃省所辖地域略有不同。秦朝建立后，甘肃境内设陇西、北地两郡。西汉初年，沿袭秦制，甘肃除了原来的陇西、北地两郡之外，汉武帝时又设立了敦煌、武威、张掖、酒泉这河西四郡。唐初对州、郡、县加以改革，全国共设10道。甘肃属陇右道，辖境"东接秦州，西逾流沙，南连蜀及吐蕃，北界朔漠"[①]。包括今甘肃陇山、六盘山以西，青海省青海湖以东及新疆东部地区。元朝建立后，始设行中书省（简称行省）。甘肃行中书省辖黄

---

① 李林甫等：《唐六典》卷三，中华书局1992年版，第68页。

河以西七路二州。明代设立布政使司，陕西布政使司所辖地区包括今陕西全境、甘肃嘉峪关以东各地、宁夏和内蒙古伊克昭盟的大部、青海湖以东部分。清朝康熙年间设甘肃布政使司，移驻兰州，辖今甘肃、宁夏全境及新疆、青海部分地区。光绪十年（1884）分出新疆。1929年，民国政府又从甘肃分出青海和宁夏两省区。由此可见，清代甘肃布政使司所辖地区与唐代陇右道基本一致，包括现在甘肃全境、宁夏回族自治区、青海省部分地区和新疆维吾尔自治区东部一带。我们探讨清代旅陇诗人，也主要指曾经仕宦、从军、漫游、流放、讲学于这些地区的外省籍诗人。

明清时期，由于中国的政治、经济、文化中心东移，丝绸之路也随着造船技术的发展从陆路变为海路。陇右地区由于气候变化和土地的过度开垦也不再富饶，生态环境逐渐变得恶劣，再加上时有发生的自然灾害，陇右百姓的生活日益困苦。而南方很多地区以前是蛮荒之地，经过几百年的开垦和发展之后，不但自然环境有了极大改善，经济和文化也有了很大的发展。明代归允肃《赵云六倚楼游草序》曾云：

> 古今风会不同，而仕宦之好尚亦异。唐宋以岭表为荒绝之区，昌黎莅任潮阳，极言风土之陋。柳子厚以为过洞庭，上湘江，逾岭南，人迹罕至，其情词可谓蹙矣。明之仕宦无所不及，亦未见人情如此之困。今国家统一宇内，梯山航海，无远弗届。仕宦者大率乐就外郡，而尤以南方为宜。五岭以南，珠崖象郡之饶，人皆欢然趋之，与唐宋间大异。岂非以海宇宁谧，无风波之阻，为仕者乐尽其长，宜德泽于万里之外，声教四讫之所致欤？①

明清时期，南方士人大多把陇右地区视为环境恶劣、经济落后、愚昧闭塞的边关塞外，他们将为官陇右视为畏途，朝廷也将一些所谓"罪臣"贬谪到陇右。例如明代著名学者、诗人解缙曾被贬河州，著名政治家郭登、

---

① 归允肃：《归宫詹集》卷二，清光绪刊本。

岳正、杨继盛等也曾被贬陇右。清朝乾隆年间，随着新疆地区的进一步统一，朝廷的贬官大多流放新疆。乾隆年间，大学士纪昀因包庇亲家卢见曾而触怒乾隆皇帝，被贬往新疆伊犁赎罪。嘉庆年间，著名诗人洪亮吉因上书批评朝政，也被嘉庆帝贬官伊犁。著名诗人祁韵士在嘉庆年间因宝泉局库亏铜案发，被牵连治罪，遣戍伊犁。著名地理学家徐松因奸人陷害，也于嘉庆十七年（1812）被流放伊犁。鸦片战争以后，许多正直的官员如林则徐、邓廷桢、张荫桓、裴景福等也被贬往新疆。

　　清代也有许多外地士人为了立功边疆或者漫游塞外，曾经涉足陇右。例如阎尔梅、李渔、梁份、李楷、王文治、杨鸾、周京、谭嗣同、宋伯鲁等曾漫游河陇；李念慈、查嗣瑮、杨揆、王曾翼、左宗棠、萧雄、施补华等曾从军塞外。而清代任职陇右的外省籍诗人更是指不胜屈，著名者有蒋薰、许珌、宋琬、牛运震、王文治、阎介年、毕沅、杨芳灿、姚颐、顾光旭、董平章、唐仲冕、童槐、祁韵士、董琴虞、祁寯藻、许承尧、俞明震等。他们都写下了许多各具风采、脍炙人口的陇右作品，为陇右文学增光添彩。

　　由于各种原因，当前学界对古代陇右诗人的研究较为冷漠，而对于外省籍著名旅陇诗人，也大多将目光集聚在王维、岑参、杜甫、李商隐等唐代著名诗人身上，对于清代许多著名的旅陇诗人及其作品，研究文章更是寥寥无几。20世纪80年代，著名学者李鼎文先生撰写了《许孙荃歌咏凉州的诗篇》《洪亮吉的〈凉州城南与天山别放歌〉》《谈俞明震的〈宿凉州〉诗》等论文，深入讨论了这几位著名诗人的凉州诗作，开启了明清时期旅陇诗人研究的先河。后来王秉钧先生等出版了《历代咏陇诗选》，也曾选录了宋琬、许孙荃、汪漋、谭嗣同、许承尧等许多旅陇诗人的陇上诗作。龚喜平先生《甘肃历代文学作品与历代咏陇篇章简论》一文以宏通的视角深入论述了甘肃历代文学发展演变的轨迹和历代旅陇诗人及其咏陇诗作，进一步引发了学界探讨历代旅陇诗人的兴致。自20世纪90年代以来，一些学者也开始关注清代的旅陇诗人，发表了一些很有价值的论文。如谭湘《俞明震在台湾和在甘肃》、李家训《裴景福及其〈河海昆仑录〉》、陈冠英等《清风良吏、桂冠诗人——宋琬生平事迹考述》、朱瑜章《李渔河西之行及其诗作考释》、梁芬《许承尧生平与学术概述》等论文，从不同的角度论述了明清时期许多旅陇诗人的生平事迹、陇上游踪、陇上创作及诗文成就等，为我们进一步研究他们的陇上创作奠定了重要基础。

在以前的研究中，对于清代外省籍旅陇诗人的研究还仅限于个别诗人和个别作品的解读，虽然对于我们准确了解诗人生平和创作具有重要价值，但是将他们作为一个整体进行研究尚付阙如，对于他们在陇右的仕宦、交游、创作心态、创作新变等还没有系统研究。本书将在这些方面全面开拓，从地域文化学、文化心理学、文艺生态学等角度切入，对清代旅陇诗人进行深入研究，对他们的陇右经历、创作心态、文化特征、风格变化等方面进行全面而系统的探讨，为古代文学研究和地域文化研究起到积极的推动作用。

本书的研究对象是清代旅居陇右的外省籍著名诗人及其文学创作，以及他们的陇上行踪及创作新变，兼及源远流长的陇右文化和奇异独特的陇右山川对旅陇诗人的影响。因此本书的主要研究目标，一是分析清代旅居陇右的外省籍著名诗人及其诗歌创作，他们的陇上行踪及交游情况。二是运用文化心理学和文艺生态学理论，深入研究清代旅陇诗人的创作心态和创作新变。三是运用文化地理学理论，多角度阐释清代旅陇诗人的创作新变与诗人的本土文化、陇右文化的内在联系，探索地域文化的交融对旅陇诗人创作的内在影响。由此可以形成以下几方面的研究内容。

（一）清代旅陇诗人的独特人生经历与陇上游踪

有清一代，随着中国封建社会政治、经济、文化重心的东移，远处西北的陇右地区被许多人看作落后闭塞的蛮荒之地，许多外地士人将出仕或行旅陇右看作人生畏途。很多人都是因为贬官或者流放才来到陇原大地，因此他们的陇右之行包含了非常独特的人生经历。如洪亮吉、林则徐、张荫桓、裴景福等先后因为得罪朝廷或者触怒权奸而被贬往西北，他们在谪居或行经陇右之时，一方面为含冤受屈、流放边塞而心怀忧愤；另一方面也为陇右丰厚的文化、壮丽的山河和质朴的民情所激发，写下了许多珍贵的纪实之篇，具有丰富的认识价值。

（二）清代旅陇诗人的创作心态

唐代的旅陇诗人，大多是因为从军边塞或者出使西域，或者游幕陇首，他们都对国家的强盛和自身的理想充满无比的自信，其作品充满了乐观进取的精神。清代的许多旅陇诗人却因朝政黑暗而贬官西北，即使那些正常调任陇右的官员，也怀着一种不情愿的心态来到陇右，因此他们的创作也带有一种忧愁和抑郁的情绪，而陇右山川的苦寒荒凉以及文化教育的落后也让他们心情悲凉。但是很多诗人还是在这种艰难困苦的环境中为改善当地的经济文化教育状况做出了重要贡献，他们又用无限欣喜的心情将其变化反映在自己的作品中。另外，明末清初，许多外地遗民诗人曾经亲登陇首，考察陇右的地理形势，希望有所作为，尤以梁份、阎尔梅为代表，他们的创作不但有亡国的痛苦，也有对理想和信念的执着，在清代旅陇诗人中别具品格。

（三）旅陇诗人的陇上创作与清代边塞诗的繁荣

边塞诗是中国古代诗歌的一个重要题材，尤其在盛唐时期，随着许多文士的从军边塞，抒写边塞风光和战斗生活的边塞诗空前繁荣，而关于陇右地区的边塞诗作也层出不穷，成为中国边塞诗歌的重要组成部分。到了清代，随着许多官员贬官西北，任职陇右，还有许多文士漫游塞上，涉足陇首，也留下了许多歌咏陇右的边塞诗歌。另外，清代西北少数民族政权和中原王朝的军事冲突时有发生，西北地区战事不断，许多旅陇诗人如杨揆、杨芳灿、牛运震等曾经亲身经历过战斗，他们曾经用诗笔记录了当时激烈的战斗生活。清朝末年，内忧外患，沿海一带，战乱频仍，许多爱国志士如林则徐、邓廷桢、张荫桓、裴景福等曾被贬往新疆，途经陇首，他们在陇右也留下了许多反映国家战乱的爱国诗篇。这些优秀的篇章正是清代陇右边塞诗歌的杰作。

（四）地域文化的交流融合以及旅陇诗人创作的新变

中国自古以来就是幅员辽阔的多民族国家，各地的自然形势、文化传统和人情风俗多有不同，《诗经》有十五国风，不同地区的诗歌风格迥然不同。但是随着中国文化的繁荣和发展，不同地方的文化也在加速交流和融和，王国维先生就曾认为《楚辞》是南北文化融合的成功典范。清代许多外地诗人来到陇右以后，首先带来了其本土文化，他们也不断地受陇右文化的熏陶和影响。在这种文化交流中，他们的创作也发生了极大的变化，呈现出了多元并存的风格特征。这也是清代值得重视的一个文化现象。

另外，在研究方法上，本书首先运用文化地理学、文化心理学和文艺生态学的批评方法，分析清代旅陇诗人的生平经历、创作特色、地域风格、创作心态与审美情趣等问题，切入角度不同，认识自然有异。其次，宏观研究和微观分析相结合的方法。先从宏观层面总体把握清代学术文化发展的趋势以及陇右文化与旅陇诗人的诗歌创作、诗学思想发展变化的内在联系，然后从微观层面以个案为考察对象具体探讨陇右经历对诗人心态和文学创作的影响，力图使宏观的理论概括趋于系统化，认识更为全面透彻。再次，文史互证法。本书的研究既具有很强的文学性，又具有鲜明的地域特色和历史意义，因此，采用文史互证的方法非常切合本书的研究。最后，文献考辨和实际考察相结合的方法。与旅陇诗人相关的书籍资料较多，与其密切联系的民间传说和金石文字亦复不少，通过实际考察搜集相关的民间传说和金石文字，与文本资料互相印证，能解决许多学术难题。

研究陇右古代文学，进而关注历代外省籍旅陇诗人，对于弘扬本土文化，探讨本地文化和文学的古今演变具有重要的理论价值。通过外省籍诗人的陇上诗作，还可以看到祖国各地不同的文化渊源以及不同地域文化的交流和融合，对于我们深入认识祖国各地的文化特征、教育状况、文学观念等具有重要的意义。国家近年来一直实行"西部大开发"战略，最近中央又提出"一带一路"倡议，可见国家对西部地区经济、文化发展的高度重视以及对陇右地区拥有的得天独厚又无限广阔的地域文化的重视和弘扬。研究清代外省籍著名旅陇诗人的创作，尤其通过外省籍旅陇诗人的创作进一步分析陇右地区与其他地区经济、文化、教育等方面的差异，"他山之石，可以攻玉"，其成果可以为各级政府了解陇右地区的社会、历史、文化提供便利，为他们制定相应的发展战略提供参考，为把西北地区建设成繁荣富强、文明开放的现代化社会做出贡献。

二 清代旅陇诗人与陇右文化的繁荣

随着外地许多著名文士任职陇右、从军塞外、漫游河陇,他们中的许多人不但在陇右恪尽职守,发展生产,而且兴办学校,提倡教育,促进了陇右地区文化教育的发展繁荣。

(一)清代旅陇诗人积极兴建书院

古代书院是培养士人的一个重要场所,也是国家的人才储备库,更是文化兴盛的标志。陇右地区的书院在宋元时期不太发达,明代有了一定的发展,清代陇右书院一度兴盛。据陈尚敏考证,清代甘肃有书院103所,其中有10所为重建、重修前代书院,新建书院有93所之多。① 清代甘肃书院的兴盛有许多客观原因,一是清王朝"崇儒右文"的文化政策。清王朝建立之后,对儒家文化特别重视,也希望通过科举考试笼络人才,因此特别重视各地书院的建设,许多书院都是地方大吏倡导建立。例如甘肃著名的兰山书院就是雍正年间甘肃巡抚许容奉旨建立。在兰山书院的带动下,各府州县书院亦蓬勃发展,秦维岳《建修五泉书院碑记》云:"雍正年间,命各省城设立书院,甘肃兰山书院因建焉,自是府州县俱仿行之。"② 二是旅陇诗人看到陇右文化教育的落后,希望通过书院的建设改善教育状况。乾隆年间,牛运震在秦安任知县之时,捐俸设陇川书院。其《创置书院详文》云:"秦邑地处边陲,俗安荒陋。权文公风华已邈,谁扬丝纶之篇;胡中丞雅韵空存,莫续鸟鼠之集。亦有聪明之子,庸师误而口耳徒烦;非无隽颖之才,古法闇而体裁更紊……卑职偶值公馀,进兹士类。搴南郡之绛帐,敷演缥缃;聚郑国之青衿,研求钦镂。殳除草昧,明示轨途。庄诵六经,阐圣贤之窍奥;备陈诸史,观古今之纷繁。李杜诗篇,韩欧文字,

---

① 陈尚敏:《清代甘肃书院时间分布特点成因分析》,《西北师大学报》(社会科学版)2006年第2期。

② 升允:《甘肃新通志》卷三五五,《中国西北文献丛书》第23册,兰州古籍书店1990年影印版。

莫不条加指示，缕为敷陈。"①杨芳灿在任伏羌知县和灵州知州之时，也重新修建了朱圉书院和奎文书院。他在《示朱圉书院诸生》中说："西郭旧讲席，规模具堂庑。……后起赖有人，前徽尚堪企。教督吾所司，颓废谁之耻。况际隆平时，文治越前轨。风骚崇雅正，词章戒淫靡。……伫见春风中，粲粲盈桃李。宛转陈苦词，非同束湿使。敬矣青云客，勉旃天下士。"②在这些旅陇官员和当地士绅的资助下，陇右建立了许多著名书院，成为培养人才的摇篮。光绪九年（1883），总督谭钟麟、学政陆廷黻在省会兰州建立求古书院，和兰山书院成为甘肃著名的省级大书院，成为全省士子肄业之处。兰山、求古两书院成为全省书院的龙头，陕甘分闱后，历次乡试中式者中，两书院几占其半。甘肃乡试定额40名，两书院每隔三年将会产生将近20名举人。左宗棠奉调陕甘总督之后，在戎马倥偬之际，鼓励文武官吏和士民纷纷兴学。据不完全统计，左氏在任期间，先后新建书院15所，原有书院在兵事中毁去的，或年久失修废置的，此刻也先后修复，共计18所。

（二）清代旅陇诗人大力提倡教育

外地诗人来到陇右之后，他们特别热心陇右的教育工作，形成了尊师重教的良好风气。宋琬来到陇右之后，他觉得要彻底改变这里贫困落后的面貌，还要促进当地的文化教育事业，当然在那时的最佳方式就是兴办学校，鼓励士子参加科举考试。他在《西雍校士录序》中曾回顾了历史上秦、陇大地涌现的杰出人才，也慨叹清初由于战乱和灾荒，陇右大地文化榛芜的现实，希望朋友秦才管（字尾仙）借主持陕西乡试的机会，鼓扬风雅，提携后生，为秦陇大地培养出国家有用的人才。宋琬自己也兼任陇右学政，注意提携后进，培养人才。他的门下聚集了许多卓有才华的陇右后学，如兰州李嘉木、秦安胡汝荐、陇西何永昭、秦州张惠之、冯虞卿等。他们经常在一起讨论诗艺，钻研学问，其乐融融。陇右各地纷纷建立书院之后，

---

① 牛运震：《牛空山先生文集》卷五，南京图书馆藏清嘉庆六年（1801）校本。
② 杨绪容、靳建明点校：《杨芳灿集·诗钞》卷四，人民文学出版社2014年版，第103页。

还聘请了许多著名学者任山长,让陇右士人读书向学的风气非常浓厚。牛运震创修陇川书院之后,秦安学风翕然一变,而且在乡试中取得了优异的成绩。其《秦安县已行过地方事宜禀各宪文》云:"到任后,设立书院。延请名师,资助膏火,时加考课。又择其资性敏异,有志向学者,吴璒、胡鏊、路植亭、张绍谱等十余人,处之内署,面加提名,亲定甲乙,比年以来,文艺精进,幽异英矫,颇称不凡。去年陕西甲子乡试,吴璒、路植亭二人,连中高等,一县诸生徒更知鼓舞。"①清末民初陇右学者慕寿祺在《甘宁青史略正编》曾云:"故官(牛运震)宰秦安时,兵燹之馀,人文夐陋。秦安又僻处万山中,士不知书,近二十年无登乡榜者。故官首葺学宫,创立陇川书院于县署东侧,奖提后进。七年之中,英俊翘楚腾声誉,掇科名,骎骎乎人文之盛,称'陇右邹鲁'。所造就若吴进士璒,胡贡士鏊,孝廉路植亭、张辉谱、张梦熊,类皆邃于左学,穿插经史,出入秦汉;或蔚为文章,发为德业,卓然一时,名声半天下……"②可见牛运震对秦安文化教育事业做出的杰出贡献。

兰山书院曾经聘请著名学者浙江胡烓,江苏盛元珍,山东牛运震,陕西孙景烈、刘绍攽,山西祁韵士以及本省籍著名学者吴镇、张美如、吴可读、张澍、秦维岳等先后任山长,陇右士子负笈从游,培养了许多著名学者、诗人。牛运震主讲兰山书院之时,甘、凉、陕之士俱来从学,书院人才济济,风雅超迈前代。牛运震《皋兰书院同学录序》云:"皇帝乾隆十四年,余自平番罢官,主书院讲政。维时,从游肄业者,七十又四人。其第:则选贡诸生,及应童子试者。其籍:则东至空同,西极流沙,凡八府、三州之人士咸在焉。其年:则少者自成童以上,长者年拟其师也。"③其弟子中不乏英隽之士,而孙俌、赵思清、吴镇、刘楷、宋绍仁、江为式、江得符等最为著名。《皋兰县志》对牛运震为甘肃的文化教育事业所做的贡献曾有过中肯的评价:"兰山书院,甘肃全省之书院也。设在皋兰,故以兰山名。

---

① 牛运震:《牛空山先生文集·宦稿》卷十二,南京图书馆藏清嘉庆六年(1801)校本。
② 慕寿祺:《甘宁青史略正编》,民国二十六年(1937)铅印本。
③ 牛运震:《牛空山先生文集》卷四,南京图书馆藏清嘉庆六年(1801)校本。

自初设至今，所延院长凡十余人，率皆名宿。其最著者……滋阳牛运震……肄业成诸科名者，指不胜屈。而文行并著，亦复有人。"①

杨芳灿重修朱圉书院之后，曾邀请表兄顾敦愉任讲席，修建奎文书院之后，又邀请郭楷、李华春等任山长，促进了甘谷、银川等地的文化教育发展。求古书院的历任山长也大多为当时陇上名宿：王作枢，同治甲戌（1874）翰林。赵文源，光绪庚辰（1880）进士。刘永亨，光绪丁丑（1877）翰林。刘光祖，光绪丙戌（1886）进士。著名学者、教育家刘尔炘为其学生。俞明震在辛亥年五月到甘肃任后，面对甘陇"民生朴啬，憔悴山林；陶穴以居，汲泉而饮"的生活情态，"公愀然不怡，穆然深思。绸缪兴学，颁布科条……自夏徂秋，勤劳夙夜"②。韩定山在《我所亲历的甘肃存古学堂》一文中记述了一则有关俞明震的趣事：

> 存古学堂成立不久，浙江俞恪士（明震）先生来做甘肃提学使，俞先生是海内知名的学者，也是主张立宪，接近革命的人物。到甘肃来，很想做一番事业。有一天他召集省垣职教人员讲话，谈到了读经问题。他说：科举废了，学生需要学习科学，死板地读经实在没有必要，尤其小学儿童，他是才出土的幼芽，要他们学治国平天下的大经，岂不是太难。将来旧式的读经，尤其是小学的读经，必得改变。这一席话传到刘先生的耳朵内，认为这是离经叛道，是对存古二字的侮辱，立地张贴出大幅招帖，邀请兰州教育界人士到左公祠听讲。届时刘先生登台讲话，大大反对废经不读，揎拳抵掌，声色俱厉……刘先生这一讲演弄得俞恪士啼笑皆非。后来俞先生另开了一次会，做了柔和的解答。不久天水张育生先生到兰，又做了调处，并选印了一部分俞先生所写的明儒学案评，刘先生看到他们在学术上有相同的见解，才把

---

① 张国常：《皋兰县志》，清光绪十八年（1892）刻本。
② 陈诗《觚庵诗跋》，俞明震著，马亚中点校：《觚庵诗存》，上海古籍出版社2008年版，第281页。

肝火平静下来①。

韩定山的文章记载的这则趣事，从一个侧面表现出俞明震、刘尔炘两人严谨的学术品格和处事态度，同时也表现出俞明震较为开明的教育思想。

（三）清代旅陇诗人重修或修建了许多陇右名贤祠堂和文化古迹，促进了陇右文化的繁荣

宋琬任陇右兵备道之时，曾经多次拜祭成县杜甫草堂，并和知县欧阳碱重修草堂，他还作了《祭杜少陵草堂文》。顺治十二年（1655），宋琬集兰州肃王府《淳化阁帖》，陕西碑林中王羲之、王献之的字以及与二王笔法相同的晋字，精选杜甫陇右诗六十首，请兰州擅长钩摹之技的张正言、张正心合而刻之，是为著名的《秦州杜诗石刻》，诗妙字妙，谓之"二妙"，又称"二绝"。次年工程完工，碑立玉泉观李杜祠即大雅堂，另外复制《秦州杂诗》部分立巡道公署。宋琬还写了《题杜子美秦州流寓诗石刻后》记述其事，其中写道：

> 夫陇山以西，天下之僻壤也。山川荒陋，冠盖罕臻，荐绅之士，自非官于其地者，莫不信宿而去，驱其车惟恐不速。自先生客秦以来，而后风俗景物，每每见于篇什。今世之相去又千有余祀矣，地经屡震，陵谷变迁，诗所载隗嚣宫、南郭寺、东柯、盐井之地，秦父老犹能言之。及问以西枝、寒峡、石龛、铁堂诸胜，则茫然不能举其处，盖其划削磨减于荆榛也久矣。爰构一亭，列石于其壁，庶使后人之来此者，按籍而知遗迹之所在。即不必来此，而西州风土一展卷而知在仇池、二陇间，犹读之《秦风》而览《车辚》《板屋》之章，宁仅怀古卧游之助云尔哉？是区区之意也夫。②

---

① 《甘肃文史资料选辑》第四辑，甘肃人民出版社1964年版，第112页。
② 宋琬著，辛鸿义、赵家斌点校：《宋琬全集·重刻安雅堂文集》卷二，齐鲁书社2003年版，第173页。

宋琬倾心血做这项伟大的文化工程，一方面为了纪念杜甫这位伟大的诗人，另一方面也为陇右大地增色，增加这里的文化积淀。牛运震任徽县知县的时候，重修了徽县杜工部祠及吴将军庙，并置祀田，以奖励忠义，匡正风俗。其《栗亭川杜工部祠堂记》云："乾隆六年运震摄符是邑，按部之暇，控骖栗亭，穆然子美之高风，肃造堂室。瞻拜遗像，葺其缭垣，置守祠二户，并购田十亩，以供春秋享祀之事。"①其《徽县寄兖郡亲友书》亦云："吴将军，杜拾遗祀田，以此修置，必徽之人劝进于古义，靡然于响仁义之事，殆亦风俗之一助也。"②杨芳灿任灵州知州之时，曾奉命和张汝骧分途勘察甘肃境内之古长城，遍经固原、花马池、宁州、平番诸地，详细查看了甘肃各地古长城遗迹存留情况，并绘图以献朝廷。杨芳灿还写了《长城考》一书，是研究甘肃古代长城的珍贵资料。

清代许多旅陇诗人在陇右的时候，除了留下大量的咏陇诗作之外，还留下了许多珍贵的书法作品。洪亮吉被贬新疆，行经陇右之时，一路上有许多陇右士人向他索求墨宝，洪亮吉挥毫泼墨，曾经给肃州知州李景玉，士人徐应鹏，举人王储英、韩成宪等人书写篆字柱帖十余幅。林则徐途经兰州之时，受到了兰州官吏士绅的热情接待，许多人向他索求书法作品，他来者不拒，为兰州士人写了许多对联、匾额、扇面。道光二十二年（1842）八月初五日，林则徐"自辰至酉，手不停挥，而笔墨事仍未能了"，初六夜，"复补书各处纸幅，终夕未寝"（《林则徐日记》）③。兰州民间至今多藏有他的书法作品，视若拱璧。他还为雄踞金城关之上的金山寺，题写"绥靖边陲"匾额，为名山胜水增色不少，现藏甘肃省博物馆。谭嗣同曾随父谭继洵居住甘肃布政使署，布政使署有后花园曾名望园、若己有园，谭继洵到任后整修一新，题名"憩园"，园中亭台楼阁相连，鱼池花木，盛极一时。谭嗣同在读书练武之余，常常流连其中，触景生情，题写联语，吟诗描绘，留下了不少名句佳作。题"四照厅"云："人影镜中，被一片花光围住；

---

① 牛运震：《牛空山先生文集》卷五，南京图书馆藏清嘉庆六年校本。
② 牛运震：《牛空山先生文集》卷一，南京图书馆藏清嘉庆六年校本。
③ 《林则徐全集》，海峡文艺出版社2002年版，第4665页。

霜花秋后,看四山岚翠飞来";题"天香厅"云:"鸠妇雨添二月翠,鼠姑风裹一亭香";题"夕佳楼"云:"夕阳山色横危槛,夜雨河声上小楼"①。这些名联佳句也为陇上园林增色不少,成为诗坛佳话。

综上所述,清代外省籍著名诗人来到陇右之后,一方面积极修建书院,兴办教育;另一方面歌咏陇右山水,弘扬陇右文化,不但改变了陇右地区社会经济的落后面貌,而且促进了陇右文化的进一步发展,在陇右历史上留下了浓墨重彩的一笔,值得人们珍视。

---

① 谭嗣同:《石菊隐庐笔识》思篇四十二,《谭嗣同全集》,中华书局1981年版,第146页。

第一章　清代旅陇诗人与陇右文学

第一节　清代旅陇诗人与陇右诗坛的兴盛

清代旅陇诗人大多诗名早著，他们来到陇右之后，许多当地诗人慕名拜访，诗文酬答，结下了深厚的友谊。他们还精心培养陇右后学，向外地学者和诗人介绍陇右诗人，促进了陇右诗坛和外地诗坛的交流互动，进一步推动了陇右诗坛的兴盛。

一　清代旅陇诗人积极鼓扬风雅

清代许多外省籍旅陇诗人来到陇右之前，已经在诗坛声名卓著，他们来到陇右之后，许多文人雅士对他们极为仰慕，慕名拜访，诗文酬答，讨论诗艺，推动了陇右诗坛的繁荣兴盛。宋琬在京师时就诗名卓著，来到陇右之后，秦陇名士都慕名拜访，他们经常诗文唱酬，鼓扬风雅。平西王吴三桂的女婿胡国柱随吴驻军汉中，他的幕府里还有冷心芬、郭岩礼、杨秀涵等人也雅好诗文，他们经常寄送自己的诗文请宋琬斧正，宋琬也经常和他们诗文酬答。宋琬在陇右提倡风雅之后，一时之间，关陇文学之士闻风响应，纷纷前来向宋琬学诗。华州著名诗人、收藏家东荫商，泾阳后学张子远，临洮诗人张晋都曾来到秦州拜访宋琬。宋琬和他们倾心相交，切磋诗艺，还对他们鼓励有加，抱以远大的期望。张晋将入京赴选，宋琬真诚地祝愿他科考顺利，为国家和百姓贡献自己的才华。其《张康侯进士赴选》其二写道："葭菼露苍苍，弓刀客子装。秦风余骥骃，汉使重星郎。掣电徕天马,弹琴下凤凰。定蒙宣室问,灾异说维桑(时天水地震)。"①临别之际,他还不忘嘱咐张晋进京之后向皇帝诉说秦州的灾情,关怀百姓之情,也见于字里行间。张晋任职后廉洁奉公,爱惜百姓,与宋琬等好友的勉励和影响分不开。可惜丁酉江南科场案中,张晋也被牵连冤死,宋琬深为痛惜。他曾在寄岳于天的诗中说:"陇西才子称高第,匣里朱弦久绝音。我到三山深下泪,那能不系马融心(君之门人张晋为丹徒令,年少有诗名,以事见法,人多惜之)。"(《口号成简岳于天吏部》)②他还帮助整理刊刻明代秦州著名诗人、一代清官胡忻的著作,并为其诗集作序。其《胡慕之先生欲焚草序》曾写道:"余盖闻之长老,天水胡慕之先生在神宗时为谏官有声,世传其《论矿税》一疏,谓不减郑监门之涕泗也。比余备兵陇上,经先生之庐而式焉。已而求其遗稿,得《欲焚草》三卷,大者关国事,次之陈民瘼,或婉讽而曲谕,或慷慨而危泣,炳炳焉经世之訏谟也。"③经过宋琬的激励表彰,陇右士人也对当地的文化事业开始重视,形成了一股崇文好学的风气。

牛运震任秦安知县和主讲兰山书院之时,不但重视教育,培养士人,而且鼓励学子进行诗歌创作,其弟子中不乏英隽之士,而孙俌、赵思清、吴镇、胡釴、刘楷、宋绍仁、江为式、江得符等最为著名。吴镇《三馀斋诗序》云:"乾隆戊辰,山左牛真谷师主讲兰山书院,一时才俊云集,而皋兰人文尤盛。其能诗者黄西圃建中孝廉而外,群推'两江','两江'者,一为幼则(为式),一即右章(得符)也。"④其《宋南坡诗序》又云:"乾隆十有三年,予从山左牛真谷先师肄业兰山书院。时两河才俊云集,讲贯切磋,与予缔交殆遍而相视莫逆者,则推宋二南坡。"⑤可见当时兰

---

① 宋琬著,辛鸿义、赵家斌点校:《宋琬全集·安雅堂诗》,齐鲁书社2003年版,第247页。
② 宋琬著,辛鸿义、赵家斌点校:《宋琬全集·安雅堂未刻稿》卷五,齐鲁书社2003年版,第565页。
③ 宋琬著,辛鸿义、赵家斌点校:《宋琬全集·重刻安雅堂文集》卷一,齐鲁书社2003年版,第122页。
④ 吴镇:《松花庵全集·文稿》,宣统二年(1910)重刻本。
⑤ 吴镇:《松花庵全集·文稿》,宣统二年(1910)重刻本。

山书院诗学风气之盛。到吴镇主讲兰山书院之时,与旅陇诗人杨芳灿、姚颐、王曾翼、王光晟、江炯、丁珠等人交往密切,经常诗文酬答,进一步推动了陇右诗坛的兴盛。吴镇《晚翠轩诗序》曾云:"柏崖王子立夫(王光晟)自辽州至皋兰,出其《晚翠轩诗》而求序于余……今观其诗,抑何其如黄河之水,汪洋曲折而滔滔不能已也。立夫诗甚多,而未能割爱,鱼目既杂,或反混珠。意者直谅多闻之友寥寥,或知之而不敢尽言欤!予与立夫同郡世好,义难怂诿,因为删存十一而略为校定。"①其《王芍坡先生吟鞭胜稿序》亦云:"天之下、地之上,皆诗境也,然声教所阻,则讴歌遂阙焉……先生以江左宿儒,通籍最久,一官而成一集,殆有家风。此稿则自入甘以来,历乾隆癸卯、甲辰、乙巳、丙午四年,于役之作耳。然据鞍吊古,乘传怀人,阅历之奇境尽而词章之能事亦尽矣。自西而东,则由秦陇、三辅、中州以达帝畿;自东而西,则由玉门、安西以至喀什噶尔、叶尔羌,其内地之诗,经前人所题咏者,先生独开生面,至新疆回部之诗,则古所未有者,而今忽有之,以采民风,以宣圣化,是非徒雨雪杨柳、感行道之迟迟也。予老矣,读先生之诗,如游天外,又何必顿羲和之辔,振夸父之策,而更寻吟鞭之所胜乎,是为序。"②其《杨蓉裳、荔裳合刻诗序》亦云:"蓉裳久官甘省,与予论诗,常有水乳之合。后因蓉裳而识荔裳,则声应气求,亦同针芥。不图疲暮获见'二难',迨亦老夫之幸与。蓉裳之诗,清空而华瞻;荔裳之诗,幽秀而端凝。举六代三唐之奇胜,萃于一门,求之近人,迨绝无而仅有乎!"③在杨芳灿、王光晟等人的推荐下,江南诗坛盟主袁枚也和吴镇相知,成为经常书信往来的诗友,推动了陇右诗坛和江南诗坛的互动。袁枚《答临洮吴信辰先生》云:"文人之生于世也,天必媒之使相悦、介之使相通,亦不知其所以然而然也。仆与先生,年俱老矣,相隔之路亦甚远矣,以常情测之,无几相见,无信可通,此必然之势也。不意前岁辽州王柏崖来作少尉,读其诗,惊衙官中有屈宋,问其渊源,云得宗师于先生,

---

① 吴镇:《松花庵全集·文稿》,宣统二年(1910)重刻本。
② 吴镇:《松花庵全集·文稿》,宣统二年(1910)重刻本。
③ 吴镇:《松花庵全集·文稿续编》,宣统二年(1910)重刻本。

因此又得读先生之诗，新妙奇警，夺人目光……柏崖近又以尊札及全集见示，如饥十日而得太牢，穷昼夜餔啜之而不能即休焉。"①袁枚《松花庵诗集序》又云："不料前年读江宁尉王柏崖诗，惊不类近人作，渠告所受业处，于是始知有松崖先生。未几，弟子杨蓉裳牧灵州，寄松崖集来，更姨姨然喜，急采入诗话，备秦风一格……先生之诗，深奥奇博，妙万物而为言，于唐宋诸家不名一体，可谓集大成矣。"②

杨芳灿在陇右为官期间，与吴镇及其子弟门生至为要好，经常和吴镇、李华春、李苞、吴承禧、吴简默等友人诗文酬答，书信往返，建立了深厚的友谊，也推动了陇右诗坛的繁荣兴盛。杨芳灿在伏羌知县任上与吴镇相识，即对吴镇执弟子礼。吴镇的《松花庵逸草》《兰山诗草》《松花庵诗馀》均由杨芳灿选定。吴镇《松花庵逸草自序》云："松花庵逸草者，予所自删而蓉裳杨明府复为选而评之之诗也。"③杨芳灿《松花庵兰山诗草序》亦云："松崖先生主讲兰山，课士之暇，辄为诗歌以自娱，藏之箧笥如束笋焉。余适牧灵武，间岁来兰，时得晤对先生。出一卷见示，此别后所得也。余始读之，駴其文采之富艳绝伦，及卒业焉，益叹其声律之工细，如八音迭奏，韵钧锵然，五色相宣，锦繢烂然。而皋牢百家，鼓吹群雅，浩乎无流派之可拘也。"④杨芳灿还选有《松崖诗录》，在南方广为流行，扩大了吴镇的影响。符葆森《国朝正雅集》引《寄心龛诗话》云："余昔寓海上萧寺中，见经龛旁有破册，取阅之，为松崖手录诗稿，后为杨蓉裳州牧评阅。读之音节铿然，如盛唐作者。嗣晤朱檀园太守述松崖诗，始知吴信辰先生作，乃出刊本，较手录者无大径庭，亦已奇矣。"⑤杨芳灿还与吴镇的子弟门生建立了深厚的友谊，给了他们许多力所能及的帮助。他陇右为官之时，除了邀请吴镇的得意门生秦维岳、郭楷、李华春先后主讲奎文书院之外，

---

① 王英志点校：《袁枚全集》（第五册），江苏古籍出版社1993年版，第144页。
② 吴镇：《松花庵全集·松花庵诗草》卷首，宣统二年（1910）重刻本。
③ 吴镇：《松花庵全集·松花庵逸草》，宣统二年（1910）重刻本。
④ 吴镇：《松花庵全集·兰山诗草》卷首，宣统二年（1910）重刻本。
⑤ 符葆森：《国朝正雅集》卷三，咸丰七年（1857）刻本。

还推荐李华春任清涧教谕，帮助了许多陇右寒士诗人。

杨芳灿也为整理陇右文献做出了许多贡献，他除了编选吴镇诗文词集之外，又协助吴镇刊刻了其乡先辈张晋的诗集，还曾帮助李苞、吴承禧编订了陇右诗人胡釴的遗诗。其《静庵诗集序》云："余自辛丑岁识吴松崖先生于兰山，定忘年之交，每过从必论诗，先生辄称秦安胡静庵不去口……今秋在高平官舍，武磐若孝廉邮寄《静庵全集》，发函狂喜，挑灯快读，十日而始终卷。先生诗罨牢群雅，思精辞绮，卒归于恬淡温润，藻释矜平，读先生之诗，亦可想见其为人矣。集向藏于家，未付剞氏，磐若书来，欲与李元方、吴小松选而梓之，属余论定，自维梼昧，何足以知先生，因嘉诸君表彰先哲之懿，并以志企慕私忱云尔。"①李苞、吴承禧编选清代临洮诗人的作品为《洮阳诗钞》，杨芳灿曾为之作序，对临洮的诗学风气极为赞赏。其《洮阳诗钞序》云：

> 《洮阳诗钞》者，余同年友李元方刺史所辑也。原夫铁勒雄州，素昌古郡，风土清壮，山川奥奇。我朝文教覃敷，英才蔚起。践三唐之阃阈，窥六代之墙藩。几于人握夜光，家藏毳彩。先是张康侯、牧公两先生急难竞秀，同怀振奇。摛锐藻之缤纷，飞清机之英丽。……洎乎松崖先生以通博之才为沉研之学，激扬钟石，挥斥风云。探丹滕于委婉之山，扪麟篆于陈芳之国。贯穿五际，罨牢群能。前哲逊其精深，后生奉为准的。其余方闻素士，媕雅俊流，蹋壁耽吟，闭门索句。喻鬼少绮罗之习，张祜有竹柏之姿。虎狱鬼炊，抉古人之窍奥；撑霆裂月，刳作者之肝脾。片语推工，偏师制胜者，又未易偻指数也。②

李华春主讲奎文书院期间，杨芳灿政暇则召集友人诗酒流连。李华春《绿云吟舫倡和草自序》云："乾隆甲寅秋，予就灵州刺史杨公蓉裳之聘，

---

① 胡釴：《静庵诗集》卷首，嘉庆八年（1803）刻本。
② 杨绪容、靳建明点校：《杨芳灿集·文钞》卷三，人民文学出版社2014年版，第469页。

主讲奎文书院，公与予一见如旧，相得甚欢，课士之暇，约以每逢九日入署拈题分韵，赋诗于绿云吟舫……同会者公门人侯春塘葵、公壻秦兰台源、书院李生应枢，公及予共五人，五人者，迭为宾主，必诗成而后进酒肴，畅饮谐谈，至夜深乃罢。"①其《奎文书院述怀呈杨蓉裳刺史》云："当代论风雅，第一知谁是。海内此数公，遥遥堪屈指。随园久主盟，风流无与比。子云才卓荦，后进继前轨。……擢牧灵武城，从容善张弛。惠政暖于春，洁迹清如水。"②杨芳灿亦有答诗云："唐代数诗人，盛推陇西李。青莲信豪逸，昌谷亦环诡。君虞及才江，磊落相间起。最近主骚坛，健者空同子。盘根本通仙，孙枝秀无比。君也绍宗风，弱龄贯经史……松崖老尊宿，才望屹山峙。风流洛中社，月旦平舆里。相见每谈诗，偶暇即说士。里舍数才彦，夸君不去齿。"③李华春还有《甲寅杪秋应杨蓉裳刺史之聘将至灵武登途写怀》《衙斋小集同蓉裳刺史、侯春塘用玉溪生体作忆雪催雪诗各一百言》《乙卯春从灵武北上留别杨蓉裳刺史》等诗，足见他们深厚的友情和知己之感。杨芳灿曾为李华春、李苞、吴锭、吴承禧、吴简默等人的诗集作序，对他们的诗学成就极为赞赏。其《吴小松诗集序》云："临洮吴松崖先生，儒林丈人，词坛宿老。……伯歌季舞，同畅宗风，三笔六诗，咸承家学。而王家剧勐竞爽者，更有子安；刘氏威仪擅奇者，尤推孝绰。如我小松三兄者，斯其人也。……时袁简斋先生推风雅之宗，负人伦之鉴，君以诗贽，大相赏誉。"④其《板屋吟诗草跋》云："洵可吴君为松崖先生之犹子，雅耽吟咏，癖嗜风骚，五字推工，片言入妙，向以《竹雨轩诗》示余，心爱韪之，业已序而梓之矣。兹复以板屋吟见示，练响选和，诣微造极，景物寮映，文采丰茸，益叹其溺苦于学，诗境日新而不已也。"⑤其《敏斋诗草序》又云："洮阳李君元方，余丁酉选贡同年友也……庚子岁，

---

① 李华春：《绿云吟舫倡和草》卷首，甘肃图书馆藏嘉庆二十二年（1817）刻本。
② 李华春：《绿云吟舫倡和草》卷首，甘肃图书馆藏嘉庆二十二年（1817）刻本。
③ 李华春：《绿云吟舫倡和草》卷首，甘肃图书馆藏嘉庆二十二年（1817）刻本。
④ 杨绪容、靳建明点校：《杨芳灿集·文钞》卷三，人民文学出版社2014年版，第475页。
⑤ 吴简默：《板屋吟诗草》卷末，甘肃图书馆藏嘉庆刻本。

君由大宪檄调监兰山书院，适松崖先生为主讲……君以洮水清门，为松崖世戚，酷嗜骚雅，多佳什。而杖履游从，亲承松崖指授，故其诗萧散自得，造唐贤三昧。余每与松崖谈，未尝不与君遇。挹其静气，使人之意也消。越数岁，余以伏羌令转刺灵武。而君以荐剡吏粤西，得桂林之阳朔……余惟君之由燕如粤也，泝广汉，达樊口，逾巴陵，转君山、岳麓、洞庭之间……极惊心骇目之观，实为游踪所罕觏，而阳朔山水，秀甲天下，丹崖翠壁，矗立千仞，有图画所不能到，斯天所以待诗人之境也。君诗搜幽抉异，玲珑劐削，遂因以大显其奇固然，其无足怪。"①杨芳灿与陇右诗人的这些诗学交往促进了陇右诗坛的繁荣兴盛，也推动了江南诗坛和西北诗坛的交流互动，在清代诗歌史上具有极为重要的意义。

二　清代旅陇诗人精心培养陇右诗人

清代旅陇诗人在陇右之时，不但鼓扬风雅，而且注意培养陇右诗人，使陇右诗坛呈现出了繁荣兴盛的局面。宋琬在秦州时，门下聚集了许多卓有才华的陇右后学如兰州李嘉木，秦安胡汝荐，陇西何永昭，秦州张惠之、冯虞卿等，经常和各位弟子饮酒赋诗，讨论诗艺，钻研学问。宋琬曾有《乙未四月大雪同李嘉木、何伯玉、冯虞卿登太虚楼得华字》《乙未除夕同黄文仙、贾锡生、曹梦石、冯虞卿、王贞符、王遴庵诸子守岁》等诗记述他们师生一起其乐融融的风雅生活。他的弟子中多有才华出众的人才，如他称赞张惠之曾说"试举西州士，骅骝尔独先"（《赠门人张惠之》），他还称赞何永昭的诗"沉雄悲壮，肖其性情而出。绘写山川，雕镂鱼鸟，寄愁五岳，纵心八表，至其奔放迈往、风行电迅之气，如大宛之马不受羁勒，而瞬息千里也"②，颇有《秦风》刚健雄迈之气。可惜由于各种原因，他们都未能伸其志向，声名不彰，史志无传。甚至在清初那个险恶的世道中

---

① 李苞：《敏斋诗草》卷首，《续修四库全书》第 1475 册，上海古籍出版社 2002 年版，第 610 页。

② 宋琬：《竹巢诗序》，载辛鸿义、赵家斌点校《宋琬全集·重刻安雅堂文集》卷一，齐鲁书社 2003 年版，第 122 页。

未能善终。李嘉木后来曾做了岳于天的记室,可是高邮含冤而逝后,宋琬曾写诗为他鸣冤。《口号成简岳于天吏部》其三曾说:"翩翩书记李生才,化鹤秦邮去不回。章钺讼冤难再得,只今急难有谁哀(兰州李嘉木出余门下,尝为君记室,卒于高邮)?"① 方章钺在丁酉科场案中曾被流放宁古塔,后来他的儿子方嘉贞上书讼冤,又花钱赎罪,所以被朝廷放归。作者慨叹李嘉木孤身在江南,亲友没有能为其讼怨昭雪的人,也对当时的世道人心深为悲哀。

需要特别提出的是许多旅陇诗人对陇右著名诗人吴镇和胡釴的精心培养,奖励提携。吴镇(1721—1797),字信辰,一字士安,号松崖,别号松花道人。甘肃临洮人。天资聪慧,勤奋好学,很小就崭露头角。12 岁即"解声律,读书五行齐下,党塾有神童之目"。17 岁补临洮府学弟子员,20 岁选乾隆辛酉(1741)拔贡。以后学使每次在兰州考试,吴镇"古学必冠军"。因此声誉鹊起,受到许多地方长官和前辈的重视,如陈宏谋、尹继善、沈青崖等"莫不待以国士,期之远大"。陈宏谋,字汝咨,号榕门,广西临桂人。雍正元年进士,官至大学士,谥文恭。与袁枚、尹继善等人交好,喜提携后进,所荐人才如大名道陈法、通政司雷鋐、荆南道屠嘉正,皆深得民望。尹继善(1695—1771),章佳氏,字元长,号望山。满洲镶黄旗人。清代康熙朝重臣尹泰之子。雍正元年(1723)甲辰恩科进士,榜眼及第,任翰林院编修。历任江苏巡抚、江南河道,云贵、川陕、江南等地总督,后累官至文华殿大学士兼军机大臣。为世宗、高宗所倚重。他总督秦陇、江南最久,民德之亦最深,曾有诗纪其事。其《秦陇、江南,余皆三至,新知旧雨,聚散无常,癸酉春日一房山斋中感怀口占》云:"惜春屡唱送春词,人似浮云任所之。白下风光常入梦,青门花柳又题诗。行来踪迹离还合,老去情怀笑亦悲。此日斋前频把酒,明年宾主得知谁。"② 他与袁枚、蒋士铨、赵翼、王昶等人交往颇密,集中多有酬答文字。有《尹

---

① 宋琬著,辛鸿义、赵家斌点校:《宋琬全集·安雅堂未刻稿》卷五,齐鲁书社 2003 年版,第 565 页。
② 尹继善:《尹文端公诗集》卷四,清乾隆刻本。

文端公诗集》十卷传世。沈青崖，字良思，秀水（今浙江秀水县）人。雍正癸卯（1723）举人。曾官甘肃提学副使、河南开归道。在甘肃期间，曾有《兰州》诗云："峻绝皋兰路，东冈势渐平。九边通玉垒，万里锁金城。山抱高低色，河流昼夜声。雄图分百二，揽辔信含情。"① 著有《寓舟诗集》。他们对吴镇关怀备至，寄予厚望，吴镇也非常感激他们的知遇之恩，曾经写诗酬答他们，例如《赠陈榕门中丞》《拜别尹制台宫保》《沈寓舟副使》等。其中尤以沈青崖对吴镇的影响为大。吴镇《拟五君咏·沈寓舟副使》云："寓舟善治经，六籍皆明辨。邂逅古金城，规予破万卷。苏门及秀水，魂魄应游衍。四库校遗书，斯人嗟已鲜。"自注云："公寓皋兰日，予时弱冠，方以明经谒选，公曰：'子不读书万卷，而蘧求一官乎？'予遂幡然作传世想。"② 吴镇一生对仕途很超脱，而对诗文创作则孜孜不倦，与沈的教导有很大关系。

吴绶诏案临陕西之时，很赏识吴镇的才华，把他和三原刘绍攽、秦安胡釴品题并重。吴绶诏，字澹人，歙县（今安徽歙县）人。乾隆戊辰（1748）进士。曾任翰林院编修、山东道御史、工科给事中、甘肃学政、奉天府丞，官至通政使。在他主持学政期间，严禁冒名代作诸弊，以端士习，酌拨府学员额以示均平，士风翕然为之一变。吴镇认为吴绶诏是"一朝千载"的知音，曾报以诗，《四言呈吴澹人学使》其二云："不遇卞和，识玉者谁？不遇风胡，识剑者谁？天都莲花，灵秀所滋。中林兰蕙，厥惟宗师。"其三云："宗师之来，温文尔雅。花点绣袍，风随骢马。俯仰三秦，谁为作者？空同而后，曲高和寡。"③ 吴绶诏有《松花庵韵史跋》四绝句，足见他对吴镇的赏识："松花庵里静忘机，束笋诗多信手挥。巧簇天孙云锦段，未须惆怅织弓衣。"（其二）④

牛运震主讲兰山书院之后，对吴镇更是非常青睐，并对他精心培养。

---

① 转引自徐世昌《晚晴簃诗汇》，中华书局1990年版，第2686页。
② 吴镇：《松花庵全集·诗草》卷一，宣统二年（1910）重刻本。
③ 吴镇：《松花庵全集·诗草》卷一，宣统二年（1910）重刻本。
④ 吴镇：《松花庵全集·韵史》卷首，宣统二年（1910）重刻本。

其《玉芝亭诗草序》云:"余宦西陲十年,从余游者一时材隽百数十人。其学为时文而庶乎至吾之所至者,秦安吴镫一人而已,顾不肯为诗。其为诗而能学吾之所学者,则于临洮吴镇又得一人焉。镇为诗不自从余始,而自从余诗益工,其所以论诗者日益进。"①在牛运震的悉心指导下,吴镇诗艺大进,最终成为名满陇上的一代诗学大宗。徐世昌《晚晴簃诗话》卷九十四云:"关中诗人,盛于国初,而陇外较逊。至乾隆间,松崖崛起,与秦安胡静庵钗并执骚坛牛耳。静庵诗尚朴健,名位未显。松崖则才格并高,研求声律,故其诗音节尤胜。归林下后,掌教兰山书院,裁成后进,颇有继起者,当为西州诗学之大宗。"②

胡钗(1709—1771),字鼎臣,号静庵,原籍甘肃漳县,其始祖胡钧始迁至秦安。其五世祖为明代中期著名文学家胡缵宗。胡缵宗为正德三年(1508)进士,授翰林院检讨。历官山东、河南巡抚、右副都御史。与当时著名学者、诗人杨一清、李东阳、吕柟、马理等为好友,文名远播。著有《近取录》《愿学编》《秦汉文》《雍音》《拟涯翁拟古乐府》《拟汉乐府》等。《四库全书总目》称"其诗激昂悲壮,类近秦声,无妩媚之态"③。胡钗自述先世为"缙绅之族"④,"以诗古文辞相传",是一个典型的诗礼之家。胡钗十六岁补博士弟子员,以"识解超卓,下语如铸"名列第一。⑤但是胡钗后来考举人一直不顺,曾经"十踏省闱不售"⑥。雍正十三年(1735),在陕西学政王兰生的举荐下,胡钗和杨鸾被选为贡生。杨鸾《胡静庵墓志铭》云:"秦安胡静庵,以乙卯选拔,与余同出交河王夫子(兰生)之门。"⑦循例本应

---

① 吴镇:《玉芝亭诗草》卷首,甘肃省图书馆藏清乾隆刻本。
② 徐世昌著,傅卜棠编校:《晚晴簃诗话》卷九十四,华东师范大学出版社2009年版,第675—676页。
③ 永瑢等:《四库全书总目》卷一七一《鸟鼠山人集提要》,中华书局1965年版,第1571页。
④ 胡钗:《家谱会序》,《胡静庵先生文》卷一,清道光六年(1826)遂初山房石印本。
⑤ 张思诚:《胡静庵先生文序》,《胡静庵先生文》卷首,清道光六年(1826)遂初山房石印本。
⑥ 董秉纯:《静庵诗钞序》,《静庵诗钞》卷首,清光绪十九年(1893)修身堂刻本。
⑦ 杨鸾:《邈云楼集六种·文集》卷四,《四库未收书辑刊》拾辑,北京出版社2000年版,第672页。

入国子监学习，但他以养亲辞归，就读于皋兰书院，成为牛运震的得意门生，后为陇川书院山长。牛运震曾称赞胡釴为"天下士"，谓其"绣剑精光在，枯琴曲调真"（《怀胡静庵釴》）。胡釴亦有《同牛真谷明府咏古诗六首》《奉和牛真谷明府咏雪二首》等诗酬答。胡釴一生虽然科考不顺，"名位未显"①，赍志而殁，但他好学不倦，刻苦攻诗，取得了卓越的成就。胡釴与当时陇上著名诗人吴镇"颉颃于时"，被誉为关陇诗坛的风雅盟主。刘绍攽《松花庵诗草跋》云："近世称西州骚坛执牛耳者二人，其一为秦安胡子静庵；其一则洮阳吴子信辰。或以朴老胜；或以隽雅胜，异曲同工也。"②胡釴生平著述丰富，现存诗有五百多首，为诗人一生心血所凝。

牛运震对弟子要求严格，经常鼓励他们作诗。弟子吴墱天资聪颖，但不肯为诗，牛运震曾作诗责之。其《偶为四绝句示吴生墱兼责其不肯为诗》云："隽才怜子最清狂，书翰翩翩久擅场。却怪新春诗兴懒，陇头花鸟为谁忙？"又云："金城雪案照黄昏，凤岭青编好细论。咫尺东柯遗韵在，如何羞入杜陵门。"③弟子遇到困难，他都全力以赴为其排忧解难。《门人李昱丧内告归，赋诗送别兼慰其意》云："故里归无计，他乡复送行。师生同洒泪，父子忽遄征（生父子从学）。雨湿金川道，烟深银夏城。吾门失高弟，踌躇不胜情。"门人去西安应试，他也殷殷关怀，"清秋快马还高唱，此日秦山望眼频"（《送诸生西安应试》）。在牛运震的倡导推动之下，乾隆中期陇右诗坛极为兴盛，出现了胡釴、吴镇等著名诗人。

第二节　清代旅陇诗人的陇右诗歌创作

清代外省籍旅陇诗人在陇右经历曲折，人生体验丰富，他们在陇右的诗歌创作也颇有成就和特色。这些诗歌题材多样，思想深邃，感情真挚，

---

① 徐世昌著，傅卜棠编校：《晚晴簃诗话》卷七十五，华东师范大学出版社2009年版，第538页。
② 吴镇：《松花庵全集·诗草》卷尾，宣统二年（1910）重刻本。
③ 牛运震：《牛空山先生诗集》卷五，南京图书馆藏清嘉庆六年（1801）校本。

风格多样，颇有时代和地域特色，是南北文化交流中结出的绚烂花朵，值得人们珍视和研究。

一 抒发报国豪情

清代许多外省籍著名诗人来到陇右，大多怀有一定政治目的，他们或者从军塞外，报效国家；或者入幕军府，运筹帷幄；清初李楷、阎尔梅更是为了反清复明而涉足陇右，联络抗清志士。因此在这些旅陇诗人的作品中，都流露出了强烈的报国豪情。李楷来到秦州之后，看到秦州山势雄伟，地势险要，为古代兵家必争之地，南宋初年，著名抗金英雄吴玠、吴璘曾屯兵于此，多次打败金兵的侵袭，保护了宋朝西北的安全。李楷抚今追昔，感慨万端，写下了《秦州西郊》一诗，他遥想吴玠、吴璘当年抗金的丰功伟绩，也希望在陇右能联络到反清的英雄豪杰，共同成就一番事业。其《秦州重阳后一日》也透露出寻找抗清之士，同仇敌忾、杀敌报国的豪情。其中有句云："书生蘸笔时搔首，甲士悬旗正放衙。最羡将军咏同泽，教人白发欲忘家。"①借用《秦风·无衣》的典故："岂曰无衣？与子同泽。王于兴师，修我矛戟。与子偕作！"表现了诗人和抗清志士同仇敌忾、公而忘家的报国热情。

乾隆年间，牛运震、杨芳灿、杨揆、王曾翼等人也曾任职陇右，从军塞外。他们虽身在江湖，而心怀魏阙，对国家大事亦较为关心。牛运震听闻朝廷在金川用兵失利，他曾赋诗志慨。其《战城南》借乐府古题述时事，为金川战败将士鸣哀。《任将军歌》《金川恨》歌颂了战死疆场的任举将军。此诗纵横跳荡，感情激越，"将军慷慨出辕门，三千义士如奔雷"等句，活画出将士们奋勇杀敌、舍生忘死的奉献精神，但是"王师未捷失上将，白骨千里增萧条"（《任将军歌》），将士们终因寡不敌众而捐躯疆场。诗人声泪俱下，悲慨万状，于开合动荡之中寓沉郁之致。杨芳灿、王曾翼曾经历了甘肃两次回民起义，他们写了许多诗歌记述其事。如杨芳灿

---

① 李楷著，李元春选：《河滨诗选》卷七，陕西省图书馆藏清嘉庆刻本。

有悲凉慷慨的《当亭诸烈士赞》和长诗《伏羌纪事诗一百韵》，用激昂顿挫的语言记述了伏羌被围到得救的惊险经历。王曾翼有《辛丑兰州纪事诗》《甲辰纪事十六首》等，也详细记述了当年回民起义引起的社会大动荡。他们还进一步思考了起义的原因和清廷的政治腐败，对于我们了解这段历史具有重要的参考价值，可谓"诗史"。杨揆曾经追随福康安征伐卫藏，途经陇右地区，他也一度吟唱出建功立业和保家卫国的热情和希望。如《新正八月奉檄督兵自平凉赴巩昌留别伯兄四十二韵》《辛亥冬，予从嘉勇公相出师卫藏，取道甘肃，时伯兄官灵州牧，适以稽查台站驰赴湟中取别，同赋十章并示三弟》等，慷慨悲壮，感情激越，表现出他为国尽忠的壮志豪情和视死如归的英雄气魄。

　　清朝末年，朝政腐败，外敌入侵，内忧外患，国家和民族的命运引起许多正直士人的担忧。林则徐、邓廷桢等爱国英雄忠而被谤，贬谪新疆，他们行经陇右之时，依然对国家民族的命运至为关心，其陇右诗歌也抒发了强烈的报国豪情。林则徐在兰州之时，依旧不忘国事，对国家命运极为担忧。其《程玉樵方伯（德润）饯余于兰州藩廨之若己有园，次韵奉谢》其二云：

　　　　我无长策靖蛮氛，愧说楼船练水军。闻道狼贪今渐戢，须防蚕食念犹纷。白头合对天山雪，赤手谁摩岭海云？多谢新诗赠珠玉，难禁伤别杜司勋！①

　　表现了作者对江南战事的关切，对国家前途的担忧。他提醒朝廷和人民不要被侵略者"狼贪今渐戢"的表面现象所迷惑，而是要提防敌人"蚕食"中国领土，得寸进尺，进一步侵略我国的狼子野心。林则徐在凉州之时，友人郭柏荫曾召集朋友陪他一起欢度中秋佳节。林则徐曾作《子茂簿君自兰泉送余至凉州且赋七律四章赠行次韵奉答》，其中有句云："小丑

---

① 《林则徐全集》，海峡文艺出版社2002年版，第3082—3083页。

跳梁谁殄灭，中原揽辔望澄清。关山万里残宵梦，犹听江东战鼓声。"林则徐虽远在塞外，依然关心江南战局，"关山万里残宵梦，犹听江东战鼓声"和陆游的"楼船夜雪瓜洲渡，铁马秋风大散关""夜阑卧听风吹雨，铁马冰河入梦来"等句有异曲同工之妙。他希望朝廷派得力的干将剿灭那些来犯的"小丑"，还祖国大地以安定祥和。林则徐在酒泉时，收到邓廷桢从伊犁的来信，于是赋《将出玉关，得嶰筠前辈自伊犁来书，赋此却寄》诗一首，诗中认为二人在广东的行事千秋自有公论，对个人得失和在戍途中所遭遇到的困苦则置之度外，而一以国事为重。邓廷桢收到此诗后，也有和诗二章，表述了二人同甘苦和不计功利，始终不以过去行事为谬的坚定态度，并念念不忘东南局势而将个人功过付之后世。其二写道："相从险难动经年，莫救薪中厝火然。万口褒讥舆论在，千秋功过史臣编。消沉壮志摩长剑，荏苒馀光付逝川。惟有五更清梦回，觚棱祇傍斗枢边。"①他们这种不计个人名利，一心为了国家民族的高尚情操，值得后人敬佩。

二 同情百姓疾苦

陇右地区在明清以来，山川荒远，经济落后，加之贪官污吏横行，苛捐杂税过多，而且时有战乱，百姓生活困苦，引起了许多旅陇诗人的同情。李念慈初到陇右之时，正是回族米喇印、丁国栋起义被平定之后，陇右地区经过战乱，民生凋敝，村落丘墟，荆棘丛生，诗人目睹此景，不由得感慨万千，对战争带给老百姓的苦难深为悲痛。其《杂诗五首》其一曾云："岁月忽已易，道路阻且长。不殊旧风景，人间新战场。村落半丘墟，野日寒无光。荆榛塞当路，豺虎啼我旁。抚膺再三叹，涕下沾衣裳。"②其《喜雪呈冯公》亦云："一冬未雨雪，寒日徒杲杲。严霜冻四野，黄尘迷行道。顾视陇亩中，草苗并枯槁。兵后岁更饥，民命那可保。"兵燹加上天灾，陇右的老百姓穷困不堪，命悬一线，诗人极为同情和关心。其《朱圉山》

---

① 邓廷桢：《双砚斋诗钞》卷十六，清末刻本。
② 李念慈：《谷口山房诗集》卷二，国家图书馆藏康熙二十八年（1689）杨素蕴刻本。

还写道"海内多战斗""征人苦饥疲",表现了李念慈对清初战乱频仍的社会现状的不满,也表现了他希望国家安定、百姓安居乐业的仁者情怀。

乾隆年间,甘肃曾经出现过震惊朝野的"冒赈案"和苏四十三、田五回民大起义,陇右地区的社会生产再次遭到极大破坏,百姓生活也极为困苦。杨芳灿、王曾翼、杨揆等旅陇诗人对此都有记述。杨芳灿升任灵州知府以后,还亲自了解百姓疾苦,并将它们用诗笔记载下来,为当政者"察民情"提供参考。他在灵州作了《宁夏采风诗》十首,对宁夏地方的人情风俗、政治得失均有详细的记载,堪称"诗史"。其序云:"余牧灵武五年矣,听断馀闲,宣上德意,而询其疾苦,惩其末流,亦吏职宜尔也。灵武隶宁夏,予以征风土之会,因作诗十章,聊以备輶轩之采云尔。"①宁夏地处边塞,常年干旱,多为盐碱地,稼穑艰难,人民生活极为贫困。其《沙碛田》云:"我来更吏考,治赋无寸长。常恐民力绌,劝课违其方。弭节原上邮,父老相迎将。举策诮父老,念尔愚不明。"②宁夏农民税赋繁重,他们不但要承担军队的粮草税,还要承担治理黄河的渠工税。可是地瘠民贫,五谷不丰,百姓苦不堪言。其《粮草税》《渠工税》《堡渠长》等诗都深刻反映了作者对当地百姓苦难的同情。这十首诗歌虽然独立成章,但又首尾连贯,从不同的角度描写了当时宁夏社会的方方面面,堪称一幅清代中期宁夏的社会风俗画卷。

清末陇右地区更是战乱不断,民生凋敝,而且鸦片盛行,人民生活更加困苦。谭嗣同在陇右期间,曾经写了《六盘山转饷谣》等诗反映陇右百姓的艰辛,诗云:

> 马足蹩,车轴折。人蹉跌,山岌丛,朔雁一声天雨雪。舆夫舆夫,尔勿嗔官!仅用尔力,尔胡不肯竭?尔不思车中累累物,东南万户之膏血。呜呼!车中累累物,东南万户之膏血!③

---

① 杨绪容、靳建明点校:《杨芳灿集·诗钞》卷五,人民文学出版社2014年版,第149页。
② 杨绪容、靳建明点校:《杨芳灿集·诗钞》卷五,人民文学出版社2014年版,第150页。
③ 《谭嗣同全集》,中华书局1981年版,第54页。

崎岖陡峭的山路上走着许多转运粮饷的老百姓，他们衣衫褴褛，饥寒窘迫，行进艰难，谭嗣同不由得生发出了怜悯之心。此诗反映了谭嗣同对劳动人民的同情及对封建统治者残酷镇压和剥削人民的不满，抨击了清朝统治者的残酷统治。后人曾评价此诗"笔大如椽，汉魏盛唐人中，亦所罕见"①。鸦片问题是中国近代广为人们关注的问题。烟毒之祸的造成，一是因为洋烟的输入，二是因为土烟的种植。腐败的晚清政府，为了增加财政收入，竟对土烟种植大开绿灯，其危害遍及海内外。地处偏远的甘肃，鸦片毒害尤深，这里的土烟产量在全国名列前茅。向来关心民疾，胸怀天下的谭嗣同眼看着罂花遍野的甘肃大地和骨瘦如柴的陇右百姓，心急如焚，他毅然拿起自己手中的笔，写下了一首题为《罂粟米囊谣》的歌谣：

　　罂无粟，囊无米。室如悬磬饥欲死。饥欲死，且莫理。米囊可疗疾，罂粟栽千里。非米非粟，苍生疾矣。

诗人在此深刻揭露了鸦片的毒害，体现了强烈的禁毒思想。

俞明震来到甘肃后，他也用诗笔记述了战争动乱给陇右百姓带来的深重灾难，其《得寿臣三弟书》还反映了清末士子奔走、挣扎于乱世的真实情态。而其《泛黄河自宁夏达包头镇舟行杂咏十首》更是用如椽之笔描写了清末陇右的战乱实况。其二云：

　　日落长城窟，悲风起贺兰。草肥知马健，地僻引渠宽。石色天西尽，人心乱后看。无为怨回纥，生事日千端。

　　诗后自注："贺兰山产石，过此均沙漠。甘肃用董福祥捐款三十万，开宁夏渠，民利赖之。去冬回队至宁夏，会匪已弃城遁。回队入城肆淫掠

---

① 钝剑：《愿无尽庐诗话》，张寅彭主编《民国诗话丛编》（五），上海书店2002年版，第196页。

杀良民二千七百余人,今尚十室九空,生计无论矣。"① 在战火纷飞的辛亥革命前后,俞明震备受离乱之苦,仓促离陇,一路亲见生灵涂炭,民生困苦,亲身感受百姓所遭受的深重苦难,其内心的忧郁不言自明。

三 缅怀陇右先贤

陇右地区,历史悠久,文化灿烂,名贤辈出,留存了许多名胜古迹。许多外地诗人来到陇右之后,大多都去拜祭先贤,瞻仰祠庙,留下了许多名篇佳作。李楷来到秦州后,曾经写了《秦州卦台山》《问东柯谷》等诗,怀念人文始祖伏羲和流寓陇右的诗圣杜甫。宋琬任职陇右期间,曾多次拜访成县杜甫草堂,游览天水伏羲庙、礼县武侯祠,留下了许多歌咏先贤的佳作。如《祁山武侯祠》写道:

> 丞相当年六出师,空山伏腊有遗祠。三分帝业瞻乌日,二表臣心跃马时。风起还忆挥白羽,霞明犹似见朱旗。一从龙卧今千载,魏阙吴宫几黍离。②

诗中对诸葛亮的丰功伟绩和赤胆忠心表示了无比的敬仰之情,作者还慨叹诸葛亮虽然未能实现恢复汉室的壮志宏愿,但是魏国、吴国同样归于衰草,而诸葛亮的精神却彪炳史册。诗中也流露出世事无常、沧桑陵替的无奈之感,这在清初那个社会巨变的时期颇具代表性。

牛运震任职陇右期间,也经常凭吊陇上先贤往哲,在杜工部祠堂、吴将军庙、祁山堡、纪信祠、椒山祠等皆有题咏。他在徽县任上曾重修杜工部祠堂、吴将军庙,以表彰其忠义风节。其《过东柯草堂》《栗亭怀杜少陵》《过同谷杜工部祠》即为当时所作。如《狄道州谒杨椒山祠》云:"遗庙俯洮水,霜崖秋气骄。冤风缠黑浪,烈日上青椒。当道徒豺虎,斯

---

① 俞明震著,马亚中点校:《觚庵诗存》,上海古籍出版社 2008 年版,第 56 页。
② 宋琬著,辛鸿义、赵家斌点校:《宋琬全集·安雅堂诗》,齐鲁书社 2003 年版,第 280 页。

人竟后凋。一尊瞻拜罢,洒泪向前朝。"①赞美了杨继盛不畏权贵,勇于斗争的凛凛正气。杨芳灿对陇右的历史文化和前贤往哲也极为喜爱,曾经写了很多诗歌赞美他们。如《画卦台》赞颂人文始祖伏羲,对伏羲创立八卦,肇始人文的丰功伟业极为敬仰。他还对汉代陇右著名英雄人物隗嚣非常钦佩,曾写了《古落门行(汉来歙破隗纯处)》《隗嚣宫怀古》等诗怀念他,赞颂他身处乱世而不忘生民,树义旗讨伐王莽的壮举。杨芳灿曾至临洮,对唐代镇守临洮的名将哥舒翰也深表钦佩,其《哥舒翰纪功碑》云:"唐家列镇绥边境,陇右雄藩是谁领。安西健将有哥舒,勇冠一军无与并……防秋万里平沙迥,北斗七星横夜永。"②赞美了哥舒翰英勇善战,保家卫国的丰功伟绩,诗末对其投降安禄山,晚节不终的行为也深表遗憾。此诗可与吴镇《哥舒翰纪功碑》参读,对于深入了解哥舒翰的生平和其在陇右人民心中的威望具有重要的参考价值。杨芳灿还赞美了明代因弹劾权奸而被贬谪临洮的著名学者杨继盛,其《过狄道超然台吊忠愍公三十韵》一诗对杨继盛的高风亮节和远见卓识深表钦佩,对他在临洮兴办教育,鼓励耕织的丰功伟绩也极为崇敬。杨芳灿还对陇右古代的著名诗人一一歌咏,表现出了他尊重陇右文化和文学,不厚此薄彼的宽阔胸襟。如《秦嘉村》赞美了汉末诗人秦嘉和徐淑的凄美爱情。其《织锦巷歌》又歌颂了前秦窦滔妻子苏若兰的忠贞爱情和绝世才华。其《吊李长吉墓二十韵》还赞扬了唐代著名诗人李贺,称赞其诗歌"百怪行间泣,千澜笔底回。曹刘供指使,屈宋合舆儓"的奇幻精工,也对他怀才不遇的人生悲剧深为感慨。这些诗歌无一不表现出作者对陇右文化的挚爱,对于弘扬陇右文化,扩大陇右诗人的影响具有重要意义。

四 感慨坎坷身世

清代旅陇诗人大多因贬官或者漫游来到陇右大地,他们身世经历坎坷,

---

① 牛运震:《牛空山先生诗集》卷三,南京图书馆藏清嘉庆六年(1801)校本。
② 杨绪容、靳建明点校:《杨芳灿集·诗钞》卷五,人民文学出版社2014年版,第123页。

加上陇右地区的荒寒落后，使诗人们经常有失意之感和不平之气，许多旅陇诗人的作品都流露出了悲凉的身世之感。宋琬在清初曾被诬入狱，经过朋友的营救才被赦免，然后被调到千里之外的秦州为官，内心充满了深切的忧愤。如其《丙申元日试笔》曾写道：

> 秦川使者沧州客，忽忽行年四十三。颡首事人如弱女，伤心顾我未宜男。从他宦巧夸茹蔗，任我官贫且破柑。肠断乡园数千里，鹈鸰无梦度崤函。①

作者抚今追昔，慨叹仕途艰辛，骨肉分离，他希望自己像鹈鸰那样飞过崤山、函谷关，来到亲人身边团聚。在他生日的时候，这种思念更加强烈，甚至希望自己学习张翰弃官回乡，与家人共度天伦之乐，"亦知张翰伤心极，讵为秋风故园尊"，正是这种心境的真实写照。他在《六言杂感十六首》中还集中批判了清初世事颠倒，贤愚不分的黑暗现实，如其二云："世事云翻雨覆，功名水到渠成。塞马来去无恙，楚弓得失休惊。"其十四云："见说蒲稍天马，箫云汗血何惜。不是龙媒已尽，今之相者举肥。"②因此，宋琬在寄给友人的诗中常常流露出对仕途险恶的畏惧，表达早日弃官还乡的心愿。如他寄给京师友人王崇简的诗中曾说："万里驱车地，三年避弋心""有书常隐姓，无梦不沾衣"（《寄王敬哉詹尹》）。他把自己来秦州做官看作避祸于塞外，可见其悲凉的心境。

李念慈在陇右之时，看到西北各地战乱不断，不由得思念家乡的亲人和朋友，感慨身世的凄凉。其《冯公署中望云楼歌》云："边隅风紧鸿难度，慈乌夜叫东城树。高堂有母正倚闾，登临神与苍茫去。此时切切怀故乡，忧思百结千回肠。"③《西凉杂咏》亦云："十年边戍繁兵马，八月天山断雁鸿。回首长安何处是，白云遥在陇关东。"乡思悠悠，牵挂亲人，

---

① 宋琬著，辛鸿义、赵家斌点校：《宋琬全集·安雅堂诗》，齐鲁书社2003年版，第279页。
② 宋琬著，辛鸿义、赵家斌点校：《宋琬全集·安雅堂诗》，齐鲁书社2003年版，第314页。
③ 李念慈：《谷口山房诗集》卷二，国家图书馆藏康熙二十八年（1689）杨素蕴刻本。

回乡的心情极为迫切，可是身在军幕，身不由己，感伤之情，溢于言表。李渔来到陇右之后，也发出了时光易逝、生计迫人的身世之感。其《旅况》写道："百岁几何日，劳劳又一年。客心忙似水，归路邈于天。为我乏生计，累人输俸钱。捧心殊自怍，休咏伐檀篇。"①李渔此时已年近花甲，所以就有"百岁几何日，劳劳又一年"的感慨。"休咏伐檀篇"用了《诗经·伐檀》中"彼君子兮，不素餐兮"的典故，真实地表现了作者自惭自怍的心态。其《旅病》更有句云："旅病方知妻妾好，乱离更觉故人疏。"身世凄凉之感，流露于字里行间。

杨芳灿在陇右为官二十年，边地的荒凉和苦寒，人生的坎坷和不幸，都让他对仕途产生了深深的厌倦之情，对江南故乡梦牵魂绕，渴望早日还乡的心情时常流露在诗文之中。如《重集郊园》其四云："兴极生离恨，欢余动酒悲。烟花非故国，容发异当时。颠倒还家梦，凄凉忆弟诗。天涯春草色，不似谢家池。"②还有《久不得荔裳书作此寄之》也写道："长恨人生远别离，何心苦爱高官职。甚时买得二顷田，相约归耕返江国。"他在送别友人之时，也一再流露出归隐田园、还归江南的迫切心情。其《送顾元楼改官归里》云："嗟余七载身飘泊，回首家山泪双落。平子空愁陇坂长，兰成只忆江南乐。冰雪长途耐苦辛，到时应及故园春。倘逢南雁西飞日，莫忘天涯沦落人。"③

裴景福忠而被谤，含冤远戍，当他行经陇右之时，一路上艰难险阻，辛苦备尝，心中的愤懑之情，都在其陇右诗文中表现得淋漓尽致。其《凉州》有句云："人生天地一蜉蝣，南北驰驱类马牛。热宦安能离火宅，冷人只合住凉州。"④《诗经·曹风·蜉蝣》诗云："蜉蝣之羽，衣裳楚楚。心之忧矣，于我归处？"诗序云："《蜉蝣》，刺奢也。昭公国小而迫，

---

① 单锦珩：《李渔全集》第二卷，浙江古籍出版社 1991 年版，第 114 页。
② 杨绪容、靳建明点校：《杨芳灿集·诗钞》卷五，人民文学出版社 2014 年版，第 147 页。
③ 杨绪容、靳建明点校：《杨芳灿集·诗钞》卷四，人民文学出版社 2014 年版，第 125 页。
④ 裴景福著，杨晓蔼点校：《河海昆仑录》卷四，甘肃人民出版社 2002 年版，第 201 页。

无法自守。好奢而任小人，将无所归依焉。"①诗人这里自比蜉蝣，是正话反说，讽刺朝廷任用小人，导致国势日衰。而自己为了功名利禄，像牛马一样南北驱驰，为国家效力，可是照样被人陷害，远戍塞外。《法华经·譬喻品》云："三界无安，犹如火宅，众苦充满，甚可怖畏，常有生老病死忧患，如是等火，炽然不息。"②诗人用充满苦难的火宅比喻凶险的官场，表现了他对晚清官场和朝廷的失望。自己现在远谪他乡，背井离乡，远离宦海，是为"冷人"，冷人住凉州，让人觉得分外凄凉。他在《发凉州》一诗中还一再感叹人生艰难、戍途艰苦的情状："出塞方知行路难，冰天雪地倚雕鞍。花前枉奏西凉伎，黑水声中月色寒。"③《行路难》为乐府旧题，鲍照、李白等著名诗人一再歌咏，诗人慨叹行路难，既有戍途的艰难，还有人生的艰难。在冰天雪地之中长途跋涉，心中的忧愤无人能解，即使听到慷慨激昂的西凉音乐，也难解诗人的心中愁闷，听到黑水河的潺潺水声，看到皎洁的凉州月光，只是增加他心中的凄凉孤独之感。

五 歌咏陇右山水

陇右地区属《禹贡》雍州之地，土厚水深，雄伟壮丽，山有陇山、六盘山、崆峒山、祁连山、西倾山、朱圉山、五泉山等，水有黄河、渭河、泾河、洮河、黑河等，还有许多关塞驿站，如大震关、萧关、金城关、嘉峪关、玉门关、阳关等，沿丝绸之路的驿站更是数不胜数，这些名山胜水都成为清代旅陇诗人反复歌咏的对象，也成就了古代咏陇诗歌的佳作。歌咏陇山的诗歌有李念慈《关山》、谭嗣同《陇山》《陇山道中五律》等。李念慈《关山》一诗云："乱峰层峦郁盘旋，累日山行欲到天。坂道马嘶千树远，飞楼客卧一床悬。石桥高隐栅篱密，瀑流寒凝冰雪坚。向晚不堪西望阻，边城烽火正鸣弦。"④唐代陇山设有陇关，又名大震关、关山。陇山高耸入云，

---

① 王先谦：《十三经清人注疏·诗三家义疏》，中华书局1987年版，第494页。
② ［日］庭野日敬：《法华经新释》，上海古籍出版社2013年版，第68页。
③ 裴景福著，杨晓霭点校：《河海昆仑录》，甘肃人民出版社2002年版，第202页。
④ 李念慈：《谷口山房诗集》卷二，国家图书馆藏康熙二十八年（1689）杨素蕴刻本。

山势峭拔,气候寒冷,冬天冰雪满途,行走极为艰难。作者用细腻的笔触描写了他们艰难翻越陇山的情景,读来让人胆战心惊。描写六盘山的有杨芳灿《六盘山》、杨鸾《六盘山》、周京《六盘山》、裴景福《六盘山》等等。其中裴景福《六盘山》写道:

  昆仑一脉西入关,万山东走飞巉岩。双丸出没蔽光景,天梯石栈纷钩联。连环突兀众峰合,截断陇阪胶秦川。益焚禹凿不到处,五丁力尽空长叹。中兴桓桓左侯相,气压乔岳吞神奸。[①]

  六盘山属秦岭山脉,山势峻拔,气势雄伟,历来就有"山高太华三千丈,险居秦关二百重"之誉,也是古丝绸之路东段北道必经之地,与西北的昆仑山遥相呼应,拱卫着陇右的大好河山,为历代兵家屯兵用武的要塞重镇。山上树木葱茏,遮天蔽日,因此作者说"双丸出没蔽光景"。这里道路崎岖,千回百转,甚至只能以栈道相通,真有李白《蜀道难》中所写"天梯石栈相钩联"的景象。作者慨叹大禹治水之时,虽然"烈山焚泽",凿开了积石、龙门等天险,但是没能凿开六盘山。五丁力士虽然拉倒了蜀山,开辟了蜀道,但是看到六盘山的雄伟,也只能徒叹奈何。作者用了两个神奇的历史传说,进一步突出了六盘山的雄伟壮丽。诗末又赞美了中兴名将左宗棠的丰功伟绩,以及他在陇右的卓越贡献。表现了诗人对陇右山河的热爱以及对爱国英雄的赞美。歌咏崆峒山的诗歌有杨芳灿《空同山纪游一百韵》、谭嗣同《崆峒》等等。其中杨芳灿《空同山纪游一百韵》为五言排律,用一千字的篇幅歌咏了这座陇右名山,细致地描述了崆峒山的壮丽秀美和深厚的文化底蕴,可以称作崆峒山的文化史。另外,谭嗣同《崆峒》诗写道:

  斗星高被众峰吞,莽荡山河剑气昏。隔断尘寰云似海,划开天路岭为门。松挐霄汉来龙斗,石负苔衣挟兽奔。四望桃花红满谷,不应

[①] 裴景福著,杨晓蔼点校:《河海昆仑录》卷二,甘肃人民出版社2002年版,第99页。

仍问武陵源。①

崆峒山在平凉城西二十余里处，诗人清晨登上崆峒山峻拔的高峰，满天星斗在山峰中若隐若现，山谷中云雾缭绕，极目远眺，山峦叠嶂，松林青翠，真是物华天宝、钟灵毓秀的地方。诗人用高悬的斗星、峻拔的山峰、陡峭的山路、虬龙一样的怪松极写崆峒山的雄伟壮丽。也将自己博大的心胸和勇攀高峰的人生志趣倾注在诗中。描写祁连山、天山、嘉峪关的诗作更是数不胜数，如洪亮吉《凉州城南与天山别放歌》《出嘉峪关雇长行车二辆，车箱高过于屋，偶题一绝》《出关》《入嘉峪关》，还有林则徐《出嘉峪关感赋》、裴景福《嘉峪关》《天山》，等等。其中洪亮吉《凉州城南与天山别放歌》为其西戍诗的压卷之作，出塞路过此地时的心情是忧伤的、沉重的，而此刻的心情则是愉悦的、轻松的，全诗通篇采用拟人化的手法，将留恋之情抒写得淋漓尽致。林则徐《出嘉峪关感赋》其一写道：

严关百尺界天西，万里征人驻马蹄。飞阁遥连秦树直，缭垣斜压陇云低。天山巉削摩肩立，瀚海苍茫入望迷。谁道崤函千古险，回看只见一丸泥。②

诗人立马关前，放眼河山，纵横千载，思绪翻滚，禁不住发出无限感慨。诗中写出了嘉峪关的威严雄壮，赞颂了汉武帝的统一事业，表达了对立功西域的张骞、班超的景仰之情，也抒发了诗人盼望早日获释入关的愿望。全诗气魄豪放，笔墨饱满，洋溢着热烈而深沉的爱国情感。写景抒情融为一体，格律严整，韵律和谐，不愧为杰出的登临怀古诗章。林昌彝《射鹰楼诗话》卷一评此诗说："风格高壮，音调凄清，读之令人唾壶击碎；然怨而不怒，得诗人温柔敦厚之旨。"③

---

① 《谭嗣同全集》，中华书局1981年版，第105页。
② 《林则徐全集》第六册，海峡文艺出版社2002年版，第216页。
③ 林昌彝著，王镇远、林虞生标点：《射鹰楼诗话》卷一，上海古籍出版社1988年版，第13—14页。

歌咏兰州黄河浮桥、冰桥的作品也层出不穷。如李念慈《兰州由冰桥上渡黄河行》，杨芳灿《仲秋同黄药林、韦友山登白塔寺览金城关河桥诸胜因作长句》《黄河冰桥》，杨鸾《河桥》，王世锦《黄河冰桥》，祁寯藻《河桥》等。黄河在兰州穿城而过，平时用铁链固定二十四条船，上面铺上木板，人马可以通过，谓之浮桥。冬天黄河结冰非常坚固，人们就在冰上往来行走，称作冰桥。李念慈《兰州由冰桥上渡黄河行》不但赞颂了黄河的雄奇壮观，而且对传说中的冰桥极为赞赏，又从冰桥联想到大自然的奇异，以及它带给老百姓的便利，他希望统治者也效法大自然为民便利的奉献精神，关怀民生疾苦，为百姓谋福祉。杨鸾《河桥》云：

  横空铁锁星桥合，拔地长虹雁齿高。九曲河来天上水，三边山奠海中鳌。飞流讵假黄龙舳，利济谁夸乌鹊毛。西极流沙皆入贡，昆仑碣石不辞劳。①

此诗写兰州黄河浮桥之壮观和战略形势之重要。兰州为西北交通之要道，具有重要的战略地位。黄河从兰州穿城而过，两岸交通主要靠河上浮桥。过河向西，经河西走廊可直达新疆、西域等地，因此黄河桥也是西北交通之咽喉锁钥。此诗不但写出了黄河浮桥之雄奇便利，而且歌颂了西北人民的勤劳和智慧，加深了人们对西北悠久历史和独特地理形势的认识。全诗气魄浑大，格调雅健，意象苍茫，颇具雄直苍凉之气。

清代旅陇诗人除了赞美陇右雄伟壮丽的山河之外，也写了许多幽秀明丽的作品，歌咏陇右美丽的山水。如李楷《秦州》，宋琬《雨后湖亭分韵三首》《湖亭》，牛运震《徽署晚坐》，周京《道出平凉》，谭嗣同《憩园秋日》《憩园雨》《兰州庄严寺》，宋伯鲁《莲花池七绝二首》《金天观看牡丹》，等等。其中宋琬《湖亭》写道：

---

① 杨鸾：《邀云楼诗集》，载《四库未收书辑刊》，北京出版社2000年版。

其一

兰若城边寺，蒹葭水际亭。数椽留劫火，千树覆寒汀。明月羌村笛，秋风佛阁铃。频来真不厌，徙倚暮山青。

其二

移柳才盈把，栽荷不满沟。长条堪系马，新叶恰藏鸥。近拜兼官俸，能添一叶舟。凭轩聊假寐，且缓梦沧州。①

诗人信步来到城边古寺，寺后有一大湖，湖边柳树环绕，湖中荷花盛开，鸥鹭在水中嬉戏，坐在湖边的长亭里，把酒临风，怡然自乐，作者仿佛又回到了故乡。他在《雨后湖亭分韵三首》中还写道："柳重低烟色，荷枯碎雨声""桥影眠花鸭，泼光浴竹鸡""把酒分青盖，行吟选绿苔""问字诸生在，清樽为我携"，这些诗句写出了秦州美丽的风光和他们师徒雅聚的欢乐情景。李楷《秦州》诗云："水走山飞稻吐芒，谁家小麦尚登场。西东千里分时候，何故州名记夏凉。"②诗人以简练的诗句写出了陇右气候与关中的不同，塞外风景，跃然纸上。

陇右地区地形复杂，气候多样，物产丰富，富有边塞特色的物产如红柳、雪莲花、葡萄、菊花、栽绒毯等，也是旅陇诗人经常歌咏的对象。如杨芳灿《红柳四首》其三云："惆怅江乡别路遥，无缘移傍赤栏桥。春风百结垂珊网，煦日三眠拥绛绡。底事施朱工作态，却看成碧转无憀。抵他南国相思树，一种缠绵恨未销。"③对红柳这种边塞物产极为喜爱，称它可抵南国的相思树。还有《雪莲花歌》云："塞垣雪岭高接天，中有异卉开如莲。是何标格幽且洁，要与六出争鲜妍。携来万里贮囊箧，色香不似凡花蔫。今晨朔客持诧我，为语物产多奇偏。穷冬草枯木僵立，九苞仙艳敷琼田。"④赞美了雪莲花植根雪岭之上，隆冬绽放的傲人风姿。还有《栽

---

① 宋琬著，辛鸿义、赵家斌点校：《宋琬全集·安雅堂诗》，齐鲁书社2003年版，第256—257页。
② 李楷著，李元春选：《河滨诗选》卷七，陕西省图书馆藏清嘉庆刻本。
③ 杨绪容、靳建明点校：《杨芳灿集·诗钞》卷五，人民文学出版社2014年版，第138页。
④ 杨绪容、靳建明点校：《杨芳灿集·诗钞》卷五，人民文学出版社2014年版，第164页。

绒毯》详细描写了宁夏特有的毛绒毯。王培荀《听雨楼随笔》云："（杨芳灿）先生虽为袁简斋及门，诗实不相袭也。张船山赠诗云：'头衔转觉赘郎好，才调宁惟艳体工。'而艳体实不可及。无论《美人》等篇，如《红柳》，古鲜咏者，非先生不能工矣。"① 可见当时人们已经注意到杨芳灿描写塞外风物诗的独特价值。王文治还关注到陇右出产的蔬菜莲花菜，其《莲花菜》云："菜根好滋味，滑腻欲胶牙。朝来再三嚼，口吐青莲华。"② 莲花菜是陇右平常的蔬菜，俗称"包包菜"，菜叶包在一起如球状，味微甜。王文治以诙谐幽默的笔调写了吃莲花菜的感受，并说天天吃莲花菜，可以口吐莲花，写出佳作。

  清代旅陇诗人写陇右民俗的诗歌也极有特色，如查嗣瑮《土戏》写陇右民间戏剧云："东汾才罢又南原，士女婆娑俗尚存。八缶竞催天竺舞，俄惊夔鼓震雷门。""玉箫铜管漫无声，犹剩吹鞭大小横。不用九枚添绰板，邢瓯击罢越瓯清。"③ 陇右地区民风淳朴，古风犹存。由于受到丝绸之路文化的影响，民间戏剧还有异域色彩，这跟南方的音乐大为不同。诗人以惊奇的眼光看待这种民间文化，也用质朴的诗笔记载了当时的民间风俗，有助于了解清初的陇右社会状况。杨芳灿《小当子》诗还写了宁夏地区特有的地方戏剧小当子。清代著名诗人张九钺曾详细描述了兰州黄河上的羊皮筏子，其《羊报行序》云："羊报者，黄河报汛水卒也。河在皋兰城西，有铁索船桥，横亘两岸，立铁柱刻痕尺寸以测水，河水高铁痕一寸，则中州水高一丈。例用羊报先传警汛，其法以大羊空其腹，密缝之，浸以麻油，令水不透，选卒勇壮者，缚羊背，食不饥丸，腰系水签数十，至河南境，缘溜掷之，流如飞，瞬息千里。汛警时，河卒操急舟于大溜俟之，拾签知水尺寸，得豫备抢护，至江南营，并以舟飞邀，报卒登岸，解其缚，人尚无恙，赏白金五十两，酒食无算，令乘车从容归，三月始达。余闻而壮之，

---

① 王培荀：《听雨楼随笔》卷三，《续修四库全书》第1179册，上海古籍出版社2002年版，第52页。
② 刘奕点校：《王文治诗文集》卷十三，人民文学出版社2014年版，第282页。
③ 查嗣瑮：《查浦诗抄》卷七，清刻本。

作羊报行。"诗云：

> 报卒骑羊如骑龙，黄河万里驱长风。雷霆两耳雪一线，撇眼直到扶桑东。鳌牙喷血蛟目红，婴之不敢疑仙童。鬃郎出没奋头角，迅疾岂数明驼雄。河兵西望操飞舵，羊报无声半空堕。水签落手不知惊，一点掣天苍鹘过。綮工急埽防尺寸，荥阳顷刻江南近。卒今下羊气犹腾，遍身无一泥沙印。辕门黄金大如斗，刀割麤肩觥沃酒。回头笑指河伯迟，涛头方绕三门吼。遣卒安车陇坂归，行程三月到柴扉。河桥东俯白浩浩，羊兮鼓舞上天飞。今年黄河秋汛平，羊报不下人不惊。河堤官吏催笙鼓，且餐烂胃烹肥牸。①

诗序详细讲述了清代利用羊皮筏子向黄河下游提前报告汛情的制度以及羊皮筏子的详细做法。诗中进一步赞美了乘羊皮筏子飞越千里的报汛勇士，歌颂了他们的勇敢精神。全诗激扬慷慨，开阖动荡，极具阳刚之美。用羊皮筏子报汛的制度在官方志书都没有记载，此诗可补史志的缺失，具有重要的地方文献价值。

第三节 清代旅陇诗人陇右诗歌创作的成就

一 清代旅陇诗人的陇右诗歌是南北文化交融的硕果

中国自古以来是一个幅员辽阔、地形复杂的多民族国家，各地由于地理环境不同，文化传统也多有差异，所以形成了各种不同的地域文化和民情风俗。《汉书·地理志》云："凡民函五常之性，而其刚柔缓急，音声不同，系水土之风气。故谓之风；好恶取舍，动静亡常，随君上之情欲，故谓之俗。孔子曰：'移风易俗，莫善于乐。'言圣王在上，统理人伦，必移其本，而易其末，此混同天下一之乎中和，然后王教成也。"②周代设有采诗之官，

---

① 张九钺著，雷磊点校：《陶园诗文集》，岳麓书社2013年版，第524页。
② 班固：《汉书·地理志》，中华书局1962年版，第1640页。

收集各地的民歌，供之廊庙，用以"观得失"，察民情。《诗经》作为中国最早的诗歌总集，有十五国风，展现了各地不同的风土人情和政治得失。

中国古代思想家一致认为人的气质决定于其风土。《孔子家语》云："坚土之人刚，弱土之人柔，墟土之人大，沙土之人细，息土之人美，耗土之人丑。"① 古代思想家还认为人们的生活方式与风土也紧密相关。《汉书·地理志》《乐志》还详细探讨了风土与人们生活习性的关系，曹丕《典论·论文》也详细探讨了各地作家的地域气质。六朝时期，人们已经注意到地域与学风的关系，如《世说新语》"文学篇"、《颜氏家训》"音辞篇"等都指出南北语音、学风、民俗的差异。清初顾炎武、傅山、潘耒也曾注意到南北学风和文风的不同，后来王鸣盛《蛾术编》卷二论"南北学尚不同"、刘师培的《南北文学不同论》都曾对这一命题进行了全面研究。

明清时代流派纷呈、门户林立的诗歌创作，引发了文学批评对诗歌风土特征的注意。杨际昌《国朝诗话》曾云："三楚自竟陵后，海内有楚派之目，昊庐先生一雪之；秦中自空同酷拟少陵，万历之季，文太清翔凤复为扬波，海内有秦声之目。"② 叶矫然《龙性堂诗话》亦曾云："黄东与黄明立论诗云：'使改从时贤，入今吴楚诸名流派中，则亦有所不屑。'黄石斋与计甫草云：'吾闽人之称诗也，与尔吴人异。'"③ 魏禧《容轩诗序》亦云："十五国风，莫强于秦，而诗亦秦唯矫悍，虽思妇怨女，皆隐然有不可驯服之气。故言诗者必本其土风。"④ 可见明清时期的诗论家大多关注地域文化对作家的影响。

由于明清时期许多作家曾经漫游南北，促进了南北文化的交流，许多诗论家不但提倡地域诗风对作家的影响，而且注意到文化交流与作家创作的关系，因此他们对"江山之助"的诗学命题极为推崇。"江山之助"是

---

① 张涛：《孔子家语注释》卷六，三秦出版社1998年版，第289页。
② 杨际昌：《国朝诗话》卷二，《清诗话续编》第3册，上海古籍出版社1983年版，第1724页。
③ 叶矫然：《龙性堂诗话》初集，《清诗话续编》第1册，上海古籍出版社1983年版，第938页。
④ 魏禧：《魏叔子文集》外篇卷九，中华书局2003年版，第481页。

一个古老的诗学命题。刘勰曾说:"若乃山林皋壤,实文思之奥府……然屈平所以能洞监风骚之情者,抑亦江山之助乎!"① 他认为文学风格与特定的地域风物征候有一定的联系,屈原作品瑰诡朗丽、想象奇幻的特点即受益于楚国云蒸霞蔚的江山景致孕育。我们知道,文学是对自然景物和社会现实的反映。《礼记·乐记》云:"凡音之起,由人心生也。人心之动,物使之然也。感于物而动,故形于声。"② 刘勰《文心雕龙·物色》也说:"诗人感物,联类不穷。流连万象之际,沈吟视听之区。写气图貌,既随物以宛转;属采附声,亦与心而徘徊。"③ 都说明了诗人创作对自然环境和社会现实的依赖关系。因此,后人多强调人的现实阅历对诗文创作的制约关系。元好问《论诗绝句三十首》云:"眼处心生句自神,暗中摸索总非真。画图临出秦川景,亲到长安有几人?"④ 王夫之《薑斋诗话》更强调:"身之所历,目之所见,是铁门限。"⑤ 他认为大凡优秀的作品都是诗人"身之所历,目之所见"的产物,如果王维不到终南山就写不出"阴晴众壑殊"(《终南山》)这样观察细致的佳句,杜甫不登岳阳楼也写不出"乾坤日夜浮"(《登岳阳楼》)这样气势磅礴的警句。此可谓"只于心目相取处得景得句,乃为朝气,乃为神笔"⑥。清初施闰章也主张赋诗要有江山之助。其《阳坡草堂诗序》云:"诗言志,视其性情,苟非其人,虽学弗工也。其次则视地,邱壑之美,江山之助,古之咏歌见志者,往往藉是。"⑦ 他们都主张诗人不但要有率真的性情,深厚的学力,还需要广泛的阅历,饱览名山大川,才能激发作家的情思。

古人所谓"江山之助"有两个层面的含义:一是指诗人生长的地域环境对诗人创作风格的影响。班固《汉书·地理志》曾说:"凡民函五常之性,

---

① 范文澜:《文心雕龙注》,人民文学出版社1958年版,第659页。
② 孙希旦:《礼记集解》(下),中华书局1989年版,第976页。
③ 范文澜:《文心雕龙注》,人民文学出版社1958年版,第660页。
④ 郭绍虞:《〈元好问论诗绝句三十首〉小笺》,人民文学出版社1978年版,第67页。
⑤ 戴鸿森:《薑斋诗话笺注》,人民文学出版社1981年版,第55页。
⑥ 王夫之:《唐诗评选》卷三,《船山遗书》,北京出版社1999年版,第4905页。
⑦ 施闰章:《学余堂文集》卷七,影印《文渊阁四库全书》本。

而其刚柔缓急,音声不同,系水土之风气。"明唐顺之也认为"西北之音慷慨,东南之音柔婉,盖昔人所谓系水土之风气"①。他们都强调了各地不同的地理环境和人文风俗对作家的影响。清初李念慈《赵秋水近诗序》也说:"诗文之体气相因,岂不以其地哉?西北山川所自起,厚重闳深,顾硗确湍悍,往往碍舟车害行旅。渐至东南,则秀拔涟漪,可游可赏,然峭削漫涣矣,其地之人,性行才力文章,各因其山川之气而加之以习,罕相能也。"②沈德潜也指出:"余尝观古人诗,得江山之助者,诗之品格每肖所处之地。"③

"江山之助"另一个层面的含义是指诗人通过广泛的阅历,可以改变其固有的地域特征,呈现出兼容并包、气势磅礴的多元风格。清盛大士《溪山卧游录》曾说:"诗画均有江山之助。若局促里门,踪迹不出百里外,天下名山大川之奇胜,未经寓目,胸襟何由而开拓?"④许多诗人游历天下以后,诗文风格都发生了改变。《新唐书》曾说张说"为文属思精壮",后来贬谪岳州,"而诗益凄惋,人谓得江山助"⑤。袁枚认为王昶早期诗歌"多清微平远之音",自从随阿桂将军征金川以后,在路间寄《南斗集》一册,"傀诡奇险,大得江山之助"⑥。李念慈更是明确指出:"生乎东南者,不睹西北山川之雄伟,则苍凉灏博之气不出。生乎西北者,不睹东南山川之秀丽,则冲融缅邈之思亦无由发。"⑦通过以上论述不难看出,诗人一旦"行万里路",丰富了阅历,开拓了胸襟,其创作必然受各地不同山川地貌和人情风俗的影响发生改变,呈现出丰富的审美内涵。

清代著名外省籍诗人来到陇右之后,亲身经历了陇右地区悠久丰富的文化、壮丽的山河、奇异的风俗和凋敝的民生,引起了他们思想认识的极

---

① 唐顺之:《东川子诗集序》,《荆川集》卷十,四部丛刊本。
② 李念慈:《谷口山房文集》卷二,国家图书馆藏康熙二十八年(1689)杨素蕴刻本。
③ 沈德潜:《芳庄诗序》,《归愚文钞余集》卷一,清乾隆刻本。
④ 盛大士:《溪山卧游录》,俞剑华《中国古代画论类编》(下册),人民美术出版社2004年版,第948页。
⑤ 欧阳修、宋祁等:《新唐书·张说传》,中华书局1975年版,第4410页。
⑥ 袁枚:《随园诗话补遗》卷一,人民文学出版社1960年版,第583页。
⑦ 李念慈:《程然明诗序》,《谷口山房诗集》卷二,国家图书馆藏康熙二十八年(1689)杨素蕴刻本。

大变化，他们也用诗歌对其进行了热情的歌咏，创作了极富特色的陇右诗歌佳作。吴镇在王曾翼《吟鞭胜稿序》中曾说："天之下、地之上，皆诗境也，然声教所阻，则讴歌遂阙焉。若夫声教远矣，殊方绝域睹记皆新，而乘轺持节者，于其山林水土民风物产之类，未能吟咏之万一。……新疆为金天之奥区，自汉迄明，羁縻而已。及至我圣朝，悉成编户，此诚千古所希逢，亦宁非文教覃敷之景运。将欲令昆仑月窟之左右，尽变为风雅之乾坤乎？则新疆不可无诗，而作新疆之诗者，尤不易。……先生以江左宿儒，通籍最久，一官而成一集，殆有家风。……自东而西，则由玉门、安西以至喀什噶尔、叶尔羌，其内地之诗，经前人所题咏者，先生独开生面。至新疆回部之诗，则古所未有者，而今忽有之，以采民风，以宣圣化，是非徒雨雪杨柳、感行道之迟迟也。"①吴镇已经看到王曾翼在陇右、新疆诗歌创作的开拓独创之功。而李渔、宋琬、牛运震、杨芳灿等人的陇上诗歌，也具有鲜明的特色和重要的认识价值。李渔的陇右诗歌被王茂衍评为："灵怪满前，奇变百出。"王左车又评为："绝似髯公，海外奇文。"②只有陇右奇异的风俗和壮丽的风景才能激发作家的奇情妙想，创作出奇异独特的文字。牛运震《与盛别驾书》亦云："缘徽山川原野，光景颇与鄙性相宜。烟霞林树，略堪入诗。……手挥朱毫，目送青鸟，凝眺既久，公事亦办。向晚，退人吏，日中所得，笔之于札，吟咏不辍，卷帙遂多。"③陇右的美丽风物也激发了牛运震的情思，创作了大量的咏陇名篇。杨芳灿在陇右创作了大量的边塞诗歌，成就非凡。顾敏恒《真率斋稿序》中曾说："闻仕宦之乡，是昔要荒之服。天高日淡，地古沙平。弱水西流，黄河东走。马嘶风而喷玉，鹏睇野而生云。君于是饫黄羊之馔，拥青兕之裘。弦邏沙之槽，酌葡萄之酒。此间才子，不异从戎。何事参军，但工蛮语。必且以

---

① 吴镇：《王芍坡先声吟鞭胜稿序》，《松花庵文稿》卷二，宣统二年（1910）狄道后学重刻本。
② 《笠翁一家言诗词集》眉批，单锦珩《李渔全集》第二卷，浙江古籍出版社1991年版，第183页。
③ 牛运震：《牛空山先生文集》卷一，南京图书馆藏清嘉庆六年（1801）校本。

儿女之情,挟幽并之气。阳关三叠,甘州八声。混沌高歌,防风起舞。"①他敏锐地看到了杨芳灿诗歌的内容和他的陇右仕宦经历紧密相关。杨揆曾征战卫藏,行经陇右,这种人生经历既扩展了他的人生阅历,也塑造了其诗骨,吴兰雪曾说:"荔裳早擅风华,中年从嘉勇公出征卫藏,所历熊耳山、星宿海诸胜,意境天开,诗格与之俱变。极造幽深,发以雄丽,字外出力,纸上生芒,非摹拟从军行者所能道其一语。"②洪亮吉的陇上纪行诗大多为边塞山水诗,也是其诗歌的精华所在,朱则杰称他是清代西北边塞诗中成就最高者③,潘瑛、高岑的《国朝诗萃二集》甚至说他的"塞外诸诗,奇情异景,穷而益工。其雄健遒宕,在《秋笳集》之上"④。张维屏《听松庐诗话》也说:"先生未达以前名山胜游诗,多奇警。及登上第,持使节,所为诗转逊前。至万里荷戈,身历奇险,又复奇气喷溢。信乎山川能助人也。"⑤林则徐的陇右诗歌大多沉雄凄壮,充满爱国豪情。林昌彝《射鹰楼诗话》曾说:"风格高壮,音调凄清,读之令人唾壶击碎;然怨而不怒,得诗人温柔敦厚之旨。"⑥袁行云对谭嗣同的陇右诗歌也评价甚高,其《清人诗集叙录》曾云:"嗣同壮游秦陇,所作《西域引》《秦岭》《陇山》《邠州》《夜成》《怪石歌》《六盘山转饷谣》《〈儿缆船〉并叙》《六盘山》等篇,恢宏豪迈,气势浩博。《晨登衡岳祝融峰》《汉上纪事》四首、《湘痕词》八篇、《文信国日月星辰砚歌》已有异彩。自谓'拔起千仞、高唱入云',信其有过人之才矣。"⑦可见清代旅陇诗人在陇右的创作极为丰富,其创作成就也极高,在清代诗坛具有重要地位。

清代著名外省籍诗人来到陇右之前,他们在诗坛早已成名,其诗文创

---

① 顾敏恒:《真率斋初稿序》,杨绪容、靳建明点校《杨芳灿集》附录三,人民文学出版社2014年版,第683页。
② 吴兰雪:《桐花吟馆诗钞序》,《桐华吟馆诗稿》卷首,嘉庆十二年(1807)刻本。
③ 朱则杰:《清诗史》,江苏古籍出版社2000年版,第298页。
④ 钱仲联主编:《清诗纪事》(九),凤凰出版社2004年版,第6787页。
⑤ 钱仲联主编:《清诗纪事》(九),凤凰出版社2004年版,第6789页。
⑥ 林昌彝著,王镇远、林虞生标点:《射鹰楼诗话》卷一,上海古籍出版社1988年版,第13—14页。
⑦ 袁行云:《清人诗集叙录》(第三册)卷八十,文化艺术出版社1994年版,第2787页。

作也具有一定的地域文化特色。他们来到陇右之后，深受陇右文化和山川风物的影响，加上他们特殊的人生经历，使得他们的创作风格发生了极大的变化，呈现出多元文化交融的特色，在清代诗歌史上具有重要的研究价值。例如宋琬在来陇右之前，已经在山左、京师诗坛声名卓著，其早期诗歌被人们认为追步七子，效法盛唐，"明靓温润"，《清史稿》曾云："始（宋）琬官京师，与严沆、施闰章、丁澎辈酬倡，有燕台七子之目。其诗格合声谐，明靓温润。"[①]但是自从他两次下狱，仕宦陇右之后，诗风发生了极大变化。《清史稿》又云："既构难，时作凄清激宕之调，而亦不戾于和。"金之俊在《安雅堂诗序》中说宋琬"凡一生之欹崎坎坷，皆其触发性灵，磨砺学问，与夫洞彻圣贤义理之处"，一变而为"苍老雄肆""悲愤激宕"之调[②]，这和他的人生磨难与陇右经历紧密相关。牛运震来到陇右之后，其诗风也发生了明显的变化。其《答野石梁公》曾云："半载以来，熟复经传史册，益复有得，识解才思，都进于前……拙诗穷而益工。寓兰近体凡十数首，大抵以沉郁之思，出以萧淡，不必高言李、杜、王、孟，正不知近代何人，能似此品地。"[③]他到西北之后，深受当地文化的影响，并且推崇秦地诗人李梦阳。吴仰贤曾云："乾隆朝西陲能诗者，以狄道吴松崖镇为最。尝从牛真谷运震游，真谷诗得派于北地，北地为松崖乡先辈。"[④]吴镇亦称其师为"空同门下客"（《奉慰真谷夫子》）[⑤]，可见其诗学渊源所在。牛运震诗歌的风格大多苍凉沉郁，萧疏淡雅，格调高迈，音律和谐，融齐鲁之博雅与北地之雄浑为一体。杨芳灿为官陇右之后，随着其对社会的广泛了解，再加自己的坎坷经历，其诗歌不但具有广阔的社会内容和深刻的人生体验，而且其艺术风格和创作思想都发生了巨大的

---

① 赵尔巽等：《清史稿·宋琬传》，中华书局1977年版，第13327页。
② 金之俊：《安雅堂文集序》，辛鸿义、赵家斌点校《宋琬全集·安雅堂文集》卷首，齐鲁社2003年版，第3—4页。
③ 牛运震：《牛空山先生文集》卷四，南京图书馆藏清嘉庆六年校本。
④ 吴仰贤：《小匏庵诗话》卷五，《续修四库全书.集部》第1707册，上海古籍出版社2002年版，第43页。
⑤ 吴镇：《玉芝亭诗草》，甘肃省图书馆藏清乾隆刻本。

变化。杨芳灿早年最喜欢李商隐,他曾说自己与李商隐有"四同三异"①。其集中有许多模拟李商隐之作。如《旅怀》《秋夜词》《春夜微雪效玉溪生体》等,大多词采华茂,缠绵悱恻。洪亮吉称其诗"如锦碧池台,炫人心目"②。杨芳灿早年受袁枚影响,作诗好艳丽华赡。王培荀《听雨楼随笔》云:"先生虽为袁简斋及门,诗实不相袭也。张船山赠诗云:'头衔转觉赘郎好,才调宁惟艳体工。'而艳体实不可及。无论《美人》等篇,如《红柳》,古鲜咏者,非先生不能工矣。"③其实杨芳灿作艳体诗,正是受袁枚影响。谭莹《论词绝句》评价杨芳灿、杨揆也曾说:"二陆才多擅倚声,文章碧海掣长鲸。颇嫌乐府香奁语,孤负冰天雪窖行。"④其实杨芳灿在西北任职后,广泛地接触了现实生活,诗风也随之变化,不但反映现实生活的内容多了,艺术风格也趋于清真古淡。贾季超《护花铃语》云:"杨蓉裳刺史芳灿,负沉博绝丽之才,弱冠即有诗名,著《真率斋稿》,风华艳异,几与梅村太史集后先媲美。近见其宁夏风土诗,则尽变前格,全尚清真,知其进于古矣。"⑤法式善更是从杨芳灿的诗歌中看到了"秦声"和"吴音"代表的两种文化的交流和融合。其《真率斋稿序》云:"昔人云:秦音亢厉,吴音靡曼。此其性然也。今乃欲尽变其生心之音,使越无吟,齐无讴,楚无歌,而俱操为秦声、吴声,则其伪亦甚矣。君生于吴而宦于秦,诗则工于诸体,而皆出之以真,又能神明规矩,不沾沾法古而古人之妙尽有。"⑥杨揆诗风前后期的变化也较为明显,前期生活于江南之地,环境宁静生活安逸,周游吴、皖、越、赣之地,其诗格调清华,哀感顽艳。他后来行经陇右、从军卫藏之后,深受西北文化的影响,诗歌风格有所改变,感情变

---

① 杨廷锡:《芙蓉山馆诗钞跋》,杨绪容、靳建明点校《杨芳灿集》附录三,人民文学出版社2014年版,第684页。
② 洪亮吉:《北江诗话》卷一,人民文学出版社1985年版,第6页。
③ 王培荀:《听雨楼随笔》卷三,《续修四库全书》第1179册,上海古籍出版社2002年版,第52页。
④ 谭莹:《乐志堂诗集》卷六,《续修四库全书》第1528册,上海古籍出版社2002年版,第485页。
⑤ 转引自钱仲联《清诗纪事》(三),凤凰出版社2004年版,第1750页。
⑥ 杨绪容、靳建明点校:《杨芳灿集》附录三,人民文学出版社2014年版,第692页。

得深沉，诗风更为幽深。吴镇曾称许"蓉裳之诗，清空而华瞻；荔裳之诗，幽秀而端凝"①。吴兰雪更是指出："荔裳早擅风华，中年从嘉勇公出征卫藏，所历熊耳山、星宿海诸胜，意境天开，诗格与之俱变。"②其实清代著名旅陇诗人来到陇右之后，他们都受到陇右文化和个人经历的影响，诗风或多或少都发生了变化，呈现出多元文化交融的印记和多样的风格，在清代诗坛具有独特的认识价值和审美价值，值得学界进一步探讨。

二 清代旅陇诗人的陇右诗歌为中国贬官文学的代表

清代中期以后，被贬往甘肃、新疆的官员日益增多，他们在贬谪的路上或者贬谪地的人生经历比较坎坷，他们的创作也独具特色，可谓贬官文学的代表。贬官文人在中国古代可以说是一个特殊的士人群体。古代传说："舜逐三苗于三危。"（《尚书·舜典》）这可能是最早关于氏族首领流放的记载。三危传说就在今甘肃敦煌附近的三危山。后来楚襄王流放著名诗人屈原于沅湘一代，屈原创作了《离骚》等作品抒发自己"忠而被谤"，报国无门的感伤和愤懑，成为我国贬官文学的源头。汉文帝时期，著名政治家、文学家贾谊被流放长沙，他感伤自己和屈原一样的遭际，写下了著名的《吊屈原赋》《鵩鸟赋》等作品，为古代贬官文学增光添彩，让贬官文学逐渐形成潮流。

唐代许多著名诗人都遭受过贬谪之苦，例如张说被贬钦州，宋之问被贬岭南，王昌龄被贬江宁，杜甫被贬华州，刘禹锡被贬四川，白居易被贬江西，元稹被贬江陵、通州，韩愈被贬潮州，柳宗元被贬永州，李德裕被贬崖州，刘长卿被贬四川，等等。李白被赐金放还，浪迹江湖，可谓贬官中的特例。宋代的贬官也很多，例如卢多逊被贬崖州，胡旦被流浔州，蔡确被贬新州，藤子京被贬岳州，欧阳修被贬滁州，苏轼先后贬黄州、惠州、儋州，苏辙、秦观被贬雷州，黄庭坚被贬涪州，等等。总体来说，唐宋时

---

① 吴镇：《松花庵全集·文稿续编》，宣统二年（1910）重刻本。
② 吴兰雪：《桐花吟馆诗钞序》，《桐华吟馆诗稿》卷首，嘉庆十二年（1807）刻本。

期贬谪之地大多在湖湘、巴蜀、岭南一代。唐朝时期，陇右、河西地区比较富庶，朝廷不可能把这些所谓的罪臣发往这些地区享清福，要把他们流放在南方烟瘴之地，借以摧残他们的身心健康。宋代由于吐蕃、西夏长期占领河西、陇右地区，丝绸之路梗阻不通，加之地处边境，朝廷可能惧怕一些贬官叛国外逃，因此也不会将陇右作为贬谪之地。

唐宋时期贬官的急剧增多，催生了贬官文学的繁荣兴盛。贬官的特殊经历不但提升和净化了许多正直官员的精神世界，而且促进了他们对文学规律的认识。唐宋时期许多贬官对太史公"发愤著述"的思想深有会心，而且作为了他们创作的动力，许多文学家对这一思想更是进行进一步阐发。韩愈在《送孟东野序》中提出"物不得其平则鸣""文穷而后工"的著名观点。他在《荆谭唱和诗序》中云："夫和平之音淡薄，而愁思之声要妙，欢愉之词难工，而穷苦之言易好也。"①欧阳修在《梅圣俞诗集序》中更是提出"诗穷而后工"的著名观点。他们都认为诗人在遭受厄运之时，抒发胸中郁勃不平之气，其诗才能悲凉慷慨，具有不朽的精神价值。

许多贬谪官员虽然心怀忧惧，对前途充满失望之情。但是他们大多"身在江湖，心忧巍阙"，"先天下之忧而忧，后天下之乐而乐"，表现出对国家前途、民族命运的关心，对百姓疾苦的同情，充满忧国忧民之情，这是贬官文学中值得珍视的宝贵财富。例如李白两次被贬之后，写下了著名的《梦游天姥吟留别》《行路难》《朝发白帝城》等脍炙人口的诗篇，发出"安能摧眉折腰事权贵，使我不得开心颜"的呐喊，也抒发了"长风破浪会有时，直挂云帆济沧海"的雄心壮志。杜甫被贬华州期间，写下了彪炳史册的《三吏》《三别》等传世名篇，抨击政治的黑暗，同情百姓的疾苦。韩愈被贬潮州时，写下了《左迁至蓝关示侄孙湘》《宿曾江口示孙湘二首》等，表现了"欲为圣明除弊事，肯将衰朽惜残年"的正直品格。柳宗元被贬永州、柳州之后，写下了著名的《永州八记》《黔之驴》等散文，是中唐古文革

---

① 韩愈著，马其昶校注，马茂元整理：《韩昌黎文集校注》卷四，上海古籍出版社2014年版，第294页。

新运动中的优秀篇章。苏轼被贬黄州之后，写下了"大江东去，浪淘尽，千古风流人物"的千古名句，还抒发了"回首向来萧瑟处，也无风雨也无晴"的超逸情怀，被贬惠州之后，又抒写了"日啖荔枝三百颗，不辞长作岭南人"的乐观精神。总体来说，唐宋贬官文学中既有白居易"同是天涯沦落人，相逢何必曾相识"、秦观"郴江幸自绕郴州，为谁流下潇湘去"的悲凉心态，但更多的是体现出在苦难生活中不甘沉沦，有着屈原"路漫漫其修远兮，吾将上下而求索"的执着精神。

贬官的文学创作也催生了中国古代文学形式和文学风格的变化。大凡一种新的文学样式，总是先从民间生活的土壤中萌发。贬官们的命运多舛，使他们的生活一下子跌落民间，贴近了百姓生活。他们大多不像那些飞黄腾达的官员，事务繁杂，应酬不断。这些"无丝竹之乱耳，无案牍之劳形"的贬官士人，逐渐摆脱了名缰利锁和各种现实功利的影响，有充裕的时间进行艺术思考，能够更为充分地驰骋自己的艺术想象。他们的视野比较开阔，创作的约束也较少，多种题材都可以入诗，加上自身丰厚的文学素养，往往能够探索出新的文学样式。刘禹锡在贬谪巴蜀以后，当地的民歌对他启发很大，因此他创作的《竹枝词》吟咏风俗获得巨大成功，遂使《竹枝词》成为后世文人吟咏风俗的专用体裁。元稹、白居易在政治失意以后，经常诗文唱和，开古代文人以诗词唱和的新风。更有苏轼在屡遭贬谪之后，创为豪放词风，从此，豪放和婉约成为词的最重要的两种风格形式。

清代中期以后，许多正直的官员被贬陇右、新疆以后，他们受当地山川风物和民情风俗的影响，加上他们对国家命运和自身遭际的深入思考，使他们的创作也发生了极大的变化，不但内容丰富，题材多样，而且创作风格也发生了深刻的变化，具有重要的审美价值和艺术价值。他们的诗文创作也促进了陇右、新疆等地文学的繁荣。纪昀、洪亮吉、祁韵士等人因得罪朝廷，被发往伊犁赎罪，他们为了避免文字再带给自己麻烦，一路上几乎没有动笔作诗。但是洪亮吉到了嘉峪关、纪昀到了玉门关以后，被一路上的山川风物、异域风光激发，他们顿时忘了顾忌，写下了许多著名的诗歌，例如纪昀在新疆写了著名的《杂诗》《乌鲁木齐杂诗》，洪亮吉写了《伊犁纪思诗》《凉州城南与天山别放歌》，祁韵士写了《西陲竹枝词》等著名作品，感慨人生的不幸遭际，歌咏当地的人情风物，为后人研究乾嘉年间的丝绸之路和西部风物留下了极有价值的资料。林则徐、邓廷桢被贬官伊犁之后，当年一起并肩作战的老将军在西域相见，真是悲喜交加，他们在伊犁经常诗词唱和，开创了西域流人诗词唱和的新风气。

明清时期的贬官到了戍所之后，大多没有灰心丧气，颓废自放，而是积极参与当地的政治、经济和文化建设，促进当地百姓生活的好转，把戍所当作实现自己兼济天下志向的天地。例如林则徐到了新疆以后，积极帮助伊犁将军布彦泰筹备粮饷，他带领当地军民兴修水利，开荒屯田，改易兵制。新疆至今还有林则徐当年带领民众开掘的水井——"坎儿井"。林则徐的这一系列举措促进了新疆地区经济文化的发展。

值得重视的是，流放新疆的许多官员对当地的历史文化相当重视，除了在他们的诗文中有所反映之外，还有许多新疆流人著书立说，写成了专门的著作。洪亮吉曾有《天山客话》《伊犁日记》，裴景福著有《河海昆仑录》，祁韵士著有《西陲要略》《西域释地》《万里行程记》，这些著述"皆考证古今，简而能赅"，有较高的学术价值，而祁韵士也被后人称为西域史地学的开拓者和奠基人。徐松的《西域水道记》《西陲总统事略》详细记载了新疆河道流向、地理地势、历史概况、名胜古迹、驻军屯垦、风物矿产等。林则徐在遣戍期间，通过实地考察，敏锐地觉察到来自西北方面沙俄势力的威胁。道光二十三年（1843）七月，他在写给喀什噶尔领队大臣开明阿的诗中，就提醒人们不要为"三载无边烽，华夷悉安堵"的假象所迷惑，而要积极加强边防，同心协力，才能使敌人慑服，不敢轻举妄动。这种"塞防"思想，确实表现了林则徐的深谋远虑，而且在后来的历史发展中证明了林则徐的远见卓识。

自清代中期以来，谪戍陇右、新疆的官吏人数众多，指不胜屈，他们万里荷戈，艰苦备尝，在古代丝绸之路上留下了苦难的脚印，也是当时时代的见证，其独特的人生经历和为国为民的忠贞精神历来为人们传诵，他们的陇右诗歌创作也是中国文学史上宝贵的精神财富。

第二章　清初旅陇诗人及其陇右诗歌创作

第一节　清初旅陇诗人略论

明末清初，各地战乱不断，社会动荡不安，陇右地区地处边陲，兵燹与灾害给当地百姓带来了巨大的苦难，民族矛盾和阶级矛盾极为尖锐。许多外省籍诗人为了反清复明、从军漫游或者出仕任官来到陇右。他们用诗笔记载了当时陇右地区的社会动乱和天灾人祸，表现了反对不义战争、同情百姓疾苦的仁者情怀，对于了解清初陇右地区的社会历史状况具有重要的参考价值。

清初反抗清朝统治的斗争此起彼伏，江南、岭南的反清力量极为兴盛，而西北地区的反清斗争也比较激烈。顺治五年（1648），陇右地区曾经发生了声势浩大的回族米喇印、丁国栋起义，他们以反清复明为号召，占据甘州，攻陷凉州，进据兰州，声势浩大，又连克临洮、渭源等地，关陇震动。一些抗清志士也看到了要推翻清朝必须将东南沿海的反清力量和关陇地区的反清力量联合起来，因此一些抗清志士频频进入陇右，在陇右也留下了许多诗文，为进一步研究清初的抗清斗争提供了真实的资料。著名的徐州遗民阎尔梅在抗清失败之后，曾经逃亡各地，他于顺治十二年（1655）曾经来到陇右，漫游崆峒山，吊首阳祠，后来深入兰州、临夏等地。徐世昌《晚晴簃诗话》云："古古在明季，尝入史阁部幕，劝以视师淮徐，号召规复。及明亡，破产养士，坐是亡命，南游川粤，北出燕代。久之，事解还乡里。诗颇有新意,然渊源仍自七子出。"① 其《从皋兰至枹罕即事》云:"皋兰夜月听铙歌,枹罕鸣涛下笋箩。井度八星躔白时,雍州三面阻黄河。田家槔引孩儿水,戍士庭生寡妇莎。将略从来西汉胜,乌孙督护有长罗。"②皋兰即皋兰山,在兰州城外。西汉霍去病曾破匈奴于此。枹罕,古称河州,即今临夏市。为古代羌戎杂居之地,历来兵家必争。顾祖禹《读史方舆纪要》云:"(河州)控扼番戎,山川盘郁,自昔西垂多衅,枹罕尝为战地,盖掎角河西,肘腋陇右,州亦中外之要防矣。"③阎尔梅来到兰州、临夏之后,抚今追昔,对霍去病等人建立的功勋极为向往,也透露了自己反清复明的决心。关中诗人李楷曾经在镇江与著名遗民诗人孙枝蔚、潘陆等人联系紧密,曾建立了"丁酉诗社",秘密反清。后来他响应魏耕联络秦陇和江南反清义军的战略,曾经于康熙四年(1665)漫游陇右,来到秦州、兰州等地。这些明遗民在清初联络陇右的抗清活动,学界研究较少,通过他们的诗文,可以了解当时的抗清形势。

  清初还有许多外省籍诗人因为从军入幕而漫游陇右。关中诗人李念慈曾经入庄浪总兵冯士标幕府,于顺治五年(1648)来到陇右,他的诗文也反映了当时陇右地区战乱的情况,对于了解李念慈生平和清初陇右的社会状况具有重要价值。海宁著名诗人查嗣瑮于康熙三十六年(1697)跟随客中丞从军陇右。查嗣瑮(1652—1733)字德尹,号查浦,查慎行之弟。康熙三十九年(1700)进士,选翰林院庶吉士,授编修,升至侍讲。与兄查慎行均有才名。阮元《两浙𫐐轩录》云:"查嗣瑮,字德尹,号查浦,海宁人,慎行弟。康熙庚辰进士,改庶吉士,授编修。历侍讲,视学顺天。著《查浦诗钞》。《本朝名家诗钞小传》:'嗣瑮赋性警敏,早解切韵谐声,与兄初白酬倡,斐然可观,幞被囊琴,辙迹几遍天下,所至与贤豪长者游,酒肆旗亭,传唱无虚日,海内称查氏两才子。'"④查嗣瑮赴兰州之时,在京师曾经作有《将

---

① 徐世昌著,傅卜棠编校:《晚晴簃诗话》卷十三,华东师范大学出版社2009年版,第48页。
② 阎尔梅:《白耷山人诗文集》诗集卷六下,清康熙刻本。
③ 顾祖禹:《读史方舆纪要》卷六十,中华书局2005年版,第2880页。
④ 阮元:《两浙𫐐轩录》卷十一,清嘉庆刻本。

有皋兰之行，西崖置酒为别，兼示蕉饮、元朗、半千》一诗，其中有句云"层冰积雪五千里，天外金城云结垒""刚车摧轮马折骨，谁抛性命枹罕陬"①，激壮慷慨，颇有立功边疆的豪情。查慎行《敬业堂诗集》卷二十三《岁寒杂感十首》，其中也有句云："橘柚洲前非楚泽，鹡鸰沙外是凉州。最怜跋扈飞扬气，岁晚因人尚远游。"自注云："闻德尹于十一月赴兰州幕府。"还有《端阳前二日，初食荔支，戏寄德尹（时弟在兰州）二首》②。查嗣瑮在陇右的诗歌颇多，著名的如《秦中怀古》《过六盘山》《同客中丞自皋兰渡河至凉州途中作》《红城驿道中》等，大多刚健质朴，音调激越，与其早期诗风大为不同。其写清初陇右民俗的诗歌也极有特色，其《土戏》云："东汾才罢又南原，士女婆娑俗尚存。八缶竞催天竺舞，俄惊鼙鼓震雷门。""玉箫铜管漫无声，犹剩吹鞭大小横。不用九枚添绰板，邢瓯击罢越瓯清。"陇右地区民风淳朴，古风犹存。由于受到丝绸之路文化的影响，民间戏剧还有异域色彩，这跟南方的雅乐大为不同。诗人以惊奇的眼光看待这种民间文化，也用质朴的诗笔记载了当时的民间风俗，有助于了解清初的陇右社会状况。

著名戏曲家李渔也应甘肃提督张勇的邀请，于康熙五年（1666）来到陇右，漫游了陇右、河西等地，写下了许多著名诗歌。著名遗民学者梁份也曾应张勇的邀请来到陇右地区，曾三次漫游西北，考察地理形貌。梁份遍游西北之河西一带，考察其"山川险要部落游牧，暨其强弱多寡离合之情"③，主要关注该边疆地区的山川地形、战略位置以及民族关系等，先后为期六年，所谓"秦川六载共悲秋，漂泊依人塞上游"④，梁份几易寒暑，笔耕不辍，撰成《西陲今略》。刘献廷对该书推崇备至，赞为"有用之奇书"，并把它和当时地理学上的经典著作——顾祖禹的《读史方舆纪要》

---

① 查嗣瑮：《查浦诗钞》卷六，清刻本。
② 查慎行：《敬业堂诗集》卷二十三，清嘉庆刻本。
③ 刘献廷：《广阳杂记》卷二，中华书局1957年版，第65页。
④ 刘献廷：《怀葛堂集》"外集附录"，中华书局1957年版，第760页。

相比较，指出"此书虽止西北一隅，然今日之要务，孰有更过于此者"①，成为清初研究西北地理的经典之作。

清初任职陇右的外省籍著名诗人也比较多，如蒋熏、宋琬、梁熙、许珌等人。由于清初民族矛盾、阶级矛盾比较尖锐，加上清政府对汉族士人的猜忌和古代官场勾心斗角的痼疾，清初仕宦陇右的官员大多人生坎坷，历尽艰辛。蒋熏明末为复社成员，后迁为伏羌知县，清初归顺新朝，仍令伏羌。后被诬下狱，历尽磨难。其《章礼县、刘西和、王庄浪三令同日下兰州狱慨然有作》曾云："世事忧生事，前人哀后人。但言下邑苦，难免上官嗔。囹圄画中屋，簪缨梦里身。不愁尊狱吏，努力乞钱神。"②他曾经漫游陇右大地，留下了大量的诗歌作品。朱彝尊曾云："君性耽山水，涉恶溪，梯肠谷，周览桃花之隘，芙蓉之嶂。……迁知伏羌县，考稽禹迹，积石、朱圉所至，题名于壁。县饥，流移载道，君请革除滥征，凤勒碑衢道，于是司府交怒，诬列君罪状。巡抚以为过，弹文曰：'知伏羌县事熏处凋残之地，虽无苛政及民，然性近迂阔，赋诗立碑，催科不力，宜加处分，为旷职之戒。'其云赋诗者，滥征既除，民犹有不输者，君作诗劝之。勒碑者，即革除滥征衢道碑也。"③可见当时陇右复杂的官民矛盾和社会状况。宋琬于顺治十年（1653）任职陇右兵备道之后，就遇到秦州大地震，他积极组织官民抗震救灾，后来又努力进行灾后重建，为秦州人民做出了巨大贡献。他在秦州还注意发展生产，提倡教育，培育人才，使得陇右地区的教育文化事业得到了长足发展。许珌，字天玉，福建侯官人。明崇祯己卯举人。清初寄居京师、江南各地，与当时名士龚鼎孳、徐乾学、孙枝蔚、王士禛等交往密切，诗名远播。王士禛论其诗"沉雄孤峭"，以为"百余年来未见此手"。曾作《慈仁寺双松歌》赠之，称之为"闽海奇人"。施

---

① 刘献廷：《广阳杂记》卷二，中华书局1957年版，第66页。
② 蒋熏：《留素堂诗删》卷三，清康熙刻本。
③ 朱彝尊：《知伏羌县事蒋君墓志铭》，《曝书亭集》卷七十五，世界书局1937年版，第861页。

闽章称其诗"气雄力厚,如巉岩猛虎,凛乎其不可攀,森然其不可犯"①。康熙四年被荐为安定知县,到扬州,贫不能赴任,王士禛夫人特赠金手镯为其资。至陇右后,因追慕杜甫铁堂峡诗,故以铁堂为号。康熙六年(1667)安定遭大旱,因为民请命,乞免岁赋而被革职,贫不能归,流寓狄道,客死异乡,邑人怜才感德,卜葬狄道东山之麓,并立祠为祀,永以纪念。乾隆年间,狄道诗人吴镇整理刊印其诗集。《(道光)兰州府志》卷十二杂纪云:"闽南许天玉玭,由安定令罢官,尝侨寓狄道,娶一老妪。王渔洋诗'许生潦倒作秦赘'是也。吴孝廉镇曾于一旧家抄得其遗诗八卷,皆渔洋《感旧集》中所未载者,因镌以行世云。"②许玭在陇右时间较长,《铁堂诗草》中有关陇右的诗歌大多悲慨苍凉,沉郁顿挫,有杜诗的神韵。吴镇《读许铁堂诗稿二首》云:

一

闽海诗人许铁堂,双松一曲妙渔洋。却怜白首关山月,桃坞梅溪入梦长。

二

蚕头小楷拟琼瑶,破楮烟侵已半消。读罢临风三叹息,如君犹自老渔樵。③

赞颂了许铁堂卓越的才华,并对其怀才不遇的遭遇深表同情,感慨世道的艰难,寄托了作者的无限感慨。

清初外省籍著名诗人在陇右均有比较丰富的人生阅历和比较复杂的创作心态,他们在陇右留下了大量的诗歌作品,对于了解诗人本身的丰富内心世界和陇右地区的社会历史文化均有重要的参考价值。

---

① 施闰章:《梁园诗集序》,《学余堂集》文集卷五,影印《文渊阁四库全书》本。
② 陈士桢:《(道光)兰州府志》卷十二,清道光十三年(1833)刻本。
③ 吴镇:《松花庵全集·诗集》,宣统二年(1910)刻本。

第二节　李渔漫游陇右及其陇右诗歌创作

李渔（1610—1680），字笠鸿，号笠翁，浙江兰溪人。明末清初著名文学家、戏曲家。主要著作有戏曲《怜香伴》《风筝误》《意中缘》《凰求凤》《玉搔头》等，小说有《合锦回文传》《觉世名言十二楼》等，诗词曲作收入《笠翁一家言诗词集》。其集大成著作《闲情偶寄》，堪称中国休闲文化的百科全书。

李渔一生喜好漫游，曾游历大半中国。康熙五年（1666），李渔远游燕、秦，次年到甘肃，最终落足于河西走廊中段的张掖（甘州）。这是中国文学史上继唐代边塞诗人蜂拥出塞之后的一大壮举。李渔旅陇之行留下了一些脍炙人口的诗作，这些诗作收录在《笠翁一家言诗词集》中。由于《笠翁一家言诗词集》是按照诗歌体裁分类编辑的，而不是按照编年的形式编辑的，又由于迄今为止还没有一个权威的笠翁诗集注本，这就使李渔旅陇之行及其诗作的研究产生诸多问题，如李渔旅陇的行迹是什么，李渔在甘肃到底留下了哪些诗作，这些诗作如何解读等问题都需要进一步去厘清。诚然，给李渔的诗歌编年是一件很困难的事，因为其中大部分诗作没有明显的时间地点标示。单锦珩先生的《李渔年谱》以年系诗，填补了这方面的一些空白，但也只能列举一些有明显标示的诗作。正如作者所说："可能还有一些很有用的资料尚未利用，谱内空白疏漏之处尚多。至于布置欠当之处，更是不可避免。像李渔这样一位举世瞩目的通俗文学大师，理应拥有详尽的谱传。"[①] 本书试对李渔旅陇行迹及其诗作作以考释和评价，同时对《李渔年谱》略作订正。

一　李渔旅陇行迹

根据单锦珩先生的考述，李渔此次旅陇之行的时间、路线、行踪大致是：

[①] 《李渔全集》第十九卷，浙江古籍出版社1991年版，第1页。

> 康熙五年（1666）丙午，李渔五十六岁，在江宁，远游燕、秦。冬，抵西安。
> 康熙六年（1667）丁未，李渔五十七岁，游秦。
> （仲春）赴皋兰（兰州），作甘肃巡抚刘斗座上客。
> 过兰州附近之定远驿。
> 五月，往甘泉。经凉州。
> 至甘泉，作甘肃提督张勇座上客。
> 夏秒秋初，自甘泉回程。①

根据单锦珩先生的考述，李渔是康熙五年（1666）年底抵西安，次年（1667）春从西安出发赴兰州，仲春到兰州，在兰州逗留了几个月后起身赴甘州，时在五月。大约在五月底六月初途经凉州（武威）抵甘州。其往返路线是：

秦（西安）—皋兰（兰州）—凉州（武威）—甘泉（甘州、张掖）

单锦珩先生《李渔年谱》对李渔旅陇行迹的考述基本是正确的，但有两处需要订正。

第一处，《李渔年谱》先说李渔"赴皋兰（兰州）"之后，又说"过兰州附近之定远驿"，这样表述容易使人产生错觉，以为李渔先到兰州再西行过定远驿。而实际上是先过定远驿再到兰州的。定远驿是兰州东面的一处重要驿站，故址在今甘肃榆中县定远镇，西距兰州约 25 千米。自唐代以来，定远驿就是丝绸之路中路必经之驿站。丝绸之路中路是从长安出发经大震关（今天水东）向西北过略阳（今秦安县北）、平襄（今通渭县西）、定西、榆中定远驿、金城（今兰州），再由金城渡黄河入河西走廊到西域。东晋十六国时期，著名高僧法显西行求法，唐文成公主与金城公主入藏，

---

① 单锦珩：《李渔年谱》，《李渔全集》第十九卷，第 54—57 页。

玄奘西行，都经过此驿。这条驿道是明朝关中通甘肃的主要驿道，清朝改为兰州官路。所以《年谱》中的"过兰州附近之定远驿"这句话应放在"赴皋兰（兰州），作甘肃巡抚刘斗座上客"之前。

第二处，《李渔年谱》确认李渔从甘州返程的时间是"夏杪秋初"，证据还略显不足。单锦珩先生是根据李渔《寄谢贾胶侯大中丞》一文中"非夏杪秋初，不能旋辔"一句话来确认李渔从甘州回程时间的。但"非夏杪秋初，不能旋辔"并不是回程的确切时间，而是李渔在甘州写给贾胶侯的信中表述的回程计划，意思是说，最早也只能到夏末秋初才能回程，言下之意是说有可能还要在甘州延宕一段时间。李渔此次西行主要是受驻甘州的甘肃提督总兵张勇相邀，甘州就是他此次西行的目的地。李渔在甘州受到张勇的优礼接待，和张勇相处甚洽，这从《赠张大将军飞熊》《答张大将军飞熊问病》二诗中可以看出。据《甘州府志》记载，李渔在甘州逗留期间曾为张勇总督府"修署，堆假山石，至今屹然"[①]。还到过张掖南部祁连山区少数民族聚居区[②]。他是带着乔姬王姬为主要演员的家庭戏班来甘州的，肯定还要在当地演出戏剧。虽然此次远行离家日久，自然会产生思乡之情，但他又说"似此才称汗漫游"（旅陇之行是极尽兴致的遨游）、"心随流水急，目被好山留"。一方面归心似箭，另一方面又对河西古地流连忘返，这种矛盾的心态促使李渔在甘州逗留的时间不可能过于短促。另外，李渔在甘州留下的诗中有"朔风吹度雁门秋"之句，描写的是仲秋时节的景象。由此推拟李渔回程时间可能在仲秋时节或者更晚一些。

二 李渔旅陇诗作考释

根据《李渔年谱》所列，李渔此次旅陇之行可以确认的诗作有五律《赠定远驿某丞》《秦游家报》，七绝《凉州》，七律《甘泉道中即事》《赠张大将军飞熊》《答张大将军飞熊问病》，共六首。下面依创作时间先后

---

① 钟赓起原著，张志纯等校点：《甘州府志·人物》，甘肃文化出版社1995年版，第436页。
② 见下文对《甘泉道中即事》第二首的考释。

分别作简要考释：

赠定远驿某丞

最苦是边驿，胡为得此丞。作官贫到纸，判字小如蝇。廨冷还输寺，奴饥尽如僧。羡君头未白，的的有奇能。①

《年谱》叙这首诗写作时间和地点是："赴皋兰（兰州），作甘肃巡抚刘斗座上客。《寄谢贾胶侯大中丞》书曰：'渔止皋兰弥月，随走甘山。'过兰州附近之定远驿，作五律《赠定远驿某丞》。"这首诗赞扬驻守在定远驿的一位小官丞生活清贫，官舍简陋寒碜，手下的工作人员连饭都吃不饱，但这位官丞为官清正，忠于职守且有奇才。诗中隐隐透露出一种"同是天涯沦落人，相逢何必曾相识"的沧桑之感。

凉　州

似此才称汗漫游，今人忽到古凉州。笛中几句关山曲，四季吹来总是秋。②

凉州是西北重镇，历史文化名城。所以李渔称到凉州是"汗漫游"。"汗漫游"就是极尽兴致的遨游。"笛中"二句抓住古老凉州最鲜明的特征——羌笛曲，巧妙地化用王之涣《凉州词》意，并且生发开来，把羌笛、春风、秋风、杨柳、《凉州词》等浓缩其中，又是作者感情过滤之后的结晶。两句诗把千年的古凉州历史人文囊括其中，堪称大手笔！短短一首绝句，质朴中含精警，简略中有深邃，能引起读者无限的遐思。可谓古诗中歌咏凉州的精品。

---

① 《李渔全集》第二卷，浙江古籍出版社 2014 年版，第 106 页。
② 《李渔全集》第二卷，浙江古籍出版社 2014 年版，第 329 页。

甘泉道中即事

番女辫发垂地，富者饰以珠宝，贫而无力者以海螺、珠壳代之；居处无屋，随地设帐房，牛皮、马革是其料也。

一渡黄河满面沙，只闻人语是中华。四时不改三冬服，五月常飞六出花。海错满头番女饰，兽皮作屋野人家。胡笳听惯无凄惋，瞥见笙歌泪满赊。[①]

"甘泉道中"即"甘州道中"。据说甘州城西南八十里处有一段山名甘浚山，山下有泉涌出，泉水甘洌甜美，甘州因之得名。诗中有"五月常飞六出花"之句，表明作者离开凉州赴甘州的时间是五月仲夏季节。诗的前半部分追忆此次出塞到河西的见闻，后半部分写祁连山区藏族风俗及自己出塞的感受。诗的构思就像摄影镜头，先由远景逐步缩到特写镜头。"一渡黄河满面沙"，描写了河西走廊沙尘天气频繁的现象。"只闻人语是中华"，表明清初的河西走廊已经是以汉族为主的多民族聚居区。河西走廊祁连山区散居着藏族、蒙古族、裕固族等少数民族，他们虽然有本民族的语言，但在通商、贸易等场合都使用汉语。"四时不改三冬服，五月常飞六出花"二句，描写河西走廊南部祁连山区的气候特征。"六出花"即飞雪。祁连山区气候多变，高山气候非常明显，夏季下雪司空见惯。史载当年隋炀帝伐吐谷浑，六月"经大斗拔谷，山路险隘，鱼贯而出，风雪晦冥，……士卒冻死者大半，马驴什八九"[②]。唐代著名诗人高适也曾在诗中描写河西走廊的气候特征是"阴山入夏仍残雪，溪树经春不见花"[③]。接下来的两句写藏族风俗："海错满头番女饰"，说藏族女子的发式，即小序中"番女辫发垂地，富者饰以珠宝，贫而无力者以海螺、珠壳代之"。藏族女子在出嫁前有一岁增一发辫的习俗，发辫上装饰着银牌、珊瑚、玛瑙、贝壳

[①] 《李渔全集》第二卷，浙江古籍出版社2014年版，第183页。
[②] 《资治通鉴》卷第一百八十一《隋纪五》，中华书局1956年版，第5646页。
[③] 高适著，孙钦善校注：《高适集校注》，上海古籍出版社1984年版，第233页。

等饰品。"兽皮作帐野人家",写藏族的居住风俗。由于藏族是游牧民族,夏天随水草而逐,帐篷就是他们的家。最后两句"胡笳听惯无凄惋,瞥见笙歌泪满赊",说自己来到河西走廊中部的张掖南部祁连山区,听惯了少数民族用胡笳吹奏的乐曲而乐不思蜀,偶尔听到"笙歌"即中原汉族的乐曲,勾起了自己的思乡之情,不禁潸然泪下。

赠张大将军飞熊

大将军礼贤下士,为当代一人。予自皋兰应召至甘泉,谒见之始,大将军遣使致声,勿行揖让之礼,因其数经血战,体带疮痍,势难磬折故也。昔汲黯为大将揖客,千古称荣,予并一揖而捐之,此等异数,胡不可传?惜当之者非其人耳。

将军揖客重前儒,我见将军揖也无。才许分庭行抗礼,更收磬折免亲扶。授餐不虑侏儒饱,下榻还愁旅梦孤。知己感恩难并得,于今始作一人呼。①

张勇,字飞熊,陕西咸宁人,康熙三年起任甘肃提督,驻甘州,康熙十四年加封靖逆将军、靖逆侯。康熙二十三年(1684)卒。诗中以西汉汲黯为大将军卫青"揖客"事比拟自己成了张大将军的"揖客"。作者在《寄谢刘耀薇中丞名斗》一文中云:"自抵甘泉,为大将军揖客,肆扪虱之迂谈,耸嗜痂之偏听。主人不以为狂,客亦自忘其谬,投辖情殷,未忍遽而言别。"这首诗抒写作者和主人张大将军"知己感恩难并得"的深情厚谊,称颂张大将军"礼贤下士,为当代(第)一人"的儒雅之风,也表现了自己作为一个文人疏狂不羁的作风。

答张大将军飞熊问病

神思惚惚意怦怦,才欲加餐腹早盈。何事遽缄多病口,止因偕食

---

① 《李渔全集》第二卷,浙江古籍出版社2014年版,第183页。

五侯鲭。上天似有修文诏,下士方图力疾行。造命得君应暂止,反由灾患卜长生。①

　　这首诗作于作者在张掖期间。也许是因为作者长途旅行鞍马劳顿,气候不适、水土不服而生疾病,张勇去问病,表现了张将军礼贤下士的作风。"何事"二句,说自己近来卧病在床不思茶饭,是因为前一段时间受将军款待吃了过多的美味佳肴而得病的。作者这样说,意在衬托张将军的礼贤下士。这同现代京剧《沙家浜》中新四军伤病员给沙奶奶"提意见",说沙奶奶给他们"一日三餐有鱼虾","似这样长期来住下,只怕是,心也宽,体也胖,路也走不动,山也不能爬"的写法有异曲同工之妙。"僭食",意为自己在张勇提督府中无功受禄,是个白吃饭的闲客,表达了一种自惭自怍的心情。"五侯鲭",本指汉代娄护合王氏五侯家珍膳而烹饪的杂烩,这里用以指美味佳肴。"上天"二句,说因为皇上发布政令,修治礼乐教化,我才急急奔走先后,以企有所作为。"造命"二句,以祸福相依的道理说命运之神因为将军对我的慰问而会停止对我的侵害,自己因病笃的灾患反而会得以健康长生。

秦游家报

　　此番游子橐,差胜月明舟。不足营三窟,惟堪置一丘。心随流水急,目被好山留。肯负黄花约,归时定及秋。②

　　这首诗也作于在张掖期间。"秦游家报"即向家人报告这次河西之行及归程的信息。作者在诗中表明:来到张掖,受到张大将军的优礼接待,即使不算是为自己营造了"三窟"(用《战国策》"狡兔三窟"典),也算是为自己营置了"一丘",再一次突出了作者与张大将军的深厚友谊。

---

① 《李渔全集》第二卷,浙江古籍出版社 2014 年版,第 184 页。
② 《李渔全集》第二卷,浙江古籍出版社 2014 年版,第 111 页。

虽然远离江南家乡，思家心切，但"目被好山留"——被河西的美景所吸引而流连忘返，乐不思蜀。当然也不能辜负当初出行时与家人的"黄花约"（菊花开时），秋天定返程回家。

上述六首诗的题目或标明陇上地名（如"定远驿""凉州""甘泉"），或点出李渔旅陇的交游人士（如"张大将军"），因此《李渔年谱》确认这六首诗作于旅陇期间是无疑的。但李渔作为一个大诗人，旅陇的大半年时间不可能只作了六首诗。《笠翁一家言诗词集》中应该还有旅陇诗作。仔细阅读诗集，虽然有的诗没有明显的陇上地名标示，但根据其中透露出的蛛丝马迹，还可以基本推拟下列四首诗可能也作于旅陇期间的张掖。

旅　况

百岁几何日，劳劳又一年。客心忙似水，归路邈于天。为我乏生计，累人输俸钱。捧心殊自怍，休咏伐檀篇。①

李渔大半生云游天下，而此次远游燕、秦路程最长，历时也最长。李渔此次从南京出发远游燕、秦的时间是康熙五年（1666），到张掖已是康熙七年（1668）五月，离家将近二载，自己也接近花甲之年，所以就有"百岁几何日，劳劳又一年"的感慨。"客心忙似水"意同《秦游家报》中"心随流水急"。为何要急于归乡呢？因为此次虽然寓居甘州提督府中，一帮人的衣食由张勇供给，但这种"累人输俸钱"的白吃饭的生活终归不是长久之计。"休咏伐檀篇"，用了《诗经·伐檀》中"彼君子兮，不素餐兮"（那个君子啊，可不是白吃饭的啊）的典，真实地表现了作者自惭自怍的心态，与《答张大将军飞熊问病》中感到自己是在"僭食"的情感是一致的。

旅　病

愁中岁月任消除，短发离根不耐梳。旅病方知妻妾好，乱离更觉

---

① 《李渔全集》第二卷，浙江古籍出版社2014年版，第114页。

故人疏。鸣蜩已入三春后,拥絮还同二月初。怪得朝来神稍旺,昨宵新得故乡书。[1]

这首诗说旅途中得病。"短发离根不耐梳"与李渔已入老年头发稀疏的特征相符。"鸣蜩已入三春后"点明李渔来到河西是"三春后"的五月。"拥絮还同二月初",一方面说河西的气候反常,另一方面说明病情,盖上厚厚的棉被仍然寒冷难禁。李渔此次出塞,鞍马劳顿,加之水土不服,可能得的是外感风寒、内伤饮食之类的病,与《答张大将军飞熊问病》中"才欲加餐腹早盈""止因僭食五侯鲭"的病因病情是一致的。尽管在张掖受到张勇的礼遇,但离家日久,自然会产生思乡之情;加之生病卧床不起,一种觉得还是家乡好亲人好的情感油然而生。作者一方面觉得这次河西之行"似此才称汗漫游""目被好山留";另一方面又觉得"旅病方知妻妾好,乱离更觉故人疏"。这种自相矛盾的心态其实很真实,很符合一个远行旅者的心态。

得家书

不得家书久,寒衣雪后来。老妻初病可,孤客小颜开。游倦琴书冷,归迟儿女猜。字中闻叹息,怨语若诙谐。[2]

这首诗特意写"不得家书久",《旅病》中说"昨宵新得故乡书",与《旅病》可视作姊妹篇。"寒衣雪后来"与《甘泉道中即事》中"五月常飞六出花"的时间、物候特征是一致的。"游倦""归迟"从一个侧面说明这首诗是以此次长途西行为背景的。

登 楼

久客难为日,登楼景物侵。乱山迷去路,流水急归心。雁后书偏少,

---

[1] 《李渔全集》第二卷,浙江古籍出版社2014年版,第155页。
[2] 《李渔全集》第二卷《得家书》,浙江古籍出版社2014年版,第115页。原诗第一句作"不得家书力",较费解。揣摩诗意,"力"应该是"久"之误,今改。

医来病益深。天涯知己在，不独为黄金。①

　　这首诗写登楼思乡的情感。"久客"，说自己长久客居他乡。"流水急归心"意同《秦游家报》中"心随流水急"。"雁后"即秋后，与《甘泉道中即事》之二"朔风吹度雁门秋"时间一致。"医来病益深"之"病"与《答张大将军飞熊问病》《旅病》之"病"大概是同一个病。至于"登楼"，古诗词中登楼思乡之作很多，自古以来文人墨客大都有登楼赋诗的雅兴，李渔曾经登临黄鹤楼，写有《登黄鹤楼》一诗。张掖楼阁很多，镇远楼、五云楼等都是张掖的名楼，李渔到张掖，这些名楼是不可不登的。最后两句说自己客居甘州，并不是为了得到钱财的施舍，而是因为遇到了张大将军这样的知己才"久客"张掖的。

三　李渔在张掖留下的一首佚诗

　　李渔在张掖所作的《甘泉道中即事》本是二首，而不是一首。《李渔全集·笠翁一家言诗词集》中只有第一首诗，而第二首诗没被收入。估计有两种可能：一是当时李渔将这两首诗写成之后交付张掖的友好收藏，由于时间的流逝和记忆的疏忽，后来编辑《笠翁一家言诗词集》时只收入了前一首诗；二是作者在编辑审定诗稿时可能觉得太俗而删掉了后一首诗。遂使后一首诗成了佚诗未被收入《笠翁一家言诗词集》。但自清代以来，在张掖流传的《甘泉道中即事》是二首，其第二首是：

黄番风俗

黄番，蒙古族也，与黑番不同俗。

　　朔风吹度雁门秋，驻近祁连部落稠。开国艳称元太祖，属藩犹似汉诸侯。煎茶款客烧牛粪，载货经商斗马头。壶捧鼻烟双手递，天然

---

① 《李渔全集》第二卷，浙江古籍出版社 2014 年版，第 120 页。

浑厚古风流。①

  这首佚诗首见于《新修张掖县志》。《新修张掖县志》的编撰者是清末民初的白册侯。白册侯，字宝庭，张掖人。清光绪乙酉（1885）科拔贡，癸巳（1893）恩科举人。曾任秦州学正，因事解职归田后回故乡主持甘泉书院、鳞得书院及河西讲舍。业余潜心于《新修张掖县志》的编撰工作。清末即着手搜集资料，写成《张掖县志采访册》，进入民国后全力编修县志，遂于民国十年（1921）撰成《新修张掖县志》手稿12卷，悉遵清代地方志体例，内容丰富，是继清代乾隆年间编撰成书的《甘州府志》之后的又一巨著。不久白册侯谢世，手稿由其门人余炳元保存并作续编完稿。此后该书稿以多种手抄本的形式流传，其间又曾经多人修改删节，并有油印本传世，遂形成该县志手抄本、油印本繁简不一的多个版本。由于过去兵荒马乱，该县志一直未能付梓。"文化大革命"中又遭劫难，手抄稿流散于张掖民间。直到20世纪80年代，张掖史志办才收集部分手抄、油印残稿，由施生民等人校点内部印刷发行。而当时校点编辑《新修张掖县志》所据的手抄稿底本是一个删节本，里面恰恰没有《甘泉道中即事》的第二首。20世纪90年代，原张掖市人大副主任叶桐村先生和原张掖地区商业处离休干部王秉德先生曾见到过《新修张掖县志》一个较原始的手抄稿②，并据此撰文考证《新修张掖县志》的作者与版本，里面首次披露了李渔的这首佚诗③。笔者在这里不厌其烦地介绍发现李渔这首佚诗的经过，无非是要说明：当年白册侯编撰《新修张掖县志》时收录李渔的这两首诗应该是有充分根据的，绝不可能凭空杜撰出第二首诗。两首诗内容相关，都是写

---

  ① 叶桐村、王秉德：《民国时期〈新修张掖县志〉的编者与版本》，《张掖春秋》第1辑，第27页。

  ② 王秉德先生看到的手抄稿是从叶桐村手中借阅的，而叶桐村又是辗转从别人处借阅的，现叶桐村已去世多年，原手抄稿也不知下落。当时王秉德先生摘抄了手抄稿"民族、风俗、民政、水利志"的部分内容，笔者是从王秉德先生的手抄稿上看到《甘泉道中即事》的第二首诗。

  ③ 见叶桐村、王秉德《民国时期〈新修张掖县志〉的编者与版本》，张掖市地方史志学会编辑《张掖春秋》第1辑，第27页。

少数民族的风俗；体例一致，都是先有小序后有诗，都是七言律诗；风格上也一致。因此将"朔风吹度雁门秋"一诗认定是李渔的佚诗应该是确凿可信的。下面试对这首佚诗做出解释。

诗前小序说这首诗所描叙的是"黄番风俗"。"黑番""黄番"是清代河西当地对生活在祁连山区少数民族的俗称。据《甘州府志》记载：

> 甘州南山黑水以东皆黑番，其西黄番。黄番者，故鞑靼族，皆元之支庶也。明季奏徙甘州南山黑番者，古羌种，今西宁、凉州诸番，皆其类也。黄番，俗称黄鞑子；黑番，番子。①

根据这段话的解释，"黑番"又称"番子"，即第一首诗前小序所谓的"番族"，其民族来源是"古羌种"，即古羌族的后代。唐时称吐蕃，明清时当地俗称"黑番""番族"，后来通称为藏族。河西走廊南部祁连山区黑河以东至武威永昌段居住的主要是藏族，黑河以西居住的主要是"黄番"。解放后将"黄番"划分成裕固族和蒙古族两个民族，并且成立了肃南裕固族自治县。下面对这首诗试作解释：

首句用乐府诗《凉州》典："朔风吹叶雁门秋，万里烟尘昏戍楼。征马常思青海北，胡笳夜听陇山头。"②点明作者访问祁连山区少数民族地区的时间当是康熙六年（1667）秋天。"驻近祁连部落稠"是说祁连山区聚居着多个民族、多个部落。甘州南部祁连山区杂居着裕固族、藏族、蒙古族、土族、回族、汉族等民族。就裕固族而言，祁连山区又分布着亚拉格家、贺朗格家、西八个家、五个家、东八个家、四个马家等十多个部落。他们以草原为家，逐水草而居，保持着较原始的游牧民族生活习俗。"开国"二句，点明各少数民族已经成了祖国大家庭中一员的事实。"属藩"犹汉代的"属国"，汉代将已归附的少数民族安排在规定的区域内，称为"属国"。

---

① 《甘州府志·杂纂》，甘肃文化出版社1995年版，第779页。
② 郭茂倩：《乐府诗集·近代曲辞》，中华书局1979年版，第1117页。

"煎茶"四句,描写游牧民族"天然浑厚"的民风民俗。游牧民族都有豪爽热情待客的习俗,客人来了先拿用牛粪火熬好的奶茶或酥油茶以及油果子待客。主人还要双手恭敬地给客人递上鼻烟壶,而客人也必须用双手接过主人的鼻烟,倒出少许鼻烟,放在鼻子上吸闻一会儿,然后双手将鼻烟壶还给主人。这一非常细小的举动,却充满文明的礼仪,其目的是建立相互尊敬和信任。鼻烟壶本是舶来品,16世纪后,鼻烟传入中国,由于游牧民族在马背上无法用烟筒吸烟。因此鼻烟正适合他们在野外吸闻。"壶捧鼻烟双手递"遂成为待客的一项重要礼仪,鼻烟壶也成为游牧民族男子随身佩戴的一件饰品。作者在这里似乎作为一个旁观者表面上描写少数民族的待客风俗,实则巧妙地把作者自己融入里面,写出了作者来到祁连山区,走进了牧人的帐篷,受到了主人热情款待的事实。牛粪火、马奶子、酥油茶、炒面、手抓羊肉、青稞酒、鼻烟壶,等等,对于一个来自江南的游客来说,这一切都显得那么新奇、别致。一番豪饮之后,或许李渔还要受邀骑马遨游牧场呢!祁连山区少数民族被称为"马背上的民族",驯马骑马是少数民族男性必备的素质,家族势力大者所放养的马有几十匹甚至上百匹。这些马成年后有的用作自家坐骑,有的用来做茶马交易,有的用来做商队的驮马。"斗马头"即商队的驮马马头相"斗",斗,有来往、纷乱之意。晏殊《酒泉子》词有"流莺粉蝶斗翻飞"之句。"载货经商斗马头"说的就是赶着驮马的商队来来往往、络绎不绝的情景。表现了清代前期河西走廊游牧民族和汉族之间商贸往来友好相处的情景。

四 李渔旅陇诗作综评

河西走廊是古代边塞诗的摇篮和母体。自古以来,河西以其独特的自然地理人文景观吸引着无数的文人墨客们。丝绸古道、烽火长城、关塞亭障、石窟佛龛、戈壁雪峰、大漠孤烟、长河落日、绿洲牧群、羌笛胡笳、胡商艺人……这一切在初次出塞到河西的诗人们看来既陌生又新鲜,在他们眼中打开了一个全新的创作的天地,刺激了他们的创作激情,给他们带来了最新鲜的诗料,成就了一个个边塞诗人。唐代著名诗人骆宾王、陈子昂、高适、岑参、李益等往来河西，出塞入幕，创作了许多河西边塞诗，形成了一个享誉千古的诗歌流派——边塞诗派。明清时期很多将吏文士也曾出塞到河西，如郭登、岳正、陈斐、纪昀、洪亮吉、林则徐等，留下的歌咏河西的诗作更多，他们都步唐代诗人的后尘，充当了文化的使者和传播者。李渔旅陇期间虽然留下的诗作不多，但跟唐代和明清其他河西边塞诗相比较，确也有"青出于蓝而胜于蓝"的特点。这主要表现在两首描写河西祁连山区少数民族的《甘泉道中即事》上，这两首诗俨然是一幅前清时期祁连山区少数民族风俗画。李渔初到甘州，对祁连山区少数民族的风俗习惯既感到陌生又感到新奇别致，刺激了诗人的创作欲望，故以诗歌的形式记录了藏族、裕固族与蒙古族的风俗习惯。这两首诗用白描的手法，通俗的语言，描写了"天然浑厚"的少数民族风情，表现了清朝前期河西走廊各民族和平友好相处的情景。自唐代以来，中原士人出塞入幕者很多，留下了大量边塞诗，或写塞外风光，或展示征人思乡厌战的情怀，或表现前线战斗的情景，但很少有人像李渔这样，将笔触深入到少数民族之中，去描写他们的民风民俗。从唐宋到明清，李渔是唯一写诗歌咏祁连山区少数民族风俗的诗人，所以这两首诗在古代边塞诗中就显得十分珍贵。

  李渔旅陇诗作的风格，可以用两个字来概括：真、奇。真，就是说真话，抒真情，率性而作，没有矫揉造作。李渔对明代著名文学家李贽的"童心说"和公安派的"性灵说"心领神会，并将其融会贯通于自己的文学理论和创作实践中。他认为，文学创作是作者心灵、情感的自然流露，"文生乎情，情不真则文不至耳""情真则文至矣"①。他的河西诗作，无论是纪游还是抒写思乡之情，都是他真情实感的流露。例如《旅病》中"旅病方知妻妾好，乱离更觉故人疏"的真情实感；《旅况》中时光流逝，光阴虚度，老之将至，功名不成，寄人篱下，累人俸钱，归心似箭等层现错出的情感；《得家书》抒写作者在万里之外的甘州收到一封家书悲喜交加的心情，其中有对"老妻初病可"的关切，也有收到书信"孤客小颜开"的喜悦；有

---

① 《哀词引》，《李渔全集》第一卷，第 133、134 页。

对长期漫游的倦怠（"游倦琴书冷"），也有对儿女之情天伦之乐的期盼（"归迟儿女猜"）。李渔的好友周亮工评此诗："文生于情，情真则文自好。笠翁诗无字不真，是以独绝。"① 李渔诗歌的"奇"，主要表现在用奇语，写奇景。例如《甘泉道中》二首，无论是那"一渡黄河满面沙，只闻人语是中华。四时不改三冬服，五月常飞六出花"的塞外奇景，还是"海错满头番女饰，兽皮作屋野人家""煎茶款客烧牛粪""壶捧鼻烟双手递"的少数民族"天然浑厚古风流"的风俗习惯，都会使内地及南方的读者觉得大开眼界，奇特无比。《笠翁一家言诗词集》引王茂衍评语："灵怪满前，奇变百出。"王左车评语："绝似髯公，海外奇文。"② 突出了一个"奇"字，而这种"奇"，又往往以非常本色自然通俗的语言出现，却又不落入俗套，成为笠翁诗歌一个突出的特色。

第三节　李楷漫游陇右及其陇右诗歌创作

清初战乱频仍，而西北地区的反清力量也此伏彼起，让清廷极为头痛。许多外地的遗民志士曾经频繁进入陇右，他们一方面考察西北地理和战争形势，一方面在寻找反清力量进行联络。著名遗民诗人阎尔梅、梁份、李楷都曾在顺治年间漫游陇右，写下了许多著名的旅陇诗歌。对于我们进一步认识清初复杂的政治斗争和遗民诗歌都有重要的参考价值。

一　关中诗人李楷的生平与创作成就

李楷（1603—1670），字叔则，号岸翁，陕西朝邑人。少聪慧，嗜古学，"读书十行俱下，五夜不倦"③。天启甲子举人，屡次会试不第。"尝

---

① 《笠翁一家言诗词集》眉批，《李渔全集》第二卷，第115页。
② 《笠翁一家言诗词集》眉批，《李渔全集》第二卷，第183页。
③ 李元春：《河滨诗钞序》，《桐阁文钞》卷一，《稀见清人别集丛刊》本，广西师范大学出版社2007年版。

筑楼高数丈许，屏居其上，命书估日送图史，手自评骘，学殖益富。"①崇祯十一年（1638），李楷游江南，寓居南京，与复社成员多有来往。时南京复社后劲吴应箕、黄宗羲、冒辟疆等人作《留都防乱揭》，声讨阉党余孽阮大铖等，李楷亦列名其中。他与马御犉、韩诗、王相业称"关中四子"，名满江南。《朝邑志》云："李楷，字叔则，晚号岸翁，学者称河滨先生。弱冠举天启甲子乡试。……已而避寇白门，与马元御、王雪蕉、韩圣秋等称'关中四子'。"②国变后李楷归顺清廷，曾任宝应知县。《江南通志》卷一百八《职官志》："宝应县知县……李楷，朝邑人，举人。顺治二年任。"③在任勤政为民，"解草米各项，岁省民财万计"④，但是由于他恃才傲物，为人所忌而罢官。《居易录》卷十一："岸翁名楷，关中耆宿。国初仕为宝应知县，高才凌物，为忌者所中，罢官。"⑤李楷罢官后流寓广陵，筑一室曰雾堂，潜心著述，又漫游苏州、杭州、秀水、昆山等地。与冒襄、李长科、邢昉、胡介、邓汉仪、方文、程邃等遗民志士交往颇密。曾与江西李明睿著《二李珏書》。顺治十四年（1657），在镇江与孙枝蔚、潘陆等人订"丁酉诗社"，次年归关中。与关中名士李因笃、李颙、王弘撰、东云雏等人交往密切，又与顾亭林、屈翁山等寓秦遗民定交。后越秦岭，漫游陇右，深入桴罕。曾应陕西巡抚贾汉复之请修《陕西通志》，又修《朝邑志》《洛川志》。

李楷虽然短暂仕清，但被诬去官后就坚卧不出，其心路历程极为复杂，在清初那个复杂险恶的政治环境中较为特殊。李楷曾为李长科《广宋遗民录》作序，有"宋存而中国存，宋亡而中国亡"之论，钱谦益读后大为感叹。其《复李叔则书》云："翻李小有《宋遗民传目录》，得河滨序文，至'宋存而中国存，宋亡而中国亡'。抚卷失席曰：'此元经陈亡而书五国之旨也。'

---

① 《（雍正）陕西通志》卷六十三，影印《文渊阁四库全书》本。
② 金嘉琰、朱廷谟修：《朝邑志》卷四，清乾隆四十五年（1780）刻本。
③ 尹继善等修：《（乾隆）江南通志》卷一百七十二，《四库全书》本。
④ 《（雍正）陕西通志》卷六十三，影印《文渊阁四库全书》本。
⑤ 王士禛：《居易录》卷十一，袁世硕主编《王士禛全集》（五），齐鲁书社2007年版，第3889页。

其文回翔萌折，缠绵恻怆，吴立夫《桑海录序》殆未能及。私自叹向者餐叔则之名，不意其笔力老苍曲折，一至于此。"①李长科《广宋遗民录》是在明代程敏政《宋遗民录》的基础上考索收集的宋遗民汇录，并提出"存宋者，遗民也"的著名观点。同时朱明德也有《广宋遗民录》，请顾炎武为序。顾炎武曾说："余尝游览于山之东西、河之南北二十余年，而其人益以不似。及问之大江以南，昔时所称魁梧丈夫者，亦且改形换骨，学为不似之人；而朱君乃为此书，以存人类于天下，若朱君者，将不得为遗民矣乎？"②将宋遗民的文化价值提高到"存人类于天下"的高度。顾炎武曾说："有亡国，有亡天下。亡国与亡天下奚辨？曰：易姓改号，谓之亡国。仁义充塞，而至于率兽食人，人将相食，谓之亡天下。……知保天下然后知保国。保国者，其君其臣，肉食者谋之；保天下，匹夫之贱与有责焉耳矣。"③顾炎武认为历代改朝换代是亡国，是其国君臣之事；而元灭宋、清灭明是亡天下，是汉民族失去统治地位，汉文化受到威胁，所以匹夫匹妇皆有责任。这与李楷"宋存而中国存，宋亡而中国亡"的思想是一致的。李楷虽然短暂仕清，但是在"保天下"以及保存汉文化这一庄严而伟大的使命面前，其个人的出处都为小节。这一点和清初吕留良比较相似。李楷在很多诗中也以遗民自况，如"食力旄倪皆可敬，谁为使者念遗民"（《新安道中》）、"昔时野老吞声尽，今日遗民醉酒余"（《长安怀古四首》）。卓尔堪《明遗民诗》凡例认为遗民"惟重末路，苛求其他，吾则何敢"④，他将李楷列为遗民，正是对李楷"末路"的认可。

李楷为学以朱子为宗，以崇经隆礼为归，兼及释典道藏。其文思敏捷，落纸成文，时人大多叹为观止。施闰章曾云："吾行天下，见著作家颇众，勤敏便给，罕有如河滨李先生者。其为人博雅，善记诵，喜宾客，与人坦

---

① 钱谦益：《复李叔则书》，《牧斋有学集》卷三十九，上海古籍出版社1996年版，第1343页。
② 顾炎武：《广宋遗民录序》，《顾亭林诗文集》卷二，中华书局1959年版，第34页。
③ 黄汝成：《日知录集释》卷十三"正始"，岳麓书社1994年版，第471页。
④ 卓尔堪：《明遗民诗》卷首"凡例"，中华书局1961年版。

然直遂，诗文不起草，有求者即席伸纸直书之，或作飞白，各题识持去。其不屑斧凿，有嘐嘐道古之意。"①李楷著有《雾堂全集》一百卷，后多散佚。嘉庆间李元春为选《河滨遗书钞》六卷、《河滨文选》十卷、《河滨诗选》十卷三种传世。

李楷诗文成就较高，施闰章曾称他"文似子瞻，诗似太白"（《李叔则集序》），王士禛也认为国初关中诸名士，"当以岸翁为冠"，但他却说："予观《雾堂集》，多发前人所未发。诗文颇奥衍笔拔，有奇气。恨才多不能裁割，加声律不叶，未免拗折嗓子，如昔人所诮耳。"②李元春却说："河滨之诗富于文，等而各诣其至。其教子尝曰：'凡无关于天下国家之故，皆无益之言，皆可以不作。'此则其生平著述之意，固非肯漫然操觚者，又况才大于海，学富于山，世历三亦而身经百，于人情物理随在人目而验之于心，故其为诗也，一有所触，直抒胸臆，不屑屑于结构，不竞竞于雕琢，而深邃之思，豪迈之气，苍茫之色，俱令人不可摩拟，犹之乎其文也。"③又云："乃者渔洋于河滨推服备至，而犹惜其才大不能剪裁，是又不然。辞取达意，正恐不能达耳。圣人教人，每不过一二语。"④李元春为李楷七世孙，对先祖有所溢美固然不假，但是渔洋在国初主持风雅，推尊"神韵"，对关中诗文质朴劲健的"秦风"倾向并不是很推崇也是事实。

李楷论诗重视性情，提倡质朴，强调诗歌要有益于国家。其《谷口山房诗集序》云："诗之为教，内淑身心，外治宇宙，非己之急物与天下国家之大故，可以不作。"⑤他对晚明诗坛各立坛坫、党同伐异的陋习也极为不满，其为方文作《北游草序》云："论诗而好讥议人者，此其人不足

---

① 施闰章：《李叔则集序》，《学余堂集》文集卷六，影印《文渊阁四库全书》本。
② 王士禛：《居易录》卷十二，袁世硕主编《王士禛全集》（五），齐鲁书社2007年版，第3902页。
③ 李元春：《河滨诗钞序》，《桐阁文钞》卷一，《稀见清人别集丛刊》本，广西师范大学出版社2007年版。
④ 李元春：《河滨文钞序》，《桐阁文钞》卷一，《稀见清人别集丛刊》本，广西师范大学出版社2007年版。
⑤ 李楷：《谷口山房诗集序》，《四库全书存目丛书·谷口山房诗集》卷首，齐鲁书社1997年版。

与言诗也。其意以为不排人无以自见,故于古人亦反唇焉。由此推之,必律天下之人皆归于已一轨,凡古人之不合于我者,辄訾其瑕,类使闻者无不惊而畏之曰:夫夫也,且出古人上,其谁敢与之争。"①因此他主张诗要成"一家之言"才有价值,方文诗专学白居易,朴老深挚,亦可谓一家之言,有传世不朽之价值。

李楷诗歌题材广泛,各体皆工,其"四言直追风雅,乐府真比汉魏,五古何减颜谢,而七古亦在李杜韩苏之间,即近体所不喜为,夫岂时人所有?"②孙枝蔚曾说李楷"倚马千篇得,雕龙绝代看"(《怀李叔则》),方文称其"骚雅知音苦不多""诗到穷工反自然"(《与李叔则先生感旧》),胡介也称其"文章健格老愈成,诗思苍凉气弥厚""酒酣落笔益有神,纵横飞白如挥帚"(《河滨叟行赠李叔则》)③,他们都对李楷诗歌给予了很高的评价。

二 李楷晚年漫游陇右及其陇右诗歌创作

康熙四年(1665),李楷六十三岁之时,他曾越过秦岭,漫游陇右,其动机可能与反清复明的政治目的有关。李楷与孙枝蔚等人在镇江曾经订有"丁酉诗社",这是一个具有明显政治色彩的诗社。"丁酉诗社"见于《溉堂前集》卷七《与李岸翁、潘江如初订丁酉社,喜医者何印源招饮》三首④,孙枝蔚并没有详细说明建立诗社的宗旨和组成人员,其诗也大多为思念故乡,感慨时势,感念友情之作。李楷《丁酉社诗序》为我们揭开了更多秘密。《河滨诗选》卷七《丁酉社诗序》云:"不佞萍飘润浦,常怀用晦之诗;褐被残冬,偶作临邛之客。主人好我(康侯时为令),力振秦风。良友切磋(豹人先予至),顿泽大雅。惜寸阴于陶侃,每附填胸;

---

① 李楷:《盍山集序》,方文《盍山集》(上),上海古籍出版社1979年版,第3—5页。
② 李元春:《河滨诗钞序》,《桐阁文钞》卷一,《稀见清人别集丛刊》本,广西师范大学出版社2007年版。
③ 胡介:《旅堂诗文集》诗集卷一,《四库未收书辑刊》柒辑,北京出版社2000年版,第705页。
④ 孙枝蔚:《溉堂集》(上)前集卷七,上海古籍出版社1979年版,第336页。

师至慎于嗣宗，不谈时事。乃有潘、姜琬琰（江如、山公），刘、李龙鸾（原水、木仙）。谓难得者三山，宜贤豪之鼎立。姑相邀于万杏（印源堂名），聊鸡黍以同欢。大举葵丘，先狎盟以胥命；用章骚楚，继白雪于阳春。遂及诸何（林玉、青纶、公年），眷言卜夜。属匏刻烛，阄韵分哦。或感叹于梅边（宋遗民号梅边），或托情于庞下。莫不淋漓酒况，沉着诗肠。予岂敢曰执牛，顾亦愿言附骥。思王恭之往迹，适当还镇之年（晋安帝丁酉年王恭举兵，帝诛王国宝、王绪恭，乃还镇京口）；从靖节之遗风，略效义熙之例（陶渊明诗书甲子）。锡名丁酉，广集唐声。犹念浼史于林丘（阳羡实庵翁），将寻仙班于句曲（句容在辛侍御自豫章归）。庶几南村晨夕，但析奇书之疑；九老壶觞，不厌真率之会云。"①

从李楷序中可知，此次聚会的人还有潘陆（江如）、姜山公、刘原水、李木仙、何印源、何林玉、何青纶、何公年，这里除了潘陆生平史书有记载之外，其他人生平都已湮没无闻。方文《嵞山集》曾经多次提到与李木仙、潘陆、谈允谦、彭士望、邬继思、钱驭少等人的聚会，可见他们都是具有反清思想的遗民。

丁酉诗社的宗旨李楷也说得很清楚："或感叹于梅边（宋遗民号梅边），或托情于庞下。"他们通过感叹宋遗民梅边先生来抒发他们强烈的故国之思。宋遗民王炎午号梅边。李时勉《王炎午忠孝传》云："先生姓王氏，改名炎午，原讳鼎翁，别号梅边，学者称梅边先生。……与丞相文公、青山赵公同游。寻以父忧，值宋亡，文丞相募兵勤王，鼎翁谒军门，谕丞相，毁家产，供给军饷，以倡士民助义之心，……及丞相被执，为生祭文以速丞相之死。既历陈其有可死之义，又反复古今所以死节之道。"②由此可见，丁酉诗社中人大多为遗民志士，具有强烈的故国之思。

另外值得注意的是，李楷序中所云："思王恭之往迹，适当还镇之年。从靖节之遗风，略效义熙之例。"后句不难理解，因为陶渊明以遗民自居，

---

① 李楷著、李元春选：《河滨诗选》卷七，陕西图书馆藏清嘉庆刻本。
② 王炎午：《吾汶稿》卷十附录，《四部丛刊》本。

不遵刘宋之年号，而以甲子纪年。这在清初遗民中间比较突出，例如顾炎武、李因笃等人诗文都不署清朝年号，而是以太岁纪年。孙枝蔚、方文等人也大多以甲子纪年。最重要的是前一句"思王恭之往迹，适当还镇之牛"，其自注云："晋安帝丁酉年，王恭举兵，帝诛王国宝、王绪恭，乃还镇京口。"王恭（？—398年），字孝伯，东晋太原晋阳人。少有美誉，清操过人，累迁吏部郎，历建威将军。晋安帝隆安元年四月，王恭以除王国宝为名向都城建康进军，司马道子赐死王国宝、诛杀王绪以求罢兵，王恭还兵京口。李楷为何提到历史上这个事件呢？看起来和诗社毫无关系，这里正透露出了丁酉诗社中人意图"恢复"的志向，而实践这个愿望的人现在可以肯定的就是镇江潘陆。

　　顺治初年，虽然清政府灭亡了南明的几个小政权，但是反抗清朝的运动在全国范围内还是此伏彼起，绵延不绝，尤其是东南沿海一带的郑成功、张煌言、张名振等抗清力量，给清政府造成了巨大的威胁，清政府不得不通过"迁界"来断绝沿海居民和抗清力量的联系。顺治十六年（1659），郑成功再次北伐，会同张煌言部队顺利进入长江，一路势如破竹，接连攻克镇江、瓜州，取得了定海关战役、瓜州战役、镇江战役的胜利，进而包围南京。张煌言部亦收复芜湖一带十数府县，江东一时震动。后来因为郑成功遭到清军的内外夹击，失利而归。而在此次战役中，沿海一带的反清志士和海上义军密切联系，为郑成功的顺利进军提供了许多帮助，尤以魏耕、钱缵曾、祁班孙等人最为著名。清政府下令严查"通海"人士，由于恶人告发，魏耕、钱缵曾、潘廷聪、祁班孙等因"通海"罪被捕，祁班孙遣戍宁古塔，其兄祁理孙抑郁而死。谢国桢先生曾说："郑成功之军，首破镇江，事平之后，镇江、金坛适当其冲，故通海一案，受祸亦最重。"① 王猷定《四照堂集》卷一《潘江如穆溪集序》云："比少宁，其子钟渡江省觐，抱头相慰，言润州事，辄

---

① 谢国桢：《明清之际党社运动考》附录四"记清初通海案"，辽宁教育出版社1998年版，第234页。

鸣咽。城中十万户，荡为冷灰，独妻孥屹无恙。"①可见当时杀戮之惨。

潘陆与魏耕为好友，也是为了恢复而奔波大江南北之人。潘陆，字江如，苏州府吴江人，后移家镇江。家贫，好结客，"四壁萧然，而北海之座恒满"②，他与沈士柱、韩绎祖、方文、邢昉、孙枝蔚、魏耕、王猷定有深交。韩绎祖湖州起义失败，曾至镇江，偕潘陆同登京口北固山。潘陆听从魏耕劝告，立志复明，"十年来间关道路"，为抗清四处奔走。王猷定《潘江如穆溪集序》云："当是时，余虽勉慰之，而中怀慷慨，恒与振腕中宵，以致酒悲歌怨，病呓梦魇，狂走西东，而不自知，而世所号为明哲者，目语心笑，江如掉头不顾，方欲涉下邳，历齐鲁之墟，以自坚其志，以此思君子生当斯世，有终老他乡而不悔者，其为感愤可胜道哉。"③魏耕曾有赠潘陆诗多首，其《日出入行赠镇江潘陆》抒发了他和潘陆等同人为恢复四处奔走，希望开创一番事业的雄心壮志。

从上所述，镇江是郑成功、张煌言军进入长江首先取得的重镇，士人多有开门接应者，这与魏耕、潘陆等人的鼓动策划应该有关系。还有，就在潘陆等人定丁酉诗社一年之后，郑成功军入长江一年之前，李楷离开扬州，回到陕西。施闰章《寄李叔则秦中》有句云："举世仍兵革，章逢多老瘦。烈士卷壮心，悲歌倚岩岫。……一朝测祸乱，早计决去就。"④自注云："君自扬州西归，次年，扬遂苦兵。"这应当不是一种巧合。李楷在陕西和王弘撰、李颙等遗民交往颇密，还与漫游关中的岭南屈大均、吴中顾炎武均有密切的联系。

李楷在陕西、甘肃的活动有没有反清的意图，现在很难考证。但是何龄修先生《关于魏耕通海案的几个问题》一文中曾说魏耕选择复明的战略

---

① 王猷定：《潘江如穆溪集序》，《四照堂集》卷一，《四库未收书辑刊》第五辑，北京出版社2000年版，第163页。
② 李铭皖：《(同治)苏州府志》第一百六卷，清光绪九年（1883）刊本。
③ 王猷定：《潘江如穆溪集序》，《四照堂集》卷一，《四库未收书辑刊》第五辑，北京出版社2000年版，第163页。
④ 施闰章：《学余堂集·诗集》卷六，影印《文渊阁四库全书》本。

是自秦陇东征，沿海北伐的战略。① 魏耕曾有诗云："中原地势归秦陇，五岭兵机在海涯。"（《寄萧山丁克振兼示毛奇龄》）又说："安得圣人驾六龙，直法秦汉徙关中。再辟鱼凫与蚕丛，分我浙直输挽功。"（《成都行》）这仍是重视秦陇与江浙呼应的战略思想。魏耕抗清活动的重点，一方面是针对秦陇，策动、联络夔郧山区义军，另一方面是促进、协助郑成功、张煌言海师北伐，并联系、协调英霍山区义军进行配合。海上义军魏耕有便利的条件可以联络，可是秦陇地区远在千里之外，他们没有合适的联络人可以担此重任，那么李楷就是合适的人选。因为李楷没有反清的"前科"，也没有抗击过农民军，清廷不会太注意。孙枝蔚因为曾经抗击农民军，他的政治身份容易引起当局的注意。李楷《丁酉社诗》有《得歌字》曾云："十载忽然丁酉至，四方其谓甲申何。"② "甲申"是清初士人最为敏感的一个词，甲申年间明朝灭亡，崇祯殉国，这是遗民诗人反复歌咏的一个重要事件。还有一个重要证据是李楷曾作《惜夏》诗，孙枝蔚见而悲之，也有和作。孙枝蔚《惜夏》作于丁酉年，有序云："惜春、除夕，古皆有作，李叔则近乃创为《惜夏》诗，予读而悲之，日月易迈，授衣将至，诚不独景物之足念也，爰有和。"夏在五行中属南方丙丁火，又属南方朱雀之宿，合起来就是"朱明"！孙枝蔚和诗云："送春虽有泪，徒滴落花旁。我饯朱明后，无衣暗自伤。"③ 这里直接点出了"朱明"的远逝，让作者伤悲，眷念故国之情，表露无遗。而"无衣"又借用《秦风》"岂曰无衣，与子同仇"的典故，更表现了杀敌报国的豪情。联系李楷《丁酉社诗序》提到的王恭事件，那复明的意图已经不说自明，而且镇江就是一个重要据点。李楷在陕西有两首诗值得注意，其《夜渡泾》有句云"柳毅书空寄，洞庭雪亦愁"，诗中借用唐传奇柳毅传书的故事希望打开东西联络的渠道。其《潘云从自吴江入秦》也有句云："悬镜阴魈藏白昼，聚沙地险在青浦。他时猷略兼西北，分付六丁辟道途。"青浦在今上海，临近长江入海口，正是

---

① 何龄修：《五库斋清史丛稿》，学苑出版社2004年版，第280页。
② 李楷著、李元春选：《河滨诗选》卷七，陕西图书馆藏清嘉庆刻本。
③ 孙枝蔚：《溉堂集》（上）前集卷八，上海古籍出版社1979年版，第396页。

当时郑成功和清廷必争的战略要地,而"他时猷略兼西北,分付六丁辟道途"说得更加明白,那就是要东南和西北军事方面呼应,而西北战略重心当为陇蜀之地。六丁(丁卯、丁巳、丁未、丁酉、丁亥、丁丑)为道教传说中的阴神,为天帝所役使,作者这里借指暗中联络的西北抗清之士,他们在合适的时机会"辟道途",为反抗清廷做出贡献。

周亮工曾说李楷"因愤而死",李楷在清初官知县,虽然被诬罢官,但他平生为人豪爽,罢官后并没有消极失意。可是回到陕西没几年,就在康熙九年去世。孙枝蔚写给李楷的挽诗也透露了一些信息。《哭李岸翁叔则》四首其一曾云:"遗文谁收拾,勿为仇者给。"[①]他担心李楷诗文被仇家告发,引起清廷的残酷镇压。那么李楷诗文肯定有一些"违碍"之言,但是其《雾堂全集》今已无存。其《河滨诗选》为嘉庆年间李元春所选,估计一些会引起政治麻烦的诗文都已删汰,无从考证其心境思想。

由此可见,丁酉诗社是一个政治色彩极为浓厚的清初社团,它不仅是士人诗酒流连、感时伤怀的聚会场所,而且通过诗社活动,潘陆、孙枝蔚、李楷等人积极组织"恢复"活动,也取得了一定的成效。可是由于郑成功、张煌言军事失利,魏耕等人也被奸人告发而亡,虽然魏耕没有出卖朋友,潘陆、孙枝蔚等人没有罹祸,但是潘陆从此流落江湖,而郑成功也据守台湾,海上抗清力量基本消亡。李楷在陕西、甘肃虽然有过积极活动,但是由于路途遥远,秦陇地区抗清力量薄弱,未能形成军事方面的呼应,不久李楷也亡故,所以魏耕、潘陆等人通过秦陇和江浙军事呼应的战略未能实现。

李楷康熙四年秋翻越秦岭,来到陇右,漫游了天水、陇西等地,留下的诗歌虽然不多,但也可以看出其关怀民生的仁者精神、登高作赋的慷慨豪情以及热爱陇右山水的真挚感情。

李楷来到秦州之后,看到秦州山势雄伟,地势险要,为古代兵家必争之地,南宋初年著名抗金英雄吴阶、吴璘曾屯兵于此,多次打败金兵的侵袭,保护了宋朝西北的安全。李楷抚今追昔,感慨万端,写下了《秦州西郊》

[①] 孙枝蔚:《溉堂集》(中)续集卷三,上海古籍出版社1979年版,第695页。

一诗云：

> 高原阻水无多树，吴璘将兵曾此处。雾雨蒙蒙湿五城，今日无情昔人俱。一事关心宜不宜，太昊祠前有今碑。此后万年孰可待，质文分合那得知。①

吴璘（1102—1167）字唐卿，吴玠之弟，德顺军陇干（今甘肃静宁）人。少年时喜欢骑马射箭，跟随吴玠攻城野战，多次获得战功，曾在大散关、和尚原等地屡败金兵，保卫了宋朝西北边陲，历任泾原路马步军副都总管、康州团练使、荣州防御使、秦州知府、镇西军节度使等职。绍兴十一年（1141），吴璘和金统军胡盏在剡家湾交战，打败金兵，收复秦州及陕西诸州，升任检校少师、阶州、成州、岷州四州经略使。李楷来到秦州之后，遥想吴玠、吴璘当年抗金的丰功伟绩，也希望在陇右能联络到反清的英雄豪杰，共同成就一番事业。"一事关心宜不宜"句委婉曲折地道出了他此次旅陇的隐秘心事。其《秦州重阳后一日》也透露出寻找抗清之士，同仇敌忾，杀敌报国的豪情。诗云：

> 秋深何地不黄花，微雨濛濛客帽斜。山色攒成天水湿，雁声出塞楚峰遐。书生蘸笔时搔首，甲士悬旗正放衙。最美将军咏同泽，教人白发欲忘家。②

重阳之时，秋雨濛濛，黄花满地，正是登高赏菊的美好季节。但是诗人却无心赏花，不住地回首东望，看到大雁飞过，想起范仲淹的诗句"衡阳雁去无留意"，不由得想起远在东南一带的抗清友人，对自己此次来陇右的行动也充满了信心。"最美将军咏同泽"一句借用《秦风·无衣》的典故："岂曰无衣？与子同泽。王于兴师，修我矛戟。与子偕作！"表现

---

① 李楷著、李元春选：《河滨诗选》卷五，陕西省图书馆藏清嘉庆刻本。
② 李楷著、李元春选：《河滨诗选》卷七，陕西省图书馆藏清嘉庆刻本。

了诗人和抗清志士同仇敌忾、公而忘家的报国热情。虽然自己已经白发苍苍,"每逢佳节倍思亲",相对自己远大的政治理想,只好把对家人的思念隐藏在心中。

李楷在天水还写了《天水作》《秦州》《秦州卦台山》等诗,对天水美好的风物和深厚的文化底蕴极为赞赏。如《秦州》诗云:"水走山飞稻吐芒,谁家小麦尚登场。西东千里分时候,何故州名记夏凉。"作者以简练的诗句写出了陇右气候与关中的不同,塞外风景,跃然纸上。

李楷在天水还曾访问过唐代伟大的爱国诗人杜甫曾经旅居过的东柯谷,其《问东柯谷》云:"杜老游历便为家,新诗楚楚芳如葩。秦州东柯蜀浣花,此事千载使人嗟。我今垂老过成纪,山川信美非故里。明知顺流不渭汭,信宿且饮南湖水。"东柯谷在渭水南岸的天水市麦积区马跑泉镇颖川河与伯阳谷水之间,东柯河和颖川河以泾谷山为界。《山海经》云:"泾谷之山,泾水出焉,东南流注于渭。"①唐肃宗乾元二年(759),诗圣杜甫来到秦州,曾经在东柯谷流寓了一段时间。其《秦州杂诗》:"传道东柯谷,深藏数十家。对门藤盖瓦,映竹水穿沙。瘦地翻宜粟,阳坡可种瓜。船人近相报,但恐失桃花。"②此地山水幽雅,物产丰饶,景色宜人,杜甫在此流连忘返,甚至要"采药吾将老",打算长期卜居于此。李楷行经此地,对诗圣杜甫的坎坷经历和陇右诗歌感慨万千,想象自己垂老之年也来到陇右,虽然此地山川信美,但是自己还不想隐居终老,为了自己的报国理想,他仍旧坚持寻找反清的同仁,不能在此地过多停留。

李楷在天水之时,还曾经拜访了甘肃巡茶御史梁熙,梁熙也对他热情接待,李楷曾有《赠梁茶使曰缉》一诗。《鄢陵志》载:"梁熙,字曰缉,顺治乙未进士。初任咸宁令,冰洁自矢。不数月,行取补台垣,巡视茶马于秦,不名一钱,以疾乞归。康熙四十三年祀乡贤。任京职时,往还皆名士,叶子吉、汪钝翁、刘公㦂、王西樵、阮亭兄弟尤重之。及归,高念东侍郎

---

① (晋)郭璞注,(清)郝懿行笺疏:《山海经》,上海古籍出版社2015年版,第81页。
② 仇兆鳌:《杜诗详注》卷七,中华书局1979年版,第583页。

以诗送行,有'萧然幞被燕山远,一个嵩邱行脚僧',人以为知言。著有《哲次斋集》行世。"①李楷还拜访了著名诗人蒋熏,当时蒋熏因被人诬陷待罪,闭门谢客,无缘得见,留诗赠之,蒋熏赋《李叔则过访,会引疾谢客,见寄次韵》以报。诗云:

五陵裘马气葱葱,陇坻日暮途未穷。白头豪士游汗漫,登高小视隗嚣宫。西州才杰今零落,愧同关吏吹融风。故是伯阳怜尹喜,渭滨卧病雨冥蒙。忽传佳句慰薄劣,花枝为我裛长红。(北俗:罢任以花枝挂彩曰长红。坡诗云:花枝裛长红。)老去归来定何日,久居郁郁空欲东。棘露沾衣畏行夜,黄沙塞路飘秋蓬。谢君相知不相见,到处应闻失马翁。②

蒋熏,字丹崖,海宁人。明崇祯九年(1636)举人,顺治二年(1645)授缙云教谕,迁伏羌知县。伏羌发生灾荒,积逋三万五千,蒋熏"悯民疾苦,言之上官,请豁不允,又请革除滥征夙弊,勒碑衢道,有抗不输粮者,作诗劝之,府司交怒,诬列罪状,遂以'性近迂阔,赋诗勒碑'劾归"③。朱彝尊曾为撰墓志,称其:"既归,布衣席帽,徒步塍麦陇间,终年不入城府。诗多至万篇,手自汰除,犹存五千余首,特不与骛名者相接,故其诗文不甚传于时,第取自怡悦而已。"④蒋熏和李楷的经历比较相似,虽然在清初都曾短暂为官,但都因为民请命,得罪权贵而被劾罢官。因此他和李楷思想上有更多的共鸣,但是蒋熏此时为戴罪之身,不敢与李楷交往密切。但他对李楷的精神和志向极为敬重,也对李楷的热情拜访极为感动。最后用"塞翁失马"的典故,委婉地鼓励李楷的陇右之行。

---

① 转引自《二曲年谱》卷一,吴怀清:《关中三李年谱》,民国刻本。
② 蒋熏:《留素堂诗删》卷一,清康熙刻本。
③ 李楁:《(民国)杭州府志》卷一百四十二,民国十一年(1923)刻本。
④ 朱彝尊:《知伏羌县事蒋君墓志铭》,《曝书亭集》卷七十五,世界书局1937年版,第862页。

李楷后来还来到陇西，曾经登上陇西的著名名胜仁寿山游览。其《巩昌仁寿山》诗云："摇落思纷纷，四山压黑云。秋阳能有几，阴雨每相闻。茶筐泥瘦蹇，蕨包重采芹。归心吾亦懒，兴致一囊文。"① 李楷登上仁寿山之时，正逢黑云压城，秋雨连绵的深秋时节，诗人登高四望，四山苍茫，心情极为烦闷。这里的人们生活艰苦，瘦小的驴背上驮着竹筐，人们在泥泞的道路上艰难地谋生。诗人感到此次陇右之行没有预想的顺利，很难找到志同道合的反清志士，心中充满了感伤，只好打算返回故乡，那这次陇右之行的最大收获就是写了许多诗篇，也不枉此行。

李楷一生曾经漫游大江南北，李元春说他"又历鼎革之际，赍志不遂，周行南北，阅尽天下之故，平时郁积之气，虽不执笔，几几乎欲吐而出，一有所作，则触绪成章，万言立就"②。李楷的陇右纪游诗虽然数量不多，但不管是写塞外景物、陇右风俗，还是抒写旅途苦况，大都写得慷慨淋漓，真情感人。许多诗歌写景如画，质朴简练，描绘了陇右特殊的人情风俗。如"茶筐泥瘦蹇，蕨包重采芹"（《巩昌仁寿山》）等诗句，明白如话，简洁自然，有一种浓郁的西北风情。

李楷诗歌，多关怀国家命运、生民忧苦之作，也印证了他"无关于天下国家之故，皆无益之言，皆可以不作"的文学主张，其集中经过李元春删汰，竟然无一首风云月露之作，在明末清初享乐主义盛行的社会可谓绝无仅有。河滨诗歌的艺术成就，王渔洋认为其"诗文颇奥衍耸拔，有奇气"，但"才多不能裁割"，"加声律不叶，未免拗折嗓子，如昔人所谑耳"。李楷的诗歌艺术特征，其最得力处在一"朴"字，而他论诗也最推崇朴字。其《北游草序》云："朴老真至，诗之则也。予观草木之华，香艳沁人，结而为果，坚确可举，方子之诗，诗之果也。朴老真至，则果之熟时也。"③ 方文和李楷将"朴老真至"推为诗歌艺术的最高准则，也是他们毕生追求

---

① 李楷著，李元春选：《河滨诗选》卷五，陕西省图书馆藏清嘉庆刻本。
② 李元春：《河滨文钞序》，《桐阁文钞》卷一，《稀见清人别集丛刊》本，广西师范大学出版社 2007 年版。
③ 李楷：《嵞山集序》，方文《嵞山集》（上），上海古籍出版社 1979 年版，第 3—5 页。

的审美境界。李楷陇右诗歌大多语言平实简洁,感情淳朴真挚,毫无模拟造作之迹,在其集中具有重要的认识价值和审美价值。

第四节 李念慈从军陇右及其陇右诗歌创作

清初关中诗坛创作之繁盛名闻海内,获得了朝野士人的一致推崇。李念慈是清初关中诗人的重要代表之一。他仕宦南北,交游广泛,诗歌创作成就突出,赢得了当时诗人普遍的尊重。其诗歌创作不但禀承了"秦风"独有的慷慨激昂之气,而且努力学习杜甫的"沉郁顿挫"之致,广泛而深刻地反映了清初风云变幻而矛盾重重的社会现实,具有重要的认识价值和审美价值。李念慈在清初曾经追随冯士标来到陇右,其陇右经历为其诗歌创作打下了坚实的基础。

一 李念慈的生平经历及创作成就

李念慈(1628—1699),字屺瞻,号劬庵,陕西泾阳人。其祖父名李世达,号渐庵,晚更号廓庵,嘉庆丙辰进士,历任户部、吏部主事、文选郎中、南京太仆卿、南京吏部、兵部、刑部尚书等职。在朝有直声,不避权贵。万历二十一年,与吏部尚书孙鑨同主京察,斥政府私人殆尽。赠太保,谥敏肃公。父李绍荫,字慎闲,少即过继于其叔父李公樟,诸生。精通医学,经常扶危济困,在乡颇受众人爱戴。母常氏,明庚戌进士巡抚河南都察院右副都御史道立公女,生李念慈后十四日即亡,故其父为之取名"念慈"。李念慈顺治十五年(1658)成为进士,曾任河间司理,因平反冤案被仇家诬陷下狱,会京师地震,朝廷大赦天下而脱罗网。康熙六年补官廉州,甫到任即奉裁缺免官,困居广州一年。继改任新城知县,因催科不力罢官。后来他南游吴越等地,与孙枝蔚、冒辟疆、钱谦益、王士禛、施闰章、周亮工、邓汉仪等朝野诗人俱往来密切。"三藩之乱"时,入绥远将军蔡毓荣幕,在湖南转送粮饷有功,授竟陵知县。康熙十八年(1679),与孙枝蔚同举博学鸿词,未能入选,遂辞官。复入湖北巡抚杨素蕴幕府。杨素蕴卒,李念慈为经济其丧。其《祭杨退庵中丞文》云："念慈以乡里浅陋，荷蒙知爱，自荆武军中把臂订交，申以婚媾，先后十有四年。"①李念慈一生好游览，足迹半天下，从秦晋至京师，南游吴越、岭南，晚年多在荆楚、蜀中，交游极为广泛，其友人不乏孤忠守节之遗民如顾梦游、徐夜、孙枝蔚、吴嘉纪、方文、邓汉仪等，也有国朝名士钱谦益、王士祯、施闰章、周亮工、李楷、高士奇等。他待人真诚，学问博雅，诗艺精深，获得了朝野诗人的一致称赞。王士祯《怀人绝句》送别李念慈云："日华宫址蔓寒烟，雅乐销沉绝可怜。今日李郎行部去，风流家世本秦川。"②著有《谷口山房诗集》三十四卷，《文集》六卷。

清初关中诗人由于地域的缘故，论诗大多标举盛唐，主张格调，宗法明代前后"七子"。李念慈虽然也以唐诗为正宗，对清初宋诗风深表不满，他在寄孙枝蔚的信中即对其学宋诗提出批评，但他和李因笃、康乃心等关中诗人不同，并不推崇格调声色等诗歌形式，而是专力探求为诗之本。其论诗已经突破了晚明、清初的门户之见，也扬弃了关中诗人主张格调、崇尚诗法的地域传统，直探诗歌之本源问题，他主张"诗本性情""文以明道"。其《北海冯宗尼先生诗序》云："诗者，心之声也。因乎境遇之感，而动乎性情之正。"③其《计甫草甲辰草题词》亦云："夫诗本性情，非可诡焉为之。人不能无所求于世而遭遇殊，则悲愁喜悦各积于中而不能已于言，故有欢乐怨怒之音，皆性情也。"④李念慈也主张"文以载道"，这和清初实学精神是一致的。其《谷口山房诗集自序》云："古今不朽之事，立德与功尚矣，其次则疏经翼道，有裨后学，斯为立言之实耳。"⑤其《答方田伯书》又云："盖言不载道，不足为言，而苟非实有见于道而身行之，则亦不能为载道之言。"⑥虽然"文以载道"的思想有其局限性，过分强

---

① 李念慈：《谷口山房文集》卷六，国家图书馆藏康熙二十八年（1689）杨素蕴刻本。
② 王士祯：《怀人绝句》，《王士祯全集》，齐鲁书社2007年版，第340页。
③ 李念慈：《谷口山房文集》卷一，国家图书馆藏康熙二十八年（1689）杨素蕴刻本。
④ 李念慈：《谷口山房文集》卷五，国家图书馆藏康熙二十八年（1689）杨素蕴刻本。
⑤ 李念慈：《谷口山房文集》卷一，国家图书馆藏康熙二十八年（1689）杨素蕴刻本。
⑥ 李念慈：《谷口山房文集》卷一，国家图书馆藏康熙二十八年（1689）杨素蕴刻本。

调了文学的社会功利目的，削弱了其审美价值，但是在明末清初有其重要的现实意义。当时社会急剧变化，政治混乱，尤其是易代之际，正是"天崩地解""率兽食人"的时代，伦理道德观念崩溃，民生极为凋敝，重建儒家的政治秩序和道德观念成为清初学者最为关心的当务之急。李念慈《答方田伯书》也说："念今世仕宦，舍道则进，守道则退，既不能行其道，犹可为明道之言，以俟后世。"从这种实学观念出发，李念慈特别强调诗歌对现实的反映和批评。

李念慈论诗不但主张本于性情，还提倡诗歌要有深广的社会内容。他主张多阅历才能开拓心胸，放宽视野，因此他对"江山之助"的诗学命题极为推崇。其《蒋玉渊历下存笥草小序》曾说："文章一道，虽根性灵，然每有待于山水朋友而后颢博之观，精妙之绪，映发抉摘，愈出愈新。苏颍滨言：'太史公周览名山大川，与燕赵间豪俊游，其文疏畅有奇气，乃博求天下奇闻壮观，于山历终南、泰岳，于水涉黄河，故其为文汪洋澹泊，盖非无所助而云然也。'"①主张诗人不但要有率真的性情，深厚的学力，还需要广泛的阅历，饱览名山大川，才能激发作家的情思，这些论断都符合诗歌创作的规律。"诗穷而工"也是李念慈诗论中又一重要观点。其《程然明诗序》云："诗穷而后工，自昔人言之，靡不以为艰难坎壈不得志于时，然后其精神怀抱一发之于吟讽咏叹中，故能沉郁厚重也。殊不知诗本性情以出，性情由乎内，必先具有真挚笃厚者以为之本，而后感发存乎外，山水朋友交相资焉。……况把酒论文，疑义与析，问学相须交游之功，又何可少哉？"②李念慈不但强调"诗本性情以出"，作家的个人修养决定了诗歌创作的高下。还要广泛阅历，友朋切磋，开拓心胸，提高诗艺，才能创作出不朽的篇章。反之则不会有所成就："苟非然者，在内初无其本，而踽踽困厄于一乡一曲之中，在外又无所得于游览结纳，但以穷求工，天下其少穷老牖下者哉？"（《程然明诗序》）③这样的作家虽然"穷"，

---

① 李念慈：《谷口山房文集》卷二，国家图书馆藏康熙二十八年（1689）杨素蕴刻本。
② 李念慈：《谷口山房文集》卷二，国家图书馆藏康熙二十八年（1689）杨素蕴刻本。
③ 李念慈：《谷口山房文集》卷二，国家图书馆藏康熙二十八年（1689）杨素蕴刻本。

但根本不会工于诗文。他还进一步倡导穷士更要好游,将"江山之助"和"诗穷而工"两个诗学命题紧密联系起来。《程然明诗序》又云:"故士惟穷乃游,游则奚囊蜡屐造请过从,山水之情状,友朋之论说,无往不与我之性情引伸映发,穷愈久,游愈广,所得助于外者愈深,而诗之功力亦随之,既得其所以为工,则文章与道力相表里,于世亦不肯苟合,浩浩落落,若造物者故厄之以其遇而专纵之以其诗矣。"①李念慈自己也穷而好游,他曾远宦河间、新城、廉州,三入荆襄幕府,虽饱经坎坷,潦倒江湖,但他不以为苦,就是因为南北奔波让他开阔了视野,提高了诗艺。

李念慈一生虽然仕途坎坷,但他坚持"入官欲行道"的人生理想,也就是实现儒家的"仁政",这也是杜甫等仁人志士毕生孜孜以求的理想。可是李念慈生不逢时,在明清之际那个"天崩地解"的时代,儒家的仁政是很难实现的。李念慈用他饱含热情的诗笔描述了清初复杂的社会现实,反对不义战争,关心民生疾苦,又饱览名山大川,所到之处,必有题咏,在清初诗坛可谓独树一帜,获得了钱谦益、王士禛、施闰章、顾景星、孙枝蔚等许多名家的赞誉。施闰章《李屺瞻诗序》曾云:"屺瞻秦人也,余见之孙豹人坐上。其雄爽之气勃勃眉宇,自秦之晋,南游江淮,所遇山川风物,寄兴属怀,情随境移,蔚焉蒸变,观其羁旅无聊不平之作,盖秦风而兼乎吴、楚者。"②钱谦益也说:"余观秦人诗,自李空同以逮文太青,莫不伉厉用壮,有《车辚》《驷驖》之遗声,屺瞻独不然,行安节和,一唱三叹,殆有蒹葭白露,美人一方之旨意。"③李念慈一生致力于学杜甫,不但有杜甫"致君尧舜上""穷年忧黎元"的仁人之心,也有杜甫"沉郁顿挫"的精湛诗艺。李楷曾说:"吾弟屺瞻氏生平学杜陵。"④顾景星评

---

① 李念慈:《谷口山房文集》卷二,国家图书馆藏康熙二十八年(1689)杨素蕴刻本。
② 施闰章:《李屺瞻诗序》,《学余堂集》卷六,影印《文渊阁四库全书》本,台北商务印书馆1986年版。
③ 钱谦益:《题李屺瞻谷口山房诗序》,《牧斋有学集》卷四十七,上海古籍出版社1996年版,第1564页。
④ 李楷:《谷口山房诗集序》,《谷口山房诗集》卷首,国家图书馆藏康熙二十八年(1689)杨素蕴刻本。

李念慈诗,也多以杜诗相提并论。他曾说:"《军中》十四首,虽起杜陵老子亦不能过,胸次高深,老笔盘诘,有此巨篇,谁敢争坐?"又说:"蜀道诗状景写情,自然高爽,老杜本宗康乐而变其狭涩,是以千古,劬翁岂后来独步欤?"① 魏宪《百名家诗选》评李念慈亦云:"此率真诗也。汰昌谷之险涩,敛太白之粗豪,去辋川、彭泽之萧淡,骎骎乎其进于少陵者乎。曩空同以诗鸣北地,议者谓得杜之神,劬庵固地灵所钟也。"② 他的诗歌各体兼备,古体苍劲质朴,近体格律整严,全面地吸收了杜诗艺术的养分。顾景星曾说:"劬庵五言古在选体、中唐之间,其光洁不可及,而无一字戾于法。七古充实完畅,激荡洋溢,往往于结句方见笔力,盖古人谓七言古以结处征才,所谓千军万马,寂若无声是也。五七律皆以理气为骨,而音节深浑,尤长于述事肖物,不可那移,五排开阖铺序,俱极老道。七排才气足以驱使法律,整齐绝无馁凑。五绝本以含蓄为三昧,劬翁于最淡处最有余韵,如空山清磬,一声已足,七绝已入唐人之奥,至妙处不容言赞。"③ 可见他能够"转益多师",兼收并蓄,并能推陈出新,准确地揭示了李念慈诗歌丰富的艺术内涵。

二 李念慈的旅陇经历及诗歌创作

清初西北一带反清起义时有发生,顺治五年(1648)三月发生了震惊朝野的回族米喇印、丁国栋起义,他们奉明延长王朱识𨬬为主,以反清复明为号召,占据甘州,攻陷凉州,进据兰州,声势浩大,又连克临洮、渭源等地,关陇震动。陕西总督孟乔芳率军前往镇压,与义军激战于巩昌,义军失利。米喇印、丁国栋调集甘、凉各地援兵4万余人,防守于兰州。孟乔芳遣张勇等分三路会攻,兰州失陷。后来在清兵的围攻下,起义失败。

---

① 语见《谷口山房诗集集评》,《谷口山房诗集》卷首,国家图书馆藏康熙二十八年(1689)杨素蕴刻本。

② 魏宪:《百名家诗选》卷七十,《续修四库全书·集部》第1625册,上海古籍出版社2002年版,第330页。

③ 语见《谷口山房诗集集评》,《谷口山房诗集》卷首,国家图书馆藏康熙二十八年(1689)杨素蕴刻本。

李念慈曾经受到邠乾军备道冯士标的礼遇，其《出塞集自序》云："大参北海冯公宗尼先是分巡邠乾，时蒙以诗酒下交，恩礼甚笃。"① 沈青崖《（雍正）陕西通志》云："分巡关内道，冯士标，山东临朐人，顺治二年以副使任。"② 这时清廷为了进一步平定河西，调冯士标备兵庄浪（今兰州市永登县）。当时陇右局势比较危险，虽然兰州已经收复，但是甘州、凉州仍在起义军的控制下。因此，冯士标幕府中的僚友大多为了保全自己而离开，李念慈为了感谢冯士标的知遇之恩，不怕危险，毅然追随冯士标前往庄浪卫。其《出塞集自序》又云："比进秩备兵庄浪，时花门之乱，河西甫定，甘凉尚未收复，时危官贫，幕中亲友皆辞去，公慨然感叹，念慈乃请与同行。自戊子冬越关山，历天水，由皋兰渡河抵庄西。"③ 李念慈随冯士标军越过秦岭，经过天水、陇西、渭源，到达兰州，后来又渡过黄河到达庄浪卫。明王圻《续文献通考》载："庄浪卫，元置庄浪县，属永昌路，本朝洪武中改置庄浪卫。"④ 顾祖禹《读史方舆纪要》亦云："庄浪卫，（镇东南九百四十里，东南至临洮府兰州二百七十里，西至凉州卫三百七十里，西南至西宁镇四百十里。）汉武威郡地，后汉因之，晋仍为武威郡地，隋属凉州，唐亦为凉州地，宋没于西夏。〔或曰：'夏人置洪州于此，以其地有洪源谷云。'元置庄浪卫，属永昌路，明初改今属（卫城周八里有奇）。今设庄浪所。卫黄河南绕，松山东峙，河西之肘腋也。《五边考》：'卫东百二十里，有大小二松山，东扼黄河，南缀兰靖，北阻贺兰，延袤千余里，号为沃壤。隆、万间番部宾兔盘踞其中，时肆侵掠，内地削弃，仅存一线。万历二十六年，抚臣田乐克复其地，建堡筑城，屯戍相望，乃割芦塘等处属固原，（芦塘，见靖远卫）。〕红水河、三眼井等处属临洮，阿坝岭、大靖城、土门儿等处属甘肃。自靖远卫界黄河索桥起，至土门山，共长四百里，而兰靖庄浪千四百里之卫边始安。第芦塘、三眼井等处土疏易圮，时费修葺，若按初

---

① 李念慈：《谷口山房诗集》卷二，国家图书馆藏康熙二十八年（1689）杨素蕴刻本。
② 沈青崖：《（雍正）陕西通志》卷二十三，影印《文渊阁四库全书》本。
③ 李念慈：《谷口山房诗集》卷二，国家图书馆藏康熙二十八年（1689）杨素蕴刻本。
④ 王圻：《续文献通考》卷二百二十八舆地考，影印《文渊阁四库全书》本。

年旧址,自镇番直接宁夏中卫,通树长边,则外钥尤壮矣。'"①可见清初庄浪卫是东西交通的要道,也是兵家必争之地。在陇右冯士标幕府一年时间,李念慈创作了四十四首诗歌,数量虽然不多,但是感时伤事,慷慨悲凉,在其诗集中独具特色。

李念慈离开泾阳之时,友人多来相送,临别之际,他内心情感极为复杂,曾赋《适庄西冯公幕留别诸子》诗云:"河桥呜咽乱流声,匹马深秋向此行。短笛谁横关月皎,长歌独放塞云平。樽前酒尽情难别,陇上霜飞客易惊。他日相思劳怅望,万山深处是边城。"②他激于义愤,慷慨从军,但是远赴塞外,前途未卜,友人们也为他的安全担心,但他还是毅然出发,想象塞外短笛横吹、关月皎洁、慷慨高歌的情景,心中充满了立功边塞的无限豪情。"长歌独放塞云平"引用唐代薛仁贵的故事。《新唐书·薛仁贵传》云:"诏副郑仁泰为铁勒道行军总管,……时九姓众十余万,令骁骑数十来挑战,仁贵发三矢,辄杀三人,于是虏气慑,皆降……军中歌曰:'将军三箭定天山,壮士长歌入汉关。'"③诗人这里借薛仁贵的事迹祝愿冯士标能够平定河西,立功疆场。当然他对陇右的酷寒和从军的艰难也深为忧虑,对友人的真诚关怀也极为感动。此诗情感真挚,悲凉慷慨,对仗工稳,韵律和谐,已经表现出青年李念慈的精湛诗艺和报国热情。

李念慈翻越陇山之时,写下了《关山》一诗,云:"乱峰层峦郁盘旋,累日山行欲到天。坂道马嘶千树远,飞楼客卧一床悬。石桥高隐栅篱密,瀑流寒凝冰雪坚。向晚不堪西望阻,边城烽火正鸣弦。"④唐代陇山设有陇关,又名大震关,故云关山。陇山高耸入云,山势峭拔,气候寒冷,冬天冰雪满途,行走极为艰难。作者用细腻的笔触描写了他们艰难翻越陇山的情景,读来让人胆战心惊。《三秦记》曾云:"小陇山,其坂九回,上者七日乃越,

---

① 顾祖禹:《读史方舆纪要》卷六十三,中华书局2005年版,第2998—2999页。
② 李念慈:《谷口山房诗集》卷二,国家图书馆藏康熙二十八年(1689)杨素蕴刻本。
③ 欧阳修、宋祁:《新唐书·薛仁贵传》卷一一一,中华书局1975年版,第4141页。
④ 李念慈:《谷口山房诗集》卷二,国家图书馆藏康熙二十八年(1689)杨素蕴刻本。

上有清水四流。俗歌曰：'陇头流水，其声呜咽。遥望秦川，肝肠断绝。'"①李念慈觉得翻越陇山已经非常艰难，更何况还要远赴战火纷飞的边城庄浪卫，内心之忧虑和感伤不言而喻。

李念慈过了陇山之后，经过唐代的古分水驿，不久来到了天水。他在天水想起了杜甫曾经流寓秦州，艰苦备尝，不由得思绪翻涌，感慨万端，写下了《秦州》一诗："杜老羁栖处，空山但鸟音。驿楼霜月小，客梦故乡深。薄霭横高树，苍崖俯密林。到来寻旧迹，怅望一长吟。"②他来到秦州以后，看到当年杜甫曾经羁栖的地方，经过清初战乱之后，人烟稀少，物产凋敝，一片荒凉，不由得思念起故乡的亲人。他希望追寻杜甫当年的踪迹，可是物是人非，沧桑巨变，让诗人惆怅无限。

李念慈一路向西，经过甘谷、武山、陇西、渭源等地，途中还写了甘谷的朱圉山、渭源的鸟鼠山等名胜古迹，对西北的历史和风物充满了热爱之情，诗中还表现了对陇右百姓的关怀和对国家战乱的担忧。如《朱圉山》云："我过朱圉山，山势连苍昊。丹崖横百里，日夕行未了。风磴黄埃集，冰溪清渭绕。陶穴见岩颠，人烟出树杪。移神瞩洩云，流目送去鸟。海内多战斗，河西尚纷扰。每嗟行迟迟，况是忧悄悄。征人苦饥疲，暝色在林表。遥瞻西倾青，睇望伏羌小。缅古怀胼胝，寻幽阻萝茑。悠悠行路间，何由穷要眇。"③"海内多战斗""征人苦饥疲"等句正是表现了李念慈对清初战乱频仍的社会现状的不满，也表现了他希望国家安定、百姓安居乐业的仁者情怀。其《鸟鼠山》一诗也流露了同样的感情："渐近羌戎道，来经鸟鼠山。禹功何寂寞，清渭日潺湲。玉塞人难入，金城戍未还。转输民力尽，愁绝见苍颜。"鸟鼠山在今甘肃渭源县西，为渭水的发源地。传说为大禹治水导渭水入黄河。《尚书·禹贡》载："导渭自鸟鼠同穴，东会

---

① 刘庆柱：《三秦记辑注》，三秦出版社2006年版，第83页。
② 李念慈：《谷口山房诗集》卷二，国家图书馆藏康熙二十八年（1689）杨素蕴刻本。
③ 李念慈：《谷口山房诗集》卷二，国家图书馆藏康熙二十八年（1689）杨素蕴刻本。

于沣，又东会于泾，又东过漆沮，入于河。"①《山海经·西山经》也写道："又西二百二十里，曰鸟鼠同穴之山，其上多白虎、白玉，渭水出焉。"②李念慈经过鸟鼠山之时，对当年大禹治水的丰功伟绩甚为景仰。又感叹现在没有明君贤臣出来匡济苍生，致使天下战乱不断，老百姓背井离乡，还要承担繁重的兵役、劳役，正是民穷财尽之时。作者感时伤世，愁苦万端，但也无可奈何。

经过长时间的艰苦行军，李念慈等人终于到达兰州，黄河在兰州穿城而过，平时用铁链固定二十四条船，上面铺上木板，人马可以通过，谓之浮桥。冬天黄河结冰非常坚固，人们就在冰上往来行走，称作冰桥。李念慈到兰州之时，已经是冰雪消融、春暖花开之时，他们从黄河浮桥渡河，但是他对冰桥却心向往之，曾写了《兰州由冰桥上渡黄河行》一诗，歌咏了黄河兰州段这一奇异的景象："君不见黄河之水流浩浩，势挟昆仑披左抱。发源疑从天上来，汉使空传行已到。我从长安使允吾，来观兰州城外之匹缟。惊涛怒泻千里碧，世间河水皆行潦。况传冬至冰辄合，大冰峙结成坚晶。行人履冰如履地，舆徒络绎无钜小。蛟龙亦复为民用，圣人望秩岂草草。我闻至德怀百神，山川效灵献其宝。大哉四渎古所钦，此理昭然讵难晓。"③诗中不但赞颂了黄河的雄奇壮观，而且对传说中的冰桥极为赞赏，又从冰桥联想到大自然的奇异以及它带给老百姓的便利，他希望统治者也效法大自然为民便利的奉献精神，关怀民生疾苦，为百姓谋福祉。

李念慈到达庄浪卫之后，在幕府中帮助冯士标处理公务之余，也经常到庄浪卫的许多地方去游览考察，他看到当地经过战乱之后，民生凋敝，村落丘墟，荆棘丛生，不由得感慨万千，对战争带给老百姓的苦难深为悲痛。其《杂诗五首》其一曾云："岁月忽已易，道路阻且长。不殊旧风景，人间新战场。村落半丘墟，野日寒无光。荆榛塞当路，豺虎啼我旁。抚膺再

---

① （汉）孔安国传，（唐）孔颖达等正义：《尚书正义》，上海古籍出版社1990年版，第187页。
② （晋）郭璞注，（清）郝懿行笺疏：《山海经》，上海古籍出版社2015年版，第81页。
③ 李念慈：《谷口山房诗集》卷二，国家图书馆藏康熙二十八年（1689）杨素蕴刻本。

三叹，涕下沾衣裳。"①其《喜雪呈冯公》亦云："一冬未雨雪，寒日徒杲杲。严霜冻四野，黄尘迷行道。顾视陇亩中，草苗并枯槁。兵后岁更饥，民命那可保。"兵燹加上天灾，庄浪等地的老百姓穷困不堪，命悬一线，李念慈极为关切，当天降瑞雪之后，他喜出望外，"春筵喜官僚，芦酒欢父老。边隅得饱食，羁客开怀抱"（《喜雪呈冯公》），希望老百姓能有个好收成，度过艰难的岁月，无处不体现了他关心民瘼的仁者之心。

李念慈随冯士标备兵庄浪，对西北的战事极为关心，他看到朝廷调兵遣将，许多士兵转戍各地，辛苦异常，极为同情。其《阿坝东山晚眺》写道："极目望大荒，风沙千里暮。海内有战伐，边功此驰骛。良马千队连，猛士百金募。列戍卧冰霜，转粟犯寒露。杀伤岂复论，勋名竞题柱。我来经战场，鬼火照空素。黄羊奔沙碛，饥鹰趁狡兔。穷荒计已疏，和亲事亦误。持觞吊往昔，慷慨一相顾。寄言守边将，莫漫矜都护。"②他看到很多将士为了争相立功，不顾士兵的死活，对这样的"不义"战争极为反感，希望守边的将军爱护士兵，不要为了自己的功名而肆意发动战争，尽量用和平的方法解决争端，早早结束河西的战乱，"桑野全空征调急，将军何日取甘州"（《己丑元日》），这也体现了李念慈反对不义战争的儒家精神。

李念慈希望早早结束战乱，但是清初关陇一带的战乱时有发生，就在顺治五年（1648）十二月，大同总兵姜瓖重新举兵反清，附近十一城皆响应。其友人马来西、朱元定都在大同，李念慈对他们的安危极为担心，曾写了《梦马来西（时大同兵乱，来西正在少参杨公幕中）》《不得马来西消息》《怀朱元定茂才》等诗。其《不得马来西消息》云："三晋军书急，忧君思独劳。依人共漂泊，作客且牢骚。叛帅资边实，微生陷贼壕。寄书问消息，何日返临洮。"③诗人对友人的安危极为牵挂，也对清初寒士冒着风险投奔军幕的悲凉处境至为痛心，当然他站在清廷的立场，对反清复明的起义军队污蔑为"贼"，这是他的历史局限性。姜瓖义军很快打到了陕西蒲城，

---

① 李念慈：《谷口山房诗集》卷二，国家图书馆藏康熙二十八年（1689）杨素蕴刻本。
② 李念慈：《谷口山房诗集》卷二，国家图书馆藏康熙二十八年（1689）杨素蕴刻本。
③ 李念慈：《谷口山房诗集》卷二，国家图书馆藏康熙二十八年（1689）杨素蕴刻本。

蒲城陷落，李念慈极为震惊，写了《闻北寇陷蒲城消息》二首。其一云："闻说延安寇，南来祸不轻。烽烟连渭水，屠杀尽蒲城。书信关山阻，乡心羽檄惊。客贫归不得，拭泪看櫜枪。"其二云："三月来牟熟，关中羽檄驰。兵屯鸡犬尽，农废室家饥。忆旧空千里，依人困一枝。愁怀无可诉，独坐夕阳时。"诗人远在陇右，听到蒲城陷落之后，就知道那里肯定大肆杀戮，百姓死亡，"白骨露于野"，十室九空，他多么想亲自上战场杀敌，保护家乡的老百姓，可是自己远在千里之外，心有余而力不足，只能留下痛苦的泪水。

李念慈在陇右之时，看到西北各地战乱不断，他不由得思念家乡的亲人和朋友，追忆童年美好的生活。其《冯公署中望云楼歌》云："边隅风紧鸿难度，慈鸟夜叫东城树。高堂有母正倚闾，登临神与苍茫去。此时切切怀故乡，忧思百结千回肠。"①《西凉杂咏》亦云："十年边戍繁兵马，八月天山断雁鸿。回首长安何处是，白云遥在陇关东。"②乡思悠悠，牵挂亲人，回乡的心情极为迫切，可是身在军幕，身不由己，感伤之情，溢于言表。其《忆昔》通过对童年好友杜恒灿的牵挂，回忆了早年幸福的生活，对现在的战乱年间漂泊异乡甚为厌倦，诗云：

　　杜子斋中有高楼，忆昔共饮楼上头。瓶中有花樽有酒，日射腊梅香浮瓯。君家诸弟皆琳琅，为我行酒坐我旁。双眸炯炯共人语，左顾右盼不寻常。池阳正月柳欲青，家家置酒集门庭。轻歌妙舞拼沉醉，十五十六谁忍醒。西市街南游女坐，绮罗衣裳照灯火。吹箫伐鼓夜未阑，一丸素月当空堕。庄西地寒春较迟，黄莎漠漠边风吹。更闻悲笳起清夜，对酒不饮杯空持。却忆池阳游，悄悄使人悲。今夕思君意何已，青天渺渺各千里，何日高歌对吾子。③

---

① 李念慈：《谷口山房诗集》卷二，国家图书馆藏康熙二十八年（1689）杨素蕴刻本。
② 李念慈：《谷口山房诗集》卷二，国家图书馆藏康熙二十八年（1689）杨素蕴刻本。
③ 李念慈：《谷口山房诗集》卷二，国家图书馆藏康熙二十八年（1689）杨素蕴刻本。

杜恒灿，字杜若，一字苍舒，陕西三原人。系出城南杜氏，明末关中大乱，杜恒灿家与明秦王为姻戚，遭难中落。中陕西乡试副榜，有诗名，无意仕进，清初以卖文游幕为生，曾入梁化凤幕府。杜恒灿、李念慈从小交游密切，家庭中曾有显宦，因此他们在童年时曾经过了一段无忧无虑、诗酒风流的美好生活，这让李念慈终身难忘。但是现在江山易代，家道中落，他们不得不谋食四方，潦倒江湖，这种沧桑之感也是他们人生最大的痛苦。因为有着共同的经历和童年的友谊，李念慈更加怀念杜恒灿，表现了他们真挚的友谊。

李念慈在冯士标幕中，簿书之余，冯士标也邀请他们一起饮酒作乐，既是对他们的慰劳，也是在边城借酒浇愁的一种形式。李念慈曾有《醉歌行赠冯公》云：

> 庄浪四月海棠开，置酒花下坐青苔。姑苏歌儿好词曲，一曲须倾三十杯。冯公豪饮兴不浅，接䍠倒著还崔嵬。醉中自拂端州砚，取酒和墨伸素练。淋漓衣袖飞作花，落纸挥毫同制电。小或盘碗大如斗，一行直下龙蛇走。草书已足屏障资，楷字更须九首。董米既没书无人，馀者腕弱安足珍。如公苍劲故罕匹，肯与群贤作后尘。①

他们在春暖花开之时，坐在海棠花下饮酒听曲，冯士标喝醉之后，乘着酒兴泼墨挥毫，吟诗写字，他不但工于行草，而且精于楷书，简直可以和董其昌、米芾的书法相媲美。通过李念慈的感叹赞美，也可见他们之间亲密的宾主关系。冯士标卒于顺治十二年（1655），李念慈闻讣曾写诗悼念。周亮工在青州为官之时，李念慈曾托他照料冯士标家属。李念慈在冯士标幕一年之后，由于他思念家乡和亲人，因此向冯士标辞幕，返回陕西泾阳。

李念慈在陇右时间虽然不长，创作的诗歌数量也有限，但已经表现出他青年时期的慷慨报国的热情和逐步成熟的诗艺。李念慈怀有儒家"仁者

---

① 李念慈：《谷口山房诗集》卷二，国家图书馆藏康熙二十八年（1689）杨素蕴刻本。

爱人"的高尚情操，在清初的战乱年代，他时刻希望平息战乱，百姓安居乐业，其陇右诗中表现得也较为明显，对陇右百姓在兵燹和天灾的双重折磨下的苦难生活也极为同情，为他以后入仕做官后爱惜百姓，反对不义战争打下了思想基础。许多名家都认为李念慈诗歌集成了"秦风"慷慨悲凉的精神以及杜甫"沉郁顿挫"的风格，这也在其陇右诗中有所表现。李念慈陇右诗歌在艺术上也取得了较高的成就，不但情感深沉，也极有纵横变化之致，古体苍劲质朴，近体格律整严，全面地吸收了杜诗艺术的养分。他还重视对诗歌意境的营造和语言的锤炼，其诗大多意境雄浑，语言凝练，可见作者的艺术造诣。

第五节　宋琬仕宦陇右及其陇右诗歌创作

清初著名文学家宋琬才华卓异，经历坎坷，在清初诗坛独领风骚，其创作领域涉及诗、文、词、赋、戏剧，尤其擅长诗歌。宋琬在清初曾任陇右兵备道，在任时恪尽职守，廉洁奉公，而且对陇右文化极为喜爱，做了许多利国利民的好事。他在陇右也创作了大量诗歌，对于认识宋琬生平和创作心态以及清初陇右地区的社会政治、历史文化具有重要的参考价值。

一　清初著名诗人宋琬陇上仕宦及交游

宋琬（1614—1674）字玉叔，号荔裳，山东莱阳人。莱阳宋氏为山东望族，其高祖宋黻是明代莱阳第一个进士，官至浙江按察副使。曾祖、祖父都是廪膳生。父亲宋应亨天启五年（1625）登状元第，授清丰知县，历吏部郎中。伯兄璠、仲兄璜、族兄琮、玫、瑚、琏，皆为启、祯间名士。宋琬少年时即聪颖过人，又好学不倦，才名传遍京师和山东等地。明末清初，中原板荡，战乱频仍，山东莱州也饱受兵燹之祸。崇祯十六年（1643），清军越过长城，大掠京郊及附近府县，莱阳城破，宋应亨、宋玫及阖家数十口皆殉难。宋琬当时在杭州依族兄宋璜，得以幸免于难。清顺治四年，宋琬为了重振家族，不得不放下与清政府的血海深仇，参加科举考试，中进士，授户部主事。他在京师与施闰章、尤侗、吴伟业、吴绮、王崇简、龚鼎孳、王士禄等人诗文唱酬，名满京师。顺治七年（1650）庚寅，因受逆仆诬枉下狱，他在狱中曾写有《庚寅腊月读子美同谷七歌效其体以咏哀》《庚寅除夕》及《庚寅狱中感怀》等诗抒写自己不幸遭遇和怨愤之情。幸得施闰章等好友相救，出狱后迁吏部郎中。

顺治十年（1653），朝廷任命他为分巡陇右道兼兵备佥事，兼及学政及茶马。吏部郎中为正五品，道台为正四品，从品级看是升迁了，但是秦州远在千里之外，地近边塞，偏僻落后，这次外任对他来说无异于贬谪，所以他心中充满忧伤悲凉之情。宋琬先是回乡告别亲友，又到了他父亲曾经任职的清丰县。当地百姓感念当年宋应亨的恩德，曾经为他建祠立庙，年年拜祭。这次听说宋应亨的公子经过，无不扶老携幼，哭送路边。其《先太仆画像记》云："余小子琬衔命西徂，道经祠下，清之父老，扶杖欢迎曰：'吾侪小人，赖先使君休养生息，以有今日。见吾使君之子，如见使君焉。'予因出先大夫像示之，咸悲涕，莫能仰视。于是四境之民，络绎奔会，携持幼稚，拜哭于庭者三日。'"①宋琬看到此情此景，深为感动，觉得百姓敬重清官能吏，自己也要坚持父亲当年爱民如子的美德，为秦州百姓做出一番事业，不要以个人的得失荣辱为念。

顺治十一年（1654）暮春，宋琬来到了秦州，他在繁忙的公务之余，还经常去乡下考察民情，看到当地百姓大多住的是简陋的土坯房，甚至在窑洞里面赖以生存，心中非常伤感，决心为他们做一番实事，改变陇右贫穷落后的面貌。可是没想到天有不测风云，六月就发生了史无前例的大地震。宋琬看到房屋倒塌，百姓死伤，血肉模糊的惨状，真是欲哭无泪，两眼流血。他后来在诗中曾回忆当年的惨状："余以甲午春，谬领陇头节。维时值天灾，厚地忽而裂。可怜半秦民，骨肉毙陶穴。板屋尽丘墟，坚城无遗堞。余也对残黎，呼天眼流血。"（《丁酉季春赴任北平留别秦州守

---

① 宋琬著，辛鸿义、赵家斌点校：《宋琬全集·安雅堂文集》卷二，齐鲁书社2003年版，第136页。

姜继海》）^①他和知州姜光胤一面紧急组织人役抢险救灾，分发救灾物资，安排幸存者的衣食和住处，掩埋遇难者的尸首；一面紧急向朝廷汇报灾情，请求朝廷减免地震地区的赋役，并分拨特别援助的资金给秦州百姓。宋琬还和姜光胤捐出自己的俸银救灾。宋琬初到秦州，资财不够，他又命人去莱阳老家变卖家产，送来了许多银两帮助秦州百姓度过艰苦的日子。他还写了《祭秦川地震压死士民文》和《为秦州地震压死士民忏佛文》为死者祈祷，也旨在安抚失去家园和亲人的受灾百姓。

地震之后，百废待兴，宋琬又投入到艰苦的灾后重建工作，他除了将大量资金用于为百姓重建家园之外，还和当地兵民一道重新修筑了秦州城墙。城墙竣工之后，他曾写了《重修秦州城垣记》，其中写道："顺治甲午六月乙未（丙寅），昆维失驭，阳愆阴奋。载震载崩，丘夷渊实。氓居荡圮，覆压万计。……余小子躬率吏民，素服郊哭。遍悼群望，旁行原隰。飞鸿爰集，百堵斯作。但城冈遗堞，疆域是忧。夙夜彷徨，当餐废箸。……爰出匪颁之赐，购杞梓于岷山。已而遣健卒括故园困廪以益之。于是秦人乃欢。……缩板既兴，冯冯登登，曾未期月而厥功告成。"^②宋琬因为救济灾民和修筑秦州城有功，总督特向朝廷申请嘉奖，顺治皇帝晋升宋琬秩一级，并赐蟒袍以示嘉许。

宋琬虽然备兵陇右，政务繁忙，但是他没有摆脱书生本色，在公务之余往往登山临水，访问古迹。他曾经登临天水名胜伏羲画卦台、马跑泉、石泉、玉泉观、隗嚣宫、李广坟、礼县的祁山堡、临洮的超然台、成县的鸡峰山、杜工部祠等地。

宋琬因为在京师就诗名卓著，许多文人雅士都对他极为仰慕，他到陇右之后，许多名士都和他诗文唱酬，甚至登门拜访，讨论诗艺。平西王吴三桂的女婿胡国柱（号怡斋）随吴驻军汉中，他的幕府里面还有冷心芬、郭岩礼、杨秀涵等人也雅好诗文，他们经常寄送自己的诗文请宋琬斧正，

---

① 宋琬著，辛鸿义、赵家斌点校：《宋琬全集·安雅堂诗》，齐鲁书社2003年版，第217页。
② 宋琬著，辛鸿义、赵家斌点校：《宋琬全集·安雅堂文集》卷二，齐鲁书社2003年版，第137—138页。

宋琬也经常和他们唱和。宋琬后来在京师还为胡国柱的诗集作序，他们的文学友谊保持的时间很长。宋琬在陇右提倡风雅之后，一时之间，关陇文学之士闻风响应，纷纷前来向宋琬学诗。华州著名诗人、收藏家东荫商，泾阳后学张子远、临洮诗人张晋都曾来到秦州拜访宋琬，宋琬和他们倾心相交，切磋诗艺，还对他们报以远大的期望。

在秦州期间，宋琬同陇西诗人郭充交往最为密切。郭充字函九，号损庵，崇祯十年（1637）进士，曾任太原推官、迁刑科给事中，顺治初年以原官任。与宋琬在京师相识，一见如故。顺治十一年（1654）以母丧回乡守制，不复出仕。宋琬在秦州期间，经常与他诗酒唱酬，亲密无间。宋琬有很多诗写与郭函九的交往，如《秋夜同郭函九、高虞宾、王山公、姜继海观天水石泉有作》《冬夜大雪过郭函九先生》《立秋后五日郭给事函九柱顾天水因邀高虞宾小宴玉泉喜而有赠》等，可见他们之间深厚的友情。

宋琬对杜诗情有独钟，除了对杜甫精湛的诗艺倾倒之外，也和他悲惨的身世际遇和杜甫极为相似有关。顺治七年（1650）在狱中他就写了著名的《庚寅腊月读子美同谷七歌效其体以咏哀》，悲凉凄怆，大类杜甫陇右诗歌。因此他到了秦州之后，曾经两次拜访成县杜工部草堂。他在《题杜子美秦州流寓诗石刻后》中曾写道："余小子备官天水，拜先生之祠宇而新之。尝两登成州之凤凰台，其下有飞龙峡，先生之草堂在焉。"① 顺治十一年（1654）初冬，他同友人成县知县欧阳碱拜访杜甫草堂，登成县之凤凰台，并写了《同欧阳介庵拜杜子美草堂》。他还和欧阳碱筹划重修草堂，并作了《祭杜少陵草堂文》拜祭这位伟大的诗人：

> 呜唉！"文章有神交有道"，斯言也，盖先生赠苏端之诗。故今与古，其交感虽百世而相知。谅精诚之不隔，亦何必于同时。昔天宝之丧乱，公不免乎流离。谒天子于行在，横流涕而陈词。辞阙庭而再拜，携八

---

① 宋琬著，辛鸿义、赵家斌点校：《宋琬全集·重刻安雅堂文集》卷二，齐鲁书社2003年版，第173页。

口之累累。将避兵于白帝，怅中道之逶迟。历间关以至同谷，乐此邦风土而怀之。辟草堂于凤凰山麓，饥寒至并日而不炊。托长镵以为命，拾橡栗以代糜。公安之其若素，登山临水以自怡。至于今，先生往矣。读《北征》之赋与《七歌》之篇者，犹令人欷歔揽扼而深悲……

某海陬之竖子，奉哲匠以为师，偶省风于下邑，敬醑酒于荒祠。抚寒流以渐渐，怅衰草之离离。溯音徽于遗趾，宛凤流其在兹。爰周咨于茂宰，将再筑夫堂基。庶以永庚桑之社稷，而慰邦人伏腊之哀思。我知先生之胜怀旧游也，必且翩翩来止，而俟招魂於浣花溪水之湄。①

这篇文章不但抒发了对杜甫流落陇右、贫困潦倒的同情，而且慨叹杜甫虽有"致君尧舜上，再使风俗淳"的远大理想，但是世道黑暗，诗人终身不遇，但却留下了大量优秀的作品，也使诗人名垂青史。宋琬决心以杜甫为榜样，不以功名得失为怀，要写出优秀的诗篇流传千古。

顺治十二年（1655），宋琬和欧阳碱重修杜甫草堂之后，又主持了一项富有创意的文化大工程，他们集兰州肃王府《淳化阁帖》、陕西碑林中王羲之、王献之的字以及与二王笔法相同的晋字，精选杜甫陇右诗六十首，请兰州擅长钩摹之技的张正言、张正心合而刻之，是为著名的《秦州杜诗石刻》，诗妙字妙，谓之"二妙"，又称"二绝"。次年工程完工，碑立玉泉观李杜祠即大雅堂，另外复制《秦州杂诗》部分立巡道公署。宋琬《题杜子美秦州流寓诗石刻后》曾写道：

杜少陵以天宝之乱避地秦州，后乃迁居同谷，渡嘉陵而赴成都焉。当其间关琐尾，妻子流离，拾橡栗以自充，托长镵而为命，可谓穷矣。顾其诗乃逾益工，格亦逾益夐。今所传《秦州杂诗》及《同谷七歌》数十篇，忧时悯乱，感物怀君，怨不涉诽，哀不伤激，殆沨沨乎《小雅》

---

① 宋琬著，辛鸿义、赵家斌点校：《宋琬全集·重刻安雅堂文集》卷二，齐鲁书社2003年版，第167页。

《离骚》之遗矣。余小子备官天水，拜先生之祠宇而新之。尝两登成州之凤凰台，其下有飞龙峡，先生之草堂在焉。群峰刺天，怒涛聚雪，酹酒临流，未尝不慨然想见其为人。皋兰张生长于钩摹之技，因取先生流寓诸诗，集古人书法勒之石。刻成，为文一通，以告于先生之祠。

呜唿！先生之诗，虽童子能诵习之，而余独区区于此者，其意何居？夫陇山以西，天下之僻壤也。山川荒陋，冠盖罕臻，荐绅之士，自非官于其地者，莫不信宿而去，驱其车惟恐不速。自先生客秦以来，而后风俗景物，每每见于篇什。今世之相去又千有馀祀矣，地经屡震，陵谷变迁，诗所载隗嚣宫、南郭寺、东柯、盐井之地，秦父老犹能言之。及问以西枝、寒峡、石龛、铁堂诸胜，则茫然不能举其处，盖其划削磨减于荆榛也久矣。爰构一亭，列石于其壁，庶使后人之来此者，按籍而知遗迹之所在。即不必来此，而西州风土一展卷而知在仇池、二陇间，犹读之《秦风》而览《车辚》《板屋》之章，宁仅怀古卧游之助云尔哉？是区区之意也夫。①

宋琬倾心血做这项伟大的文化工程，一方面为了纪念杜甫这位伟大的诗人，另一方面也为了给陇右大地增色，增加这里的文化积淀。可惜后来世事沧桑，陵谷变迁，光绪年间石刻已经不存，只有拓本流传，但是收藏家至今奉为至宝。

顺治十二年（1655）五月，宋琬又破获礼县张应才一家被强盗抢劫杀人一案，将凶手依法严惩，赢得了广大老百姓的敬重。张应才是礼县龙潭寺人，饶有家财。前一年十二月十七日夜，大约五十多名强盗闯入他家，将张应才严酷拷打，百般折磨，张应才不得已说出家里藏金之处，强盗抢劫之后，又将他杀死。案件上报州府衙门，久不能抓获罪犯。那时候入川的军队驻扎城外，经常骚扰百姓，抢夺财物，地方官员怀疑是士兵所为，

---

① 宋琬著，辛鸿义、赵家斌点校：《宋琬全集·重刻安雅堂文集》卷二，齐鲁书社2003年版，第173页。

不敢深入查访。正月六日，驻军哗变，宋琬亲往弹压，当晚他露宿城墙之上，突然梦见一个人血肉模糊地躺于阶前，宋琬梦中问道："杀你的人是谁？"此人说道："杀我的人是王和马。"宋琬答应为其雪冤。后来秦安乡民格杀一伙抢劫财物的盗贼，其中一个人供出同伙为静宁马旦旦，正是前一年张应才家抢劫杀人的疑犯。宋琬授意秦州知州姜光胤严肃查办，姜光胤顺藤摸瓜，很快便抓获张应才家抢劫杀人的元凶，为他申冤昭雪。（宋琬《雪冤纪梦》）① 我们现在认为鬼神托梦肯定是迷信，但是可见宋琬对当时这个案件极为重视，他日有所思，夜有所梦，时刻想着为张应才家雪冤，所以才有这样的梦。至于梦中知晓了盗贼的姓，那也只是巧合而已。

宋琬还主持修筑秦州城南河堤，解决多年的水患，人称"宋公堤"。经过宋琬和姜光胤等陇右同僚的辛勤工作，秦州在地震之后也百废俱兴，呈现出一派欣欣向荣的景象。宋琬公务之余，经常与同僚和朋友出游各地，不废登山临水的文人雅致，而陇上的名山胜水也在他的笔下更加明媚秀丽。

宋琬在陇右之后，他觉得要彻底改变这里贫困落后的面貌，还要促进当地的文化教育事业，当然在那个时候的最佳方式就是兴办学校，鼓励士子参加科举考试。他在《西雍校士录序》中曾回顾了历史上秦陇大地涌现的杰出人才，也慨叹清初由于战乱和灾荒，陇右大地文化榛芜的现实，希望朋友秦才管（字尾仙）借主持陕西乡试的机会，鼓扬风雅，提携后生，为秦陇大地培养出国家有用的人才。宋琬自己也兼任陇右学政工作，他在任上更是注意提携后进，培养人才。他的门下聚集了许多卓有才华的陇右后学，如兰州李嘉木，秦安胡汝荐，陇西何永昭，秦州张惠之、冯虞卿等。他们经常在一起讨论诗艺，钻研学问，其乐融融。

宋琬在秦州期间，除了乐意提携后进之外，还着力表彰陇右先贤名宦。他对陇右先贤伏羲、李广、班婕妤、隗嚣、李贺等甚为敬佩，还对出师祁山的诸葛亮、流寓陇右的杜甫、贬谪临洮的杨继盛等人至为崇敬，都有诗

---

① 宋琬著，辛鸿义、赵家斌点校：《宋琬全集·重刻安雅堂文集》卷二，齐鲁书社2003年版，第175—176页。

歌颂他们。他还帮助整理刊刻明代秦州著名诗人、一代清官胡忻的著作，并为其诗集作序。其《胡慕之先生欲焚草序》曾写道："余盖闻之长老，天水胡慕之先生在神宗时为谏官有声，世传其《论矿税》一疏，谓不减郑监门之涕泗也。比余备兵陇上，经先生之庐而式焉。已而求其遗稿，得《欲焚草》三卷，大者关国事，次之陈民瘼，或婉讽而曲谕，或慷慨而危泣，炳炳焉经世之訏谟也。"①经过宋琬这样的激励表彰，陇右士人也对当地的文化事业开始重视，形成了一股崇文好学的风气。顺治十三年（1656），宋琬又委托罢官闲居的友人王一经重修《秦州志》13卷。今甘肃省图书馆残存10—13卷。这是清代秦州所修的第一部志书，保存了诸多明末清初史料，对以后秦州志书的编修有重要的指导意义。

二 宋琬陇右诗歌创作

宋琬为秦州百姓重建家园之后，看到他们又能安居乐业，宋琬内心感到无比喜悦。他曾经在冬天和弟子张惠之游卦台山，晚上就住在张家，看到张家新建的房屋，一家其乐融融的情景，写下了《大雪自卦台宿张秀才家》一诗，其中有句云："秦风无索绹，白板新泥屋。主人贫且闲，鲜种满园竹。答云远廛市，新历未曾读。昨因赛先农，豚肩会宗族。幸有浊醪存，使君尽一斛。夜声静鸡犬，朝光见麋鹿。"这样幽静闲适的生活也让他产生了归隐山林的想法。

他赞赏张惠之才华出众，为人忠厚，曾有诗云："试举西州士，骅骝尔独先。家余博物志，手注养生篇。俶傥龙为友，穷愁砚作田。相期游太华，岳顶问青莲。"（《赠门人张惠之》）②张晋将要入京赴选，宋琬真诚地祝愿他科考顺利，为国家和百姓贡献自己的才华。其《张康侯进士赴选》其二写道："葭菼露苍苍，弓刀客子装。秦风余骥骃，汉使重星郎。掣电徕天马，弹琴下凤凰。定蒙宣室问，灾异说维桑。（时天水地震。）"

---

① 宋琬著，辛鸿义、赵家斌点校：《宋琬全集·重刻安雅堂文集》卷一，齐鲁书社2003年版，第122页。

② 宋琬著，辛鸿义、赵家斌点校：《宋琬全集·安雅堂诗》，齐鲁书社2003年版，第254页。

临别之际，他还不忘嘱咐张晋进京之后向皇帝诉说秦州的灾情，关怀百姓之情，也见于字里行间。张晋后来在任时廉洁奉公，爱惜百姓，与宋琬等好友的勉励和影响分不开。可惜丁酉江南科场案中，张晋也被牵连冤死，宋琬深为痛惜。他曾在寄岳于天的诗中说："陇西才子称高第，匣里朱弦久绝音。我到三山深下泪，那能不系马融心。（君之门人张晋为丹徒令，年少有诗名，以事见法，人多惜之。）"（《口号成简岳于天吏部》）①

其《立秋后五日郭给事函九枉顾天水，因邀高虞宾小憩玉泉喜而有赠》云：

> 戟门深掩似山阿，鹦鹉传言上客过。对尔一樽惊病减，别来三月觉愁多。隗嚣故垒迷衰草，太昊荒台长女萝。况是登临秋色好，羊求相和发高歌。②

羊求，指汉代隐士羊仲、求仲。晋赵岐《三辅决录》记载："蒋诩归乡里，荆棘塞门，舍中有三径，不出，唯求仲、羊仲从之游。"③这里用羊、求二人代指郭函九、高虞宾二人，以此来表示三人超脱世俗的交情。

还曾慨叹郦道元将天水的来历弄错，而石泉的水甘甜可口，可惜陆羽的《茶经》居然未收。其《秋夜同郭函九、高虞宾、王山公、姜继海观天水石泉作》其二中说："万斛时珠涌，巉屼古柳根。郡名由此得，遗迹至今存。品水陆鸿渐，探奇郦道元。芒鞋应未到，何用著书繁。"可见诗人在享受山水之乐的同时，还不忘考证古籍的得失，其好学善疑的精神值得人们学习。

宋琬对杜诗情有独钟，除了为杜甫精湛的诗艺倾倒之外，也与他悲

---

① 宋琬著，辛鸿义、赵家斌点校：《宋琬全集·安雅堂未刻稿》卷五，齐鲁书社2003年版，第565页。
② 宋琬著，辛鸿义、赵家斌点校：《宋琬全集·安雅堂诗》，齐鲁书社2003年版，第279—280页。
③ （晋）赵岐撰，（清）张澍辑：《三辅决录》卷一，三秦出版社2006年版，第14页。

惨的身世际遇和杜甫极为相似有关。顺治七年（1650）在狱中他就写了著名的《庚寅腊月读子美同谷七歌效其体以咏哀》，悲凉凄怆，大类杜甫陇右诗歌。因此他到了秦州之后，曾经两次拜访成县杜工部草堂。他在《题杜子美秦州流寓诗石刻后》中曾写道："余小子备官天水，拜先生之祠宇而新之。尝两登成州之凤凰台，其下有飞龙峡，先生之草堂在焉。"顺治十一年（1654）初冬，他同友人成县知县欧阳碱拜访杜甫草堂，登成县之凤凰台，并写了《同欧阳介庵拜杜子美草堂》一诗：

  少陵栖隐处，古屋锁莓苔。峭壁星辰上，惊涛风雨来。人从三峡去，地入《七歌》哀。欲作《招魂》赋，临流首重回。①

杜甫在成县贫困潦倒，骨肉分离，以长镵挖黄独为食，写下了饱含血泪的《同谷七歌》。宋琬凭吊"诗圣"不幸遭遇的同时，也抒发了深切的身世之感。后来他和友人赵湘、欧阳碱还游览了成县的名胜鸡峰山，并宿于鸡山寺，曾经写了《甲午初冬同赵一鹤、欧阳介庵宿鸡山寺》，其二云：

  鹫岭何年辟，鸡巢此地传。松声长似雨，岚气自成烟。梦散疏钟外，心清古佛前。欲从仙吏隐，结宇共栖禅。②

诗中不但赞美了成县鸡峰山清幽淡雅的美景，而且寄托了作者超脱世外、寄情山水的理想。在去礼县弹压哗变军队的时候，宋琬曾经登祁山堡凭吊过诸葛武侯祠。其《祁山武侯祠》写道：

  丞相当年六出师，空山伏腊有遗祠。三分帝业瞻乌日，二表臣心

---

① 宋琬著，辛鸿义、赵家斌点校：《宋琬全集·安雅堂诗》，齐鲁书社2003年版，第249页。
② 宋琬著，辛鸿义、赵家斌点校：《宋琬全集·安雅堂诗》，齐鲁书社2003年版，第249页。

跃马时。风起还忆挥白羽,霞明犹似见朱旗。一从龙卧今千载,魏阙吴宫几黍离。①

诗中对诸葛亮的丰功伟绩和赤胆忠心表示了无比的敬仰之情,作者还慨叹诸葛亮虽然未能实现恢复汉室的壮志宏愿,但是魏国、吴国同样归于衰草,而诸葛亮的精神却彪炳史册。诗中也流露出世事无常、沧桑陵替的无奈之感,这在清初那个社会巨变的时期颇具有代表性。

宋琬公务之余,经常与同僚和朋友出游各地,不废登山临水的文人雅致,而陇上的名山胜水也在他的笔下更加明媚秀丽。其《湖亭》写道:

其一

兰若城边寺,蒹葭水际亭。数椽留劫火,千树覆寒汀。明月羌村笛,秋风佛阁铃。频来真不厌,徙倚暮山青。

其二

移柳才盈把,栽荷不满沟。长条堪系马,新叶恰藏鸥。近拜兼官俸,能添一叶舟。凭轩聊假寐,且缓梦沧州。②

他信步来到城边古寺,寺后有一大湖,湖边柳树环绕,湖中荷花盛开,鸥鹭在水中嬉戏,坐在湖边的长亭里,把酒临风,怡然自乐,作者仿佛又回到了故乡。他在《雨后湖亭分韵三首》中还写道:"柳重低烟色,荷枯碎雨声""桥影眠花鸭,泼光浴竹鸡""把酒分青盖,行吟选绿苔""问字诸生在,清樽为我携",无不写出了秦州美丽的风光和他们师徒雅聚的欢乐情景。还有《清水道中》一诗也写得清丽真朴,描绘陇上风光如在目前:

陇坂高无极,清秋望更赊。石林千叠水,板屋几人家。古驿羊酥饭,

---

① 宋琬著,辛鸿义、赵家斌点校:《宋琬全集·安雅堂诗》,齐鲁书社2003年版,第280页。
② 宋琬著,辛鸿义、赵家斌点校:《宋琬全集·安雅堂诗》,齐鲁书社2003年版,第256—257页。

空山燕麦花。停骖问耆旧，井税说频加。

作者在欣赏沿途的风景之时，还不忘停车向当地农民询问生活状况，当他听到朝廷又向农民增加赋税之时，不由得流露出感伤和无奈之情。作为地方长官，关心百姓疾苦的心事流露无遗。

宋琬兼任陇右学政工作，更是注意提携后进，培养人才。他的门下聚集了许多卓有才华的陇右后学，如兰州李嘉木，秦安胡汝荐，陇西何永昭，秦州张惠之、冯虞卿等。他们经常在一起讨论诗艺，钻研学问，其乐融融。顺治十二年（1655）四月大雪，宋琬曾和各位弟子登太虚楼饮酒赋诗。宋琬有《乙未四月大雪同李嘉木、何伯玉、冯虞卿登太虚楼得华字》。此年除夕，他又邀集各位弟子一起守岁，欢聚一堂，有诗《乙未除夕同黄文仙、贾锡生、曹梦石、冯虞卿、王贞符、王遴庵诸子守岁》。他的弟子中多有才华出众的人才，如他称赞张惠之曾说"试举西州士，骅骝尔独先"（《赠门人张惠之》），他还称赞何永昭的诗"沉雄悲壮，肖其性情而出。绘写山川，雕镂鱼鸟，寄愁五岳，纵心八表，至其奔放迈往、风行电迅之气，如大宛之马不受羁勒，而瞬息千里也"（《竹巢诗序》）①，颇有《秦风》刚健胸迈之气。可惜由于各种原因，他们都未能伸其志向，声名不彰，史志无传。甚至在清初那个险恶的世道中未能善终。李嘉木后来做了岳于天的记室，在高邮含冤而逝后，宋琬曾写诗为他鸣冤。《口号成简岳于天吏部》其三曾说："翩翩书记李生才，化鹤秦邮去不回。章钺讼冤难再得，只今急难有谁哀？（兰州李嘉木出余门下，尝为君记室，卒于高邮。）"②方章钺在丁酉科场案中曾被流放宁古塔，后来他的儿子方嘉贞上书讼冤，又花钱赎罪，所以被朝廷放归。作者慨叹李嘉木孤身在江南，亲友没有能为其讼怨昭雪的人，也对当时的世道人心深为悲哀。

---

① 宋琬著，辛鸿义、赵家斌点校：《宋琬全集·重刻安雅堂文集》卷一，齐鲁书社2003年版，第122页。

② 宋琬著，辛鸿义、赵家斌点校：《宋琬全集·安雅堂未刻稿》卷五，齐鲁书社2003年版，第565页。

宋琬在秦州期间，除了乐意提携后进之外，还着力表彰陇右先贤名宦。他对陇右先贤伏羲、李广、班婕妤、隗嚣、李贺等甚为敬佩，还对出师祁山的诸葛亮、流寓陇右的杜甫、贬谪临洮的杨继盛等人至为崇敬，都有诗歌颂他们。他还帮助整理刊刻明代秦州著名诗人、一代清官胡忻的著作，并为其诗集作序。其《胡慕之先生欲焚草序》曾写道："余盖闻之长老，天水胡慕之先生在神宗时为谏官有声，世传其《论矿税》一疏，谓不减郑监门之涕泗也。比余备兵陇上，经先生之庐而式焉。已而求其遗稿，得《欲焚草》三卷，大者关国事，次之陈民瘼，或婉讽而曲谕，或慷慨而危泣，炳炳焉经世之訏谟也。"[①]经过宋琬这样的激励表彰，陇右士人也对当地的文化事业开始重视，形成了一股崇文好学的风气。

宋琬在秦州为官期间，曾无意中听到当地百姓在隗嚣宫周边耕作之时，拾到四只汉代瓷杯，当地人并没有在意，而宋琬是饱学之士，又酷爱收藏古玩，因此他花钱买了回来，时时把玩，爱不释手，经常以此杯宴客。其《鬻瓷杯》诗中写道：

> 素磁产自隗嚣宫，不与柴官哥定同。泛海每邀明月影，试茶偏爱晚松风。千年磨洗鱼龙气，万里追随虎豹丛。此日真同秦缶弃，几时还遇楚人弓。[②]

诗中不但抒写了对这些瓷器的无比珍爱，也慨叹世人将它弃之如瓦砾。作者感慨瓷杯的被埋没，其实也是在为自己怀才不遇而感伤。后来这些瓷杯在友人中间广为传诵，王士禄、王士祯、曹贞吉、周茂元、王猷定等友人在诗词中屡次提到此杯，一时传为佳话。顺治十八年（1661）宋琬二次被诬入狱，无奈之下宋琬曾经卖掉此杯为筹措赎罪的费用。从瓷杯的命运

[①] 宋琬著，辛鸿义、赵家斌点校:《宋琬全集·重刻安雅堂文集》卷一，齐鲁书社2003年版，第122页。

[②] 宋琬著，辛鸿义、赵家斌点校:《宋琬全集·安雅堂未刻稿》，齐鲁书社2003年版，第470页。

可以看到宋琬的遭遇，也是清代文学史上让人心酸的一段往事。

宋琬远在千里之外的秦州为官，虽然这段时间是他一生中较为顺利的时期，但是他经常思念远在山东的家人和朋友，每到节日和他及家人生日的时候，这种思念尤为强烈。如《丙申元日试笔》曾写道：

> 秦川使者沧州客，忽忽行年四十三。颒首事人如弱女，伤心顾我未宜男。从他宦巧夸茹蔗，任我官贫且破柑。肠断乡园数千里，鹡鸰无梦度崤函。①

作者抚今追昔，慨叹仕途艰辛，骨肉分离，令诗人肝肠寸断，他希望自己能够像鹡鸰那样飞过崤山、函谷关来到亲人身边团聚。在他生日的时候，这种思念更加强烈，甚至希望自己学习张翰弃官回乡，与家人共度天伦之乐，"亦知张翰伤心极，讵为秋风故园蓴"就是这种心境的写照。时间越久，对故乡的思念越深，回乡的愿望愈迫，在顺治十三年（1656）重阳节的时候他曾写道："何日拂衣沧海去，长瓢短笠归徂徕。"（《九日秦州》）他宁愿弃官归乡，过闲适的田园生活，也不愿在仕途奔竞。

宋琬这种对仕途强烈的厌倦心理，除了对家人的思念之外，还和自身的坎坷遭遇以及友人不断被弹劾罢官有关，让他看出了仕途险恶，直道难行的社会现实。顺治十三年（1656），友人王一经（字心古）曾为伏羌县令，在任廉洁奉公，兢兢业业，可是由于一点小事即被罢官，诗人作为陇右道的上级也不能相救，让他分外伤感。曾经写了《王心古以细故解职诗以慰之》，诗中写道："罢官人不信，垂橐吏何贫""坐令贤者去，使节愧风尘"，可见作者痛苦无奈的心境。友人何士锦曾任漳县知县，也是因为小事被免官，宋琬愤慨地写道："西州循吏似君稀，何事天涯放逐归？文法若为才子密，云山况使故人违。"（《送别何昼生》）②清初文网甚密，

---

① 宋琬著，辛鸿义、赵家斌点校：《宋琬全集·安雅堂诗》，齐鲁书社2003年版，第279页。
② 宋琬著，辛鸿义、赵家斌点校：《宋琬全集·安雅堂诗》，齐鲁书社2003年版，第280页。

士人动辄得咎，宋琬不仅为友人的不幸遭遇而不平，其实也是为他自己曾经遭遇的不公而愤怒。他在《六言杂感十六首》中还集中批判了世事颠倒、贤愚不分的黑暗现实，如其二云："世事云翻雨覆，功名水到渠成。塞马来去无恙，楚弓得失休惊。"其十四云："见说蒲稍天马，籋云汗血何惜。不是龙媒已尽，今之相者举肥。"①因此宋琬在寄给友人的诗中常常流露出对仕途险恶的畏惧，希望早日弃官还乡的心愿。如他寄给京师友人王崇简的诗中曾说："万里驱车地，三年避弋心""有书常隐姓，无梦不沾衣"（《寄王敬哉詹尹》）②，他把自己来秦州做官看作避祸于塞外，可见作者悲凉的心境。他在寄给临洮为官的友人胡苍恒的诗中还说："共怀五岳志，各有百年愁""余亦沧浪客，归心为尔坚"（《寄怀胡苍恒宪副》），同样表达了他厌倦仕途、归隐田园的心愿。

宋琬既然有这样强烈的归隐田园的思想，为什么他不辞官回乡呢？其实这和他人生理想和现实处境有关。宋琬是深受儒家文化熏陶的封建士大夫，他的理想是治国平天下，为朝廷和百姓做出自己的贡献。其次，莱阳宋氏家族在明末清初的战乱中受到重创，宋琬还有重振家族的责任。再次，古代的读书人除了应试做官之外，谋生艰难，很难有安身立命的第二条道路。清初许多士人像宋琬一样出仕清朝，大致不出这几个原因。而坚决不仕清朝、苦节自守的清初遗民就更显得精神之可贵。宋琬等人流露出的归隐情结，只不过是对自己不幸遭遇的不满和幽怨，并不是他们真正要弃官归隐。

宋琬离开天水之时，对秦州百姓和友人难以割舍，临别之际，他写了《丁酉季春，赴任北平，留别秦州守姜继海》，始终对当年地震给百姓带来的苦难念念不忘，最后还嘱咐友人姜光胤爱惜百姓之外，在险恶的仕途中还要学会明哲保身："古人有良规，过刚则虞折。君如百炼金，素丝果清绝。济之以委蛇，发言扪其舌。刚柔宽猛间，斟酌贵明晰。"③对友人的关心之情，

---

① 宋琬著，辛鸿义、赵家斌点校：《宋琬全集·安雅堂诗》，齐鲁书社2003年版，第314页。
② 宋琬著，辛鸿义、赵家斌点校：《宋琬全集·安雅堂诗》，齐鲁书社2003年版，第254页。
③ 宋琬著，辛鸿义、赵家斌点校：《宋琬全集·安雅堂诗》，齐鲁书社2003年版，第217—218页。

流露于字里行间。他在《留别秦州诸生》中还写道:"昔忝诸生一日师,敢将双眼斗波斯。何人曾倒中郎屣,惟尔能搴大将旗。陇上梅花催短笛,淮南桂树发高枝。他时清渭开双鲤,好向秋风寄所思。"① 也寄托了对秦州诸生的无限希望,并流露出难舍之情。

宋琬离开秦州之后,再次来到成县,和友人欧阳碱一起拜别杜甫草堂,表达了对杜甫的无限挚爱之情。其《丁酉仲春拜别杜甫草堂,因宴于有客亭》写道:

> 最爱溪山好,因成五夜游。碧潭春响乱,红树晚香浮。橡栗遗歌在,蘋蘩过客修。少陵如可起,为我听吴讴。②

作者最爱杜甫,爱屋及乌,也更加热爱陇右山水。他和友人在杜甫草堂一起谈诗论文,多么希望少陵在前,聆听一下后生晚辈对他的景仰之情。

宋琬在成县逗留五天之后,不得不启程赶路,在离开成县的时候,欧阳碱依旧在杜甫草堂为他饯别,宋琬曾写了《杜祠饮归留别欧阳介庵》一诗:

> 边城杨柳倍依依,客子登临惜落晖。霜雪怜余衰鬓早,云山知尔吏情违。双柑载酒看花去,五夜听泉冒雨归。珍重此游难再得,莫教羌笛湿征衣。③

临别之际,宋琬知道这一别不知何时才能与友人重逢,更不知道何日又能踏上陇右大地,再来祭拜工部草堂,因此他对这次的游赏倍感珍惜,离别的伤感也最为厚重。

---

① 宋琬著,辛鸿义、赵家斌点校:《宋琬全集·安雅堂诗》,齐鲁书社2003年版,第262页。
② 宋琬著,辛鸿义、赵家斌点校:《宋琬全集·安雅堂诗》,齐鲁书社2003年版,第284页。
③ 宋琬著,辛鸿义、赵家斌点校:《宋琬全集·安雅堂诗》,齐鲁书社2003年版,第263页。

宋琬走后，秦州百姓不能忘记这位恩重如山的父母官，他们在城南水月寺为宋琬建造生祠，并刻石留像以纪念之。光绪年间，临洮李景豫曾经为宋琬祠写了一副著名的对联："北枕坚城，劳公百堵经营，不放山云低度；西襟萧寺，为我一池写照，顿教水月空照。"①此联将宋琬在秦州的丰功伟绩以及他潇洒闲适的为人凝练地浓缩于三十二个字中，可以说是宋琬在陇右的真实写照。乾隆《直隶秦州新志》、光绪《秦州直隶州新志》在《循吏传》中都为宋琬立传，让后人永远记住这位两袖清风、爱民如子的清官。

---

① 王耀《隋唐遗迹：秦州水月寺》，《天水晚报》2013 年 7 月 20 日。

第三章　清中期旅陇诗人及其陇右诗歌创作

第一节　清中期旅陇诗人略论

乾嘉年间，正是清朝由盛转衰的时期，虽然乾隆皇帝自称"十全老人"，但是由于他侈靡浪费，好大喜功，各地官员贪污受贿，国内的阶级矛盾已经非常尖锐，各地的农民起义和社会暴乱时有发生。陇右地区地瘠民贫，生产落后，各地衙门陋规甚多，自然灾害肆虐，百姓不堪重负。乾隆年间，毕沅有《霜灾行》《忧旱三首》专写自然灾害带给陇右百姓的巨大灾难。其《东行经安会道中感时述事寄兰省当事诸公》诗云："已绝全生望，犹为半死人"；"四年三遇旱，十室九关门"[1]，极写天灾带给甘肃百姓的灭顶之灾。牛运震在秦安知县任上，曾经裁革了许多陋规。其《秦安县已行过地方事宜禀各宪文》云："秦安地方，向来军役骚动，官吏因公苛敛，相沿成例。原有各项陋规，里户人等按数交纳，几同正供，嗣经奉文裁革，肃然一清。尚有裁汰未尽者，亦有奉文裁汰，而公直书吏仍行收受者。卑职到任后，留心稽查，随查随革，两年之中，查处各项陋规一十余条，悉行革除，严禁。"[2] 但是很多地方官依旧利用陋规横征暴敛，敲剥百姓。加上陇右地区民族众多，信仰不一，民族矛盾也极为突出。乾隆四十六年（1781），曾经爆发了苏四十三回民大起义，他们攻占了河州、狄道、陇西等地，进而围攻兰州城。苏四十三回民起义虽然被清廷镇压，但是却揭

---

[1] 杨焄点校：《毕沅诗集》，人民文学出版社2015年版，第602页。
[2] 赵尔巽等：《清史稿》卷三三九，中华书局1977年版，第11074页。

开了甘肃官场腐败的一个惊天大案——"冒赈案"。甘肃地处偏远，地瘠民贫，自然时有灾害发生，所以朝廷曾特准甘肃捐纳监生，所得本色谷粮用来赈济灾民。甘肃布政使王亶望在任之时，捏造灾情，欺上瞒下，大肆利用"捐监"贪污受贿。继任布政使王廷赞也上行下效，继续贪污。下面的府、州、县各级官吏大多利用"捐监"中饱私囊，相沿成习。后来按察使福宁看到贪污即将败露，主动坦白，揭发了这个亘古未闻的"奇贪异事"。《清史稿·王亶望传》云："上幸热河，逮亶望、勒尔谨及甘肃布政使王廷赞赴行在，令诸大臣会鞫。亶望具服发议监粮改输银，令兰州知府蒋全迪示意诸州县伪报旱灾，迫所辖道府具结申转；在官尚奢侈，皋兰知县程栋为支应，诸州县馈赂率以千万计。"① 乾隆皇帝大为震怒，命令阿桂、李侍尧等人严厉查处。最后命令总督勒尔锦自尽，将藩台王亶望、兰州知府蒋全迪斩首示众，接任藩台王廷赞处以绞刑，共计处死大小官员47名，被革职下狱的82人，11名赃犯之子被解送新疆伊犁做苦工。"冒赈案"虽然被严肃处理，但是陇右的民族矛盾依旧尖锐，乾隆四十九年（1784），甘肃又发生了回民田五起义。苏四十三起义失败之后，许多回民心怀怨恨，他们在甘肃伏羌新教阿訇田五的带领下，在通渭县乱山环绕的石峰堡修筑壁垒，继续秘密联络，伺机反清。四十九年春，伏羌、静宁、海原回民同时发动，掠固原，攻靖远，扰安定，进逼兰州。清廷派阿桂、福康安领兵镇压，田五起义失败。经过这些动乱之后，陇右地区的社会生产遭到极大的破坏，百姓更是生活在水深火热之中。

乾嘉年间，由于西北地区连年用兵，许多文士也进入幕府，随军来到陇右，例如著名诗人王曾翼、杨揆、邵葆醇、姚颐等人曾长期往来陇右、河西、西藏、新疆等地。王曾翼（1733—1794），字敬之，号芍坡，江苏吴江人。乾隆二十五年（1760）进士，授户部主事。累擢至甘肃甘凉兵备道。曾两次跟随陕甘总督福康安到新疆视察。有《居易堂诗集》行世，其中有《吟鞭胜稿》和《吟鞭胜稿附》。《吟鞭胜稿》（卷上）主要记录山西、陕西、

---

① 赵尔巽等：《清史稿》卷三三九，中华书局1977年版，第11075页。

甘肃和新疆一带的行旅见闻。《吟鞭胜稿附》中的《辛丑兰州纪事诗》《甲辰纪事十六首》详细记述了甘肃回民起义的详细过程，可谓"诗史"。如《辛丑兰州纪事诗》其三云：

元戎昨夜度摩云，桴罕城头已被焚。洮水有舟供暗渡，尘山无垒驻偏军。飘风迅势惊何骤，唇火危言悔弗闻。薄暮人声俄鼎沸，皋兰月黑裹妖氛。①

自注云："制府由狄道趋河州，十九日晚宿摩云关，二十日过沙泥站，即闻贼人攻抢河州之信，爰疾驰入狄道城。当是时，贼人既陷河州，侦知制府已驻狄道，省城无备，乃谋从唐家川洪济桥滚豆坡小路径袭兰州，先是河州失事，省垣闻警，有建议河兰间道必走尖山，此处凭高据险，宜速遣兵防守，俾贼无山潜越者，大河渡口即有唐家川洪济桥，从逆新教舣筏随渡，遂滚豆坡，过尖山，二十四日焚阿干镇，二十五时已蚁聚兰州城外矣。"② 王曾翼详细记录了起义军攻城掠地、官兵束手无策的情形。虽然他站在统治阶级的立场上，将起义军污蔑成"妖魔"，但他生动地再现了当时紧张的战斗场景。注释从官兵部署角度出发，详细介绍了官方的计划以及计划失败的经过，因为王曾翼的亲身参与，从而具有较高的史料价值。杨揆、邵葆醇曾经追随福康安征卫藏经过陇右、青海、西藏等地，杨揆还因功被升为甘肃布政使，他们在陇右时间较长。其描写陇右、青海、西藏的诗歌在清代边塞诗中极具特色，具有重要的认识价值。邵葆醇，字睦民，号菘畴，宛平人。乾隆五十五年（1790）进士，官福建台湾府同知。《有韡华吟舫诗钞》一卷。其《辛酉解饷赴兰州归途书怀》云："幕府文书转饷遥，边城征马去萧萧。天连紫塞三千里，人到黄河第一桥。秋气祇应悲宋玉，壮心犹自说班超。漫言烽火频经地，笑向沙场倩酒浇。"③诗中流

---

① 王曾翼：《居易堂诗集·辛丑兰州纪事诗》，清乾隆王祖武刻本。
② 王曾翼：《居易堂诗集·辛丑兰州纪事诗》，清乾隆王祖武刻本。
③ 陶梁：《国朝畿辅诗传》卷五十二，清道光十九年（1839）红豆树馆刻本。

露了作者为国立功、慷慨从军的战斗豪情。

乾隆年间，新疆地区进一步统一，急需开发建设，因此清代中后期的贬官大多流放新疆。乾嘉年间，流放新疆的著名人物有纪昀、徐步云、庄肇奎、洪亮吉、史善长、李銮宣、韦佩金、祁韵士、徐松等人。纪昀因包庇亲家卢见曾而触怒乾隆皇帝，被贬往新疆伊犁赎罪，其《阅微草堂笔记》对陇右和新疆的见闻多有记述。著名诗人洪亮吉因上疏嘉庆皇帝批评朝政，也被嘉庆帝贬官伊犁。洪亮吉曾经著有《天山客话》《伊犁日记》，专门记述在新疆的见闻和新疆的山川、物产、历史、文化。其诗文中反映陇右、新疆作品亦复不少，其《天山歌》《凉州城南与天山别放歌》堪称其集中的压卷之作，也是丝绸之路上的文学杰作。著名诗人祁韵士在嘉庆年间，因宝泉局库亏铜案发，祁韵士被牵连治罪，第二年遣戍伊犁。祁韵士曾经著有《伊犁总统事略》《西域释地》《万里行程记》，在史地学界享有盛誉，也是西北史地学的奠基之作。其《西陲竹枝词一百首》《陇右竹枝词》在历代竹枝词中具有特殊的创新价值和研究价值，对西北边陲的山川地理、民情风物都有极为详细的描述，堪称一部完备的"西陲风土志"，扩大了竹枝词的表现范围。著名地理学家徐松因被奸人陷害，也于嘉庆十七年（1812）被流放伊犁。他曾考察新疆各地，撰写了《西域水道记》《汉书西域传补注》《新疆识略》等著名的史地著作。《西域水道记》以西域水道为纲，记述沿岸的城市、聚落、山岭、历史、物产、民族、水利、驻军等，是研究西北史地的重要文献。

清朝乾嘉年间，仕宦陇右的外地文士也较多，如毕沅、牛运震、阎介年、王文治、王曾翼、杨芳灿、杨揆、姚颐、童槐、顾光旭、董平章等人曾长期在陇右为官，他们在任不但恪尽职守、兴利除弊、发展生产，而且兴办学校，培养士人，对陇右的文化教育事业有着卓越的贡献。斌良、成书、锡缜等人曾因出使新疆、青海、西藏等地也经过陇右。许多外地文士也曾因人远游而来到陇右大地，关中诗人杨鸾曾应甘州知府的邀请来到河西，漫游了陇右大地，写下了许多歌咏陇上风物的纪行诗。浙西著名诗人周京也应友人甘肃永昌县令杨青眉的邀请，曾经三次漫游陇右，其《无悔斋诗集》

中记述陇右之行、歌咏陇右风物的诗作甚夥。他们为陇右的壮丽河山所激动，也为百姓的贫困生活而扼腕，因此写下了许多歌颂陇上河山、悯念生民疾苦的优秀诗篇，甚至其诗文风格也发生了极大变化，成为地域文化交流碰撞的杰出代表，对于弘扬陇右文化，促进南北文化交流具有重要意义。

第二节 牛运震仕宦陇右及其陇右诗歌创作

牛运震在清朝乾、嘉年间，曾经出仕秦安、徽县、永登等地，后又主讲兰山书院，他廉洁奉公，造福百姓，而且兴办学校，培养士人，对陇右的文化教育事业有着卓越的贡献。本书拟探讨山左诗人牛运震在陇右的仕宦讲学生涯及诗歌创作，为研究牛运震及陇右文化贡献一脔。

一 牛运震生平及其陇右行迹

牛运震（1706—1758），字阶平，号真谷，一号空山，山东滋阳人。少有大志，喜读经史古文，不好章句时文。雍正十年（1732）中举，十一年成进士，惜未能入翰林院。乾隆元年，召试博学鸿词。孙玉庭《牛真谷先生传》云："十三年九月，高宗纯皇帝御极，次岁为乾隆元年。诏天下举博学鸿词，先生应此选。抚军试以天文、地理、水道、兵法、诸家之学，反十一次皆第一。"但是廷试不顺，"以赋长愈格，策多古字，被落，人多惜之。"①

其实乾隆间举鸿博不过为了点缀太平，是帝王统治的权术，并非真正选拔才士，厉鹗、胡天游、全祖望、袁枚等名士均被黜落，杭世骏曾感慨："是科征士中，吾石友三人，皆据天下之最，太鸿（厉鹗）之诗、稚威（胡天游）之古文、绍衣（全祖望）之考证，近代罕有伦比，皆不得在词馆，岂非命哉？"②因此此次鸿博"颇失士林之望"。牛运震也极为愤懑，其《与李侍御元直书》云："运之役于鸿博也，三年矣。外则汗流奔马，内则绳钻遗经，

---

① 蒋致中：《牛空山年谱》，载何炳松主编《中国史学丛书》，商务印书馆民国二十二年（1933）版，第17页。

② 杭世俊：《词科掌录》卷二，明文书局1985年版，第84页。

然而保和两试，遂成乌有。惜运者以为命，责运者以为文过高，皆非匀论，知事理之实也。夫天之生才，精粗华枯必有所以置之。运少负不羁之性，长无师保之责；纵笔所之，往往猖狂妄行，而逾乎大方；以此而使低首下心，学为工妍润泽之文，以见于世，岂其不愿，实力有所不能也。……故使运驱策今古，排奇垒诡，此其所长也。若为按部就班，镂章句粉，此其所短。如运者所谓朴且散焉，不能自尽其材者也。"①

乾隆三年（1738）六月，牛运震始得授甘肃秦安知县，开始了他长达十三年的陇右仕宦讲学生涯。他在陇右任职期间，恪尽职守，关心民生，兴办教育，为陇右人民的生产生活和文化教育均做出了卓越的贡献，深得老百姓的爱戴。

牛运震乾隆六年（1741）九月始上任，当时秦安地旷民贫，狱讼繁多，陋规冗费，层出不穷，他极为失望。其《寄兖郡亲友书》云："初意西来，自分清白属吾家法，勤谨由吾至性；尽忠竭虑，勉强支持，尚不失为中下之吏。及抵秦安，乃以弹丸小邑，僻处万山之中。地旷而瘠，民悍而贫。"②《秦安示诸弟及颜怀敞书》亦云："及抵任所，乃知衙门无一物不在经费，无一件不有陋规，非扣窃公用，与役使私力，则不五日居，吾乃不得为廉吏矣。风俗刁悍，人情鄙恶，告争塞门，殴夺满市，非严刑峻法，但依平允履例，则不可一人惩，吾乃不得为仁人矣。"③

在此情况下，牛运震并没有灰心失望，而是决心要为当地百姓做出一番实事，"念秦安人衣食我，供奉我，吾处其宅，出其途，役其力，耗其才，平心自问，实不能为秦安兴一利益，除一患害，犹腆然使秦安百姓早晚父母我，兴思及此，曷胜忤恻。"（《秦安示诸弟及颜怀敞书》）④他先处理遗留的积案，获得了老百姓的信任和支持。其《与刘侍讲藻书》云："初到时，狱中积囚十五六人。廉其所犯，不过徒杖，而案件沉阁，系累连年，

---

① 牛运震：《牛空山先生文集》卷一，南京图书馆藏清嘉庆六年（1801）校本。
② 牛运震：《牛空山先生文集》卷一，南京图书馆藏清嘉庆六年（1801）校本。
③ 牛运震：《牛空山先生文集》卷一，南京图书馆藏清嘉庆六年（1801）校本。
④ 牛运震：《牛空山先生文集》卷一，南京图书馆藏清嘉庆六年（1801）校本。

运为——按件审结,三月之中,悉予清理。"①他又处理了三百多处争控田地,区划疆址,分别耕牧,百姓生活始大安。

牛运震在簿书之暇,亲自勘察秦安山川形势,捐资修桥筑路,疏通水道,为民造福。玉钟峡曾经发生过崩崖壅河之灾,牛运震亲往疏通河道,救济灾民。孙星衍《牛真谷先生墓表》云:"(牛运震)欣然之官秦安,治环山,西有陇水,君开九渠,溉田万亩。县北玉钟峡崩塞,河水溢,坏民居。君募丁壮,率胥役,家属数百人,荷锸设督浚,四日夜,而水通流,民皆安。"②

秦安地方偏僻,农民耕作落后,牛运震亲自制造播种工具,教民使用。他还鼓励农民栽树以解决建房之需,种棉以解决穿衣之用。经过他的辛勤治理,秦安老百姓的生活得到了较好的改善。

牛运震帮助当地人民发展生产的同时,又捐俸设陇川书院,培养士人。其《创置书院详文》云:"秦邑地处边陲,俗安荒陋。权文公风华已邈,谁扬丝纶之篇;胡中丞雅韵空存,莫续鸟鼠之集。亦有聪明之子,庸师误而口耳徒烦;非无隽颖之才,古法阇而体裁更紊。……卑职偶值公馀,进兹士类。搴南郡之绛帐,敷演缥缃;聚郑国之青衿,研求金＆镂。殳除草昧,明示轨途。庄诵六经,阐圣贤之窍奥;备陈诸史,观古今之纷繁。李杜诗篇,韩欧文字,莫不条加指示,缕为敷陈。"③在牛运震的悉心指导下,秦安学风翕然一变,而且在乡试中取得了优异的成绩。其《秦安县已行过地方事宜禀各宪文》云:"到任后,设立书院。延请名师,资助膏火,时加考课。又择其资性敏异,有志向学者,吴璒、胡鏊、路植亭、张绍谱等十余人,处之内署,面加提名,亲定甲乙,比年以来,文艺精进,幽异英矫,颇称不凡。去年陕西甲子乡试,吴璒、路植亭二人,连中高等,一县诸生徒更知鼓舞。"④

---

① 牛运震:《牛空山先生文集》卷一,南京图书馆藏清嘉庆六年(1801)校本。
② 转引自蒋致中《牛空山年谱》附录,载何炳松主编《中国史学丛书》,商务印书馆民国二十二年(1933)版,第13页。
③ 牛运震:《牛空山先生文集》卷五,南京图书馆藏清嘉庆六年(1801)校本。
④ 牛运震:《牛空山先生文集·宦稿》卷十二,南京图书馆藏清嘉庆六年(1801)校本。

清代地方衙门敲剥百姓的陋规繁多，牛运震自到秦安任后就留心稽查，查处各项陋规十余条，悉行革除。其《秦安县已行过地方事宜禀各宪文》云："秦安地方，向来军役骚动，官吏因公苛敛，相沿成例。原有各项陋规，里户人等按数交纳，几同正供，嗣经奉文裁革，肃然一清。尚有裁汰未尽者，亦有奉文裁汰，而公直书吏仍行收受者。卑职到任后，留心稽查，随查随革，二年之中，查处各项陋规一十余条，悉行革除，严禁。"① 他还亲自作了《禁陋规碑文》以示决心。

乾隆六年（1741），牛运震因治绩卓著，兼署徽县。其《徽县寄兖郡亲友书》云："运一介椎鲁，无能为吏。簿书边陲，拮据万状。兼以力小任重，握符两邑，道远事剧，奔命不暇，间岁以来，匹马双印，仰高岭，俯深涧者，殆无虚旬，周回羌陇，计万里而遥矣。"② 在徽县他也是先除弊政，禁革陋规。又兴办学校，鼓励风雅。还亲至书院与诸生讲习经义。《与盛别驾书》云："两邑俱设有书院，择本地章句博达者为之师。每邑生徒二三十人，而秦邑所收取，颇称英隽。近日政余，每命驾讲院，登堂翻经，作村塾先生。"③

徽县原有杜工部祠及吴将军庙，年久坏圮，牛运震捐俸重修，并置祀田，以奖励忠义，匡正风俗。其《栗亭川杜工部祠堂记》云："乾隆六年运震摄符是邑，按部之暇，控骖栗亭，穆然子美之高风，肃造堂室。瞻拜遗像，葺其缭垣，置守祠二户，并购田十亩，以供春秋享祀之事。"④ 其《徽县寄兖郡亲友书》亦云："而吴将军，杜拾遗祀田，以此修置，必徽之人劝进于古义，靡然于响仁义之事，殆亦风俗之一助也。"⑤

乾隆八年（1743），牛运震兼摄两当县事，尝在三县之中的大门镇处理政事。其父牛梦瑞作《牛运震行状》云："其时又委署两当。徽距秦安

---

① 牛运震：《牛空山先生文集·宦稿》卷十二，南京图书馆藏清嘉庆六年（1801）校本。
② 牛运震：《牛空山先生文集》卷一，南京图书馆藏清嘉庆六年（1801）校本。
③ 牛运震：《牛空山先生文集》卷一，南京图书馆藏清嘉庆六年（1801）校本。
④ 牛运震：《牛空山先生文集》卷五，南京图书馆藏清嘉庆六年（1801）校本。
⑤ 牛运震：《牛空山先生文集》卷一，南京图书馆藏清嘉庆六年（1801）校本。

四百里，两当去徽又二百里，雨雪寒甚奔驰道路无宁晷。诗所谓'一身三县宰，憔悴小甘州'是也。小甘州一曰大门镇，酌三县之中，运听断，多于此。"① 不久卸徽县、两当事。

乾隆九年（1744）六月，牛运震调任平番知县（今甘肃永登县）。秦安县民感激爱戴，临行之际，送者万人，至有攀辕三四百里，送之平番者。牛运震也对秦安恋恋不舍，曾有诗云："相逢鱼鸟皆邻里，回首云山仍弟兄。"（《庚午六月东归留别秦安士民》其七）② 在他离开之际，尚且关心秦安百姓的生产生活，曾有诗云："敢望县人致牛酒，犹思陇野未桑麻。"（《庚午六月东归留别秦安士民》其十）

平番县地处冲衢，来往官吏较多，因此供驿频繁，兼之番汉杂处，治理烦难。但牛运震有了治理秦安的经验，也还轻车熟路，很快将平番治理得井井有条。他还禁除县里各种陋规，并修筑河道，引水溉田，老百姓无不感恩戴德。

牛运震曾总结自己为官的经验，云："仆为县官，有三字，曰：俭、简、检而已。俭者，薄于自奉，量入为出。所谓以约失之者鲜，此不亏空，不婪赃之本也。简者，令繁则民难遵，体亢则下难近，一切反之，毋苛碎，毋拘执，毋听陋例，毋信俗讳，仪从可减则减之，案牍可省则省之。检者，天有理，人有情，吏部有处分，上司有考课，豪强将吾伺，奸吏将吾欺，入一钱乙诸简，将毋纳贿施一杖，榜诸册将毋滥刑，此检字诀也。"③ 更重要的是他处理政务不假吏胥，因此奸人不能欺瞒，故百姓多受保护。

乾隆十二年（1747），平番县五道岘告灾，百姓饥寒交迫，牛运震捐粟赈济，百姓始得渡过难关。他们感念牛运震之恩德，人出一钱，制万民衣和钱物以献。牛运震百般推辞而不果，无奈接受了万民衣，但退还了钱物。这年固原兵变，督抚亲至平凉，招牛运震共谋策略。牛运震建议不要加兵

---

① 转引自蒋致中《牛空山年谱》附录，载何炳松主编《中国史学丛书》，商务印书馆民国二十二年（1933）版，第1页。
② 牛运震：《牛空山先生诗集》卷五，南京图书馆藏清嘉庆六年（1801）校本。
③ 徐锡龄、钱泳：《熙朝新语》卷十二，上海书店出版社2009年版，第129页。

征讨，释放无辜百姓多人回城，告诉城内兵民不要惶恐。不久，叛乱即平。督抚嘉其才能，欲升擢其官，但为同僚所忌而罢官。孙玉庭《牛真谷先生传》云："督抚称其能，将擢之，忌者乃撼拾前受万民衣事，劾罢之。平番民聚哭于庭，欲赴省保留。先生力止之曰：'是重吾罪也。'乃罢。既而窘不能归，上官乃聘主皋兰书院。"①

乾隆十四年（1749）夏，牛运震主讲兰山书院。甘、凉、陕之士俱来从学，书院人才济济，风雅超迈前代。牛运震《皋兰书院同学录序》云："皇帝乾隆十四年，余自平番罢官，主书院讲政。维时，从游肄业者，七十又四人。其第：则选贡诸生，及应童子试者。其籍：则东至空同，西极流沙，凡八府、三州之人士咸在焉。其年：则少者自成童以上，长者年拟其师也。"②其弟子中不乏英隽之士，而孙俌、赵思清、吴镇、刘楷、宋绍仁、江为式、江得符等最为著名。吴镇《三馀斋诗序》云："乾隆戊辰，山左牛真谷师主讲兰山书院，一时才俊云集，而皋兰人文尤盛。其能诗者黄西圃建中孝廉而外，群推'两江'，'两江'者，一为幼则（为式），一即右章（得符）也。"③其《宋南坡诗序》又云："乾隆十有三年，予从山左牛真谷先师肄业兰山书院。时两河才俊云集，讲贯切磋，与予缔交殆遍而相视莫逆者，则推宋二南坡。"④可见当时兰山书院诗学风气之盛。

乾隆十五年（1750）六月，牛运震辞书院讲席东归。沿途门生故旧，饯送流连。一路游览名胜古迹，于八月中始至家。

牛运震后来往返京师各地，但未能再次入仕，后讲学三立、河东、少陵诸书院，而秦陇士子多有追随请业者。其《与颜乐清札》云："四月十四日始到蒲。初上馆，生徒寥寥，旬月间，四方云集，负笈者日众。平阳以南，中条以北，都有来者。晋阳旧门人来者五人。陕之同州等处诸生，

---

① 转引自蒋致中《牛空山年谱》附录，载何炳松主编《中国史学丛书》，商务印书馆民国二十二年（1933）版，第11页。
② 牛运震：《牛空山先生文集》卷四，南京图书馆藏清嘉庆六年（1801）校本。
③ 吴镇：《松花庵全集·文稿》，宣统二年（1910）重刻本。
④ 吴镇：《松花庵全集·文稿》，宣统二年（1910）重刻本。

渡河而东。迩来学舍不能容，僦民房道院以居。讲贯日勤，渐有进益。"①

牛运震一生虽未显达，但其政绩陇右人民念念不忘，他去世之后，陇右百姓为之设灵祭奠，并树碑立传。其子牛钧云："先府君卒于乾隆戊寅正月，越三月，讣于秦晋及门之士，各致诔词，罔不情谊笃挚。而旧治秦安、平番士庶闻讣，各于城东设坛为位，招魂致祭，不期而会者，率千余人。……窃谓古来循良，生而神明，殁而已焉者，代不乏人，未有去任多年，身殁之后，致人感悼如此者。……呜唿！西土人情诚厚，而先府君之所以为治，与所以课士者，可想见矣。"②

牛运震博通经史，精于考证，亦工诗文，著有《诗志》《空山易解》《空山堂春秋传》《史记评注》《读史纠谬》《金石图》《空山堂诗文集》等，孙玉庭曾说："如先生者，于立德，则可列儒林；于立功，则可称循吏；与立言，则可入文苑。假使得高位以行其学，所就必有更大于此者，顾以一令终。"③对其生平之遭遇极为惋惜。

牛运震诗歌，学界关注较少，但其诗浩瀚渊雅，沉郁萧疏，在清代诗坛，自成一家。陈预《牛空山全集序》云："空山先生，以鲁国名儒，为秦川长吏。治事之暇，不废吟哦；弦歌之余，惟事探讨。其为诗文，则成一家言也。"④惜其诗流传较少，当时及后世论诗者多未见。袁枚《随园诗话》云："牛进士运震，字阶平，号真谷，学问渊雅，……余得公文集，未得其诗。"⑤王培荀也是通过吴镇的诗歌推想牛运震之诗学成就："滋阳牛真谷运震，雍正癸丑进士，才高学博，诗古文俱工。……最赏吴松崖镇，授以诗法，谓得其诗传。……平生诗不多见，观吴松崖诗集，新警超拔，袁子才极推许，

---

① 牛运震：《牛空山先生文集》卷一，南京图书馆藏清嘉庆六年（1801）校本。
② 转引自蒋致中《牛空山年谱》，载何炳松主编《中国史学丛书》，商务印书馆民国二十二年（1933）版，第84页。
③ 孙玉庭：《牛真谷先生传》，转引自蒋致中《牛空山年谱》附录，载何炳松主编《中国史学丛书》，商务印书馆民国二十二年（1933）版，第11页。
④ 蒋致中：《牛空山年谱》附录，载何炳松主编《中国史学丛书》，商务印书馆民国二十二年（1933）版，第19页。
⑤ 袁枚：《随园诗话》卷十六，人民文学出版社1998年版，第551页。

即先生可知矣。"①虽为隔靴搔痒之言，但也不无道理。

《空山堂诗文集》始刻于嘉庆六年（1801），由其次子牛钧主持刊刻，著名学者桂馥曾预其事。桂馥《刻空山堂遗文序》云："余初与牛真谷先生不相识，辄投以诗，谬承奖许，后乃有连数相见。余时齿弱，无能测其浅深也。既闻其殁，同颜君清谷往哭之，清谷要余刻其遗文，因取残稿，鳌为十卷，刻未半。游学于外，不复撩理。嘉庆某年，归自滇南，始为刻竟。"②计有诗集六卷，分别为《焚余诗草》《金台诗草》《秦徽诗草》《允吾诗草》《金城诗草》《归田诗草》，《文集》四卷，还有《宦稿》两卷。牛运震陇右诗歌创作最夥，诗篇多为其平生得意之作，本书亦只论其陇上诗歌，兼及其总体创作成就。

二　牛运震陇上诗歌创作

牛运震在陇上时间最长，从乾隆三年（1738）九月至秦安任，后兼摄徽县、两当，又调平番，兼摄古浪县事，卸任后主讲兰山书院，至乾隆十五年（1750）东归，先后在陇右为官讲学近十三年，陇上山水，官事民情，均极熟悉，自谓"湫泉久饮能秦语，老马长骑恋陇干"（《庚午六月东归留别秦安士民》其八）。他在公事之余，不废吟咏，而秦山陇月，俱入诗中。牛运震《与盛别驾书》云："别来两邑奔驰，鞍马万状，而簿书河池，为日良多。缘徽山川原野，光景颇与鄙性相宜。烟霞林树，略堪入诗。……手挥朱毫，目送青鸟，凝眺既久，公事亦办。向晚，退人吏，日中所得，笔之于札，吟咏不辍，卷帙遂多。"③其诗内容丰富，无论写景抒情，吊古咏怀，抑或祖饯伤别，咏物题画，无不出自胸臆，形诸笔墨，意境萧疏，情感沉郁，别有天趣。

牛运震虽为边城小吏，并没有灰心丧气，而是励精图治，造福一方。

---

① 王培荀著，蒲泽点校：《乡园忆旧录》卷六，齐鲁书社1993年版，第345页。
② 蒋致中：《牛空山年谱》附录，载何炳松主编《中国史学丛书》，商务印书馆民国二十二年（1933）版，第17页。
③ 牛运震：《牛空山先生文集》卷一，南京图书馆藏清嘉庆六年（1801）校本。

其诗歌多关心民瘼，感时伤事之作。秦安连日秋雨，他便忧愁满怀，"忧岁频搔首，悲秋且杖藜"（《县斋秋雨》）①真有少陵"穷年忧黎元，叹息肠内热"之仁者情怀。在他离开秦安之时，还对百姓的生活念念不忘，"敢望县人致牛酒，犹思陇野未桑麻""近传少妇能秧稻，好语儿童学弄犁""井间别后能无恙，耕牧年来可自由"（《庚午六月东归留别秦安士民》），等等，亲切自然，如话家常，关怀之情，溢于言表。

牛运震虽身在江湖，而心怀魏阙，对国家大事亦较为关心。闻到朝廷在金川用兵失利，他曾赋诗志慨。其《战城南》借乐府古题述时事，为金川战败将士鸣哀。《任将军歌》《金川恨》歌颂了战死疆场的任举将军。《金川恨》云：

> 黑云压阵大旗摧，夜半鼓声凶且哀。将军慷慨出辕门，三千义士如奔雷。孤军长进路超远，飞雪三丈马足踠。昔岭之城难于上青天，炮衰矢尽战气短。战气短，白日暮，将军长吁风云怒。令箭不倒三指折，血染金川江头树。吁嗟乎，西南鸟道通夷蛮，古来战地白骨杂烽烟。今日将军格斗死，当年五原勇气义胆薄云泉。山连连，水潺潺，猿啼虎啸空啾然。谁为我皇痛哭万里城，一去金川竟不还。②

任举为山西大同人，雍正二年（1724）武进士，累擢固原提标左营游击，曾参与平定固原兵变，后随张广泗征金川，战殁。牛运震赋诗哀悼，长歌当哭。此诗纵横跳荡，感情激越，"将军慷慨出辕门，三千义士如奔雷"等句，活画出将士们奋勇杀敌、舍生忘死的奉献精神，但是"王师未捷失上将，白骨千里增萧条"（《任将军歌》），将士们终因寡不敌众而捐躯疆场。作者声泪俱下，悲慨万状，于开合动荡之中寓沉郁之致。

牛运震在陇右为官讲学，陇上山水，至为熟悉，他用诗笔真实地记载

---

① 牛运震：《牛空山先生诗集》卷三，南京图书馆藏清嘉庆六年（1801）校本。
② 牛运震：《牛空山先生诗集》卷五，南京图书馆藏清嘉庆六年（1801）校本。

了其陇上行迹，可以以诗证史。他在秦安任时，曾摄徽县、两当，在三县之中，往来奔波，鞍马劳动，辛苦异常。其《大门镇晚行》云："落日徽山道，遥林风未收。簿书妨月夜，鞍马任霜秋。峡虎饥难卧，江猿晚易愁。一身三县宰，憔悴小甘州。"①后来移宰平番，又有《平番城楼秋望》云："何处起秋思，高楼接大荒。霜围关岭白，水混地天黄。戍堞连衰草，林声带夕阳。更怜海西雁，寥慄不成行。"②边城荒落之景，天地廖阔之象，俱在笔下。自平番罢官以后，主讲兰山书院，在兰州感怀寂寥，吟咏颇多，曾自嘲云："牢落金城市，诗篇亦偶然。已无官可谪，尚有句堪传。"(《偶成》)其《金城晚望》云："落照黄云横古桥，天涯此日傍渔樵。弟兄生死音书断，父子齐秦道里遥。半世论文鞍马上，一身负罪圣明朝。登临又惜青春去，摧折乡心柳万条。"③诗人无端被诬，穷愁满腹，羁居他乡，不胜思乡之感。

牛运震对秦安感情最为深厚，东归之时，秦安父老盛情相送，他作有《庚午六月东归留别秦安士民》十一首，回忆在秦安任职的往事，看到秦安百姓生活逐步改善，欣喜和留恋之情溢满字里行间。其二云："十里平川万户居，到来一似旧园庐。已知山县人无事，况有林亭锦不如。载酒河边竹深处，放衙陇上雨晴初。云山别后空回首，五载悠悠思有馀。"④回乡之后，和友人谈起秦安，还是分外亲切。《旧止堂与颜清谷兄弟说秦安旧梦感怀有作》曾云："空山秋欲夕，花木梦中身。孤宦三年别，故人千里心。踌躇悲往事，感慨动高吟。欲问鸣琴意，清斋夜又沈。"

牛运震在陇右辗转为官，往来各地，道路所经奇山胜水，皆有题咏。如《晓发碧玉关》《安定道中》《横川》《过大河驿》等诗，写景如画，边塞风光，如在目前。《安定道中》云："匹马风林里，萧萧起暮蝉。断云高岭路，废水夕阳天。野火晴烧日，山歌晚种田。故乡风景在，东望正

---

① 牛运震：《牛空山先生诗集》卷三，南京图书馆藏清嘉庆六年（1801）校本。
② 牛运震：《牛空山先生诗集》卷四，南京图书馆藏清嘉庆六年（1801）校本。
③ 牛运震：《牛空山先生诗集》卷五，南京图书馆藏清嘉庆六年（1801）校本。
④ 牛运震：《牛空山先生诗集》卷五，南京图书馆藏清嘉庆六年（1801）校本。

苍然。"① 作者骑马陇上，远望高山云绕，夕阳西下；近看林木繁茂，野火明灭，蝉声啾啾，山歌嘹亮。农民在忙碌地种田，一片快乐祥和的农村气象。诗人睹景生情，故乡之思，油然而生。全诗安闲静谧，萧疏淡雅，情景交融，颇有王、孟风致。

牛运震周游陇右山水，陇上名胜古迹也常去凭吊，如祁山堡、纪信祠、椒山祠等皆有题咏。他还在徽县任上重修杜工部祠堂、吴将军庙，以表彰其忠义风节，《过东柯草堂》《栗亭怀杜少陵》《过同谷杜工部祠》即为当时所作。他对杜甫至为仰慕，"十年前已梦东柯，见说草堂诗兴多"（《过东柯草堂》），无限敬仰之情溢于言表。而《栗亭怀杜少陵》对杜甫高才难遇、坎坷终身、身在江湖、心忧国家的仁者情怀至为同情，诗云："孤身牢落陷渔樵，四海艰难恨未消。白首烟尘痛诸将，扁舟江汉忆三朝。山河极目诗思壮，花鸟伤情涕泪遥。把酒怜君天宝际，栗亭秋雨夜萧萧。"② 诗人游历祁山堡，对诸葛亮的丰功伟绩和高风亮节极为赞扬，"凭高痛哭降王道，壁垒犹闻说汉家"（《过祁山堡》），表现了对诸葛亮壮志难酬的无限惋惜之情。又过纪信祠，赞颂了纪信杀身成仁的忠义大节，在狄道州还拜谒了杨椒山祠，赞美杨继盛不畏权贵、勇于斗争的凛凛正气。《狄道州谒杨椒山祠》云："遗庙俯洮水，霜崖秋气骄。冤风缠黑浪，烈日上青椒。当道徒豺虎，斯人竟后凋。一尊瞻拜罢，洒泪向前朝。"③

牛运震长年宦游陇上，与故乡亲人遥隔万里，故思亲怀乡之作较多。在政事之余，便不由得思念家乡，"双槐寂寂冷官衙，满目青山更忆家"（《徽县忆故弟元震》）。眺望秦山陇水，也念念不忘家乡风光，"才忆陇头肠已断，故园又复几重山"（《晚兴》），雁过之时，思家更切，"乡关复何处，哀雁为谁号"（《秋城晚眺》）。诗人虽然将双亲接到了官署奉养，但弟兄姊妹还是远隔万里，每逢佳节，倍加思念，有《七夕忆玉照楼舍妹》《月夜》等诗以寄托思念之情。而当亲人生离死别之时，他更为悲伤思念。《徽

---

① 牛运震：《牛空山先生诗集》卷四，南京图书馆藏清嘉庆六年（1801）校本。
② 牛运震：《牛空山先生诗集》卷三，南京图书馆藏清嘉庆六年（1801）校本。
③ 牛运震：《牛空山先生诗集》卷四，南京图书馆藏清嘉庆六年（1801）校本。

县忆故弟元震》云："总角提携常作欢，中年骨肉两心酸。无能痛汝难为鬼，多病怜吾不胜官。白水江清鸿雁苦，青泥岭暗鹡鸰寒。故园桃李春仍灿，地下何曾得一看。"①他在平番被冤罢官之后，思乡之情更切。"老至犹狥禄，青山归去迟"（《偶成》），"弟兄生死音书断，父子齐秦道里遥"（《金城晚望》）等句，正是他晚年悲凉心境的真实写照。

牛运震秉性醇厚，笃于友谊，对朋友至为关心。为官陇右之后，经常思念故友，常形之于诗。其《徽斋秋夜忆徐子拓，时徐归兖》《怀颜清谷懋伦》俱为怀念家乡友人之作，虽关山遥隔，而情谊常存，"思子不可见，青春白发生"（《绝句二首寄颜痴仲懋侨》），可谓至诚之言。牛运震在陇右之时，与梁济瀗、阎介年等交往密切，常有诗文赠答。他对朋友的关怀经常心怀感激，朋友有信札来，便"珍重尺书来不易，空斋叹息几回看"（《秋日得野石梁公手书感怀赋寄》），朋友有馈送，则云"比来病渴无人问，今日同袍有赠瓜"（《酬同年阎郡侯惠哈密瓜四绝句》），"八口归时剩孤影，一官罢后仗同袍"（《金城遣怀兼酬阎刺史同年》）。诗人穷愁潦倒，友人来诗慰问，他便赤心具陈，"无限悲秋意，非君谁与陈"（《酬阎同年简诗见寄》），"尺书烦见寄，能不动离情"（《奉酬阎郡侯宁夏道中见忆之作》）。朋友若无音问，便说"秦凉驿使何时到，燕赵悲歌可自由？"，其忠厚赤诚，大类少陵。在其东归之时，也对友人的关心念念不忘。《将去金城留别阎刺史同年》云："边城谪宦谁相探，十载同袍樽酒酣。杜老穷途得严武，扬云并世有桓谭。风烟回首黄河上，猿鸟关情白岭南。别后天涯意寥落，遥将愁思托江潭。"②

牛运震对门生子弟严格要求的同时，也关怀备至。其门人中擅长诗歌者当推胡钕、吴镇，他们交往至为密切，经常讨论文艺。他曾称赞胡钕为"天下士"，谓其"绣剑精光在，枯琴曲调真"（《怀胡静庵钕》）。胡钕亦有《同牛真谷明府咏古诗六首》《奉和牛真谷明府咏雪二首》等诗酬答。

---

① 牛运震：《牛空山先生诗集》卷三，南京图书馆藏清嘉庆六年（1801）校本。
② 牛运震：《牛空山先生诗集》卷五，南京图书馆藏清嘉庆六年（1801）校本。

牛运震对吴镇亦期望极高，褒奖有加。其《玉芝亭诗草序》云："余宦西陲十年，从余游者一时材隽百数十人。其学为时文而庶乎至吾之所至者，秦安吴瀿一人而已，顾不肯为诗。其为诗而能学吾之所学者，则于临洮吴镇又得一人焉。镇为诗不自从余始，而自从余诗益工，其所以论诗者日益进。"①他东归之时，门人吴镇等人送至西安，牛运震《灞桥留别门人吴镇》云："旗亭樽酒更无人，官道青青柳色匀。如子岂非天下士，秋风相送灞桥津。"②吴镇也有《灞桥歌送真谷先生旋里》等酬答其师之作。弟子吴瀿天资聪颖，但不肯为诗，牛运震曾作诗责之。其《偶为四绝句示吴生瀿兼责其不肯为诗》云："隽才怜子最清狂，书翰翩翩久擅场。却怪新春诗兴懒，陇头花鸟为谁忙？"又云："金城雪案照黄昏，凤岭青编好细论。咫尺东柯遗韵在，如何羞入杜陵门。"③弟子遇到困难，他都全力以赴为其排忧解难。《门人李昱丧内告归，赋诗送别兼慰其意》云："故里归无计，他乡复送行。师生同洒泪，父子忽遄征（生父子从学）。雨湿金川道，烟深银夏城。吾门失高弟，踌躇不胜情。"④门人去西安应试，他也殷殷关怀，"清秋快马还高唱，此日秦山望眼频"（《送诸生西安应试》）。

牛运震博览群书，学有本源，对诗学源流多有研究，惜其论诗文字不多，未能窥其全豹。他曾精研《诗经》，并作有专书《诗志》，讨论其源流旨归，俱有卓识。其子牛钧《诗志识语》云："先君子是编，于诗之章句间，会其语妙，著其声情，因而识其旨归。又于前注之未安者，正之，未备者，补之。"⑤牛运震于唐代诗人，最推崇李、杜、王、孟，其《答野石梁公》云："半载以来，熟复经传史册，益复有得，识解才思，都进于前。……拙诗穷而益工。寓兰近体凡十数首，大抵以沉郁之思，出以萧淡，不必高言李、

---

① 吴镇：《玉芝亭诗草》卷首，甘肃省图书馆藏清乾隆刻本。
② 牛运震：《牛空山先生诗集》卷六，南京图书馆藏清嘉庆六年（1801）校本。
③ 牛运震：《牛空山先生诗集》卷五，南京图书馆藏清嘉庆六年（1801）校本。
④ 牛运震：《牛空山先生诗集》卷五，南京图书馆藏清嘉庆六年（1801）校本。
⑤ 转引自蒋致中《牛空山年谱》，载何炳松主编《中国史学丛书》，商务印书馆民国二十二年（1933）版，第79页。

杜、王、孟，正不知近代何人，能似此品地。"①其《偶成》诗云："四十年将老，乾坤独此身。……相逢无李杜，斗酒为谁倾？"②可见其自负之情。

后世论诗者大多认为牛运震诗渊源于北地李梦阳，一方面因他们都推崇杜甫，具有雄迈之才和俊逸之气；另一方面因他常年仕宦陇右，北地峻拔之山水，粗犷之民风，也感染了他。他曾自言"湫泉久饮能秦语，老马长骑恋陇干"，可见秦陇山水对其濡染之深。吴仰贤曾云："乾隆朝西陲能诗者，以狄道吴松崖镇为最。尝从牛真谷运震游，真谷诗得派于北地，北地为松崖乡先辈。"③吴镇亦称其师为"空同门下客"（《奉慰真谷夫子》）④，可见其诗学渊源所在。

牛运震诗歌的风格大多苍凉沉郁，萧疏淡雅，有明确的审美追求，其《答野石梁公》云："拙诗穷而益工。寓兰近体凡十数首，大抵以沉郁之思，出以萧淡。"⑤如《过祁山堡》云："孤堡荒城晚照斜，当年丞相建旌牙。秋风平野屯牛马，寒雨空山泣鸟蛇。军务倥偬烦羽扇，霸图寥落尽江沙。凭高痛哭降王道，壁垒犹闻说汉家。"⑥古堡荒城，残照当楼，遥想诸葛亮当年六出祁山，意欲兴复汉室，"还于旧都"，可谓志向高远。而诸葛亮治军有方，爱民如子，所过之处，秋毫无犯，真是王者之师，老百姓千载之下，依旧感念恩德，可惜"运移汉祚终难复，志决身歼军务劳"，蜀国最终灭亡。诗人睹景生情，满怀悲怆，对诸葛亮表示无比崇敬和同情。全诗一唱三叹，低徊婉转，深得工部沉郁顿挫之致。而"迢递秦山暗，苍茫大火流"（《县城秋日》），"霜围关岭白，水混地天黄"（《平番城楼秋望》），"山势吞青海，河声接混茫"（《登皋兰望河楼》）等句，意象苍茫，境界阔大，真实地反映了边塞苍茫辽阔之境，其返虚入浑处，

---

① 牛运震：《牛空山先生文集》卷四，南京图书馆藏清嘉庆六年（1801）校本。
② 牛运震：《牛空山先生诗集》卷五，南京图书馆藏清嘉庆六年（1801）校本。
③ 吴仰贤：《小匏庵诗话》卷五，《续修四库全书·集部》第1707册，上海古籍出版社2002年版，第43页。
④ 吴镇：《玉芝亭诗草》，甘肃省图书馆藏清乾隆刻本。
⑤ 牛运震：《牛空山先生文集》卷二，南京图书馆藏清嘉庆六年（1801）校本。
⑥ 牛运震：《牛空山先生诗集》卷三，南京图书馆藏清嘉庆六年（1801）校本。

许多名家作手俱要让出一头。音律和谐，得其寰中。

牛运震为循循儒者，胸怀旷达，不慕荣利，故其诗也有冲淡萧疏之致。如《晚晴》云："风峡飞残雨，江霞澹欲收。树深斜照彻，川净晚烟浮。砧捣孤城月，猿啼万岭秋。明朝眺望好，只是倦登楼。"①此诗写徽县雨霁天晴之景，历历如画。大风吹断残雨，天上彩霞满天，一缕斜阳，照彻大地，遥望远川，烟雾缭绕，真是一片恬静廖阔之境。作者身居孤城，多有身世之慨，目睹如此美景，亦想登高远望，暂舒怀抱。全诗情与景浑，兴象超然，其章法之妙，非可以句法求也。其"双鸟无情山谷去，片云何意野塘过"（《过东柯草堂》），"孤光随静睐，心与广川闲"（《横川》），"塞书几鸿雁，秋梦已蒹葭"（《怀胡静庵钺》）等诗句，洗净铅华，自然高妙，可谓"超以象外，得其寰中"。而《听陇水有感同徐子拓作》云："官舍萧萧冷暮鸦，峡风吹雨透窗纱。愁人最是陇头水，边宦本来不忆家。"②曲折隐微，哀而不伤，更有温柔敦厚之意。

牛运震虽然学问渊博，但其诗不喜雕章琢句，主张兴会自然，意境高远。其《秋夜诲门人孙仲山琴》云："大雅今寥落，吾衰竟孰怜。高歌宁自得，古调少人传。声到都忘谱，神来别有天。老夫须付托，抚轸意怆然。"③"声到都忘谱，神来别有天"正是他追求自然高妙的艺术境界。但他反对故弄玄虚，主张"已得琴中意，况来弦上求"（《秋夜诲门人孙仲山琴》），不但要有精湛的诗学修养，还要有娴熟的作诗技巧。其诗多经过苦心锤炼，而达到物我两忘、自然浑成的境界。如《送康子千英之汉中》云："残照征鞍渭水西，秦山遥望汉天低。思君情绪如春草，满路青青送马蹄。"④全诗皆以白描出之，但幽远之致，冲淡之思溢于字里行间，所谓"不求工而自工"者。其他如"霜来边塞白，月涌海天高"（《秋城晚眺》），"黄河窈窕飞云间，东望迢迢月一弯"（《晚兴》），"蕙叶春光争吐秀，槐

---

① 牛运震：《牛空山先生诗集》卷三，南京图书馆藏清嘉庆六年（1801）校本。
② 牛运震：《牛空山先生诗集》卷三，南京图书馆藏清嘉庆六年（1801）校本。
③ 牛运震：《牛空山先生诗集》卷五，南京图书馆藏清嘉庆六年（1801）校本。
④ 牛运震：《牛空山先生诗集》卷四，南京图书馆藏清嘉庆六年（1801）校本。

花官道漫惊新"(《送诸生西安应试》)等诗句,多为神来之笔,真可谓"不着一字,尽得风流"矣。

沈德潜曾说:"有第一等襟抱,第一等学问,斯有第一等真诗。"[①] 牛运震为官廉洁勤政,学问博大精深,其诗歌内容丰富,精神充实,格调高迈,音律和谐,融齐鲁之博雅与北地之雄浑为一体,又以冲淡萧疏出之,在清代诗坛独树一帜,真可谓"第一等真诗",应当在清代诗坛占有一席之地。

第三节　周京漫游陇右及其陇右诗歌创作

要探究清中期浙派诗群的分布状况,杭郡之地实是需要重点考察的中心区域。自清初至清中期,浙派诗人集群在这一区域孕育、发展和繁盛。所以,杭郡是浙派诗群的策源之地:一方面清中期浙派领袖人物厉鹗及众多骨干成员皆为杭郡人氏;另一方面杭郡自古为山水之窟,浙派成员与此地山水有不解之缘,杭州山水时时现于浙派诗人之笔端。此外,浙派诗群活动地域虽不限于杭郡一处,但以杭郡为中心,随着浙派活动平台的不同分布和浙派诗群成员诗文化活动的展开,发散之于甬上、邗江、津门等地。同时,要探究此时期杭郡诗坛成员构成状况,周京又是不可忽视的重要诗人。周京活动的主要时期介于浙派领袖查慎行和厉鹗之间,在中期浙派成员中其年辈较长,其实为杭郡在野诗坛"主盟"之人,浙派领袖厉鹗及杭世骏、全祖望等其他浙派人士对他都深怀敬意,且周京和厉鹗交谊深厚,厉鹗为周京身后删定诗集。周氏一生不求仕进,这种人格取向对厉鹗和浙派其他成员有较大影响。他一生徜徉于山水之间,足迹遍及京津、齐鲁等地。尤其值得一提的是,他一生中曾三次游历陇上,留下了相当数量的诗篇,这是众多浙派诗人游踪从所未至的,因此,周京的旅陇诗篇是颇为独特和可堪注意的。

[①] 沈德潜:《说诗晬语》,《清诗话》,上海古籍出版社1999年版,第524页。

一 周京生平及其诗坛地位

周京（1677—1749），字少穆，又称亚穆、西穆、辛老，号穆门，晚年又号东双桥居士，杭郡（今杭州）人。有《绛云集》《无悔斋集》《铁崖诗稿》《古侠遗诗》等集行世。

关于周京生平，全祖望言杭世骏曾"为之传序，其事甚悉"[①]，然遍检杭氏《道古堂文集》，未见，不知何故。关于其生平事迹，赖全祖望《周穆门墓志铭》等相当有限的材料得以获知：周穆门一生不乐仕进，"大科之役，姚侍郎三辰荐之，穆门力辞不得，应征至京，徘徊公车门下数日，称疾，卒不就试以归"[②]，此后也未再有过任何应考、求仕之举。由此可以看到，穆门是典型的布衣之士，一生以布衣终。对于穆门一生，其挚友施安在《无悔斋集序》中曾感慨地说，其"半生奄忽，中寿消沉，为称名士，反见外于孙山。召邹生而延枚叟，到处奉迎；呼张丈而唤殷兄，依然闲散，空忆几年，群聚题诗，斗酒为多。而今一卷，常留胜地"[③]。周京此集乃其身后由厉鹗等生前挚友删定、舒瞻出资刻印，施安之序当为周京逝后所撰，故此集"便是遗文"，施氏一着笔则"泪已频沾"，交谊之深之真，读之令人心动。然细细体会文意，尚不止于此。作为穆门之生前知己，施安与周氏不止交谊深厚，而且敬慕其诗才、行止，故这里为"名士"才人"奄忽""消沉"之一生不幸遭际鸣不平。实际上，施安本人命运和周京亦复相似，其一生布衣，才华出众，厉鹗对其非常欣赏。相同的命运遭际和人生体验，使众多浙派人士聚集在一起，相互呵护，心意相通，于穆门如此，于施安亦是同理。故施氏此序绝非空文。

对于浙派中众多布衣之士来说，尽管命运经历在主流当道文人看来是

[①] 全祖望：《周穆门墓志铭》，《鲒埼亭集（内编）》十九，朱铸禹《全祖望集汇校集注》，上海古籍出版社 2000 年版，第 343 页。

[②] 全祖望：《周穆门墓志铭》，《鲒埼亭集（内编）》十九，朱铸禹《全祖望集汇校集注》，上海古籍出版社 2000 年版，第 343 页。

[③] 施安：《无悔斋集序》，周京《无悔斋集》卷首，四库存目丛书本，齐鲁书社 1997 年版，第 163 页。

如此不济,然而,从其诗学尊尚和处世心态来看,却并非一团苦闷和枯槁。对于其诗学尊尚,舒瞻曾说穆门诗使人"觉眉山、剑南风格去人不远"①,自是卓见。另据厉鹗《无悔斋集序》,在处世心态上,穆门虽一生未达,却也确乎"无悔":"穆门诗主气格,以豪健为尚,淋漓排奡,一座尽倾。诗成每击节自歌渊源,声若出金石。"②可见其人之风貌。仕途不达是自觉自愿之选择,是为"无悔";精神世界的追求,自为达观者之自期,更是"无悔"。从这个角度看,作为中期浙派的成员,周京的人生价值取向具有相当的代表性。

以上所述是诗朋文友眼中的周穆门,下文我们可从诗歌创作中一觅周氏其人,以剖发其人格价值取向的深层意蕴。

在周氏最具代表性的《无悔斋集》中,穆门一再地吐露了自己的生活际遇和对于人生价值取向的看法。可以毫不夸张地说,这些思想倾向深刻地影响了当时还比较年轻的厉鹗、全祖望等诗人和学者。具体地说,这些思想倾向偏离了向来占有主流位置的价值体系,对于稍后形成的以厉鹗为代表的颇具声势的清中叶隐逸诗派——浙派诗人的价值观念的定型起了一定的作用。如其《陆氏夕佳亭看牡丹》(其三)就比较典型,诗云:

> 小园春事满墙头,红艳楼台映带钩。谁说此花真富贵,柴门幽处更风流。③

这是一首别具意味的小诗,却说尽了周氏和其他浙派成员所共有的价值取向。牡丹花向来以"富贵风流"著称,"富贵风流"更是俗世人所艳羡和竭力追求的目标,这一目标自是主流社会无可非议的核心价值观念。

---

① 舒瞻:《无悔斋集序》,周京《无悔斋集》卷首,四库存目丛书本,齐鲁书社1997年版,第163页。

② 厉鹗:《无悔斋集序》,周京《无悔斋集》卷首,四库存目丛书本,齐鲁书社1997年版,第165页。

③ 周京:《无悔斋集》卷八,四库存目丛书本,齐鲁书社1997年版,第206页。

穆门此诗似为借景抒情，然而联系清中期浙派成员的整体特征和人格取向，问题就不那么简单了。浙派成员的整体特征是"不谐于俗"（厉鹗语），其人格取向是"不屑仕进"，他们的价值取向深刻地背离甚至鄙弃向来士人以科考仕进为人生奋斗目标的传统道路，基本放弃了传统士人以天下苍生为念、以扶持江山社稷自任的政治宏愿，而普遍地树立了以"天地间大布衣"自命、与自然山水结缘、以游历著述"自适"的价值理念和生存状态。此诗则可视为这一观念转变的绝好注脚：它给向称国色天香、"富贵风流"的牡丹大泼凉水，坚定地认为像陶渊明等高洁之士的独守"柴门幽处"自有其独立价值，亦不失为"风景佳处"，因而"更风流"，也更值得欣赏和坚守！此类诗还有不少，如《郑侍讲筠谷招同包通守春河倪给谏穧畴宴集席上作》有云："尊前相对几人同，湖水湖山付断鸿。公等频烦天下计，吾侪高卧上皇风。"这首诗与上引之作有异曲同工之趣，都是运用对比的手法揭示了两种截然不同的价值追求和生活道路，不但启发我们深入了解穆门其人，而且可以进一步了解浙派人士的思想和心态。此外，如"独怜词赋工何益，恰信山林迹未非"；"唐虞世界康衢叟，不用长门问长卿"；"不才久合息田庐，六帖文场总弃如"；"先生日端居，讲堂罗群才。我辈不羁人，时复载酒来"。通过这些诗句，作者明确地表示对传统世俗之士所追求的接近公卿以求荣华富贵之举的不屑，而认为自己追求的是个性的不受拘束，为此，诗人甘愿处于山野、居于田庐。穆门诗中如此表达，现实中也是如此，而且在浙派人士中是比较彻底的。他一生以布衣始终，而且没有人过达官之幕，就连"扬州二马"这样乐于与贫寒之士交接的盐商在其集中也罕见其交游迹象，其为人可以想见。

周京一生布衣，鄙弃仕进，又性格豪爽，诗才出众，极具长者风度，故而他在当时杭郡在野诗坛中的地位甚高，具有"登高一呼，众人响应"的号召力和影响力。

中期浙派中年辈较长而具有号召力者，当属吴焯（1676—1733）、周京（1677—1749）、顾之珽（1678—1745）等人，三人出生年依次仅差一岁。吴焯家有瓶花斋，是浙派诗人诗文化活动的重要平台，其年辈较厉鹗、杭世骏、全祖望等浙中诗人为长，但其尚不及中寿即病逝，在吴焯逝后，瓶花斋活动平台的主持者之责落在其子吴城身上。吴城诗才亦出众，因此此后在吴氏瓶花斋进行的诗文化活动非常频繁而活跃。顾之珽与浙派其他成员交游亦很密切，然在浙派中的影响力似不及吴、周，现仅有《丹井山房诗集》行世，诗止三卷。因此，在清中叶浙派早期活动中，周京在浙派中的地位无人能比，厉鹗、杭世骏、全祖望等人对周氏都怀有敬意，其关系亦在师友之间，他们对穆门都以"周丈"称之。这不仅因为周氏在在野诗坛认可度高，而且因为他们之间的年龄差距比较大。这里对其年龄略作排比，厉鹗（1692—1752），杭世骏（1696—1773），全祖望（1705—1755），可以看出，周氏比厉鹗大十五岁，比杭世骏大十九岁，比全祖望大更多，达二十八岁，他们的交谊是名副其实的忘年之交，周氏集中与厉鹗交游之诗比比皆是。周氏由于和杭世骏、全祖望年龄差距大，他们之间的交游虽不如厉鹗多，但也不少。可以想见，周氏其人之人格价值取向，对厉鹗等人的影响是很大的。甚至可以这样说，浙派繁盛阶段诗派特征的形成，与周京的人格品行有莫大之关系。

周京在当时杭郡在野诗坛的崇高地位，也为多方面的文献材料所证实。这些材料，对周氏之地位，可说是众口无异词。首先是全祖望《周穆门墓志铭》，说周氏其人"渊然湛然，莫能窥其涯涘，浑沦元气，充积眉宇，盖古黄叔度、陈仲弓之流也。士无贤不肖，皆曰：'周先生长者。'乃其中有确乎不可拔者，而不以行迹自现"。① 实古之得道达观者之仪！谢山乃此时之士中的佼佼者，从不轻易许人，这里却对周京佩服得五体投地。对周氏领导当时在野诗坛的具体情形，谢山还说：

> 穆门以诗名天下五十余年，平生尝遍历秦、齐、晋、楚之墟，所至，巨公大卿皆为倒屣，故终于蹭蹬不遇而死。②

---

① 全祖望：《周穆门墓志铭》，《鲒埼亭集（内编）》十九，朱铸禹《全祖望集汇校集注》，上海古籍出版社 2000 年版，第 343 页。

② 全祖望：《周穆门墓志铭》，《鲒埼亭集（内编）》十九，朱铸禹《全祖望集汇校集注》，上海古籍出版社 2000 年版，第 343 页。

惋惜之情溢于言表,而穆门之诗名、影响不限于杭郡一地,也足为一证。周氏在杭郡、在野诗界地位之高,从厉鹗为其集所作序中也可得到说明:"往时乙未、丙申间,予辈数人为文字之会,暇即相与赋诗为乐。酒阑灯炧,必推周兄穆门为首唱。"① 对穆门诗成就之评价,四库馆臣似有所保留,说其诗虽"源出剑南",但"若方驾古人,则又当别论",似有偏见。而对周氏在当时杭郡诗坛之地位,却又说得较为平允:"一时诗社中,酒旗茗椀,拈韵分题,亦足以倾倒流辈。"② 在穆门朋辈中,更是众口一词,推其为诗社魁首,如梁文濂有诗云:

> 武林风雅甲天下,招邀朋辈联诗盟。推君高座主坛坫,纪律严于细柳营。③

厉鹗诗弟子汪沆亦有诗云:"文字峥嵘推巨手,湖山寂寞失遨头。"④ 更是足以证明周氏诗坛地位的佐证。在穆门逝后,同人集会为之扫墓,均有扫墓之作。这些诗作在舒瞻等人刻其《无悔斋集》时均附录集后,这虽是为扫墓而进行的纪念性活动,也完全可视作浙派一次颇具声势的诗文化活动。为个人所进行的诗会活动,汇集人数之多,造成的声势之大,恐怕只有后来厉鹗逝后同人为其举行的悼念活动可比。参加周氏扫墓活动的基本汇集了当时在杭的所有浙派重要诗人,如厉鹗、杭世骏、朱樟、吴廷华、金志章、戴廷熺、梁启心、丁敬、陈兆伦、舒瞻、吴城、梁文濂、郑羽逵、梁文泓、汪台、卢存心、桑调元、范肇新、符曾、张湄、施安、王曾祥、汪沆、张云锦、范咸、孙承溥、顾光、朱晓、汪启淑、周琰、周逢吉、释明中、释篆玉三十三人,其中不乏释明中、释篆玉这样与浙派人士交往极

---

① 厉鹗:《无悔斋集序》,周京《无悔斋集》卷首,四库存目丛书本,齐鲁书社1997年版,第165页。
② 永瑢等:《四库全书总目》卷一八五,中华书局1965年版,第1678页。
③ 梁文濂:《哭周穆门先生》,周京《无悔斋集》附录,四库存目丛书本,齐鲁书社1997年版。
④ 汪沆:《扫墓诗》,周京《无悔斋集》附录,四库存目丛书本,齐鲁书社1997年版。

密的高僧大德。此次祭奠活动人均有诗,部分诗人甚至赋诗数首,不少是长律巨篇。这是浙派在杭人士一次规模较大的诗文化"集体活动",一方面说明周氏在当时杭郡浙派地位之高,另一方面也说明此时浙派之声势。

周京在雍乾之际杭郡在野诗坛取得崇高地位,绝不是偶然的。客观地说,周氏之诗豪健又不失蕴藉,自有其独特之风格。然就内容方面论之,也比较多样。单就其旅陇之诗言之,也有其独立的认识价值,值得认真探讨。周氏的三次旅陇之举和旅陇诗歌创作,与其人格价值取向有密切的关系,或者可以说,其旅陇诗创作和旅陇之行是建立在他鄙弃仕进、性不谐俗的人格价值取向之上的。

二 周京旅陇路线及旅陇诗歌创作

周京一生曾三次入陇,足迹远至河西张掖、武威一带,沿途留下了数量不菲的诗作。关于其入陇缘起,几无材料可寻端绪。以笔者贸然之揣测,当不出以下两个原因。一是古人不论穷达,都有"读万卷书、行万里路"之情结,通过远行,增长见识,书卷学问与实际考察相结合,是探求真知的需要,加上其人生志向和生活情趣不在求仕上,故而产生了游历西北偏远之地的愿望。二是穆门有一挚友,名杨青眉,时任甘肃永昌县令,后迁湟中太守,穆门旅陇之行似是受其所邀。青眉其人详细生平行止待考,但在穆门诗中也可窥一鳞半爪,其《宿上艾见永昌县令青眉杨兄过石门口题壁诗原韵奉寄》诗云:

> 玉门关外小诸侯,奉使祁连住一州。莫惜大才分壮县,须知筹国有边楼。鸣沙城北悲笳夜,张掖河西百草秋。为说姑臧贤令史,不嫌清苦矢来游。[①]

这里一方面劝说友朋安于恶劣的自然环境,并表示"不嫌清苦矢来游",

[①] 周京:《无悔斋集》卷四,四库存目丛书本,齐鲁书社1997年版,第183页。

从这里似可推测，杨氏是曾邀请过穆门入陇漫游的。以上两个原因或居其一，或二者兼具。周氏三次旅陇之举，前两次存诗较少，第三次则几乎每至一地，辄有所作，留作丰富，也更具认识意义。现据其沿途诗歌创作及其他材料，对其旅陇路线加以勾稽，对其旅陇诗篇，做一分析。

穆门前两次旅陇之行，分载于《无悔斋诗集》第四、第五两卷，此两卷幸厉鹗整理周氏遗稿时标示了创作年份，使我们对周氏前两次入陇时间有确切依据可考。《无悔斋诗集》卷四标"丁未"，"丁未"系雍正五年（1727），穆门是年五十一，虽已很不年轻，然有雄心远涉西北，足见心力、体力未衰。《无悔斋诗集》卷五标"戊申"，"戊申"系雍正六年（1728），也即在第一次游陇之次年。作者第一次入陇取道井陉、霍州、华阴、西安入陇，从存诗可知，行至甘肃合水、华池境内，复转至陕西黄陵县，至桥山（今有桥山镇）谒轩辕黄帝陵，又至陕西蓝田、太白、武功，复至蓝田，游华山出陕。此行到现在的甘肃省华池县即返程，存诗只一首，题为《宿合水县华池驿徐氏园同杨学士孟班分韵得雨字》，诗云：

好风散长林，吹落檐间雨。野宿生荒寒，旅情在农圃。园瓜蔓空墙，山果坠茅宇。幽意人不知，秋来入户庭。①

华池驿旧属合水县，今独立设县，与合水同隶属于今甘肃庆阳。穆门行至合水即返回，一方面时节已是初秋，不宜西进，再说，此行为次年更远的西行做准备的目的已达成。

雍正六年（1728），穆门再次入陇。此次陇上之行，留下了数量可观的诗作，这些诗作于行程之中，由其题目则可一览其行程路线：《马岭》《雨中度页水河》《越梅关》《临洮城》《超然台望西倾山》《过永昌访杨大令青眉不遇题壁》《张掖城南见月》《题东乐驿》《山丹县口号》《六月走五凉道中望祁连山》《回见皋兰山》，等等，这些诗都写得富有特色，

---

① 周京：《无悔斋集》卷四，四库存目丛书本，齐鲁书社1997年版，第185页。

兹举一例，以见一斑，其《回见皋兰山》诗云：

> 望里金城万叠山，横天绝地碧云间。官军莫唱伊凉曲，此是西戎第二关。①

此诗出自一位身居江南苏杭的诗人之手，值得赞叹。在诗人眼中，地处西北的战略要地兰州一点也不荒凉，反而异常雄伟和壮美。诗人在旅途中，还写了一些反映清代西部民俗民风的诗作，也很有价值，如《西戎小女歌》：

> 西戎小女来万里，独自骑驴渡溪水。爷娘不见塞垣深，短发蓬松穿两耳。言语不通求其曹，将军留汝战血刀。由来生事好弓箭，遂令汝曹肩胛高。②

此诗所表现的西北民俗在诗人眼里也充满了新鲜感，西戎小女的举止装束和爱好，都是作者所前所未见的，读来饶有趣味。此外，尚有《山丹县口号》，与上首诗有异曲同工之妙，诗云："山丹女儿颜比花，爱插山丹花朵斜。怪道鲜花红映肉，焉支山下种黄麻。"与上首诗中所写西戎小女喜爱战血刀和弓箭相比，山丹女儿则头插鲜花，是另一种旖旎风调。作者此次入陇可说是深入体验了陇上山川风物和人情民俗，也给我们留下了一笔文学遗产，使我们知道清代康乾盛世江南人眼中的甘肃形象。

穆门三次旅陇漫游活动，最具有价值的当属第三次。此次入陇，咏陇诗篇数量多而集中，可堪注意。据厉鹗为穆门集编年，周氏第三次入陇时间当在雍正十三年（1735），返回时已是乾隆元年（1736），此时周氏已是年近六十的老人了，但仍然表现出旺盛的生命力。这次周氏的旅行路线

---

① 周京：《无悔斋集》卷四，四库存目丛书本，齐鲁书社1997年版，第189页。
② 周京：《无悔斋集》卷五，四库存目丛书本，齐鲁书社1997年版，第189—190页。

亦如以前，从陕西临潼至骊山，复至礼泉县入陇，入陇后的行程路线是：平凉、六盘山、静宁、会宁、兰州、沙井驿、永登（红城子）、清凉山；次年返回，其路线是：乌鞘岭、古浪、车道岭、定西（安定）、青家驿、隆德（属宁夏）、陇西、平凉、泾川，入陕西境，过咸阳，返杭。

  作为一位典型的江南诗人，穆门精力充沛，热爱生活，这给他的旅陇诗创作以良好的影响。周穆门的旅陇诗给人以触处逢春之感，向来被认为处于西北荒僻之地的甘肃，不再那么可怕，陇上山川风物在穆门笔下得到诗化的表现。请看穆门笔下的陇西风景的剪影，诗云：

> 野水横纵渡不休，仆夫牵马涉芳洲。青青杨柳临河色，白雨凉风半带秋。①

"芳洲""青青"等词语的运用，使得诗人笔下的陇西景色是如此迷人，难怪诗人要三次旅陇了。这类诗还有不少，再举数例：

> 雪到林峦便不同，水村山店图画中。
> 何人拄杖开门看，禁得寒溪两袖风。（静宁）
> 禾黍秋风日半斜，儿童驱犊晚还家。
> 爱他绿树村前屋，我尚踌躇路几叉。（车道岭）
> 四面重围大雪山，中通马磨走湾还。
> 回看已在千峰上，身与白云相往还。（六盘山）
> 高原弥望绝尘封，疆界无遮横汤冒。
> 下视秋云千万朵，白莲花上散诸峰。（上泾原）②

到过这些地方的人，读穆门此类诗，倍感亲切。作者不论写自然风景，

---

① 周京：《无悔斋集》卷七，四库存目丛书本，齐鲁书社1997年版，第203页。
② 周京：《无悔斋集》卷七，四库存目丛书本，齐鲁书社1997年版，第203页。

还是田园风光，皆能抓住事物的特征加以抒写。即使同为写自然风景，也能变换角度，要么远写，要么近观，尽力使用与描写对象特征相符合的艺术表现手法，如上引前两诗即能从细微处入手，写出了景物的和谐色调，后两诗则能从宏观处着眼，突出了景物的雄伟和壮美的特征，都是很耐人咀嚼的。

诗人笔下的陇上山川壮丽多姿，美不胜收，但诗人已是年近六旬的高龄了，所以在一些咏陇诗作中，作者往往情不自禁地表现出感慨的情绪，可以看到第三次旅陇时心态的变化，这些情绪是作者前两次入陇诗中所没有的。如其《道出平凉》云：

> 北地前尘十几年，昨游如梦我华颠。青山依旧来时路，洗山还看雨后天。

考诗人三次旅陇间隔时间，第一次在雍正五年（1727），这次返回时已是乾隆元年（1736）了，前后近十年，此诗中说"北地前尘十几年"，乃是概举。不足十年的时间，诗人已是华发丛生，旧地重游，自然不胜感慨了。然而这种感慨不过稍一闪现，"青山依旧来时路，洗山还看雨后天"，即已是明朗的色彩了。周京享年七十三岁，诗人第三次旅陇之行结束后十三年，诗人病逝。

穆门一生漫游陇上三次，从准备到第三次行程结束，历时10年。历史上，著名外籍旅陇作家代不乏人，然考其旅陇之缘起，或因获罪被发配至陇，或因故路过陇上，而周氏则不同。尽管我们目前还没有充分的证据说明为什么一位世代居于江南杭州的著名诗人，用十年的时间三次漫游甘肃，且足迹远涉至河西之地。但从旅陇诗创作来看，沿途每至一地必有吟咏，所写诗作大多境界开阔，色调明朗，感情明快，精神愉悦，看不出丝毫的忧闷之色，最多仅是偶尔并不明显的感慨情绪。由此可见，穆门旅陇与前人获罪贬谪之旅陇全然不同，完全是自觉自愿的适情达意之举。穆门旅陇基于这样的思想基础，对其旅陇诗创作的影响是非常良好的，这使他能从积极方面进行思考、创作。因此,他的旅陇诗给我们后人以良好的影响,是浙派诗人周京带给陇人的一笔可以珍视的文化遗产。

综上所述,周京作为清中期浙派中的核心人物之一,其人品行止、价值取向对后来浙派的发展走向有一定影响。可以说,稍后的中期浙派领袖厉鹗以及主要成员杭世骏、全祖望的精神气质、价值趋向都有周氏相当的影响。周京一生鄙弃科考仕进,以布衣始终,对山水漫游却有异乎寻常的兴趣,以至其石交好友朱樟对其有"巨眼搜罗富,江山怕见君"之评。① 对传统仕进道路的彻底摒弃,使周氏将兴趣完全转到隐逸山林的布衣生活,这也大概是他三次旅陇、创作旅陇诗的原因之一吧。他的旅陇诗没有身处贬谪的哀告,也没有失去既得"功名富贵"的痛悔,来去无羁绊牵挂,他的眼中只有陇上大好山川和优美雄奇景色。作为浙人,作为浙派一员,周穆门的这份陇上山水缘和旅陇诗创作,使我们对他充满了敬意。

第四节　杨芳灿仕宦陇右及其陇右诗歌创作

清代乾隆年间,甘肃曾发生震惊朝野的回民起义和"冒赈案",无锡诗人杨芳灿当时为甘谷知县,也曾深陷其中。他在回民义军的围困下临危不惧,英勇守卫,保护了甘谷的百姓,也阻止了回民义军的南犯,居功甚伟。但是由于之前甘肃总督勒尔锦、布政使王亶望、王廷赞、兰州知府蒋全迪以下各府州县官员集体贪污,被乾隆皇帝严厉处罚。杨芳灿虽未参与"冒赈案",也含冤被罚补亏空。杨芳灿在陇右为官二十年,勤政爱民,政绩卓著,并且创作了大量的诗文作品,其诗文风格也发生了深刻的变化,在乾嘉诗坛具有典型的意义。

一　杨芳灿陇右仕宦及陇上交游

杨芳灿(1753—1815),字才叔,一字香叔,号蓉裳,江苏金匮(今无锡)

---

① 朱樟:《扫墓诗》,周京《无悔斋集》附录,四库存目丛书本,齐鲁书社1997年版。

人。为著名戏曲家杨潮观之侄，少年聪慧，文名远播。与其从兄杨伦，表兄顾敏恒，同邑洪亮吉、孙星衍、黄景仁、赵怀玉齐名，深受当时江南诗坛领袖袁枚的赏识，并为其入室弟子。袁枚《仿元遗山论诗》云："常州星象聚文昌，洪顾孙杨各擅场。"杨即杨芳灿。杨芳灿于乾隆四十二年（1777）拔贡，廷试得知县。当时许多人建议杨芳灿向朝廷申请改任教职，只有王昶说："择官而仕，古人所非。"①勉励杨芳灿不要畏惧艰难，去任知县。杨芳灿始至吏部报到，掣签得题补甘肃知县。乾隆四十四年（1779）正月，杨芳灿从无锡出发赴任甘肃，二月至陕西，当时著名学者毕沅为陕西巡抚，杨芳灿以诗文为贽，获得了毕沅的赞赏。他在西安盘桓多时，与毕沅等人多次诗文谯集，建立了深厚的友谊。四月二十七日，杨芳灿至兰州布政使司报到。七月，署西河县事。始遣人往无锡迎接家眷来甘。不久又署环县。乾隆四十五年（1780）九月，始任甘肃巩昌府伏羌知县。

杨芳灿到任以后，看到当地人民贫困，教育落后，首先修复朱圉书院，延请其表兄顾敦愉作讲席，鼓励士子勤奋向学。其《示朱圉书院诸生》云："伏羌古冀城，风土最清美。渭水萦回流，朱山俨环峙……驱车莅兹邑，半载阅星晷。习礼诣环林，谈经向槐市。每喜诸生徒，青衿何嶷嶷。西郭旧讲席，规模具堂庳……后起赖有人，前徽尚堪企。教督吾所司，颓废谁之耻。况际隆平时，文治越前轨。风骚崇雅正，词章戒淫靡……读书要世用，岂独慕青紫。羲舒迅节驱，景光不可恃……彦先吾畏友，相推执牛耳。史解辨源流，经能究终始。诸生宜虚怀，月旦听臧否。求师贵闻道，讵宜计年齿……竚见春风中，粲粲盈桃李。宛转陈苦词，非同束湿使。敬矣青云客，勉旃天下士。"②对当地士人谆谆教导，满怀期待之情。他又修复姜维祠庙，表彰忠义。可是当时甘肃官场腐败，民族矛盾突出，杨芳灿未能做太平知县，被深深地卷入了回民起义和官场腐败之中。

乾隆四十六年（1781），也就是杨芳灿任伏羌知县四个月的时候，甘

---

① 杨芳灿编，余一鳌补编：《杨蓉裳先生年谱》，南京图书馆藏清光绪五年（1879）卢绍绪刻本。

② 杨绪容、靳建明点校：《杨芳灿集·诗钞》卷四，人民文学出版社2014年版，第103页。

肃发生了声势浩大的苏四十三领导的回民起义,继而牵出了震惊朝野的"甘肃冒赈案",杨芳灿的命运也从此变得艰难坎坷。苏四十三的起义是由甘肃各级官员的贪污腐败和甘肃回民宗教矛盾直接引发的。当时有个著名的回教领袖马明心创立了新教,信徒甚众,和旧教的回民矛盾较多。布政使王廷赞偏袒旧教,诱捕马明心,激起了新教回民的不满,苏四十三在青海循化领导新教回民发动起义,连陷循化、河州、洮州等地,进而围困兰州。后来朝廷命令大学士阿桂和福康安带兵镇压,苏四十三战败被杀。《清史稿·阿桂传》云:"甘肃撒拉尔新教苏四十三与老教仇杀,戕官吏。总督勒尔谨捕教首马明心下狱,同教回民二千馀夜济洮河犯兰州,噪索明心。布政使王廷赞诛明心,贼愈炽。上命阿桂视师,时阿桂犹在工。命和珅往督战,失利。贼据龙虎、华林诸山,道险隘。阿桂至,设围绝其水道,进攻之,贼大溃。歼苏四十三,馀党奔华林寺,焚之,无一降者。"①当时牵连进苏四十三起义的回民较多,大多被残酷杀害。伏羌县有回民马得建等人曾经捐银资助过马明心,因此也被牵连入狱。杨芳灿查明马得建等人捐银在苏四十三起义之前,并没有参与叛乱的事情,因此向上司说明情况,乞求免去马得建等人的刑罚。上司虽然赦免了马得建等人的家属,但还是把马得建等人处死。马得建的子侄马映龙、马宏元等得脱囹圄,极为感激杨芳灿。

　　苏四十三的起义被镇压下去了,但是又牵扯出了震惊朝野的"甘肃冒赈案"。甘肃地处偏远,地瘠民贫,时有自然灾害发生。所以朝廷曾特准甘肃捐纳监生,所得本色谷粮用来赈济灾民。甘肃布政使王亶望在任之时,捏造灾情,欺上瞒下,大肆利用"捐监"贪污受贿。《清史稿·王亶望传》云:"甘肃旧例,令民输豆麦,予国子监生,得应试入官,谓之'监粮',上令罢之。既,复令肃州、安西收捐如旧例。亶望至,申总督勒尔谨,以内地仓储未实为辞,为疏请诸州县皆得收捐;既,又请於勒尔谨,令民改输银。岁虚报旱灾,妄言以粟治赈,而私其银,自总督以下皆有分,亶望多取焉。议初行,

---

① 赵尔巽等:《清史稿》卷三一八,中华书局1977年版,第10743页。

方半载,亶望疏报收捐一万九千名,得豆麦八十二万。"①继任布政使王廷赞也上行下效,继续贪污。下面的府、州、县各级官吏大多利用"捐监"中饱私囊,相沿成习。后来按察使福宁看到贪污即将败露,主动坦白,揭发了这个亘古未闻的"奇贪异事"。《清史稿·王亶望传》又云:"上幸热河,逮亶望、勒尔谨及甘肃布政使王廷赞赴行在,令诸大臣会鞫。亶望具服发议监粮改输银,令兰州知府蒋全迪示意诸州县伪报旱灾,迫所辖道府具结申转;在官尚奢侈,皋兰知县程栋为支应,诸州县馈赂率以千万计。"②乾隆皇帝大为震怒,命令阿桂、李侍尧等人严厉查处。最后命令总督勒尔锦自尽,将藩台王亶望、兰州知府蒋全迪斩首示众,接任藩台王廷赞处以绞刑,共计处死大小官员四十七名,被革职下狱的八十二人,十一名赃犯之子被解送新疆伊犁做苦工。《清史稿·选举志》云:"事觉,置亶望、勒尔谨、廷赞于法,官吏缘是罢黜者数十人,报捐监生或加捐职官者,分别停科、罚俸、停选。"③杨芳灿虽然对"冒赈"极为不满,但他官卑职小,没有胆量揭发上司。他照实捐纳不及十名,也在这次严厉处罚中被牵连,朝廷下令将其革职留用,"八年无过,方准开复"④。冒赈案后,各地严查亏空官粮。伏羌县亏空一万六百石,家人极为惶恐。幸亏上司明察,认为伏羌亏空是由于前任尤知县的贪污所致,尤知县已经遣戍新疆,但是亏空只能由杨芳灿来补齐。杨芳灿只好各处借贷,又由于当年大丰收,粮价低廉,很快补齐亏空,暂免了许多危险。

但是一波未平,一波又起。乾隆四十九年(1784),甘肃又发生了回民田五起义。苏四十三起义失败之后,许多回民心怀怨恨,他们在甘肃伏羌新教阿訇田五的带领下,在通渭县乱山环绕的石峰堡修筑壁垒,继续秘密联络,伺机反清。四十九年春,伏羌、静宁、海原回民同时发动,掠固

---

① 赵尔巽等:《清史稿》卷三三九,中华书局1977年版,第11074页。
② 赵尔巽等:《清史稿》卷三三九,中华书局1977年版,第11075页。
③ 赵尔巽等:《清史稿》卷一一二,中华书局1977年版,第3245页。
④ 阿桂:《兰州纪略》卷十七:"奏入,上勅该部议奏,旋经吏部等议言请,将案内现任伏羌县知县杨芳灿等即予革职留任,查明各员捐监数目,照阿桂所定年限,勒令完缴,仍于银两完缴之日起,扣限八年,方准开复。"文渊阁四库全书本。

原，攻靖远，扰安定，进逼兰州。伏羌地处安定通往兰州的要道，情况非常危急。杨芳灿听到消息以后，马上下令全城戒备，又招募乡勇设防。不久，回民起义军即围困伏羌城。城中回民马称骥等暗中交通起义军，准备做内应。马映龙、马宏元兄弟因感激杨芳灿的救命之恩，前往揭发马称骥，杨芳灿立即下令逮捕马称骥等人，消除了内患。起义军围城之后，杨芳灿一边安排乡勇守城，一边命人向省府告急。他亲冒矢石，昼夜巡查，并指挥乡勇射杀攻城义军多人，义军攻城受阻。义军围城五日，城不得下。这时总督李侍尧和大学士阿桂、福康安带领的援军也到达伏羌，义军战败，撤往石峰堡，伏羌百姓得幸免于难。《清史稿·福康安传》云："四十九年，甘肃回田五等立新教，纠众为乱。授参赞大臣，从将军阿桂讨贼。旋授陕甘总督。师至隆德，田五之徒马文熹出降。攻双岘贼卡，贼拒战，阿桂令海兰察设伏，福康安往来督战，歼贼数千，遂破石峰堡，擒其渠。"①田五起义军被镇压以后，杨芳灿以守城功得到福康安的保举，赴京师谒见乾隆帝。可是有嫉妒他的官员诬陷他"冒销军饷"，贪污受贿，上司百般刁难，不准报销一切守城的费用，勒令追赔七千两银子。杨芳灿无奈之下，只好向亲朋故友借贷，才得已了结官司。乾隆五十一年（1786），在福康安的帮助下，杨芳灿在京师得以觐见乾隆皇帝，奉旨仍令回甘肃以知州题补。乾隆五十二年（1787）九月，杨芳灿任灵州知州。

灵州即现在银川市灵武县，清代属甘肃布政使管辖，地处塞外，土地贫瘠，百姓贫困，教育落后。杨芳灿到任以后，勤政爱民，兴修水利，改善了当地百姓的生产生活。他还在灵州修建了奎文书院，先后聘请陇右著名学者秦维岳、郭楷、李华春主讲席，促进了灵州文化教育事业的发展。嘉庆二年（1797），灵州发生了旱灾，引起了严重的饥荒。灵州下属的同心城发生了饥民抢夺店铺的事件，导致城里店铺纷纷关闭，人心惶惶。当时就有里长紧急报告上来，合署官员大为震惊。杨芳灿耐心听完汇报后，立即单骑驰往同心城，安抚百姓。一面报告上司，请借口粮；一面开仓放粮，

---

① 赵尔巽等：《清史稿》卷三三〇，中华书局 1977 年版，第 10919 页。

并开设粥厂，赈济百姓。将为首抢夺者拘捕示众，民心始安，避免引发更大的动乱，百姓极为感戴。嘉庆三年（1798），调任平凉府知府。朝廷有旨勘察古长城遗址，杨芳灿和张汝骧分途勘察甘肃境内之古长城，遍经固原、花马池、宁州、平番诸地，详细查看了甘肃各地古长城遗迹存留情况，并绘图以献朝廷。杨芳灿又作了《长城考》一书，是研究甘肃古代长城的珍贵资料。嘉庆四年（1799），委署宁夏水利同治。因其二弟杨揆任甘肃布政使，例应回避，入京为户部员外郎，曾参与撰修《会典》。先后主讲衢杭、关中、锦江三书院，入蜀修《四川通志》，卒于四川。

杨芳灿在陇右为官期间，与陇右诗人吴镇及其子弟门生至为要好，经常和吴镇、李华春、李苞、吴承禧、吴简默等友人诗文酬答，书信往返，建立了深厚的友谊，也推动了陇右诗坛的繁荣兴盛。

杨芳灿在甘肃伏羌知县任上与吴镇相识，即对吴镇执弟子礼。吴镇的《松花庵逸草》《兰山诗草》及《松花庵诗余》均由杨芳灿选定。吴镇《松花庵逸草自序》云："松花庵逸草者，予所自删而蓉裳杨明府复为选而评之之诗也。"① 杨芳灿《松花庵兰山诗草序》亦云："松崖先生主讲兰山，课士之暇，辄为诗歌以自娱，藏之箧笥如束笋焉。余适牧灵武，间岁来兰，时得晤对先生。出一卷见示，此别后所得也。余始读之，骇其文采之富艳绝伦，及卒业焉，益叹其声律之工细，如八音迭奏，韵钧锵然，五色相宣，锦繢烂然。而皋牢百家，鼓吹群雅，浩乎无流派之可拘也。"② 他还郑重地向袁枚推荐吴镇及其诗文，袁枚对吴镇诗歌评价亦甚高。袁枚《松花庵诗集序》云："不料前年读江宁尉王柏崖诗，惊不类近人作，渠告所受业处，于是始知有松崖先生。未几，弟子杨蓉裳牧灵州，寄松崖集来，更姎姎然喜，急采入诗话，备秦风一格……先生之诗，深奥奇博，妙万物而为言，于唐宋诸家不名一体，可谓集大成矣。"③ 吴镇去世以后，杨芳灿为撰墓碑和像赞。其《诰授朝议大夫湖南沅州府知府吴松崖先生墓碑》云："夫惠能及物者，

---

① 吴镇：《松花庵全集·松花庵逸草》，宣统二年（1910）重刻本。
② 吴镇：《松花庵全集·兰山诗草》卷首，宣统二年（1910）重刻本。
③ 吴镇：《松花庵全集·松花庵诗草》卷首，宣统二年（1910）重刻本。

方金石而弥寿；文足传后者，比桂椒而新芳。有鸾凤之采性，自异于鹰鹯；具骚雅之才识，早远乎刀笔。是以倪宽本经义而奏狱词，任延以儒术而饰吏治。文章政事，道本同原；循吏儒林，美能兼擅。如我松崖先生者，斯其人矣。"①对吴镇的学问人品，可谓推崇至极。另外，杨芳灿还选有《松崖诗录》，在南方广为流行，扩大了吴镇的影响。符葆森《国朝正雅集》引《寄心盦诗话》云："余昔寓海上萧寺中，见经盦旁有破册，取阅之，为松崖手录诗稿，后为杨蓉裳州牧评阅。读之音节铿然，如盛唐作者。嗣晤朱檀园太守述松崖诗，始知吴信辰先生作，乃出刊本，较手录者无大径庭，亦已奇矣。"②吴镇也对杨芳灿、杨揆兄弟极为赞赏，其《杨蓉裳荔裳合刻诗序》云："蓉裳久官甘省，与予论诗，常有水乳之合。后因蓉裳而识荔裳，则声应气求，亦同针芥。不图疲暮获见'二难'，迨亦老夫之幸欤。蓉裳之诗，清空而华瞻；荔裳之诗，幽秀而端凝。举六代三唐之奇胜，萃于一门，求之近人，迨绝无而仅有乎！"③杨芳灿还与吴镇的子弟门生建立了深厚的友谊，给了他们许多力所能及的帮助。他陇右为官之时，除了邀请吴镇的得意门生秦维岳、郭楷、李华春先后主讲奎文书院之外，还推荐李华春任清涧教谕，帮助了许多陇右寒士诗人。

杨芳灿也为整理陇右文献做出了许多贡献，他除了编选吴镇诗文词集之外，又协助吴镇刊刻了其乡先辈张晋的诗集，还曾帮助李苞、吴承禧编订了陇右诗人胡釱的遗诗。其《静庵诗集序》云："余自辛丑岁识吴松崖先生于兰山，定忘年之交，每过从必论诗，先生辄称秦安胡静庵不去口……今秋在高平官舍，武磐若孝廉邮寄静庵全集，发函狂喜，挑灯快读，十日而始终卷。先生诗罩牢群雅，思精辞绮，卒归于恬淡温润，藻释矜平，读先生之诗，亦可想见其为人矣。集向藏于家，未付剞氏，磐若书来，欲与李元方、吴小松选而梓之，属余论定，自维梼昧，何足以知先生，因嘉诸

---

① 杨绪容、靳建明点校：《杨芳灿集·文钞》卷七，人民文学出版社2014年版，第585页。
② 符葆森：《国朝正雅集》卷三，清咸丰七年（1857）刻本。
③ 吴镇：《松花庵全集·文稿次编》，宣统二年（1910）重刻本。

君表彰先哲之懿，并以志企慕私忱云尔。"①李苞、吴承禧编选清代临洮诗人的作品为《洮阳诗钞》，杨芳灿曾为之作序，对临洮的诗学风气极为赞赏。

杨芳灿还曾聘请李华春主讲奎文书院，政暇则召集友人诗酒流连。李华春《绿云吟舫倡和草自序》云："乾隆甲寅秋，予就灵州刺史杨公蓉裳之聘，主讲奎文书院，公与予一见如旧，相得甚欢，课士之暇，约以每逢九日入署拈题分韵，赋诗于绿云吟舫……同会者公门人侯春塘葵、公壻秦兰台源、书院李生应枢，公及予共五人，五人者，迭为宾主，必诗成而后进酒肴，畅饮谐谈，至夜深乃罢。"②其《奎文书院述怀呈杨蓉裳刺史》云："当代论风雅，第一知谁是。海内此数公，遥遥堪屈指。随园久主盟，风流无与比。子云才卓荦，后进继前轨。入室听丝竹，升堂辨经史。藻绘舒云霞，芳菲袭兰芷。交咀徐庾华，诗撷机云绮。作吏来当亭，倏值妖氛起……擢牧灵武城，从容善张弛。惠政暖于春，洁迹清如水。"③杨芳灿亦有答诗云："唐代数诗人，盛推陇西李。青莲信豪逸，昌谷亦环诡。君虞及才江，磊落相间起。最近主骚坛，健者空同子。盘根本通仙，孙枝秀无比。君也绍宗风，弱龄贯经史……松崖老尊宿，才望屹山峙。风流洛中社，月旦平舆里。相见每谈诗，偶暇即说士。里舍数才彦，夸君不去齿。神交未通梦，高名早倾耳。愿言达微贽，修士相见礼。"④李华春还有《甲寅杪秋应杨蓉裳刺史之聘将至灵武登途写怀》《衙斋小集同蓉裳刺史、侯春塘用玉溪生体作忆雪催雪诗各一百言》《乙卯春从灵武北上留别杨蓉裳刺史》等诗，足见他们深厚的友情和知己之感。

杨芳灿曾为李华春、李苞、吴锭、吴承禧、吴简默等人的诗集作序，对他们的诗学成就极为赞赏。其《吴小松诗集序》云："临洮吴松崖先生，儒林丈人，词坛宿老。……伯歌季舞，同畅宗风，三笔六诗，咸承家学。

---

① 胡钑：《静庵诗集》卷首，嘉庆八年（1803）刻本。
② 李华春：《绿云吟舫倡和草》卷首，甘肃图书馆藏嘉庆二十二年（1817）刻本。
③ 李华春：《绿云吟舫倡和草》卷首，甘肃图书馆藏嘉庆二十二年（1817）刻本。
④ 李华春：《绿云吟舫倡和草》卷首，甘肃图书馆藏嘉庆二十二年（1817）刻本。

而王家剧勱竞爽者，更有子安；刘氏威仪擅奇者，尤推孝绰。如我小松三兄者，斯其人也。……时袁简斋先生推风雅之宗，负人伦之鉴，君以诗贽，大相赏誉。羡枚乘之生皋，喜肩吾之有信。谓庭竹之什，不愧比兴之遗；陔兰之诗，别见孝弟之性。自有真赏，不同妄叹也。"①其《板屋吟诗草跋》云："洵可吴君为松崖先生之犹子，雅耽吟咏，癖嗜风骚，五字推工，片言入妙，向以《竹雨轩诗》示余，心爱匙之，业已序而梓之矣。兹复以板屋吟见示，练响选和，诣微造极，景物寥映，文采丰茸，益叹其溺苦于学，诗境日新而不已也。"②其《敏斋诗草》又云："洮阳李君元方，余丁酉选贡同年友也……庚子岁，君由大宪檄调监兰山书院，适松崖先生为主讲……君以洮水清门，为松崖世戚，酷嗜骚雅，多佳什。而杖履游从，亲承松崖指授，故其诗萧散自得，造唐贤三昧。余每与松崖谈，未尝不与君遇。挹其静气，使人之意也消。越数岁，余以伏羌令转刺灵武。而君以荐剡吏粤西，得桂林之阳朔……余惟君之由燕如粤也，沂广汉，达樊口，逾巴陵，转君山、岳麓、洞庭之间……极惊心骇目之观，实为游踪所罕觏，而阳朔山水，秀甲天下，丹崖翠壁，矗立千仞，有图画所不能到，斯天所以待诗人之境也。君诗搜幽抉异，玲珑劙削，遂因以大显其奇固然，其无足怪。"③杨芳灿与陇右诗人的这些诗学交往促进了陇右诗坛的繁荣兴盛，也推动了江南诗坛和西北诗坛的交流互动，在清代诗歌史上具有极为重要的意义。

二 杨芳灿陇右诗歌创作及其艺术成就

杨芳灿工诗能文，尤善骈体，亦工于词。著有《芙蓉山馆全集》十八卷，诗八卷，词二卷，文八卷。王昶《蒲褐山房诗话》云："蓉裳惊才绝艳，缀玉联珠。骈体之工，几于上掩温、邢，下侪卢、骆。而诗则取法于工部、

---

① 杨绪容、靳建明点校：《杨芳灿集·文钞》卷三，人民文学出版社2014年版，第475页。
② 吴简默：《板屋吟诗草》卷末，甘肃图书馆藏嘉庆刻本。
③ 李苞：《敏斋诗草》卷首，《续修四库全书》第1475册，上海古籍出版社2002年版，第610页。

玉溪。间填词，亦清妍婉丽，间有梦窗、竹山之妙。"①

杨芳灿将居官陇右之前的诗作辑为《真率斋诗稿》，共三卷，他前期的诗歌主要学习李商隐的诗风，内容比较狭窄，大多为抒写闲情逸趣和交游酬赠之作，风格绮丽，辞藻华美，被毕沅赞为"宏笔丽藻，惊才绝艳"。杨芳灿仕宦陇右之后，陇右壮丽的山河，丰厚的文化，纯朴的民风深深感染了他，加之当时官场的腐败和他自己坎坷的经历，使其诗歌创作的内容和风格发生了深刻的变化，烙下了鲜明的时代和地域的印记。

杨芳灿初到陇右之时，也希望在知县任上做出一番轰轰烈烈的事业，为当地百姓做出自己的贡献。如其《示朱圉书院诸生》云："教督吾所司，颓废谁之耻。况际隆平时，文治越前轨。风骚崇雅正，词章戒淫靡……读书要世用，岂独慕青紫。"②他在处理公务之余，还念念不忘教育诸生，希望造就国家有用的人才，改变陇右贫穷落后的面貌。但是当时陇右人民生活贫困，官场极为腐败，民族矛盾尖锐，杨芳灿还没有来得及施展自己的才华，便被卷入了回民起义和官场腐败之中，几乎命悬一线，差点魂归西天。他用诗笔真实地记载了自己的艰难困苦和当时陇右社会的深刻危机，堪称"诗史"。乾隆四十九年（1784），甘肃爆发了回民田五起义。杨芳灿在围城之中，用他的勇敢和智慧保住了伏羌。伏羌解围之后，他立即写下来悲凉慷慨的《当亭诸烈士赞》和长诗《伏羌纪事诗一百韵》，用激昂顿挫的语言记述了伏羌被围到得救的惊险经历。其中有句云：

烽烟腾土埃，贼骑满山坪。跣足夫携妇，摩肩弟觅兄。仓皇弃髫龀，呜咽哭嫠媄。近郭人流血，环郭火彻明。姚墟余瓦砾，谢墅剩榛荆。噪或千唇沸，行如一足轻。飞扬氛甚恶，跳荡色何狞。呀阖摧墙壁，喧瓺折栋甍。阵云愁暧曃，边日惨光晶。满谷驱牛马，连车藉稻秔。争先夸矫捷，走险据峣峥。岩邑周防早，微官性命轻。侠肠原耿耿，

---

① 王昶著，周维德辑校：《蒲褐山房诗话新编》，齐鲁书社1988年版，第132页。
② 杨绪容、靳建明点校：《杨芳灿集·诗钞》卷四，人民文学出版社2014年版，第103页。

独行信硁硁。黑子城三版，青萍水一泓。周苛惟誓死，傅燮敢求生。羯末才无敌，羊何气并英。射雕惊斛律，倚马笑袁宏。势只伸孤掌，危还藉众擎。带刀农佩犊，持戟士离莘。健妇俱行汲，羸童亦践更。奔驰劳仆隶，奋励逮髡黥。流电飞鹢落，狂雷巨礟轰。登陴均受甲，给廪免呼庚。四日孤墉在，千夫一胆并。徒劳设梁丽，屡见碎冲輣。天意为谁怒，民心笑尔狞……①

紧张激烈的战斗场面，同仇敌忾的战斗精神，在作者饱含激情的诗笔下让人如临其境，如闻其声。他后来在《忆旧陈情五十韵呈王述庵师》中还屡屡写道："昨岁遭兵燹，儒生习鼓鼙。狂尘奔猰貐，骇浪沸鲸鲵。誓死孤城在，轻生短剑提。飞灰黯楼堞，猛火照弧鞞。浃日重围解，星邮尺素赍。一缄词怆恻，七字韵清凄。"②足见这次兵乱对诗人的影响之大。《伏羌纪事诗一百韵》流传以后，获得了王昶、王曾翼、毕沅、陈文述等人的高度赞扬。王曾翼《甲辰纪事十六首》云："朱圉山头望，烽烟遍贼营。民夫当健卒，効死助婴城。月照弓刀影，风传鼓角声。竟能完累卵，邑令是书生。"其诗序云："贼由通渭窜伏羌……时援师未至，县令杨芳灿督率绅士民夫，昼夜防守，并访城中逆党十余人，即时擒获正法。贼攻愈急，城守仍坚。适制府由安定疾驰赴救，暨提军等所带之兵均于二十二日抵伏羌，重围始解。杨令素文弱，有诗名，竟能力保危城，莫谓书生无用也。"③袁枚听到杨芳灿以书生守孤城而立大功，并有慷慨激昂的纪事诗，极为高兴。其寄杨芳灿信中曾说："询从前守伏羌一事，可喜可愕。拟仿梅村体为足下纪之，而年衰才薄，尚未敢落笔也。昔邓逊斋夫子常夸门下得一文一武：武为阿广庭相公，文则枚也。此所云文武尚属两人，而蓉裳一身兼之，猗欤盛哉，老人为之喜而不寐。"④陈文述《书杨蓉裳农部芳灿伏羌守城诗后》

---

① 杨绪容、靳建明点校：《杨芳灿集·诗钞》卷四，人民文学出版社2014年版，第115页。
② 杨绪容、靳建明点校：《杨芳灿集·诗钞》卷四，人民文学出版社2014年版，第124页。
③ 王曾翼：《居易堂诗集》，《续修四库全书》集部第1453册，第455页。
④ 转引自杨芳灿编、余一鳌补编《杨蓉裳先生年谱》，南京图书馆藏清光绪五年（1879）卢绍绪刻本。

也称赞道:"农部诗格骚坛雄,长城不受偏师攻。一官万里远乘障,孤城即是隗嚣宫。边墙紫青塞山紫,城头远落千芙蓉。刘琨坐啸感秋戍,龚遂按部安春农。……全城之功尚其次,铭勋直合天山嵯。大府飞章列功状,玺书褒谕资酬庸。纪事诗成幕客和,皇甫濡笔序太冲。传来万里荒徼外,岂知七日围城中。我读此诗二十载,慕君治行如文翁。"①

杨芳灿在伏羌任上,看到当地官员互相勾结,贪污受贿,鱼肉百姓,真是心急如焚,但是他深知自己官职卑微,无力回天,所以不敢揭露这种严重的腐败。直到后来事情败露之后,他也被牵连其中,差点性命不保,引发了他对当时官场的强烈不满和对命运的深沉感慨。其《有感二首》就作于回民起义和"冒赈案"后,抒发了他的悲愤和无奈,诗云:

> 寇盗妖氛动,衣冠劫数俱。火炎瑜砾尽,霜杀艾兰枯。具狱无烦考,屯膏合受诛。贪泉流已遍,狂药中难苏。明罚原无爽,微生自速辜。议能开法网,缓死弛刑徒。归骨黄垆畔,投躯青海隅。恩威均浩荡,幽显共欷歔。
>
> 五夜欃枪落,长空贯索横。千行饮章密,四出捕车行。刀布收干没,脂膏恶满盈。齐奴财竟散,主父鼎终烹。当局几宁昧,相蒙势已成。泔鱼先酿祸,怀鸩共轻生。陨首将谁咎,刳心不自明。空余故人泪,呜咽只吞声。②

此诗首先回顾当年回民起义对百姓的生产生活带来的极大破坏,痛悼许多无辜百姓和官员的死亡。然后他追本溯源,指出了回民起义的根源是官吏的腐败,最后导致烽火遍地,玉石俱焚。那些贪官污吏也没有侥幸逃脱,受到了朝廷的严厉惩罚。作者对官场的腐朽黑暗痛心疾首,对官员的欲壑难填深恶痛绝,但是这一切的根源在最高统治者,作者不敢明言,只有空

---

① 陈文述:《颐道堂诗选》卷三,《续修四库全书》集部第1504册,第552页。
② 杨绪容、靳建明点校:《杨芳灿集·诗钞》卷四,人民文学出版社2014年版,第105页。

洒忧国之泪。此诗悲凉慷慨,委婉曲折,别有一种动人心魄的力量。

杨芳灿升任灵州知府以后,他决心为灵州百姓做出一番事业。他除了建立书院,提倡文教之外,还亲自了解百姓疾苦,并将它们用诗笔记载下来,为当政者"察民情"提供参考。他在灵州作了《宁夏采风诗》十首,对宁夏地方的人情风俗、政治得失均有详细的记载,堪称"史诗"。其序云:"余牧灵武五年矣,听断余间,宣上德意,而询其疾苦,惩其末流,亦吏职宜尔也。灵武隶宁夏,予以征风土之会,因作诗十章,聊以备輶轩之采云尔。"① 宁夏地处边塞,常年干旱,多为盐碱地,稼穑艰难,人民生活极为贫困。其《沙碛田》云:"我来更吏考,治赋无寸长。常恐民力绌,劝课违其方。弭节原上邮,父老相迎将。举策诮父老,念尔愚不明。"② 作者深恐自己不了解当地物产和气候,所以虚心向百姓请教,了解他们的疾苦,百姓向作者哭诉了他们的困难:

> 父老拜且语,语多情慨慷。自言农家子,铫鎒日日忙。此地多硝碛,春潮凝若霜。腐根不出土,嘉谷无由芳。又有河壖地,风沙卷雷硠。往往万金产,废为狐麂场。黄流况屡徙,圹陇如排墙。君看数种田,犹科见在粮。其间可稼处,马体中毫芒。孤茎出芜秽,赤立冻不僵。沙齝之所赦,堤堰之所鄣。耘芊之所壅,豚酒之所禳。上熟亩盈石,中熟六斗强。最下升与豆,子本安得偿……无田自佣力,有田苦膏肓。愧荷使君语,生事终茫茫。

作者深入了解了当地百姓的生产生活之后,发出了由衷的慨叹:"余闻搔首叹,兹实古塞疆。薾收此乘旺,金饥木不穰。百卉变衰落,五种无精良。安忍更鞭棰,乘危扼其吭。唷彼好事者,乃云鱼米乡。斯言孰传播,重为吾民伤。"③ 许多人不了解实情,讹传宁夏为"鱼米之乡"。官吏为

---
① 杨绪容、靳建明点校:《杨芳灿集·诗钞》卷五,人民文学出版社2014年版,第149页。
② 杨绪容、靳建明点校:《杨芳灿集·诗钞》卷五,人民文学出版社2014年版,第150页。
③ 杨绪容、靳建明点校:《杨芳灿集·诗钞》卷五,人民文学出版社2014年版,第150页。

了升官发财，虚报政绩，不管民众的疾苦，作者甚为忧愤。

宁夏地处边陲，农民税赋繁重。他们不但要承担军队的粮草税，还要承担治理黄河的渠工税。可是地瘠民贫，五谷不丰，百姓苦不堪言。其《粮草税》云："边徼地何瘠，罢氓心所矜。肃肃集中泽，嗷嗷待西成。岁收无常数，赋入有定名。夏麦秋谷粟，二豆莞与青。四色分两税，亩入斗二升。析为子母耗，刍束相因乘。其余减则地，五稔裁一登。差徭复丛集，与田为重轻。计彼平岁获，奚止大半征。况又科所无，疲喘何能胜。"其《渠工税》又云："黄河走鸣沙，双峡名青铜。洪涛一缚束，势急如张弓。灵武秦汉渠，上流扼其冲。刷沙借水力，疏浚易为功……我朝复增置，天泽何庞鸿。灌溉十万区，禾麦青芃芃……大渠三百里，支渠横复纵……沟人大修防，民力或不供。里长贷官钱，逋欠还重重。利害固相倚，苦乐殊未公。"作者如实向上级反映之后，获得了朝廷的蠲赈，并减免了很多赋税，纾解了百姓的痛苦："我朝覃天泽，深仁被边氓。蠲赈若山积，休养致太平。小臣来吏此，才阅五岁星。前春豁逋欠，今岁仍减征。巍巍覆载恩，守宰亲奉行。时闻诸父老，感激涕纵横。"作者还深入了解了当地"堡渠长"欺上瞒下，鱼肉百姓的事实，建议地方官员明察秋毫，防止奸人作威作福（《堡渠长》）。宁夏百姓由于贫困，卖儿卖女，寡妇再嫁都在当地习以为常，其《买儿谣》《醮妇辞》从人伦道德出发，谴责了这些违反封建礼法的现象，虽然有保守的封建思想，但也深刻反映了作者对当地百姓苦难的同情。这十首诗歌虽然独立成章，但又首尾连贯，从不同的角度描写了当时宁夏社会的方方面面，堪称一幅清代中期宁夏的社会风俗画卷。

杨芳灿在陇右为官二十年，曾任伏羌知县、灵州知州、平凉知府、宁夏水利同知等官，又曾奉命勘察陇右长城遗址，行经固原、花马池、宁州、平番诸地，对陇右地区壮丽的河山极为熟悉，写下了许多歌咏陇右名山胜水的佳作。如《空同山纪游一百韵》《仲秋同黄药林、韦友山登白塔寺览金城关河桥诸胜因作长句》《九日横城登高放歌》《黄河冰桥》《六盘山》《石佛峡》《花朝前一日赴兰州途中杂题》《夜过弹筝峡》《兰仓道中》《贺兰山积雪歌》等诗，写景如画，边塞风光，历历在目。如《六盘山》云：

"群峭摩空起,萦回上六盘。马蹄临涧怯,人影隔云寒。敢忘垂堂戒,其如行路难。招提何处是,隐隐暮钟残。"①六盘山之高耸峻峭,艰险难行让人心惊胆寒。作者一语双关,用山路之艰险暗指仕途之艰险,流露出作者在饱经磨难之后的悲凉心境。其《兰仓道中》《宿高家堡》《晚至西巩驿》等诗无不流露出作者羁旅塞外、无计归乡的无奈和痛苦。塞外荒寒的景致也勾起了作者对仕途的厌倦之情。如《宿高家堡》云:"莫上高台望,云沙几万重。寒威凌白草,霜气激清钟。萍梗踪难定,风尘兴易慵。一樽村酿薄,不似旅愁浓。"②作者登高望远,家乡远在千里之外,云沙茫茫,无计归乡。塞外寒风凛冽,作者漂泊如萍,身世之感,思乡之情,均在一杯村酿的薄酒中回味。此诗言简意深,沉郁凄楚,饱含了作者复杂的人生感受。当作者经过仕途艰险而生活渐趋平稳之后,对陇右风光也充满了热爱之情。如《花朝前一日赴兰州途中杂题》其三云:"风土南安美,农家乐事偏。宿崖残腊雪,疏树隔村烟。就涧开山碓,疏渠溉水田。梨花春正熟,茅舍一停鞭。"③作者行经陇西,看到当地风景秀丽,百姓正在忙碌地种田灌溉,一片平安祥和的景象,作者也乘兴下马,到村店歇脚饮酒。全诗萧疏淡雅,情景交融,充满了悠然自得的田园乐趣。杨芳灿的写景之作,成就最高的是其《空同山纪游一百韵》《仲秋同黄药林、韦友山登白塔寺览金城关河桥诸胜因作长句》《九日横城登高放歌》《黄河冰桥》等长篇巨制,这些作品以饱满的诗情、开阖动荡的笔法,描述了陇右壮丽的河山,在杨芳灿诗中具有独特的认识价值和审美价值。如《空同山纪游一百韵》这首五言排律以一千字的篇幅歌咏了这座陇右名山,细致地描述了空同山的壮丽秀美和深厚的文化底蕴,可以称作空同山的文化史。如其写游山一段云:

今来值休暇,小住息劳役。霁景湛清澄,春容蔼明媚。挈伴果幽寻,逃俗得佳觌。超遥出重闉,逶迤越广陌。腰下悬火铃,足底蹑云屐。

---

① 杨绪容、靳建明点校:《杨芳灿集·诗钞》卷四,人民文学出版社2014年版,第113页。
② 杨绪容、靳建明点校:《杨芳灿集·诗钞》卷五,人民文学出版社2014年版,第114页。
③ 杨绪容、靳建明点校:《杨芳灿集·诗钞》卷五,人民文学出版社2014年版,第108页。

第三章　清中期旅陇诗人及其陇右诗歌创作

真诀呼林央，灵符辟魅魆。意行无滞碍，锐进忘惊惕。水曲浅可乱，山椒勇先陟。石堕星沦精，崖空月留霸。巍宫焕丹腹，杰构倚岩壁。轩黄传秘典，广成留化迹。岐途七圣迷，崆关万灵直。膝行下风进，口授至道极……①

作者将游山的经历和空同山的各种神奇传说有机地结合起来，让人如临其境，境界阔大，意蕴深厚，相比那些单纯的写景之作更加具有多重的认识价值。其《九日横城登高放歌》更是以凌云健笔歌咏了宁夏的名胜贺兰山：

贺兰山势何崷嵬，一碧欲与天争高。黄流曲折绕城过，回风滔日翻惊涛。飞楼独立纵远目，云沙草树穷纤毫。朔方形胜在指顾，山为壁垒河为壕。岩疆四塞信天险，青史百战谁人豪。赫连阻兵极剽悍，曩霄拥众尤雄骜。防秋五路盛麾盖，屯边万帐严弓刀。银衡铁牡那足恃，锐师突骑纷相麀……②

贺兰山位于宁夏和内蒙古交界处，山势雄伟，地势险要，为古代兵家必争之地。当年西夏国王李元昊建都于灵州，依靠贺兰山和黄河之险，与宋、辽鼎足而立，战伐不断，也创立了一度强盛的西夏王朝。作者用雄健的笔法歌咏了这座陇右名山，也对当年西夏的强盛一时深表赞叹。最后以清朝一统天下，贺兰山等地也归入清朝版图，表达了对清王朝的歌颂和对太平生活的无限向往。从另一方面也流露出对当时边疆各地战乱不断的隐隐担忧。此诗慷慨雄健，沉郁苍凉，置之唐人边塞诗中也毫不逊色。作者还有《分赋朔方古迹得元昊宫》《贺兰山积雪歌》《过仆固怀恩墓》《受降城》等诗歌咏宁夏的名胜古迹，对于学界了解宁夏历史和文化具有重要的参考价值。

---

① 杨绪容、靳建明点校：《杨芳灿集·诗钞》卷五，人民文学出版社2014年版，第188页。
② 杨绪容、靳建明点校：《杨芳灿集·诗钞》卷五，人民文学出版社2014年版，第139页。

杨芳灿曾多次往来兰州，对兰州的黄河浮桥和冰桥印象极为深刻，也留下了歌咏黄河桥的佳作。其《仲秋同黄药林、韦友山登白塔寺览金城关河桥诸胜因作长句》云：

> 金城形势天下雄，群山西向长河东。雀离古寺出天半，山色河流纷到眼。塞天微霜昨夜零，木叶欲脱山痕青。飞楼去地已百尺，水气平槛长冥冥。河流怒觸山根劲，山势争迎逆流迸。大地云崩众轴摇，晴天雷辊空岩应。中流横系廿四艘，铁索连亘三千条。崚嶒似脱瘦蛟骨，屈折欲断长虹腰。凭高对酒意飞动，拍手狂歌浩呼汹。九曲明波一白浮，千盘秀色层青涌……①

此诗写兰州战略形势之重要和黄河浮桥之壮观。顾祖禹《读史方舆纪要·临洮府》云："（兰）州控河为险，隔阂羌戎。自汉以来，河西雄郡，金城为最。岂非以介戎夏之间，居噤喉之地，河西陇右，安危之机，常以金城为消息哉？"②黄河从兰州穿城而过，两岸交通主要靠河上浮桥。据史书记载，黄河浮桥在春、夏、秋之季，以铁锁联木舟，直到黄河两岸，用铁链固定，上铺木板，可以行人走马，极为便利。冬天黄河结冰，行人可在冰上行走，称作"冰桥"。杨芳灿还有《黄河冰桥》一首专写黄河冰桥的奇特瑰丽。此诗不但夸耀了黄河浮桥之雄奇便利，而且歌颂了西北人民的勤劳和智慧，加深了人们对西北悠久历史和独特地理形势的认识。全诗气魄浑大，格调雅健，意象苍茫，颇有西北雄直苍凉之气。

杨芳灿自小生长江南，来到西北之后，对陇右独特的气候物产和风俗习惯也印象深刻。作者来到陇右之后，首先让他感觉不同的是边塞的辽阔和荒寒的景象。如《秋雪篇》序云："壬子中秋、重阳日俱大雪，念边候之早寒，感征人之远别，因成此什，以寄荔裳。"其诗云："贺兰山接榆

---

① 杨绪容、靳建明点校：《杨芳灿集·诗钞》卷五，人民文学出版社2014年版，第204页。
② 顾祖禹：《读史方舆纪要》卷六十《陕西》九，中华书局2005年版，第2871页。

关道，飒飒边风吹白草。四野同云入望遥，三秋飞雪催寒早。同云飞雪正纷纷，掩映中秋孤月轮。桂殿修成开玉蕊，霓裳舞罢散珠尘。秋宵官阁围炉燕，此景乡园几曾见。陡觉风威欲折绵，却看夜色如铺练。"①只有长期在江南生活的人才对西北气候的变化如此敏感。还有如"边城寒色晚萧条，春半河冰尚未销"（《二月十二日夜旅馆偶题》）、"沙草绿随春出塞，林花红近客登楼"（《徼外》）等诗句无不显示出作者对陇右气候和风物的敏锐感受。他还曾歌咏了富有边塞特色的物产如红柳、雪莲花、葡萄、菊花、栽绒毯等。其《红柳四首》其三云："惆怅江乡别路遥，无缘移傍赤栏桥。春风百结垂珊网，煦日三眠拥绛绡。底事施朱工作态，却看成碧转无憀。抵他南国相思树，一种缠绵恨未销。"②对红柳这种边塞物产极为喜爱，称它可抵南国的相思树。还有《雪莲花歌》云："塞垣雪岭高接天，中有异卉开如莲。是何标格幽且洁，要与六出争鲜妍。携来万里贮囊箧，色香不似凡花蔫。今晨朔客持诧我，为语物产多奇偏。穷冬草枯木僵立，九苞仙艳敷琼田。"赞美了雪莲花植根雪岭之上，隆冬绽放的傲人风姿。还有《栽绒毯》详细描写了宁夏特有的毛绒毯，有句云："朔方有栽绒，毯中最珍异。吾尝稽其法，乃古氀毺制。工欲操奇赢，增妍出新意。经以奊脆旂，纬之木绵縩。或又朱其组，杭产乃最贵。屈蟠龙凤文，花样四时媚。"陇右物产丰富，袁枚甚至还托杨芳灿购置葡萄、枸杞等物。袁枚寄杨芳灿书曾云："承惠琐琐，葡桃甚佳；小儿食之，可以稀痘。此后有便，尚望频频寄我。此外如口蘑、枸杞、蕨菜之类，不伤廉吏清俸者，亦使俱来为望。"③杨芳灿对陇右很多风俗习惯极为不满，例如宁夏允许寡妇再嫁等，他还对陇右特有的民间小曲"小当子"也颇不满。如《小当子》云："近时有歌儿，其名曰当子。郡中产尤多，挟技走都市。便串出新变，颓波何所底……我本非解人，随众聊诺唯。拟将红豆记，谩以香奁比。岂知举其辞，

---

① 杨绪容、靳建明点校：《杨芳灿集·诗钞》卷五，人民文学出版社2014年版，第141页。
② 杨绪容、靳建明点校：《杨芳灿集·诗钞》卷五，人民文学出版社2014年版，第137页。
③ 转引自杨芳灿编、余一鳌补编《杨蓉裳先生年谱》，南京图书馆藏清光绪五年（1880）卢绍绪刻本。

呕哕逼心髓。诗骚逮乐府，不尽删淫靡。要知作者心，雅郑各有体。金元诸院本，存真汰其俚。岂闻玩侏儒，直欲穷猥鄙。禁之固无庸，狎之良有泚。奈此嗜痂人，馋饾着疮痏。"这种民间小调为了吸引下层观众，的确有下流猥琐的歌词和表演。作者对他一概排斥，一方面表现了作者对高雅艺术的追求，另外也有江南文化和西北文化之间隔阂的原因。但是通过作者对陇右风土人情的详细描述，可以了解清代中期陇右社会的真实情况，具有拾遗补缺的重要认识价值。

杨芳灿长年在陇右为官，对陇右的历史文化和前贤往哲也极为喜爱，曾经写了很多诗歌赞美他们。如《画卦台》赞颂人文始祖伏羲，其中有句云："首纂三微统，苍精出震雷。法天通奕奥，审帝得根荄。星纪初回次，虹光久遹胎。方牙传谶纬，大迹表奇侅。御世归先觉，生民尚未孩。精思陈六爻，神化奠三才。"①对伏羲创立八卦，肇始人文的丰功伟业极为敬仰。杨芳灿还对汉代陇右著名英雄人物隗嚣非常钦佩，曾写了《古落门行（汉来歙破隗纯处）》《隗嚣宫怀古》等诗怀念他。赞颂他身处乱世而不忘生民，树义旗讨伐王莽的壮举。如《隗嚣宫怀古》有句云："四七当龙斗，群材奋莽中。经生习弓剑，文吏有英雄。飞檄声三罪，挥兵出九攻。岩疆分陇右，威望震山东。"但是由于他后来要割据一方，不服从刘秀的统治，导致最后兵败，成为一个悲剧的英雄。作者慨叹道："封泥溃函谷，倚剑失崆峒。爱士心徒切，撄城力已穷。两河精锐尽，三郡糇粮空。自任为黥布，无由效窦融。长饥豪气短，回首霸图终。"（《隗嚣宫怀古》）杨芳灿曾至临洮，对唐代镇守临洮的名将哥舒翰也深表钦佩，其《哥舒翰纪功碑》云："唐家列镇绥边境，陇右雄藩是谁领。安西健将有哥舒，勇冠一军无与并……防秋万里平沙迥，北斗七星横夜永。"赞美了哥舒翰英勇善战，保家卫国的丰功伟绩，诗末对其投降安禄山，晚节不终的行为也深表遗憾。此诗可与吴镇《哥舒翰纪功碑》参读，对于深入了解哥舒翰的生平和其在陇右人民心中的威望具有重要的参考价值。杨芳灿还赞美了明代因弹劾权奸而被

---

① 杨绪容、靳建明点校：《杨芳灿集·诗钞》卷六，人民文学出版社2014年版，第190页。

贬谪临洮的著名学者杨继盛,其《过狄道超然台吊忠愍公三十韵》云:"老屋谈经地,穷边谪宦人。风霆千古泪,桃李一台春……正色寒奸魄,危言犯逆鳞。封章泣涕上,边事慨慷陈。"对杨继盛的高风亮节和远见卓识深表钦佩,对他在临洮兴办教育,鼓励耕织的丰功伟绩也极为崇敬。杨芳灿还对陇右古代的著名诗人一一歌咏,表现出了他尊重陇右文化和文学,不厚此薄彼的宽阔胸襟。如《秦嘉村》赞美了汉末诗人秦嘉和徐淑的凄美爱情。其《织锦巷歌》又歌颂了前秦窦滔妻子苏若兰的忠贞爱情和绝世才华。其《吊李长吉墓二十韵》还赞扬了唐代著名诗人李贺,称赞其诗歌"百怪行间泣,千澜笔底回。曹刘供指使,屈宋合舆儓"的奇幻精工,也对他怀才不遇的人生悲剧深为感慨。这些诗歌无一不表现出作者对陇右文化的挚爱,对于弘扬陇右文化、扩大陇右诗人的影响具有重要意义。

杨芳灿在陇右为官二十年,边地的荒凉和苦寒,人生的坎坷和不幸,都让他对仕途产生了深深的厌倦之情,对江南故乡梦牵魂绕,渴望早日还乡的心情时常流露在诗文之中。如他在伏羌任上就发出了"故园归未得,薄宦意如何""刺促嗟身事,飘零笑宦游"(《花朝前一日赴兰州途中杂题》)的感叹。当他的弟弟杨揆从军卫藏,三弟英灿入都应试后,他在思念亲人之时,也更加向往回归故园、家人团聚的美好生活。如《重集郊园》其四云:"兴极生离恨,欢余动酒悲。烟花非故国,容发异当时。颠倒还家梦,凄凉忆弟诗。天涯春草色,不似谢家池。"还有《久不得荔裳书作此寄之》也写道:"长恨人生远别离,何心苦爱高官职。甚时买得二顷田,相约归耕返江国。"他在送别友人之时,也一再流露出归隐田园、还归江南的迫切心情。其《送顾元楼改官归里》云:"嗟余七载身飘泊,回首家山泪双落。平子空愁陇坂长,兰成只忆江南乐。冰雪长途耐苦辛,到时应及故园春。倘逢南雁西飞日,莫忘天涯沦落人。"①

杨芳灿为人真诚,待人宽和,交游极为广泛。他在陇右为官之时,与陇上诗人吴镇、吴简默、李苞、李华春、秦维岳、郭楷等交往密切,情谊深洽,

---

① 杨绪容、靳建明点校:《杨芳灿集·诗钞》卷四,人民文学出版社2014年版,第125页。

寄赠酬答之诗颇多。其《吴松崖先生见示〈随园诗话〉，因忆旧游成转韵六十四句，奉怀简斋师并寄松崖》《岁暮有怀吴松崖先生》《寄吴洵可》等诗，均表现了他们之间的深厚情谊。杨芳灿在陇右为官之时，一些亲友故旧也前来投奔他，他都给予了力所能及的帮助。他曾聘请表兄顾敦愉主讲朱圉书院，并和族兄杨之灏、会稽诗人陶廷珍在县署唱和。有《元夕同陶午庄、家簣山分赋得黄柑》《咏落灯风和家簣山阑字韵》《咏春饼和陶午庄、家簣山韵》等诗。杨之灏、陶廷珍在伏羌被围之时，还曾协助守城。杨芳灿《伏羌纪事诗一百韵》云："射雕惊斛律，倚马笑袁宏。"自注云："时羽书络绎，皆出戴晓岚暨从兄弟簣山、伯初之手，而簣山登城射贼，竟毙一人。"洪亮吉、韦佩金被贬往新疆的时候，道经兰州，杨芳灿、杨揆兄弟都给了他们资助。《杨蓉裳先生自订年谱》："韦友山、洪稚存先后遣戍出关，二弟赠之衣裘，余至河桥送之。"杨芳灿《长句送韦友山出关》有句云："相逢即有情，相识即难别……霜气落黄榆，风威凋白草。客舍悲秋已尠欢，送君又出阳关道……万里投荒未足悲，话到高堂肠欲断。浩荡度龙沙，愁多两鬓华。小人还有母，迁客已无家。"悲凉慷慨，催人泪下。洪亮吉到伊犁后曾寄诗答谢杨芳灿等友人，其《逢人入关即寄胡安西纪谟、杨灵州芳灿、庄邠州炘、钱华州坫四刺史》云："何处能寻边客踪，车厢眠已过三冬。聊烹太古荒寒雪，尽洗平时磊落胸。人说更生同子政，我惭行殣学山松。心交海内今馀几，呵冻裁书手自封。"①洪亮吉赦归以后，杨芳灿分外高兴，其《喜得洪稚存入关之信书此代简》云："兰山话别各伤神，浩荡冰天逐雁臣……开尽桃花消尽雪，两行红柳送归人。"喜悦之情，见于言表。

杨芳灿到陇右为官之后，随着其对社会的广泛了解和自己的坎坷经历，其诗歌不但具有广阔的社会内容和深刻的人生体验，而且其艺术风格和创作思想都发生了巨大的变化。杨芳灿早年最喜欢李商隐，他曾说自己与李

---

① 刘德全点校：《洪亮吉集·更生斋诗》卷一，中华书局2001年版，第1205页。

商隐有"四同三异"①。其集中有许多模拟李商隐之作。如《旅怀》《秋夜词》《春夜微雪效玉溪生体》等,大多词采华茂,缠绵悱恻。洪亮吉称其诗"如锦碧池台,炫人心目"②。杨芳灿早先受袁枚影响,作诗好艳丽华瞻。王培荀《听雨楼随笔》云:"先生虽为袁简斋及门,诗实不相袭也。张船山赠诗云:'头衔转觉赘郎好,才调宁惟艳体工。'而艳体实不可及。无论《美人》等篇,如《红柳》,古鲜咏者,非先生不能工矣。"③其实杨芳灿作艳体诗,正是受袁枚影响。谭莹《论词绝句》评价杨芳灿、杨揆也曾说:"二陆才多擅倚声,文章碧海掣长鲸。颇嫌乐府香奁语,孤负冰天雪窖行。"④其实杨芳灿做官西北后,广泛地接触了现实生活,诗风也随之变化,不但反映现实生活的内容多了,艺术风格也趋于清真古淡。贾季超《护花铃语》云:"杨蓉裳刺史芳灿,负沉博绝丽之才,弱冠即有诗名,著《真率斋稿》,风华艳异,几与梅村太史集后先媲美。近见其宁夏风土诗,则尽变前格,全尚清真,知其进于古矣。"⑤顾敏恒《真率斋稿序》亦云:"仄闻仕宦之乡,是昔要荒之服。天高日淡,地古沙平。弱水西流,黄河东走。马嘶风而喷玉,雕睇野而生云。君于是饫黄羊之馔,拥青兕之裘。弦逻沙之槽,酌葡萄之酒。此间才子,不异从戎。何事参军,但工蛮语。必且以儿女之情,挟幽并之气。阳关三叠,甘州八声。混沌高歌,防风起舞。"⑥他已经敏锐地意识到杨芳灿在边塞的作品发生了巨大的变化,慷慨激昂,苍茫雄健,和早年的艳丽华瞻之作大为不同。而法式善更是从杨芳灿的诗歌中看到了"秦声"和"吴音"代表的两种文化的交流和融合。法式善《真率斋稿序》云:"昔

---

① 杨廷锡:《芙蓉山馆诗钞跋》,载杨绪容、靳建明点校《杨芳灿集》附录三,人民文学出版社 2014 年版,第 684 页。
② 洪亮吉:《北江诗话》卷一,人民文学出版社 1983 年版,第 6 页。
③ 王培荀:《听雨楼随笔》卷三,《续修四库全书》第 1179 册,上海古籍出版社 2002 年版,第 52 页。
④ 谭莹:《乐志堂诗集》卷六,《续修四库全书》第 1528 册,上海古籍出版社 2002 年版,第 485 页。
⑤ 转引自钱仲联《清诗纪事》(三),凤凰出版社 2004 年版,第 1750 页。
⑥ 顾敏恒:《真率斋稿序》,杨绪容、靳建明点校《杨芳灿集》附录三,人民文学出版社 2014 年版,第 683 页。

人云：秦音亢厉，吴音靡曼。此其性然也。今乃欲尽变其生心之音，使越无吟，齐无讴，楚无歌，而俱操为秦声、吴声，则其伪亦甚矣。君生于吴而宦于秦，诗则工于诸体，而皆出之以真，又能神明规矩，不沾沾法古而古人之妙尽有。"①真如法式善所云，杨芳灿的诗歌各体皆工，其乐府诗歌、五七言近体皆有佳作，而其五七言排律和长篇歌行也深得杜诗之神。如《伏羌纪事诗一百韵》《空同山纪游一百韵》《仲秋同黄药林、韦友山登白塔寺览金城关河桥诸胜因作长句》《九日横城登高放歌》《荔裳将赴京师，长宵话旧，申旦不寐，成一千三百五十字，情难自已，辞或伤繁，聊以抒离绪云尔》《庚申四月余将北上留别兰州僚友兼寄二弟一百韵》等诗，奇情壮采，纵横开阖，雄深雅健，大得陇右"江山之助"。

杨芳灿受陇右壮丽的河山和质朴的民风的影响，许多诗歌慷慨雄壮，感情激越，一秉秦中雄直之气。如《仲秋同黄药林韦友山登白塔寺览金城关河桥诸胜因作长句》《九日横城登高放歌》《贺兰山积雪歌》等诗。而《夜过弹筝峡》《长句送韦友山出关》《河干夜月偶成长句》《送潘石甫归扬州》等诗也苍凉质朴，沉郁顿挫，深得杜诗神理。他甚至还有许多专门拟古代陇右诗人的作品，如《寒夜效阴子坚体》《咏鹰效李昌谷咏马诗体六首》等，表现出了对陇右文化和陇右诗人的热爱，也可见他诗歌创作方面的开阔视野和通达态度。当然杨芳灿作为江南的著名诗人，其早年又深受李商隐和袁枚的影响，因此其在西北的诗歌除了苍凉悲壮的诗歌之外，还有一些清新明丽之作。如《春晓》《秋海棠四律和张雨岩》《初夏郊园燕集漫成十律》等诗，也表现了作者在陇右生活稳定以后，和朋友诗歌酬答的愉快心境。其诗歌风格在文化交流中呈现出了多元的艺术特色，其诗歌创作也取得了多方面的成就。

综上所述，杨芳灿在陇右为官二十年，仕途坎坷，命运多舛。其在陇右创作的诗歌甚多，内容极为广泛，深刻地反映了作者的坎坷命运和乾隆

---

① 法式善：《真率斋稿序》，杨绪容、靳建明点校《杨芳灿集》附录三，人民文学出版社 2014 年版，第 692 页。

年间陇右社会的深重危机,具有丰富的认识价值。杨芳灿在陇右以后,受到陇右壮丽的河山和悠久的文化以及质朴的民风的影响,其诗歌风格也发生了巨大的变化。由其前期的"沉博绝丽"一变而为雄直苍凉的秦风,其诗将江南的清丽缠绵和西北的慷慨雄健融为一体,也具有丰富的审美价值,可谓清代中期江南文化和西北文化交流融合的典型代表。

第五节 杨鸾漫游陇右及其陇右诗歌创作

清代中期诗歌创作极为兴盛,不仅诗人众多,诗作倍出,还形成了门户各立、流派纷争的局面,以其集大成的面貌,成为文学史上一段辉煌的记忆。关中诗坛作为清代诗坛的一个组成部分,因其天然质朴的地理环境和勤奋苦思的学术风气,塑造了诗人们钻研好学、踏实稳重的性格特点。乾隆年间,关中诗人杨鸾也在继承前代精华的基础上,兼取当时文坛中优秀的成分,焕发出卓尔不群的文学风采。张洲曾云:"弱水布衣,崛起高视,游其门者,迁谷为最。颖悟自天,覃思精诣,罗百家以旁搜,延一线之未坠,持百二之宗风,别支派于余裔。惟公之于斯文,可谓笃且勤矣。"①这位关中诗坛的代表人物,获得了当时诗人的普遍赞誉。

一 清代关中诗人杨鸾生平及交游

杨鸾(1711—1778),字子安,号迁谷,别号可诗老人,陕西潼关人,室名邈云楼,所著有《邈云楼诗文集》。出生于书香门第,循吏之家,以诗书传家。其曾祖杨端本尤为著名,有《潼水阁文集》,不仅做官廉明仁义,也与曹贞吉、周亮工、王又旦、李因笃、王宏撰等名流来往密切,在政绩和官名上都为人所慕。杨鸾对家学极为推崇,且持之严于自律。他自幼便颖悟好学,尤其善长作诗。乾隆元年中举,四年成进士,曾仕宦和游

---

① 张洲:《邈云楼诗集序》,《邈云楼诗集》卷首,《四库未收书辑刊》本,北京出版社2000年版。

历过四川、湖南、京师、江浙、陇右等地，尤其在担任四川及湖南县尉时，注重实干，颇有政绩，使居民日富，免受生活之患。且提倡文教，促进了当地教育发展，使不少杰出之士，于此风气下诞生。

杨鸾三十九岁之前一直生活在关中，因此与当地好友奠定了深厚的友谊。其后虽仕宦各地，也与家乡友朋保持着密切的联系。雍正二年（1724），杨鸾入县学，从交河王兰生学习，后又拜于关中诗人屈复门下，所获甚多。与同门刘绍攽、胡釴、王垣于师门结交，一生相互牵挂，成为金兰契友。李钧简《邀云续草序》云："雍正乙卯拔萃成均，与蒲城王紫亭、三原刘继贡、秦安胡静庵并以学行见赏于交河王振声学使。"①

刘绍攽（1707—1778），字继贡，号九畹，陕西三原人。雍正十一年（1733）拔贡生，举博学鸿词，因亲老未就。后被陕西巡抚硕色荐于朝，朝考第一，赴四川任。补什邡，调南充，又调曲阳。后改授山西太原县知县，为官皆有政声。辞归后，讲学于兰山书院，学生多有所成。擅长诗词古文，精研小学、算学，熟悉历史典故。著有《周易详说》《春秋笔削微旨》《卫道编》《九畹古文》《九畹续集》《关中人文传》等众多书目，特选清代关中诗人之诗合为一集，名为《二南遗音》，对关中文人和文学的存留做出贡献。法式善《槐庭载笔》卷八载："两广总督硕色保刘绍攽，陕西拔贡，原任四川成都县知县，学问优长，究心经史，确有根柢，为人老成。"②

杨鸾曾在《感旧述怀寄刘继贡》中云："昔者王夫子，谓我出世人。夫子长已矣，此意向谁论。当时从游者，惟君情最亲。"③可见两人交谊之源远流长。在刘绍攽被特荐于四川试用后，杨鸾写诗寄之，见于《寄刘继贡》：

名自丹霄入，恩从紫悖施。自然分玉石，遂尔别妍媸。君始怀铜虎，

---

① 杨鸾：《邀云楼诗集》卷首，《四库未收书辑刊》本，北京出版社 2000 年版。
② 法式善：《槐庭载笔》，台湾文海出版社 1986 年版，第 56 页。
③ 杨鸾：《邀云楼诗集》卷一，《四库未收书辑刊》本，北京出版社 2000 年版。

予将卧竹篱。终南山似黛，蜀道栈为梯。未省分襟苦，犹耽握手宜。^①

诗一开始便表彰了好友的荣誉，刘绍攽就如同美玉一样，不仅天生丽质，且经过后天的自然锤炼，变得更为温润而韵秀。尽管刘绍攽志在青云，而杨鸾的心意却在山水泉林之间，正是见惯了官场的黑暗打压，所以心中郁结有愤懑不平之气。况且山林里的自然闲逸能带给心灵最大的慰藉，正如苏轼《赤壁赋》中所吟唱的那样："惟江上之清风，与山间之明月，耳得之而为声，目遇之而成色，取之无禁，用之不竭，是造物者之无尽藏也，而吾与子之所共适。"杨鸾深切地体会好友的心思，也真挚地为好友的未来担忧，这种推心置腹、关怀备至的情谊感人至深。还如《送继贡入蜀前夕宿高陵有怀》中难舍难离的心情表达：

茅店灯青隐暮烟，客心已逐晓皇悬。盍簪有约还虚夜，挽袂无多省判年。剑阁云归飞鸟外，刀州梦绕菊花前。何时却话巴山雨，须就西窗对竹眠。[②]

诗人由景及情，情景交融。暮色中的烟雾，在茅店灯光的照耀下依稀可见，杨鸾心中之想，如同这缭绕烟雾一般，依依不舍又无可奈何。杨鸾与友人相视莫逆，心照情交，早已突破了生死界限。

在徘徊于官场数年之后，壮志未酬的诗人来到了陇右，此时刘绍攽正于兰山书院任山长。诗人重逢好友，喜出望外，当即写下《怀友》一诗。刘绍攽也在《邈云四编》序中云："子安与余同师王信芳，先生自其弱冠，出语警其长老，然具体西昆，契阔三十余年，则坚苍若杜瑰丽，极中晚之胜，醇古间旷骎骎乎。六朝以上视吴（吴镇）与胡（胡釴）鼎三足耶，金三品耶。俟之天下后世，余际其会而挂名简端，余之幸也。"[③] 足见其对两人友谊

---

① 杨鸾：《邈云楼诗集·邈云草》，《四库未收书辑刊》本，北京出版社 2000 年版。
② 杨鸾：《邈云楼诗集·邈云草》，《四库未收书辑刊》本，北京出版社 2000 年版。
③ 杨鸾：《邈云四编》卷首，《四库未收书辑刊》本，北京出版社 2000 年版。

之珍视和自信。杨鸾与刘绍攽的情谊正如孟子所说:"人之相识,贵在相知,人之相知,贵在知心。"(《孟子·万章下》)他们从相识到相知,都是为心所使,因而玉成了一段友谊佳话。

胡釴(1709—1771),字静庵,一字鼎臣,甘肃秦安人。雍正十三年(1735)拔贡,例入监读书以侍养,辞归,入皋兰书院,并就学于牛运震门下。后兼任肃州(今张掖)学正,同年因病归,卒于家中。杨鸾《胡静庵墓志铭》云:"张孺人梦海燕入怀而生静庵,颖悟绝伦,早解四声,年十六,补博士弟子员,益遂于学,闻人有异书,辄百计求之,昼夜雒诵,必精贯而后已。发为词章,庞蔚炳朗,必穷极物态,而清新自得,不苟为藻绘。至制举之文,则源本先正,而以古文行之。"①晚年无意于仕进,以讲劝后学为己任,为人所重。著有《静庵诗钞》,并撰写《秦州志》,收录关陇风俗。

对于胡釴,有论者认为,秦安有三诗人,唐权载之,明胡可权,清则釴也,可见其文学造诣之高。但这位天生才人却仕途不畅,即使处于"康乾盛世",也未达到"致君尧舜上"的目的。在《寄怀胡静庵》中,杨鸾回忆了与好友初识的情景,并对好友的遭遇感同身受:"千里怀友生,况乃十年别。去岁寄书来,缱绻情何切。"②两人同学于王兰生之门,曾诗文唱和,极为融洽,而今因尘世阻隔,数年未见,偶尔一封友谊之信,便将不离不弃之心全部道出。"忆昔相见时,爽朗雄姿发""慷慨赋新诗,怀古弥激烈"③,年轻气盛的时候,彼此都是指点江山的少年郎俊,爽朗雄姿,慷慨之志,只洒于一腔热血,"余也数年间,苦遭尘鞅绁。踆踆走穷途,囹囹守涸辙。长安冠盖地,甲第相摩戛。一饱尚难图,何敢耻干谒"(《寄怀胡静庵》)。分离后的数年间,彼此都苦于尘世牵绊,如涸辙之鱼。达官贵人之间相互奉承,买官累爵,肆意挥霍。贫寒之士们,妄想谋求一官半职。明白了这样的社会现实,杨鸾更与友人于患难之中,加深了情谊。杨鸾不仅对胡釴

---

① 杨鸾:《遯云楼文集》,《四库未收书辑刊》本,北京出版社2000年版。
② 杨鸾:《遯云楼诗集·遯云草》,《四库未收书辑刊》本,北京出版社2000年版。
③ 杨鸾:《遯云楼诗集·遯云草》,《四库未收书辑刊》本,北京出版社2000年版。

的为人极为称赏，也对其诗作极为倾心："静庵性坦率，口无择言，饮人以和，然读书论世之下，于古今时变及忠义权奸之起伏，未尝不破眦掩泣也，此岂无意于用世者耶。而卒止于是何哉。今其诗文贸然成集，尚多余所未见者，至寄余诸作，则性情真挚，所谓渐老渐熟，天然去雕矣。"（《胡静庵墓志铭》）① 可见杨鸾对好友心思甚为明了，难怪他感叹道："似此神交真不误，惜惺惺总是惺惺者。"（《贺新凉·得胡静庵书次见怀韵》）这份惺惺相惜之情正是由君子沉沦下僚，彼此相互扶持所得来的。

胡钐中年丧母，杨鸾担心好友的过度伤悲，连连写诗为好友送去关怀。如《寄怀胡静庵》：

直西千里是秦安，永日凭高忆古欢。长事即今悲老大，清标自昔照琅轩。云容起处山成幄，风势回时水倒澜。只有此怀浩难写，瑶琴尘满不曾弹。②

诗中杨鸾的这份情谊"难写"，就如同久未弹奏的瑶琴一样，因落满灰尘而不再触碰，以此说明思念之情的积蓄深厚和回环往复。

乾隆二十六年（1761），杨鸾来到陇右，当即写诗寄怀胡钐，见于《怀友》：

新诗能念我，知我此经行。南望陇山色，应多芳草生。头衔容两字，百代有高明。倘许桂花发，乘风来玉京。③

对于杨鸾的此次陇右之行，胡钐十分挂念。杨鸾也在诗中盛赞了好友的出类拔萃，希翼与友人再会，正是这份期望，让诗人的此次陇右之行更加充满色彩。"知我者谓我心忧，不知我者谓我何求？"（《诗经·王风·黍离》胡钐与杨鸾志同道合，在那个压抑却又充满生机的时代中，吟唱出了

---

① 杨鸾：《邈云楼文集》，《四库未收书辑刊》本，北京出版社2000年版。
② 杨鸾：《邈云楼诗集·邈云草》，《四库未收书辑刊》本，北京出版社2000年版。
③ 杨鸾：《邈云楼诗集·邈云三编》，《四库未收书辑刊》本，北京出版社2000年版。

一曲友谊的赞歌。

  王垣(生卒年不详),字啸雪,别号紫亭,陕西蒲城人。雍正十三年(1735)拔贡,学于屈复,为夫子所称赏。父母双亡后,家居数载。王垣《邈云楼诗集序》云:"乾隆辛酉举贤书北上,悔翁夫子时在万泉,乃于旅邸中遇。金蒿亭过从甚欢,有唱和诸诗,即而与王西玉、孙晋山之湖南,留薛巴陵署,有《岳阳楼》《木芙蓉》等诗。戊辰下第之东山日照署,有《出南门》《观海秋思》等诗。己巳庚午间,馆渭上刘氏,余亦假月余,先生尽出所著,属某商订,今所存者,出自门人刘龙赤抄本十之一二耳。"① 杨鸾与王垣,不仅相识于王兰生门下,还共以屈复为师,成就了一段同门之谊。

  杨鸾对王垣的诗作十分欣赏,他曾赞叹道:"逸才不世出,于今复几人。微词丽以则,淡宕清心神。"(《怀王啸雪》)② 王垣诗初学太白,间及昌谷,又喜温飞卿,"游巴陵、山左,携玉溪生诗意一帙,故诗多肖之"③。且与杨鸾时常品评名人诗作,杨鸾《啸雪堂诗跋》曾云:"其馆渭上也,约余共评昌黎诗,日夕讽咏,丹黄不少间。余时偶有论说,即笔于左方,所谓子安云者是也。……盖先生诗凡数变,而其幽艳生新,风格遒上,自成先生之诗,非前贤所能掩也。先生常谬许余为诗中碧眼,胡又常戏云:'子得无耻居王后乎。'迄今忆之,不觉惘然。"④ 两人志同道合,心意相通,也可见王垣无比追念两人亲密的往日时光。

  王垣对杨鸾的妙笔生花,也做了很高的评价:"吾友杨君子安于学无所不窥,弱冠以诗鸣,浮慕自多,……读子安诗,始之如游桂林,目不暇接瞬,次之如入芝兰之室,久而俱化。其移入之情,何如也。吾是以一日三复,

---

① 王垣:《邈云楼诗集序》,《邈云楼诗集》卷首,《四库未收书辑刊》本,北京出版社2000年版。
② 杨鸾:《邈云楼诗集·邈云草》,《四库未收书辑刊》本,北京出版社2000年版。
③ 杨鸾:《啸雪堂诗跋》,《邈云楼文集》卷一,《四库未收书辑刊》本,北京出版社2000年版。
④ 杨鸾:《啸雪堂诗跋》,《邈云楼文集》卷一,《四库未收书辑刊》本,北京出版社2000年版。

犹不能已,是为序。"① 两人研讨诗学之道,拜读彼此佳作,相互切磋诗艺,促成共同进步。因而在王垣早逝之后,杨鸾旋即写下一首《哭友·王啸雪》:

> 故园亲旧想依稀,王子吹笙竟不归。月下何人识余书,灯前有梦识清辉。花飞上苑远簪笔,秋满潇湘未浣衣。手撷落英重太息,东皇从次罢芳菲。②

杨鸾的痛心充满字里行间,不仅是悼念逝去的好友,更是对浓厚友谊和知己之失的深情哀念。

此外,陇右诗人吴镇,与杨鸾、刘绍攽、胡釴并称为"关中四杰"。吴镇(1721—1797),字信辰,一字士安,号松崖,别号松花道人,狄道州(今甘肃临洮)人。乾隆十五年(1760)中举,授陕西耀州学正,历任山东陵县、湖南沅州府知县。博极群书、兼通禅理。曾跟从牛运震学习,后主讲兰山书院。关于杨鸾与吴镇的交情,李钧简的《邈云楼文集序》曾云:"其后关中称诗者莫不推二安之目,则与狄道吴士安齐名,海内皆企慕焉。"③ 时人已将杨鸾与吴镇视为"二安",引起了诗坛的一阵推崇之风。吴镇与袁枚南北相隔万里,始终未能晤面,却书信互通,彼此景仰,交谊甚密。他与杨鸾也是素昧平生,却成就了一段文坛妙事。

无奈杨鸾卒后七年,吴镇始主讲兰山书院,错过了与杨鸾的生平之交。但在杨鸾六十三岁时,从友人处知悉与吴镇有"二安"之称,并有诗寄之:"不见西州吴士安,清名何幸接词坛。也知衰白难同传,付与他年野史看。"(《读白尊二安诗奉柬》)④ 杨鸾对与吴镇并称诗坛感到荣幸,并且甘拜下风。但是当时诗坛一致认为两者可以并举,正如张五典《寄兴

---

① 王垣:《邈云楼诗集序》,《邈云楼诗集》卷首,《四库未收书辑刊》本,北京出版社2000年版。
② 杨鸾:《邈云楼诗集·邈云续草》,《四库未收书辑刊》本,北京出版社2000年版。
③ 李钧简:《邈云楼诗集序》,《邈云楼诗集》卷首,《四库未收书辑刊》本,北京出版社2000年版。
④ 杨鸾:《邈云楼诗集·邈云四编》,《四库未收书辑刊》本,北京出版社2000年版。

国吴信辰刺史乞松花庵诗草》后的自注所云："刘九畹辑《二南遗音》，选入者特多，又尝并杨子安先生以'二安'称之。"①刘绍攽在自己的著作中将他俩并为"二安"，诗坛其他文人也颇为首肯，可见两者在当时诗坛所起的作用之大。

杨鸾于乾隆四十年（1778）卒，享年六十八岁。此年秋，吴镇赴沅州任知府，有诗怀杨鸾。其《武昌杂诗》云：

> 并世未相见，吾惭杨子安。遗诗人竟写，宿草月同寒。挂剑心徒切，鸣琴力竟殚。长沙先后事，鹏鸟又哀叹。②

诗歌起首，便抒发了诗人与杨鸾素未谋面的遗憾之意，并对杨鸾的诗歌创作给以极大的称赞，谓其诗歌必能万古长青，永垂不朽。诗末对杨鸾的一生做了极为妥帖的评价，认为纵使杨鸾一生胸怀大志，却最终淹没于无情世道之中，这与吴镇自身经历也有着共通之处，因而他的感慨颇为深刻。此处特别借用汉代文学家贾谊的《鹏鸟赋》来抒发不平之心。吴镇希望此刻已天人永隔的杨鸾得以安息，并期待来世的知己之交。吴镇与杨鸾的这段隔空友谊虽令人惋惜，但同为"关中四杰"，陇右之地又将他俩关联，诗歌这种文学形式也让他们彼此产生"白首如新，倾盖如故"之感，不啻为诗坛上的一段绝妙之事。

杨鸾工诗能文，这不仅与其家学渊源有关，更与他勤勉自励，笃实好学有关。杨鸾自己也说："经傅他日虽多预，诗事吾家不可忘。"（《宿关城旧居有感》）③关于他的诗歌，薛宁廷在《邀云三编序》中做了最为精辟的总结论断："壮健有奇气，如其为人。君诗工于言情，密于律法，平生宦游半天下，身所阅历，学与之进，一切感事怀人，荣悴悲愉，皆以

---

① 张五典：《荷塘诗集》卷七，清乾隆刻本。
② 吴镇：《松花庵诗集》，宣统二年（1910）刻本。
③ 杨鸾：《邀云楼诗集·邀云草》，《四库未收书辑刊》本，北京出版社2000年版。

发于诗。"①杨鸾将自己的心路历程和人生经历全部寄托于诗这种体式之中，以君子坦荡豪爽的性情为本，充以广博渊深的学识文化，发之以领异标新的慷慨才气，实践了诗人吴梅村的持论："夫诗人之为道，不徒以其才也，有性情焉，有学识焉。其浅深正变之故，不于斯三者考之，不足以言诗之大也。"②

二 杨鸾陇右之行及其陇右诗歌创作

乾隆二十六年（1761），杨鸾已过半百，恰有好友邀其到甘州书院任山长，因而他翻山越岭，来到西北之地。其《女嬬小传》云："余乃适岭表，历江浙，复入京师，两年无所就，始遣眷口归里，会甘州有招余者，而负待林亦移官高台，因藉以往。"③此次陇右之行，对于早年及第而仕途偃蹇的杨鸾，可谓是一次心灵的释放与解脱。杨鸾在陇右仅仅停留一年，便继续南下复官，盘旋于官场生涯了。杨鸾在陇右短短的一年之内，也作了多首诗，这些诗代表了他此次西行的经历感情，也印证着时代的包罗万象和地域的独特风情，对于认识其生活经历、思想、创作有着重要的价值。

杨鸾向西游走，映入眼帘的是一幕幕壮阔的山河之景，诗人难免要以天才之思描绘出一幅幅"有声画"来。最为豪健慷慨的，当属那首气势磅礴的《塞上》："秦皇筑长城，汉武置四郡。天骄不敢骄，竖儒乃敢论。"④此诗对秦始皇筑长城，汉武帝设河西四郡抵挡匈奴南侵，维护国家安全和统一进行了高度的赞扬。徐世昌《晚晴簃诗话》中这样描述杨鸾的诗风："高亮明秀，不为亢厉之声。"⑤可以说，杨鸾继承了"秦风"质朴劲健、浩荡感慨、意气纵横的传统，将秦人特有的昂扬胸怀和雄直之气表达得淋漓尽致，更显示出一代儒生所拥有的不凡情怀。再如《古浪峡》，将峡口

---

① 薛宁廷：《邀云三编序》，《邀云楼诗集》卷首，《四库未收书辑刊》本，北京出版社 2000 年版。
② 吴伟业：《龚芝麓诗序》，《吴梅村全集》（中），上海古籍出版社 1990 年版，第 664 页。
③ 杨鸾：《邀云楼文集》卷三，《四库未收书辑刊》本，北京出版社 2000 年版。
④ 杨鸾：《邀云楼诗集·邀云三编》，《四库未收书辑刊》本，北京出版社 2000 年版。
⑤ 徐世昌著，傅卜棠编校：《晚晴簃诗话》，华东师范大学出版社 2009 年版，第 538 页。

的逶迤滂沱之势描绘得恰到好处：

> 峡口秋光早，客行日易曛。参差石磴汔，历乱涧泉分。一径落黄叶，四山生白云。邮亭何处是，凉雨已纷纷。①

古浪峡位于河西走廊东端，南接乌鞘岭，北接泗水和黄羊镇，势似蜂腰，两面峭壁千仞，形成一路险关隘道。史有"秦关""雁塞"之称，被誉为中国西部的"金关银锁"。在这里，诗人所见到的，大多是与山有关的景象，这自然与西北地势不可分割，但同样是山，在杨鸾的笔下，却被赋予不同的面貌。正如《山行》云：

> 三月草未生，八月草已黄。山中风露冷，奈此芰荷裳。江南有丛桂，连卷含芬芳。王孙游不息，驿华安可长。愿言采其英，遗之天一方。②

干旱的气候加之降水量的稀少，使得西北很少有繁茂的绿色植被生存。杨鸾环顾四周的荒凉萧瑟，不禁联想到了曾经游历过的南方。此诗结尾更显示了诗人对《楚辞》"香草"传统的继承，且能化用自然，清新脱俗。但在《六盘山》中，杨鸾不遗余力地描写了山峰的气象万千，诗云：

> 六盘亦巨山，嵱嵷无春容。况当秋渐深，众草驳青红。清晨脂我车，早霞方瞳眬。须臾云出谷，习习吹天风。斐亹苍翠间，葐蒀而丰茸。俯视迷万壑，仰观失千峰。平临拂鸟道，合沓绕颔丛。膏鬟新出沐，螺黛晕惶松。乃知蕴灵异，变幻能无穷。仿佛峡口山，清诗闻放翁。③

六盘山是关中平原的天然屏障，北方重要的分水岭，山腰地带降雨较

---

① 杨鸾：《邀云楼诗集·邀云三编》，《四库未收书辑刊》本，北京出版社2000年版。
② 杨鸾：《邀云楼诗集·邀云三编》，《四库未收书辑刊》本，北京出版社2000年版。
③ 杨鸾：《邀云楼诗集·邀云三编》，《四库未收书辑刊》本，北京出版社2000年版。

多，气候湿润，益于林木生长，有繁茂的天然次阔叶林，使六盘山成为黄土高原上的一个"绿色岛屿"。诗人观察到了这一特点，并在此诗中将这种特点展现了出来。举目皆山，俯视万壑，和苏轼《题西林壁》中"横看成岭侧成峰，远近高低各不同"有异曲同工之妙。诗人诗思充沛，将这威仪气壮的高山比作女子，"膏鬟新出沐，螺黛晕惺松"，如新出浴的美人一样"弄妆梳洗迟"。诗的结尾，诗人如同感受到了当年陆游游历于此的豪壮之情，"清诗闻放翁"，正是君子之所见略同。

同样是写景，杨鸾的有些诗歌，却承载着寓情于景的使命。杨鸾这部分作品较多，如《凉州》：

> 葡萄不拟娆凉州，载酒真为绝塞游。地阔八川同灌注，天开五郡此襟喉。吕光鉴子谁青眼，谢艾书生易白头。莫叹沙场春太晚，免教长铗对花愁。①

诗人对凉州的地理情况做了分析，在颈联和尾联抒发了自己的不得志。吕光是十六国时期后凉的建立者，威震四方，战功赫赫，却内政不修，各族叛离，埋下亡国因子。谢艾是十六国时期前凉将领，儒生出身，文武兼备，常以少胜多，后被篡位者谋杀。在这里，诗人明显是借这样的典故来表明用人者不能知人善任，千里马难遇伯乐的怨愤。

杨鸾甚爱用典，首先因为清朝提倡理学，在此基础上，文人皆博学多识，倾向于内修。另外则是典故更适合表达含蓄委婉、难以言喻的感情。在《十六夜宿青家驿》中，诗人也运用典故，为整首诗作增添了风采：

> 月明依旧好，秋入万山深。病渴金茎露，怀人绿绮琴。荒村王织毯，断壑夜鸣砧。见说登场后，犹艰粒食心。②

---

① 杨鸾：《邈云楼诗集·邈云三编》，《四库未收书辑刊》本，北京出版社 2000 年版。
② 杨鸾：《邈云楼诗集·邈云三编》，《四库未收书辑刊》本，北京出版社 2000 年版。

青家驿，位于现今甘肃会宁，诗人先写外在之景，明月高悬，秋色爽朗，惬意的环境让诗人如同病中饥渴时，得到承露盘中清凉的露水。"绿绮琴"，传说司马相如作《玉如意赋》，梁王悦之，赐以此琴，在此反衬诗人的不得意。正如诗尾所述，自从诗人想要登场科名，便徒遭不平，且困于生活艰辛，无法自拔，这份难以述说之情始终盘桓在诗人心头。

杨鸾长期宦游于各地，因而他时常思念家乡。到陇右后，也在几首诗作里将这份"近乡情更怯"的心思娓娓道来。如其《八月十五夜宿会宁》：

> 客行十三载，此地又中秋。万壑烟霏敛，三霄玉露浮。照人惊旅鬓，作意领边愁。童仆还樽酒，风檐劝不休。①

中秋节历来被人们赋予团圆之意，而此刻孤身置于异地的诗人，岂能不思念家乡，思念亲人？在这月明星稀、美好安宁的晚上，他人都在庆祝佳节，唯有自己的乡思环绕在心间。再看《静宁道中》：

> 谷口朝烟白，溪边落叶黄。沙田委禾黍，土屋出牛羊。俗俭儿无袴，天寒妇卖浆。邮亭烦记里，迢迢自退方。②

看似平铺直叙，实则充满哀怨，诗人眼前看到的是西北环境的苍茫和人民朴素的生活方式。而诗人牵挂的依然是家乡，所以时常寄信回家，唯恐邮亭的差役嫌弃。这份小心翼翼的心情让人读之更为怅然。还如《发兰州》：

> 亦岂无相识，漫言岐路多。关山连紫塞，襟带旧黄河。明月樽犹阻，秋风雁未过。夜来欹警枕，几处效夷歌。③

---

① 杨鸾：《邈云楼诗集·邈云三编》，《四库未收书辑刊》本，北京出版社2000年版。
② 杨鸾：《邈云楼诗集·邈云三编》，《四库未收书辑刊》本，北京出版社2000年版。
③ 杨鸾：《邈云楼诗集·邈云三编》，《四库未收书辑刊》本，北京出版社2000年版。

夷歌，夷人的歌曲，亦泛指外族的歌曲。《后汉书·西南夷传论》："夷歌巴舞殊音异节之技，列倡于门外。"①诗人借此表明自己"独在异乡为异客"的缱绻之情，歧路重重，无人能识，夜深寂寞，辗转难眠。

杨鸾笃于亲情和友情，前在其交游中已列举他写给胡鈇和刘绍攽的《怀友》诗，这里有另外一首写给王戒浮的诗，也值得一读：

葭蒹秋水岸，岁月著书多。对酒诗能咏，抱孙弦且歌。芹宫无旧侣，桂树有新柯。莫忘垂杨陌，荒斋取次过。②

诗歌一开始就表达了对朋友的崇敬之情，次而回忆昔日与好友的共度美好。在《将至高台先寄贠待林明府》中，杨鸾迫不及待地给已在此地的好友寄诗，如其中几句："锦江别后十年迟，塞上相逢岂梦思。舆诵知君于气象，行踪如我太参差。湘南夜雨怀乡日，蓟北秋风听雁时。珍重亲情兼友谊，剪灯重与话心期。"③诗人对此次重逢充满了万千期待，似是一片衷肠全要呼之欲出。在另外一首《感旧》中，杨鸾感怀了很多位朋友和亲人，比如其对叔父的怀念：

长忆趋庭就塾时，一门叔父最先知。关山万里颠毛改，何日东皋负杖随。④

其后小注云："鸾幼从叔父游，昕夕无间，是生平第一知己也。自撄世故，四方奔走，数万里而归，侍无日，竹林鹿门之约，念之怅然。"杨鸾叔父杨名鳝，字季显，号八水。天性聪慧，博览群书，著有诗词古文，卓然有闻于世。杨鸾一生对其念念不忘，其集中奉达叔父之作最多。诗人感慨自

---

① 范晔：《后汉书·西南夷传论》卷八十六，中华书局1965年版，第2860页。
② 杨鸾：《邈云楼诗集·邈云三编》，《四库未收书辑刊》本，北京出版社2000年版。
③ 杨鸾：《邈云楼诗集·邈云三编》，《四库未收书辑刊》本，北京出版社2000年版。
④ 杨鸾：《邈云楼诗集·邈云三编》，《四库未收书辑刊》本，北京出版社2000年版。

己入世后一直奔波，无奈失约于叔父再见之日，怀念从前跟从叔父学习的岁月。可见，杨鸾始终对亲人朋友充满感激之情、爱念之意。而在这首《发甘州示书院诸子》中，更表明了自己专力于"情"的观点，见于其中几句："人生禀至性，遇物斯有情。古之贤达人，持此专且贞。"① 杨鸾论诗，持"真情说"，如其在《陈吾亭诗序》中云："夫情动于中，而后有言，言之不足，故长歌咏叹以出之。是言者，心声，而诗者，情之寄也。夫如是，径情直遂之言，且不可以言诗，而况无情之词乎。"② 一首诗的感人之处正在于它的用情之深，也正是诗人内心盘转着浓厚的情思，才产生长歌当哭的效果，这与相由心生是同样的意思。顾奎光也于《邈云续草序》云："子安固深于情者，其诗丽以则，婉而多讽，所不待言。"③ 纵观杨鸾的整个诗作或陇右诗歌，无一不出之于真情，无一不是对"情"的最好阐释。

杨鸾在陇右有两首咏物之作，可以说是其诗歌风格转益多师，自成一家特色的鲜明呈现。其《凉州杨柳词》云：

> 凉州杨柳也如丝，却是春风欲尽时。
> 一种笼烟沙塞月，何人解入笛中吹。
> 凉州杨柳鹅儿黄，袅袅轻阴拂短墙。
> 凉州女儿梳洗懒，谁画双眉如许长。
> 凉州杨柳情依依，绾住春风莫放归。
> 同是一年十二月，花飞缠罢还霜飞。
> 凉州杨柳可青青，道上行人去不停。
> 记得灞桥此时节，绿烟糁雪满回汀。④

---

① 杨鸾：《邈云楼诗集·邈云三编》，《四库未收书辑刊》本，北京出版社2000年版。
② 杨鸾：《邈云楼文集》卷一，《四库未收书辑刊》本，北京出版社2000年版。
③ 顾奎光：《邈云续草序》，《邈云楼诗集》卷首，《四库未收书辑刊》本，北京出版社2000年版。
④ 杨鸾：《邈云楼诗集·邈云三编》，《四库未收书辑刊》本，北京出版社2000年版。

此诗清新明丽，简洁生动，洗净铅华。诗人于陇右多写壮观之景，此类诗歌无不充斥着苍凉悲壮的感情色彩，而这首《凉州杨柳词》却独具匠心，无论写女性梳洗，还是写灞桥折柳，都妙笔生花。与王垣在《邀云楼诗集序》中所认为的极相吻合："中则朴，貌则华。志则洁，神则沛。肠则热，齿则冷……惨淡经营，缠绵悱恻。"另外一首是《张掖午日宴集陈园赏牡丹得诗四首》，此组诗主要描写诗人作客陈园，欣赏到园中百花，进而表达了自己的赞美之情。诗中引用了几句李商隐的诗句，显示了杨鸾对李义山的钟爱之情和学习借鉴，这与诗人早年喜爱作清丽绵邈的诗歌有关，经过人生颠簸，诗人的作品愈发沧桑，感触集中于悲慨之作中，像这样清新貌美、抒情委婉的诗作已不多见。杨潮观写于《邀云楼诗集序》中的两个词语形容这类诗作最为适当："人以韵胜""诗以情长"。① 从这里，我们似乎可以看到杨鸾诗风转变的历程，也认识到文人创作风格的更变与其所处的时代环境息息相关。

杨鸾游陇的诗作中还有一首，单列出来，可以一读，题为《拟古》：

> 野云不恋山，野水不归壑。栖栖远游子，迟暮将焉托。泽雉抉然飞，所欲惟饮啄。秋风坠凉露，九皋唳警鹤。结交亦有因，斗酒聊相亲。揽衣临长衢，何不少逡巡。逡巡亦何为，税驾星言归。②

此诗对于自己不再眷恋于尘世功名，做了最充分的诠释。既是"在野"之人，必存淡泊之心，就像那"泽雉"一样，根本不屑于笼中之食。"泽雉"，出自《庄子·养生主》："泽雉十步一啄，百步一饮，不祈畜乎樊中。"③诗人内心只盼望于安静的山林或田园之中，过上与世无争、高枕无忧的生活。此诗虽是拟古，却读之甚佳，十分贴合钱钟书在《旧文四篇》中对中国旧

---

① 杨潮观：《邀云楼诗集序》，《邀云楼诗集》卷首，《四库未收书辑刊》本，北京出版社 2000 年版。
② 杨鸾：《邀云楼诗集·邀云三编》，《四库未收书辑刊》本，北京出版社 2000 年版。
③ 郭庆藩辑，王孝鱼整理：《庄子集释》，中华书局 1961 年版，第 126 页。

诗的称述:"和西洋诗相形之下,中国旧诗大体上显得情感有节制,说话不唠叨,嗓门不提得那么高,力气不使得那么狠,颜色不着得那么浓烈。"①

综上所述,杨鸾的陇右之行在其生命中是一个至关点,我们从他存留的陇右之作中,看到了其西行的此番经历,也体会到了其诗风的独特之处。张洲《祭迂谷杨公文》曾说:"止此寄兴诗歌,以吐露此胸中不可磨灭之奇气,此迂谷之作所以照耀数子,而为一时宗工之佳制也乎。"②正是杨鸾身怀奇伟之气、蓬勃之情,加之以才学的富耽,才成就了《邈云楼诗文集》的"面貌独存",以至于流传至今,历代不朽。在那个看似清明实则黑暗的年代,成为一颗独具光芒的星,照耀着后世无数寂寞的心灵。

第六节 杨揆从军陇右及其陇右诗歌创作

清代乾嘉时期,陇右地区活跃着大量的外地旅陇文士,其中著名的有牛运震、杨揆、杨芳灿、王曾翼等人,他们为官清正廉洁,发展生产,兴办教育,为当地的社会文化发展做出了卓越的贡献,他们众多关于陇右地区的优秀作品成为地域文化研究不可或缺的组成部分。

一 杨揆陇右从军经历及陇上交游

杨揆(1760—1804),字同叔,号荔裳,江苏金匮(今属无锡)人,杨鸿观次子,杨芳灿之弟。杨芳灿与常州洪亮吉、孙星衍齐名,少时天赋异禀,据《杨芳灿年谱》记载:"(杨芳灿)生七月即能言,端操公爱之。"③并且记忆力超群,当时惊为"神童"。祖父和父亲均善诗,杨芳灿、杨揆兄弟皆博学能诗,名满江南。乾隆四十五年(1780),乾隆皇帝五巡江南,杨揆进献诗册。乾隆皇帝招试江宁行在,钦取杨揆一等第四名,恩赐举人,

---

① 钱锺书:《七缀集》,生活·读书·新知三联书店2002年版,第16页。
② 杨鸾:《邈云楼诗集》附录,《四库未收书辑刊》本,北京出版社2000年版。
③ 余一鳌:《蓉裳先生自订年谱》,北京图书馆珍藏年谱丛刊第120册,北京图书馆出版社1999年版。

内阁中书。乾隆五十三年（1788），杨揆任职甘肃巡抚勒尔锦幕府，乾隆五十五年（1790）充文渊阁检阅，入军机处行走。历任内阁侍读、四川按察使、甘肃布政使、四川布政使等。值得一提的是，杨揆跟随福康安征战卫藏，屡建战功，并且写下许多有关西藏的诗歌，丰富了内地对于藏族地区的了解和认识，具有很高的历史文化价值。杨揆的主要著作有《桐华吟馆稿文钞》一卷、《诗稿》十二卷、《璎珞香龛词》《卫藏纪闻》各一卷。其生平经历见赵怀玉为其作《行状》、秦瀛为其撰写墓志。

乾隆四十三年（1778）五月，杨揆兄杨芳灿参加廷试，奉旨以知县用，分发甘肃，任伏羌知县。乾隆四十九年（1784），甘肃在继苏四十三起义之后，又发生了震惊当时的回民田五起义，在苏四十三起义失败之后，在伏羌、海原等地的回民同时发生起义，情势万分危急。杨芳灿为伏羌县令，带领乡勇守城胜利，杨揆听到消息后，马上写了《闻伏羌警》和《闻伏羌解围》等诗，描述当时情况的危急和表现出对伯兄及当地百姓的关爱之情。乾隆五十二年（1787），杨揆入嘉勇公福康安幕府，随军到兰州，杨芳灿题补灵州知州。乾隆五十三年（1788），杨芳灿在灵州重修奎文书院，又在官署西边的书房旁种植了十几株紫荆，恰好杨揆到灵州看望兄长，他们经常在此地举行诗词唱和，后来编成《荆圃唱和诗集》。荆圃，是指荆棘丛生的园圃，暗指荒废之园，也表明此次唱和并非闲情养性的唱和，而更多的是抒发杨揆兄弟对仕途不顺、命运多舛的感慨和愤懑之情。

乾隆五十六年（1791），廓尔喀也就是现在的尼泊尔封建主，在英国殖民统治者的威逼利诱之下，大规模地侵扰后藏地区，先后占领了聂拉木、济咙等地区，直至开始攻打后藏首府日喀则，抢劫寺庙珍宝、法器，班禅六世逃往前藏并求助清廷，当时皇帝即派福康安为大将军前往西藏进行反击，杨揆为从军记室，经过甘肃。杨芳灿从灵州赶往湟中送别杨揆，杨揆曾写下《辛亥冬，予从嘉勇公相出师卫藏，取道甘肃，时伯兄官灵州牧，适以稽查台站驰赴湟中取别，同赋十章并示三弟》等诗。乾隆五十七年（1792），廓尔喀酋长畏惧清军，乞求投降，大将军福嘉勇公禀告朝廷，班师回朝，杨揆以军功升授内阁侍读，赏戴花翎。乾隆五十八年（1793），大将军福嘉勇公从廓尔喀班师回京，杨揆奏旨即补为内阁侍读，未及旬日简放四川川北道。乾隆六十年（1795），湖南乾州苗民起义，杨揆随制府和琳大军奔赴苗疆镇压起义军。

嘉庆元年（1796），杨揆以军功升授四川按察使，恰逢达州白莲教起义，先后攻破东乡县、陕西西乡、紫阳等县，嘉庆二年（1797），苗疆军务告竣，杨揆奉旨加布政使衔食二品俸，旋授甘肃布政使，但因达州白莲教起义军声势浩大，杨揆便留任四川总理粮饷问题。嘉庆四年（1799），杨揆在军营奉旨回甘肃本任，伯兄杨芳灿按例回避，辞职来到兰州杨揆布政使署，杨揆写下《己未五月，余从达州军营奉命来甘藩之任，与伯兄相见于兰山官舍，感旧书怀，成转韵八十八句》。杨揆将布政使署的后花园改名为桐华吟馆，在其东面有射圃，岁久荒芜，杨揆修葺之，命名为艺香圃，圃中有见山亭、忆鸥小艇，花木丛生，闲暇之际，约及友人在此唱和，写下《艺香圃小集联句》《艺香圃菊花盛开，九日秋雨初霁，小坐花下，伯兄作长句见示同作一首》等诗。嘉庆五年（1780）正月初四，适逢杨揆生辰，平凉僚属皆来祝贺。正月初五，因为白莲教起义于巩秦阶一带，朝廷命杨揆率兵前往镇压起义军。杨揆即日回平凉，调固原各标兵于初八统兵赶赴秦州，驻军伏羌，写下诗歌《驻军伏羌大像山下作却寄伯兄》一诗。

在陇右期间，杨揆和杨芳灿结识了许多陇右文士，如吴镇、王光晟、侯士骧、陆芝田、陆夔生、周为汉、杨承宪、郭楷、方正澍等人，多次的诗酒唱和，留下很多有价值的诗词作品。杨揆与陇右诗人的交往，留下了许多诗坛佳话，也促成了陇右诗坛的繁荣昌盛。

二　杨揆陇右诗歌创作

杨揆《桐华吟馆诗钞》现存 340 余首诗歌，其中描写陇右的诗歌有三十余首，内容丰富，风格多样，并且独具特色。杨揆任职陇右，但心怀魏阙，关心国家大事，时常赋诗志慨，并且多次追随福康安大将军途经陇右地区，他曾一度吟唱出建功立业和保家卫国的热情和希望。其《新正八月奉檄督兵自平凉赴巩昌留别伯兄四十二韵》《己未五月从达州军营奉命来藩之任与伯兄相见与兰山官舍感旧抒怀成转韵把十八句》等诗，都表现出杨揆精忠报国的碧血丹心。《辛亥冬，予从嘉勇公相出师卫藏，取道甘肃，时伯兄官灵州牧，适以稽查台站驰赴湟中取别，同赋十章并示三弟》其一云："迢递金城路，飘零记旧游。繻应关吏识，榻尚使君留。斜日明千嶂，寒烟暝一楼。重来更结束，腰下带吴钩。"其二云："戍鼓连营动，严程犯雪霜。河冰朝惨白，山日暮荒黄。风栉千丝发，轮摧九转肠。书回须改岁，何况计归装。"①全诗慷慨悲壮，表现出他卫国尽忠的壮志豪情和视死如归的英雄气魄，于开合动荡之间寓沉郁之气。著名藏学文献专家吴丰培先生专门将杨揆在《桐华吟馆诗稿》当中与西藏相关的诗进行专辑，定名为《桐华吟馆卫藏诗稿》，在其序中他说："当时派遣使藏者，均属能员，随军入藏之文吏，亦能识大体，对于边地，有所建树……而是书作者杨揆，亦诗文雅隽，军书旁午之际，不遗吟咏，虽于叠峦重障，冰雪艰苦途程中，以诗纪事，景真情得。"②杨揆正是拥有极大的政治热忱和怀揣着兼济天下的胸襟和气魄，才能义无反顾地投身到保家卫国的伟大事业当中，如《驻军伏羌大像山下作却寄伯兄》：

当阳山势郁崔嵬，莽莽风沙望眼开。谁信书生十年后，悬军亲领万人来。阿兄昔岁捍孤城，万众登陴一胆并。今日岩城听鼓角，贤候条约尚分明。渭流东下势滔滔，独立苍茫抚佩刀。何事防边轻失险，竟容贼骑逼临洮。空村茅舍半流移，乍喜官军到有期。未见长缨真缚贼，愧教父老拜旌旗。③

怀揣复杂心情，举师进藏，仔细体会就能感受到像"禁旅风行速，军书火急传，天寒听陇水，出塞正溅溅"（《辛亥冬，予从嘉勇公相出师卫藏，取道甘肃，时伯兄官灵州牧，适以稽查台站驰赴湟中取别，同赋十章并示

---

① 杨揆：《桐华吟馆诗稿》卷七，嘉庆十二年（1807）刻本。
② 《藏学研究论丛·吴丰培专辑》，西藏人民出版社1999年版，第223页。
③ 杨揆：《桐华吟馆诗稿》卷十，嘉庆十二年（1807）刻本。

三弟》其一）一般的勇气和绝不气馁的精神。诗中苍茫的大山、万里黄沙，更加烘托出雄伟壮阔的诗歌氛围。杨揆自身的才华和后天关乎民生、国家兴亡的这种爱国情感更好地融铸在作品当中。

杨揆众多诗歌当中，不乏感其心系百姓社稷的高尚情怀。在乾隆四十九年（1784）发生了回民起义之后，杨芳灿带领乡勇取得胜利，杨揆通过《闻伏羌警》急切地表明他内心的愤懑激动和对社稷黎民的关切，有诗句云："烽火连山照，空壕听暮笳。十年嗟薄宦，百口寄全家。晓仗桓伊铠，宵量道济沙。还须愁内讧，肘胁竞磨牙。"① 杨揆尽其一生都在为家国百姓奔走，虽有思乡之情，但是为了社稷和黎民他依然决然地任职于陇右、西藏等艰苦之地，足见其高尚的爱国情怀。

杨揆顾念亲人，在诗歌当中多有思亲怀乡之作，杨揆和伯兄杨芳灿往来繁密，不管他在江南、京城，还是西北边塞，两人常有书信往来，特别在《桐华吟馆诗钞》当中，如《伏羌官署感怀六首呈伯兄》《得伯兄来书率成五言八首寄怀并示三弟》《长歌寄怀蓉裳伯兄时官甘肃》《闻伏羌警》《闻伏羌解围》《家筼山自西安来喜得伯兄消息》等诗，俱为怀念伯兄之作。聚少离多的现实经历，使得两人在一起唱和的机会就尤为难得，《伏羌官舍中秋同伯兄玩月同坐长句》就深刻地表现出骨肉亲情的千思万绪，其诗云：

> 新秋一榻桃笙展，寂寂衙斋类荒馆。剧怜佳节到中秋，独抱闲愁深缱绻。兄来唤我还强起，七尺风廊帘尽卷。肯因病肺息香篝，且喜煎肠凭酒盌。亭亭桂影起端正，似恐玉轮迟不转。清辉少顷流渐多，应费姮娥手亲瀚。一年看月唯此夕，明日欲亏昨日满。百年此夕复有几，风雨阴晴况难算。兄怜与我久暌隔，岁岁关河望凄断。可堪抚景太匆匆，须属临觞歌缓缓。夜深官阁并羸影，时听铜壶漏长短。繁霜渐白觉瓦凉，细草尚青知地暖。微吟倚壁不成句，略惜天涯少吟伴。参差云树满城寒，

---

① 杨揆：《桐华吟馆诗稿》卷三，嘉庆十二年（1807）刻本。

那有幽人户容欸。商量还作少年计,祀月一坛香喷篆。堆盘琐碎乞梨栗,祝向月明辞更婉。腰围金带足珠履,我辈中人定应罕……①

亲人相聚的中秋月圆之夜,杨揆感慨颇多,他生活陇右期间,深刻地感受到边地的苍茫寂寥,面对异乡的生活,他渴望亲人和家的感觉。他曾吟唱道:"古驿知秋老,空村念岁荒。叩扉相应少,草舍半流亡"(《旅夜》),流亡之感始终萦绕在杨揆心头。这首诗的另外一个主人公就是杨揆的伯兄杨芳灿,他本身长期居住于陇右地区,对仕途不满,怀念故土,也使得他流露出"故园归为得,薄宦意如何"(《花朝前一日赴兰州途中杂题》)的真实感受。杨揆的另外一首《中秋夜偶成》:"如此清秋合举觞,可堪愁坐听更长。劳心著梦时惊愕,远道思家转渺茫。戍火微争星影淡,阵云低罨树声凉。乡书欲寄真迢递,可有南归早雁翔。"这两首诗微妙的情感变化,将作者当时的心绪活动表露无遗,更能体现顾亲念远的兄弟之情。杨揆的作品都是感念伯兄、关心伯兄的真情之作,血浓于水的手足之情,细腻地表现在诗歌当中,显得真挚感人。

杨揆性情醇厚,笃于友情,结识了很多志同道合的知己,杨揆在陇右结交了大批西北文人,其为人慷慨正直,所以深得友朋信赖,在《与宋大瑞屏夜话》《登兰州节署望河楼送嘉勇侯督师台阳》《轮台歌宋稺四问亭之官昌吉》等作品当中都反映出杨揆的真性情和对朋友的真挚情感。如乾隆五十五年(1790),杨揆在京城任职军机处行走,洪亮吉供职翰林院编修,杨揆对洪亮吉关怀备至,乾隆五十七年(1792),杨揆因军功升授内阁侍读,而洪亮吉还在翰林院供职,入不敷出,经常受到杨揆的接济和帮助。洪亮吉也是当时著名的才子,徐世昌评曰:"平生雅嗜好游览,足迹遍吴越楚黔。游嵩华黄山,皆登绝壁题名。于经传训诂,地理沿革,靡不精研。诗有真气,亦有奇气。"② 两人之间交往的深情厚谊,《送洪大稚存之西安》其一:

---

① 杨揆:《桐华吟馆诗稿》卷六,嘉庆十二年(1807)刻本。
② 徐世昌著,傅卜棠编校:《晚晴簃诗话》,华东师范大学出版社2009年版,第779页。

一曲阳关唱未终，金环马首恨匆匆。林梢四月才新绿，陌上三年厌软红。旧馆暂辞同去燕，此身何处不飞蓬。剧怜送别多风雨，帘外浓阴似梦中。①

两人感情交相甚笃，洪亮吉《北江诗话》评价杨揆诗云："如沧溟泛舟，忽得奇宝。"②可见其倾倒之情。二人十年知己，同甘共苦，在《杨蓉裳先生自订年谱》中曾有："韦友山、洪稚存先后遣戍出关，二弟赠之衣裘，余至河桥送之。"③洪亮吉因批评朝政被发配伊犁，远赴边塞，杨揆千里送行可见感情之深，患难之情尤显其坚，如《送洪大稚存之西安》其二云：

憔悴天涯每自怜，春明门外草如烟。暗中枉负曹刘目，名下空随庾鲍肩。星号参商宁易见，雨分新旧盼重联。隙驹回首真难恃，我已交君近十年。④

通过上述七言律诗的分析，以平淡的言语表达着深切的关怀，体会到曹溶所说"山河不足重，重在遇知己"（《壮士行》）的重要价值。在杨芳灿所珍藏的师友往来书札合集《芙蓉山馆师友尺牍》当中，详细描述了杨揆和洪亮吉的密切往来。陇右诗人吴镇，他是杨揆在甘肃交往甚密的良师益友，杨揆在出征卫藏的时候，友人吴镇也写下用情至深的送别诗，《送杨荔裳中书（揆）从军》其一：

峨峨雪岭与天齐，缩猰毛胶万马嘶。多少诗家谈览胜，几人曾到

---

① 杨揆：《桐华吟馆诗稿》卷一，嘉庆十二年（1807）刻本。
② 洪亮吉：《北江诗话》，人民文学出版社1985年版，第5页。
③ 余一鳌：《蓉裳先生自订年谱》，北京图书馆珍藏年谱丛刊第120册，北京图书馆出版社1999年版。
④ 杨揆：《桐华吟馆诗稿》卷一，嘉庆十二年（1807）刻本。

大荒西。①

吴镇对杨揆寄予厚望，希望他能在边塞有所作为，全诗洋溢着吴镇对杨揆的欣赏和崇拜。君子之交淡如水，用平淡的语言，体现和朋友真挚的友情，其二云："蓬婆城外月弯弯，陟屺行人望早还。原上脊令沙上雁，作书先报贺兰山。"全诗表现出吴镇对杨揆的殷殷关切和宽慰，另外两首："上公天上下奇兵，闻道先从鄯善行。日月山头星宿海，好将题咏寄邮程。"和"横海功勋并伏波，中间休息盾频磨。破羌那用风雷檄，留草金铙第一歌。"都是以表现边塞的特有意象如"雪岭""蓬婆城""日月山"等，寄托吴镇对杨揆的期许，一片赤忱之心，溢于言表。

杨揆官居陇右时期，与师友的唱和酬答之作不胜枚举，如《艺香圃小集联句》《呈黄药林夫子五十韵》等诗，都是以菊花作为歌咏对象来感怀舒愤，菊花作为花中四君子之一，象征着顽强的生命和高洁的人生品格，历来为文人骚客所赞扬，杨揆等人怀着以菊花自称的心态来欣赏和赞美菊花，如《艺香圃菊花盛开，九日秋雨初霁，小坐花下，伯兄作长句见示同作一首》："秋气本不悲，秋怀各有属。登临感客心，萧散逐余欲。胡为百年内，扰扰自拘束。得月人可双，无酒夜苦独。失喜及兹晨，千枝绽篱菊。"②和《即席看菊伯兄以秋菊有佳色为韵复成五首》其一："佳会今夕同，如坐众香国。相对各忘言，幽意花自识。种柏几时成，望梅几时得。唯有此花开，骨瘦神与逸。绕篱万金铃，千古同一色。"通过菊花与柏树、梅花的比较，突出其特色，"骨瘦神与逸"说明菊花虽然纤细，但它自己的神韵和飘逸，这又何尝不是人所羡慕的？白居易《咏菊》"耐寒唯有东篱菊，金粟初开晓更清"及苏轼《赵昌寒菊》"轻肌弱骨散幽葩，更将金蕊泛流霞"等句都赞美菊花不同于松、梅、竹的气质和品性，千百年来为人称颂的不仅是咏菊人，更是菊花本身的优秀特性。

---

① 吴镇：《松花庵全集·兰山诗草》，宣统二年（1910）刻本。
② 杨揆：《桐华吟馆诗稿》卷六，嘉庆十二年（1807）刻本。

杨揆的诗风前后期的变化较为明显，前期生活于江南之地，环境宁静，生活安逸，周游吴、皖、越、赣之地，作《滕王阁》《桐庐》《游大明湖晚归》《趵突泉》《赵北口》等诗，格调清华，所作《织锦曲》《春阴曲》《春宫曲》等诗尤显艳丽，常怀"水气欲成雨，露光犹泣花"（《晓发扬州》）一般的忧愁，时常发出"地荒秋更老，叶落鸟无家"（《秋日有怀》）的低吟，总体看来，诗歌境界狭窄，立意不高，如《春阴曲》："碧纱十二掩春信，海棠枝外翻轻风。东方风来作花意，罗幕湘帘峭寒裡。"①全诗情感低怨，像凄迷哀怨一般，难以排遣。但是后期杨揆生活在广袤的西北地区，深受西北独特的地域文化影响，诗歌风格有所改变，但更为重要的是杨揆背井离乡之后，生世飘零和仕途不顺，感情变得深沉，带有浓厚的忧郁气质，诗风进一步表现得更为幽深。吴镇曾称许"蓉裳之诗，清空而华赡；荔裳之诗，幽秀而端凝"②。特别是杨揆独有的征战卫藏、参与多次起义事件，这无疑对他来说，在扩展他的人生阅历和思想境界的同时，也在塑造其诗骨的形成。刘勰《文心雕龙·风骨》曰："《诗》总六义，风冠其首，斯乃化感之本源，志气之府气也。是以怊怅述情，必始乎风，沉吟铺辞，莫先于骨，如体之树骸，情之含风，犹形之包气。结言端直，则文骨成焉；意气骏爽，则文气风焉。"③刘勰主要讲的是风骨对于文章的重要性，但是从诗歌的角度出发，诗歌的风骨特征，就来自诗人独有的情感体验和个人经历，在《同伯兄夜怀感旧书怀一千字》《登兰州节署望河楼送嘉勇侯督师台阳》《峡石驿》《潼关门》《咸阳晓发》《山中晓行遇大雾》等诗，都使得杨揆诗中体现出陇右独特的雄丽之气。人生的沉淀和思考使得杨揆发出"我客既然非客，我归复非归"（《咸阳晓发》）的生命感慨。杨揆的《伏羌官署感怀六首呈伯兄》（其二）："可怜花竹讲堂虚，废沼颓垣半亩居。莫问故人谈易处，秋风宿草五年余。"全诗表达出杨揆深沉、内

---

① 杨揆：《桐华吟馆诗稿》卷一，嘉庆十二年（1807）刻本。
② 吴镇：《杨蓉裳、荔裳合刻诗稿序》，《松花庵全集·文稿续编》，宣统二年（1910）重刻本。
③ 刘勰：《文心雕龙》，上海古籍出版社2015年版，第181页。

敛的心境，杨揆生活陇右期间从其歌咏雄丽的陇右山水可以看出诗境的开阔和情感的提升，但就个人诗风来看，正如吴兰雪曾说："荔裳早擅风华，中年从嘉勇公出征卫藏，所历熊耳山、星宿海诸胜，意境天开，诗格与之俱变。极造幽深，发以雄丽，字外出力，纸上生芒，非摹拟从军行者所能道其一语。"①就是地域和心境的变化才使得杨揆诗歌当中形成幽深雄丽的诗歌风格，显得更为醇正。冯培在《桐华吟馆诗钞序》中说："吾观于荔裳方伯诗而益信。方伯英才挺绝，弱岁即与难兄蓉裳振藻摘华，蜚声艺苑，诸先达钜公，倒屣折节，词赋早搏人口，人但惊为才之艳发而不知其深于学以练其才，故澜翻富赡，一归醇正也。"②

综上所述，杨揆在陇右期间，生活经历丰富，不仅领略到西北苍茫的自然风景，也体会到西北地区特有的人文风情，就是这样丰富的陇右经历，对于他加深对陇右地区的认识和丰富内心的情感世界起到了很大的帮助作用。杨揆从江南水乡，从军西行，深入边塞地区，一路上的所见所感，也使得他的诗歌风格从清丽委婉到深沉内敛，特别体现在诗歌内容方面，不管是对陇右山水的描写，还是透过山水对内心的挖掘，都能深刻地感受到杨揆诗风的前后期变化，从诗歌的意象和语言上来看，前期更多带有闺怨情怀，意境不深，专工绮语，但是从陇右时期的作品来看，语义丰富、意境开阔、诗歌品格的提升都表明杨揆情感的转变。可以说西北之行在让他经历艰难困苦的同时也在成就着他，没有经历就不会有沉淀，没有沉淀诗歌就没有深刻的内涵，所以杨揆在陇右的创作及成就是其一生当中很重要的组成部分，也是后来学者关注的焦点。

第七节　洪亮吉贬谪新疆及其陇右诗歌创作

洪亮吉是清代的朴学大师，又是乾嘉文坛的巨子，诗、文、词、诗学

---

① 吴兰雪：《桐花吟馆诗钞序》，《桐华吟馆诗稿》卷首，嘉庆十二年（1807）刻本。
② 冯培：《桐花吟馆诗钞序》，《桐华吟馆诗稿》卷首，嘉庆十二年（1807）刻本。

理论均有建树,并以诗名世,其诗歌中成就最高的是其西戍边塞诗,而这些边塞诗十之七八是作于陇上的纪行诗,这些诗作放之清代乃至整个古代山水诗、边塞诗中都可称得上是一朵奇葩。

一 洪亮吉的陇上行迹及文学活动

洪亮吉(1746—1809),字君直,一字稚存,号北江,晚号更生,江苏常州府阳湖县人,郡望敦煌。他是清代的朴学大师,又是乾嘉文坛的巨子。一生著述宏富,仅传世之作就达 260 余卷,包括学术著作 30 余种,文学创作 88 卷。他以诗名世,现存诗近 5500 首,其《北江诗话》被视为"诗家之指南"①。洪亮吉又是一位骈文高手,与汪中并称为"清代骈文的两颗巨星"②。他还是一位成就杰出的词人,存词 179 首,有人认为其词的成就甚至超过了诗歌。③

嘉庆四年(1799),洪亮吉因为民请命,犯颜直谏而被戍边伊犁,这是其人生的华彩乐章,在西戍途中所作的边塞纪行诗,数量虽少,但却是其文学创作的精华所在,这二者使其青史留名。

嘉庆四年八月二十八日,洪亮吉踏上了西戍之途,其《遣戍伊犁日记》详细记述了行程。十一月二十三日从陕西郴县渡泾水至甘肃平凉白水驿,开始了其陇上之行,一路途经安定县(今定西市)、金县(今榆中县)、兰州、平番县(永登县)、凉州府(今武威市)、甘州府(今张掖市)、肃州府(今酒泉市),受到故交徐寅来、杨芳灿、杨揆、嵇承裕、陆芝田、姜开阳、秦维岱、秦维岩、秦维岫、唐以增、周熊珂、李景玉、赵敬业等地方官的盛情接待。十二月初五日晚至嘉峪关,至此方有《出嘉峪关雇长行车二辆车厢高过于屋偶题一绝》:"持灯行三更,鞭屋行万里。削雪正

---

① 王国均:《重刊北江诗话序》,陈迩冬校点《北江诗话》,人民文学出版社 1983 年版,第 110 页。
② 张仁青:《骈文学》,(台北)文史哲出版社 1984 年版,第 543 页。
③ 陈廷焯:《白雨斋词话》卷五:"洪稚存经术湛深,而诗多入魔道,词稍胜于诗。"杜维沫校点,人民文学出版社 1959 年版,第 107 页。

欲烹,一星生釜底。"腊八节洪亮吉宿于玉门县,知县姜华、典史顾光星来看望他,作有《抵玉门县诗》"万余里外寻乡郡(余家郡望敦煌),三十年前梦玉关(余弱冠时,在天井巷汪斋课甥,曾夜梦至天山。详见所著《天山客话》)。"丝毫不见被贬谪的悲伤,反而将戍边当成是回"乡郡"来圆梦。十二日至安西州,遇故人安西知州胡纪模,纪模字献嘉,浙江山阴人,乾隆五十六年(1791)任安西知州。亮吉有《安西道中》《疏勒泉》,从安西西行,行途更加艰难,"狂风飞牛羊,往往集空谷。三更寒雾重,马足植如木"。如要取暖,就只能"言依橐佗腹"(《安西至格子墩道中纪事》)了。二十五日,至哈密南山口①,作有《进南山口》《天山歌》《天山赞》《松树塘万松歌》等诗文名篇。二十八日,抵达镇西府(今巴里坤),作有《廿八日抵巴里坤》《除夕夜作》《镇西元日》等,并在寒冷凄清的异乡戍途度过了新年。正月初四日,抵达肋巴泉,作《肋巴泉夜起冒雪行》。初五至噶顺(属巴里坤),作《自白山至噶顺》。初八日至三个泉(属迪化府,今属吐鲁番),离境甘肃。十六日抵达乌鲁木齐,历经 161 天,洪亮吉于二月初十日抵达伊犁戍所。

嘉庆五年(1800)四月,京师大旱,嘉庆帝大赦狱禁,同时赦还洪亮吉。这样洪亮吉在伊犁戍所不到百日即得释还。五月初三日,洪亮吉踏上归途,五月二十九日,抵达哈密,作《道中山口取小南路往哈密》《将至七个井宿》《自哈密至苦水铺作》等。六月十三日,抵星星峡,作《十三夜三鼓抵星星峡》《月夜白马连井至大泉》《渡赤金峡》等。到嘉峪关后作《入嘉峪关》,至武威作《凉州城南与天山别放歌》。七月七日,至古浪县,作《古浪县七夕》,忆念家人。七月十二日,抵达兰州,受到故交崔景俨的热情款待。七月十七日,至车道岭(位于今榆中、定西间)。七月底抵达西安,九月初七日,洪亮吉回到常州家中,作《抵家》:"冰天雪窖归戍客,琼楼玉宇谪仙人;生还检点从前事,五十年如梦里身。"回想往事,真像做了一场梦一样。

---

① 清代置哈密厅,隶属于甘肃,至光绪十二年(1886)由甘肃改属新疆。

二　洪亮吉的陇上交游

洪亮吉为人坦荡磊落，笃于友谊，一生浪迹漂泊，上至名公巨卿，下至布衣寒士，无不与之倾心相交，粗略统计，与洪亮吉相交并有诗文酬赠的文人学士就达370多人，几乎囊括了乾嘉诗坛和学界的精英。其陇上交游，主要是戍经甘肃时，与往日旧交在陇为官者，如杨芳灿、杨揆兄弟、姜开阳等以及当地文人学士，如邢澍、秦维岳等的交往。

杨芳灿（1753—1815）字蓉裳，金匮（今江苏无锡市）人，"诗文久已推尊艺林，人争先睹为快，公（芳灿）尝自比于唐李玉溪有四同三异之分，其门生周君符云答书云：'方之义山似为过之，骈四俪六已足驾庾追徐。'斯言不诬也。公少受知南昌彭文勤公，青浦王兰泉先生一见有国士之目。后受业于袁简斋先生，一时若洪稚存、黄仲则、孙渊如、方子云诸先生号海内之能诗者，公与之唱和角胜"①。杨芳灿与亮吉相交甚早，洪亮吉尝赠诗芳灿云："十五二十不可当，羡君一门双凤凰。即看骨相已深稳，坐赏毛羽生辉光，去年前年识君再，今年看山复同载。喜君交友绝畛畦，共道狂歌越流辈。"②此诗作于乾隆三十八年，故二人相交当在乾隆三十六年。

乾隆四十二年（1777），芳灿以拔贡出任甘肃伏羌知县，时回民起义，芳灿守城有功，亮吉有诗云："丈夫事业岂偶然，颇耻仅以文章传。等身著述亦何有，我抱壮心看北斗。"③渴望能像芳灿一样在沙场上建功立业。后亮吉督学贵州，岁暮有诗怀芳灿："家山百里望堪通，君住溪西我水东。兄弟才名吴二陆，宦途阶级汉诸冯。射羌身手知还健。入蜀诗篇谁最上。我在黔中七千里，寄书应趁石尤风。"④亮吉遣戍伊犁，途经甘肃，受到

---

① 杨廷锡：《芙蓉山馆诗词文钞跋》，杨绪容、靳建明点校《杨芳灿集》附录三，人民文学出版社2014年版，第684页。
② 洪亮吉：《寄杨秀才芳灿罢仲》，刘德权点校《洪亮吉集》，中华书局2001年版，第1955页。
③ 洪亮吉：《喜杨大芳至大梁即送入都》，《卷施阁诗》卷八，《洪亮吉集》，第616页。
④ 《岁暮怀人诗·杨州守芳灿暨令弟观察揆》，《卷施阁诗》卷十五，《洪亮吉集》，第808页。

杨芳灿的款待,并馈资以助其行。亮吉赦归后,芳灿作有《喜得洪稚存入关之信书此代简》:"兰山话别各伤神,浩荡冰天逐雁臣。幸免若庐收杜众,还愁乐浪窜崔骃。孤踪判作长流客,温语旋回绝塞春。开尽桃花消尽雪,西行红柳送归人。"①亮吉归家乡居后,时有诗怀芳灿:"中正街前君念我,青泠江畔我思君。"②亮吉卒后,芳灿作有《哭洪稚存大兄五十韵》:"天涯伤永诀,往事忍重论。束发余交旧,知心几弟罤。"③

杨揆,字同叔,号荔裳,少与兄芳灿齐名,有"二难"之目。1779年,乾隆南巡召试赐举人,入仕。嘉庆二年(1797年)因军功补甘肃布政使。著有《藤花吟馆诗文集》及《卫藏纪闻》,洪亮吉《北江诗话》评杨揆诗"如沧溟泛舟,忽得奇宝"④。洪亮吉与杨揆相识甚早,有诗文往还是在洪亮吉督学贵州期间,杨揆跟随福康安率兵镇压贵州苗民起义,两次入黔,因军务繁忙均未与亮吉相见,亮吉作《杨兵备揆两至黔中皆不及见今得书知又至军营寄怀一首》,赞扬杨揆"丈夫志业真难量,一半貔貅归统辖"。洪亮吉被贬路过兰州时,杨揆时任甘肃布政使,受到杨揆的热情款待。嘉庆九年(1804年),杨揆以劳疾卒于官任,洪亮吉作《哭杨布政使揆》:"八年憔悴历行间,殉国仍怜鬓未斑。……谁料玉关分手处,君成死别我生还。"

姜开阳,字星六,湖北黄陂人,乾隆辛卯进士。洪亮吉任贵州学政时,姜开阳亦在黔为官,洪亮吉作有《十六日姜廉使开阳招同冯巡抚光熊……听绿轩赏荷即席为赋采莲词十二首并邀诸君同作》,可见二人在贵州为官时,经常即席分韵赋诗。后来,姜开阳进京为官,洪亮吉作《送姜廉使开阳入都》"同官凡几辈,接迹戍三边""相离真不忍,且尽酒千壶"。岁末,亮吉作诗怀念姜开阳:"忆自蛮乡入帝都,旧营池馆日荒芜。三层阁上帘虚掩,万里桥边水亦枯。搜箧雅知廉吏窘,持杯谁念酒人孤。何戡早逐西

---

① 杨绪容、靳建明点校:《杨芳灿集》卷七,人民文学出版社2014年版,第213页。
② 洪亮吉:《忆杨户部芳灿兼柬顾秀才翰》,《更生斋诗续集》卷六,《洪亮吉集》,第1711页。
③ 杨绪容、靳建明点校:《杨芳灿集·诗钞补》,人民文学出版社2014年版,第284页。
④ 刘德权点校:《洪亮吉集》,中华书局2001年版,第2346页。

飞雁，为问先生记得无？"（《续怀人诗十二首》）①后姜开阳任甘肃平庆兵备道时，亮吉作《自春及夏淫雨连绵仓池荷花十减六七感赋一篇……并寄姜兵备开阳甘肃》："莫更城东招小史，左官先已抵伊凉（谓姜臬使开阳，时以事左迁平庆兵备道。小史郭郎，即姜所眷者）。何时一辈重相聚，笑折花枝赋长句。"②洪亮吉西戍至兰州时，姜开阳时任甘肃按察使，接待了洪亮吉并给他置办了行装。

邢澍，字雨民，号佺山，阶州（今武都县）人，清代著名的文献学家、金石学家、藏书家、诗人。与洪亮吉同为乾隆五十五年（1790）进士。邢澍的同榜进士，唯洪亮吉与之交情深厚。二人大概相识于五十五年会试之时，但有文字记述的最早时间是在嘉庆三年十一月，洪亮吉《自吴江归取道宜兴舟次值同年邢大令澍话旧即席赋赠》说："前年西子湖，同访孤山鹤。"并自注云："戊午冬仲，在西湖把晤。"③吕培《洪北江先生年谱》曰："嘉庆三年戊午十一月至杭州，访阮抚部元、秦观察瀛，寓西湖漱石居，半月而归。"④洪亮吉谪归故里后，邢澍前去探访，亮吉有《邢大令澍松林读书图》相赠。亮吉游罢太湖，乘船沿荆溪抵宜兴，不意与邢澍相逢，喜不自胜，因作《自吴江归取道宜兴舟次值同年邢大令澍话旧即席赋赠》一诗，从著述、藏书、金石、政治诸方面对邢澍的成就给予了高度评价。称赞邢澍"吟诗不已复著书，万卷总为秦风储。精心复辑《宋会要》，俗吏百辈谁得知。迩来述作殊难说，往往著书成顷刻。惟君毕力穷经史，余事又能及金石"⑤。嘉庆初年，受白莲教影响，陇南地区爆发起义。邢澍和洪亮吉当时谈及战事，心情怆然。亮吉劝勉曰："家山忆在古陇西，近闻尚未歇鼓鼙。秦川之中血没腕，白日已有妖禽啼。怪君语及颜色惨，日月心驰到关陕。飞书走檄君了惯，杀贼持刀我尤敢。"⑥洪亮吉还作有《与邢大令澍话旧》，称赞

---

① 刘德权点校：《洪亮吉集》，中华书局2001年版，第811页。
② 刘德权点校：《洪亮吉集》，中华书局2001年版，第826页。
③ 刘德权点校：《洪亮吉集》，中华书局2001年版，第1348页。
④ 刘德权点校：《洪亮吉集》，中华书局2001年版，第2344页。
⑤ 刘德权点校：《洪亮吉集》，中华书局2001年版，第1349页。
⑥ 刘德权点校：《洪亮吉集》，中华书局2001年版，第1349页。

邢澍"著书君已有名山"。嘉庆九年（1804）正月，洪北江率长子洪饴孙应邢澍之邀游长兴龙华寺，旋乘船至县署。洪亮吉作《自宜兴渡湖至长兴邀同年邢大令澍放舟至龙华寺访巨超方丈率成一首》："十六年前同虎榜，五千里外会龙华。"邢澍亦有《宿龙华寺》一诗相答。

秦维岳，字觐东，号晓峰，兰州后五泉人，受业于狄道（今临洮）吴镇，出入经史，兼及古诗文。乾隆五十五年（1790）考中庚戌科进士，两任湖北盐法道，并署布政使、按察使。嘉庆二十四年（1819），因母病逝回兰守制，再未出仕，一直兴学从教，创建兰州府立五泉书院，被聘为兰山、五泉两书院山长，续修皋兰县志。秦维岳晚年隐居兰州后五泉，其诗集《听雨山房诗钞》，收诗二百九十三首。洪亮吉《北江诗话》称秦维岳："壮岁悼亡，即不置姬侍，虽官盐筴，自奉一如诸生。诗不多作，蹊径迥殊，语语超脱，五言如《泊舟江岸》云：'江渚鱼争钓，衡阳雁正回'；七言如《黄冈即事》：'新茶雀舌关心久，旧牍蝇头信手钞。'他若《勘灾展赈》诸作，则又仁人之言，语语自肺腑流出者矣。"①秦维岳与洪亮吉、邢澍为同榜进士，常常谈经问学，互相砥砺，友情甚笃。但洪亮吉诗集中仅有《寄同年秦观察维岳武昌》一首诗是写给秦维岳的："故人住近青鸾岭，远宦今登黄鹤楼。阁上轸星联斗极，门前汉水入江流。东华旧事心犹忆，西海孤臣泪未收。谁识塞鸿生计切，年年都为稻粱谋。"②

三 洪亮吉的陇右纪行诗

洪亮吉被贬出塞，"万里荷戈"诚然是其人生之大不幸，但西域之奇异景观、壮丽风光却为他提供了新鲜而丰富的诗料，拓展和提升了其诗歌境界，终使其名垂诗史，又是诗家之大幸，正如赵翼所评，"人间第一最奇景，必待第一奇才领""出塞始知天地大，题诗多创古今无"③。

---

① 洪亮吉：《北江诗话》卷六，刘德权点校《洪亮吉集》，中华书局2001年版，第2309页。
② 刘德权点校：《洪亮吉集》，中华书局2001年版，第1816页。
③ 赵翼：《题稚存万里荷戈集》，《瓯北集》卷四十二，上海古籍出版社1997年版，第1044页。

洪亮吉的诗歌创作取材非常广泛，举凡诗人的喜悦、悲伤和忧愁、友朋宴饮的欢乐、大自然的景观以及对世情的体悟，等等，无不阑入诗中。他的诗歌创作从取材倾向及创作风格而言，总体上可以分为四个阶段。登第前的诗歌更多的是关注个人的生命状态，重视自我情感的抒写，表现内容多停留在抒发凌云壮志、人生憧憬以及科场失意上，即使是描摹山水时亦带有一种莫可名状的感伤，情调凄婉，风格清峭新警，郁勃不平之奇气常蕴涵于其中。入仕以后的诗歌多吟花弄月、酬赠唱和之作，风格温婉，诗歌多用律体。直至被贬出塞，忠而被遣，郁勃怒张之气被激发，所为边塞诗奇肆磅礴，达到其诗歌创作的巅峰，正如张维屏《听松庐诗话》所云："先生未达以前名山胜游诗，多奇警。及登上第，持使节，所为诗转逊前。至万里荷戈，身历奇险，又复奇气喷溢。信乎山川能助人也。"① 洪亮吉西戍后所作的边塞诗大多为模山范水的纪行诗，富于想象，工于白描，像一幅幅色泽明丽的山水画，很少流露作者的情感。正如亮吉自己所言，他素以诗酒为性命，"至保定，甫知有廷寄予伊犁将军，有'不许作诗，不许饮酒'之谕。是以自国门及嘉峪关，凡四匝月，不敢涉笔。及出关后，独行千里，不见一人，经天山，涉瀚海，闻见恢奇，为平生所未有，遂偶一举笔，然要皆描摹山水，决不敢及余事也！"② 然而，当他出关以后，不禁为塞外的风光所倾倒，再也顾不得朝廷的禁令，于是逸兴遄飞，诗情大发。《出关作》写道："半生踪迹未曾闲，五岳游完鬓乍斑。却出长城万余里，东西南北尽天山。"③ "万古飞难尽，天山雪与沙。怪风生窟穴，战地绝蓬麻。"（《安西道中》）《早发四十里井寒甚路人有堕指者》又写道："极天惟有雪，万古不开山。只觉云生灭，从无鸟往还。路人伤堕指，迁客屡摧颜。倘有攀跻处，思排虎豹关。"④ 两首诗皆以极简练的语言，写尽大漠的荒寒寥廓，毫无生命的亮色。诗人已年过半百，在如此恶劣的

---

① 钱仲联主编：《清诗纪事》（九），江苏古籍出版社 1989 年版，第 6789 页。
② 《天山客话》附《出塞纪闻》，《洪北江先生遗集》，光绪三年（1877）授经堂家藏本。
③ 刘德权点校：《洪亮吉集》，中华书局 2001 年版，第 1200 页。
④ 刘德权点校：《洪亮吉集》，中华书局 2001 年版，第 1208 页。

生存环境下,已预感到必将终老于塞外,"齿发能旋里,应知亦主恩"(《菩萨沟道中》),并做好了埋骨于关外的心理准备,他已看破生死,并将之置之度外,这样他的心灵反而得到了解脱,当他踏足塞外,看到高峻神秀的天山时,被贬谪的怨气和生死未卜的感伤全被抛到了九霄云外,他不禁神采飞扬,纵情高歌:

> 地脉至此断,天山已包天。日月何处栖,总挂松树巅。穷冬棱棱朔风裂,雪复包山没山骨。峰形积古谁得窥,上有鸿蒙万年雪。天山之石绿如玉,雪与石光皆染绿。半空石堕冰忽开,对面居然落飞瀑。青松岗头鼠陆梁,一一竟欲餐天光。沿岭弱雉飞不起,经月饱啖松花香。人行山口雪没踪,山腹久已藏春风。始知灵境迥然异,气候顿与三霄通。我谓长城不须筑,此险天教限沙漠。山南山北尔许长,瀚海黄河兹起伏。他时逐客倘得还,置冢亦傍祁连山。控弦纵逊骠骑霍,投笔或似扶风班。别家近已忘年载,日出沧溟倘家在。连峰偶一望东南,云气濛濛生腹背。九州我昔历险夷,五岳顶上都标题。南条北条等闲耳,太乙太室输此奇。君不见,奇钟塞外云奚取,风力吹人猛飞举。一峰缺处补一云,人欲出山云不许。(《天山歌》)①

全诗构思奇特,跳跃跌宕,以瑰丽的彩笔描绘了巍巍天山雄伟奇特的自然景色:天山之大,大到包天包地;天山之高,高到日月在这里栖息;天山之奇,奇在朔风凛冽,银妆素裹;天山之妙,妙在石绿如玉,雪映青碧。诗人以石破天惊之语开篇,传神地表现了天山奇异的美、洪荒的美,似大笔泼墨般给人一种强烈的宏观印象。接下来作者又用工笔画般的精细描摹,细致地描绘了天山的另一番风景:人在山口行走,茫茫风雪顷刻就掩盖了踪迹。然而,切莫以为天山只有万年不化的积雪,当你走入山谷深处,就仿佛置身于灵境仙界:暖流宜人,如沐春风,看那石堕冰开之处,喧嚣的

---

① 刘德权点校:《洪亮吉集》,中华书局 2001 年版,第 1202 页。

飞瀑飞奔而出；那枝头跳跃着的松鼠，似乎竟要捕食日月；那用松花香子喂饱的雪鸡，在林中扑闪着娇嫩的翅膀，却怎么也飞不起来。它们栖息在这天山深处，多么宁静恬淡，悠然自得！于是诗人不禁想象这得天独厚的灵境绝非寻常之地，大约是和天上的仙界相通的。接下来诗歌连续转韵，由雄山胜景的描写转为抒怀言志。诗人置身于天山间，眺望着雄伟壮观、绵延无际的崇山峻岭，思绪猛然跳荡开去，驶向邈远的历史时空：中华大地有这样的天然屏障，何须修筑长城？它挡住了塞外的莽莽黄沙，将消融的冰雪渗入瀚海，潜出为黄河，滚滚东流而去。他由长城联想到开边破敌的霍去病，投笔从戎的班超，置冢像祁连山的阿史那社尔等古代名将，并将自己与他们联系起来，曲折地表达了对先贤的追慕，并以他们来勉励自己，鼓起生活的勇气。诗的末章由历史回到现实，诗人站在天山顶上眺望东南，那濛濛的云气却阻隔了思乡之情。但是，此时诗人胸中升起的感情却不是空虚和惆怅，而是对边疆雄山的由衷赞美，她冠绝群山，压倒五岳，最后突出了"奇钟塞外"的主旨，诗歌的结尾"一峰缺处补一云，人欲出山云不许"，诗人置身在层峦叠嶂的天山山谷中，那多情的云霭似乎还要恋恋不舍地留住诗人，写景拟人化，以无生命之云的依恋，反写诗人对天山的热爱和留恋。《天山歌》堪称洪亮吉边塞诗之冠冕。

行经天山南麓，洪亮吉见"一路老柳如门，飞桥无数，青松万树，碧涧千层，云影日辉，助其奇丽，忘其为塞外矣"。（《遣戍伊犁日记》）写下了《进南山口》一诗：

  一峰西来塞官路，峰头一峰复回互。人疲马懒亦少休，云外飞桥落无数。山坳路古盘如线，却向林梢瞰遥甸。一片伊吾晓日华，黄金世界空中现。①

开头两句模仿孟郊的笔法，以拟人化的手法，用一个"塞"字形象地

---

① 刘德权点校：《洪亮吉集》，中华书局 2001 年版，第 1202 页。

刻画出南山之巍峨高大，突兀惊险，然而，山外更有山，峰顶还有峰，第二句更突出南山之险峻。在崇山峻岭中行走，人马俱已疲惫，在休息的时候，诗人纵目远眺：无数彩虹般的飞桥在云外飘荡着，山间的小径像一条线一样弯弯曲曲地通向林梢以外的远方，顺着林梢望去，晓日的光华撒遍了伊犁，将她装扮成一个黄金世界，置身在这样一个美妙的世界，难怪诗人会"忘其为塞外矣"。

"过岭，则风色顿殊，雪飘如掌，阑干千尺，直下难停。岭头一外委率十余兵助挽始下。至晚，雪乃盈丈。"① 亮吉作有《下天山口大雪》：

> 危峰去天高无际，过岭风声水声异。鞭梢拂处险接天，峰势吹人欲离地。千峰万峰迷所向，意外公然欲相抗。云头直下马亦惊，白玉阑干八千丈。②

诗句写得惊险、夸张、英气勃发。诗人在险峻入云的高峰上策马下山，鞭梢过处仿佛要拂着天际，狂风吹得人几乎要腾空而起。风雪交加，山路迷离，山峰好像也迷失了方向，峰势交错回互，似在相互抗衡。一朵白云飘飘直下，落在了马头，把马吓得惊奔起来，从白玉般的八千丈冰柱丛中疾驰而下。过了天山，就到了西域胜地松树塘，此地险峻峭拔，松涛起伏，亮吉诗兴勃发，写下了《松树塘万松歌》：

> 千峰万峰同一峰，峰尽削立无蒙茸。千松万松同一松，干悉直上无回容。一峰云青一峰白，青尚笼烟白凝雪。一松梢红一松墨，墨欲成霖赤迎日。无峰无松松必奇，无松无云云必飞。峰势南北松东西，松影向背云高低。有时一峰承一屋，屋下一松仍覆谷。天光云光四时绿，风声泉声一隅足。我疑黄河瀚海地脉通，何以戈壁千里非青葱。不尔

---

① 《遣戍伊犁日记》，《洪北江先生遗集》，光绪三年（1877）授经堂家藏本。
② 刘德权点校：《洪亮吉集》，中华书局2001年版，第1202页。

地脉贡润合作天山松，松干怪底一一直透星辰宫。好奇狂客忽至此，大笑一呼忘九死。看峰前行马蹄驶，欲到青松尽头止。①

　　诗歌前八句写松树塘万松，采用了万松与万峰相映衬的构思，即以"万峰"之形态衬托"万松"之形态，又以"万峰"之色彩映衬"万松"之色彩，天山的"千峰万峰"是背景，松树塘的"千松万松"则是前景主体，诗人运用广角镜头，多侧面地捕捉松树的形、影、光、色，非但句式构造特殊，还交错运用了顶真、当句对、隔句对、流水对等不同的修辞和对仗手法，拍摄出松的千姿百态：天山的峰峦壁立如削，山脚的松树亦笔直入云，在群峰的陪衬之下，"直上"之松林更添凌云之气。诗在描写了万松之形态后。又改为从色彩的角度描写：群峰或青或白，笼烟凝雪，松林则或红或黑，青白红黑四种颜色交相辉映，构成一个瑰丽夺目的色彩世界。接下来诗人又把松之意象与云、峰之意象交叉联系起来，具体描绘松之"奇"，主客配合，奇正相生。"松树塘万松"从总体上看，则是"天光云光四时绿"，使塞外戈壁显得生机盎然，天山之一角又飘荡着"风声泉声"，真是有声有色，奇丽壮观！诗的前十六句写景，最后八句则抒写了诗人的审美感受与喜悦。诗人展开想象的羽翼，从正反两方面生发奇想：他先是怀疑"瀚海"与黄河是否相通，不然何以戈壁千里不见青翠之色？转而一想，他又认为地下水流也是相通的，因为它浸润着戈壁大漠，才滋养出天山万松，不然松干怎么能直插云霄呢？因此，当诗人经过此地，意外地见到了如此奇境而极大地满足了他好奇的审美心理，他不禁忘掉了被贬的痛楚和前途未卜的隐忧而纵情地大笑狂呼，诗人的奇气与豪情都激发了出来，他驾马疾驰于松树塘道上，意欲饱览这松树、云、石，直到尽头，从中亦可看出诗人已鼓起生活的勇气。全诗似一幅有声有色、空灵剔透的水墨写意画，诗句跌宕腾挪，气势峥嵘飞动，诗情澎湃激昂，想象恢奇绝伦，境界阔大壮丽，堪称边塞佳制。

---

① 刘德权点校：《洪亮吉集》，中华书局 2001 年版，第 1203 页。

跨过松树塘，诗人来到了巴里坤，写下《廿八日抵巴里坤》：

> 南山高瞰城，下复裂深谷。巉岩千丈堞，排齿入山腹。晴天飞雪霰，即已没车轴。阴寒中人深，肩背苦瑟缩。千年留战地，往往鬼夜哭。年残风益暴，客至裹重幄。灯火集一城，宵惊烛光绿。①

塞外的景色不总是那么宜人，巴里坤虽为镇西府所在地，实为群山包围着的一座深谷，人烟稀少，加之隆冬奇寒，万物萧条，诗人客居度岁，触目凄清，百感交集，于是写下了这首诗。全诗画面黯淡，以冷色调为主，所选择的意象又极衰败萧瑟、鬼气森森，深得李贺及竟陵怪杰钟惺诗之三昧，阴暗怪诞，更烘托出诗人的愁苦心境。全诗因景置韵，韵皆用仄声，恰好表达诗人婉转凄凉的情思。洪亮吉以负罪之身西戍，期限严苛，加之当时交通极为不便，在风雪天赶路，诗人历经艰辛和波折。

嘉庆五年（1800）正月初三日，洪亮吉冒雪启程，"已刻行七十里抵达苏吉，未至半里，车夫不知何往，马惊，车覆，压客几死。半时许，逢人救乃苏"②。有《覆车行》纪事：

> 风漫天，雪逼夜。匹马只轮，驰至山下。惊沙扑面马忽奔，削径倒下先摧轮。车厢压马马压人，马足只向人头伸。身经窜逐死非柱，只惜同行仆无妄。惊魂乍定忽自疑，奔车之上无伯夷。③

全诗前半部分突出了塞外恶劣的气候，后半部分写得尤为诙谐，将生死悬于一线的情形写得趣味横生，足见诗人早已看淡生死。经过苏吉便到了肋巴泉，诗人又写下《肋巴泉夜起冒雪行》：

---

① 刘德权点校：《洪亮吉集》，中华书局2001年版，第1204页。
② 《遣戍伊犁日记》，《洪北江先生遗集》，光绪三年（1877）授经堂家藏本。
③ 刘德权点校：《洪亮吉集》，中华书局2001年版，第1205页。

北风排南山，山足亦微动。寒光亘千尺，壁立雪若衔。车厢沁肌骨，清绝无一梦。更残欣出穴，飞白压衣重。百里仅数家，山房叠成瓮。相将依囊火，浆浊感分送。人气亦少苏，无如马蹄冻。①

　　前两句极写风之大，仿佛要掀动山脚；天寒地冻，飘荡着的雪花仿佛也要被冻结。在这样的风雪之夜行走，车厢里的人自然寒冷沁骨，以至于梦也不肯前来慰藉一下可怜的诗人，辗转反侧，难以成寐，诗人信步走在雪地里，大片的雪花落在身上，显得格外沉重，仿佛落在了诗人心头。塞外地广人稀，走了百里路，却只有数家灯火，山房栉比，像一个个叠起来的大瓮一般。诗人上前叩门，得到了居民的热情接待，让他们烤火取暖，并为他们分送热汤，这时候人气才得到复苏，不像马蹄那样冰冷了，末句趣甚，非襟怀旷达者，不能作此语。

　　次日行至大石头汛，"山甚险，且积雪没路，至日落甫到"（《遣戍伊犁日记》），又作有《发大石头汛》："天山界画分半空，白雪自白云光红。马蹄斜上雪飞尽，衣袂飘入云当中。连峰中断邮亭坏，此是奇台镇西界。平沙日午卷北风，数点牛羊落天外。"②诗歌描写了连绵的天山雪峰一白接天，晓行时东方天际红霞初露，诗人策马上山，马蹄上飞溅起洁白的雪沫，衣袂飘荡在云中。正当日午，大风卷起平沙，远处星星点点的牛羊仿佛坠落天际，多么美妙的一幅画卷呀！至晚，行经重镇木垒，又写下《夜抵木垒河》："到得山村夜已迷，窗棂全不辨东西。狼驯似马凭鞭策，鹊大于鸡共树栖。穴鼠岸然欺客睡，野猿时复杂儿啼。峰峰塞路谁能究，只觉檐前北斗低。"③诗人随笔点染，却句句惊人，写出塞外独有的景象：狼驯服得像马一样任人鞭策，乌鹊比鸡还大，二者共栖一树；穴鼠浑不怕人，当人熟睡时就出来搅扰，远处野猿的叫声和婴儿的啼哭声混杂在一起；绵延不断的山峰阻断了道路，北斗七星低垂于檐际，这种景象恐怕只有塞

---

① 刘德权点校：《洪亮吉集》，中华书局2001年版，第1205页。
② 刘德权点校：《洪亮吉集》，中华书局2001年版，第1206页。
③ 刘德权点校：《洪亮吉集》，中华书局2001年版，第1208页。

外才能看得到。

经过一百六十一天的长途跋涉，洪亮吉于"嘉庆五年二月十日抵戍所，至四月三日即有特旨释还，统计居惠远城仅及百日"，这是诗人所没有预料到的，"出关无别念，止有首丘愿。何期圣人恩，特赦返乡县"（《庚申又四月廿七日特奉恩命释回感事纪恩四首》）。在赦归途中，诗人归心似箭，无心观赏沿途的风景，故写诗不多，也没有西戍途中诗作那么奇肆瑰丽，聊举数例，以窥一斑。行经哈密，写下了《道白山口取小南路往哈密》：

> 一山倾欹一山断，婉转前行入螺旋。山头云气复四飞，人行忽如虱缀衣。行完百里无一家，荒寂并乏栖林鸦。黄羊上岭客登树，相望遥遥彻天曙。（是夕人马依高树下宿。）①

诗人归心似箭，取道捷径，盘旋行走于崎岖的山路上，仿佛虱虱爬行于衣服上，比喻奇特。荒山野岭行走了百余里，不见一户人家，静寂的山林连乌鸦也不来栖息，只有数只黄羊和行客一样登树休息，遥遥相望等待着东方日出。天亮之后，当诗人行至白山之东时，遇到了飓风，作有《道中遇大风避入山穴半晌乃定》："白山之东绝瓦橡，间有土房人亦寡。云光裹地亦裹天，风力飞人复飞马。马惊人哭拚作泥，吹至天半仍分飞。一更风颓樵者唤，人落山头马山半。"②多么惊险的一幕，似为夸张，实为实写。

洪亮吉戍边虽仅百日，但却历经艰险，还差点葬身塞外，然而他对这片广袤神奇的土地却产生了深厚的感情，当他入关行经武威时，禁不住写下了最后一首西戍诗《凉州城南与天山别放歌》：

> 去亦一万里，来亦一万里。石交止有祁连山，相送遥遥不能已。

---

① 刘德权点校：《洪亮吉集》，中华书局2001年版，第1233页。
② 刘德权点校：《洪亮吉集》，中华书局2001年版，第1234页。

> 昨年荷戈来，行自天山头。天山送我出关去，直至瀚海道尽黄河流。今年赐赦回，发自天山尾。天山送我复入关，却驻姑臧城南白云里。天山之长亦如天，日月出没相回环。朝依山行暮山宿，万里不越山之弯。松明照彻伊吾左，隆冬远藉天山火。安西雨汗挥不停，酷暑复赖天山冰。天山天山与我夙有因，怪底昔昔飞梦曾相亲。但不知千松万松谁一树，是我当时置身处。兹来天山楼，欲与天山别。天山黯黯色亦愁，六月犹飞古时雪。古时雪著今杨柳，雪色迷人滞酒杯。明朝北山之北望南山，我欲客梦飞去仍飞还。①

此诗可以看作洪亮吉西戍诗的压卷之作，出塞路过此地时的心情是忧伤的、沉重的，而此刻的心情则是愉悦的、轻松的，全诗通篇采用拟人化的手法，将留恋之情抒写得淋漓尽致。都说磐石无情，而天山却是有情的，绵延千里的祁连山（匈奴人称"天"为"祁连"，故把祁连山呼为天山）仿佛不忍诗人离开，她绵延千里，一送再送，一路跟随着诗人，以山写人，留恋之情，溢于言表。去年天山送我出关，直到"瀚海道尽黄河流"，如今我脱罪回籍，天山复送我入关，都说"西出阳关无故人"，而我却在戍途中结交了这样一位不离不弃的友人——天山。而这一回，天山驻足于武威城南，在云山雾海中目送我离去。天山的襟怀如天一样广阔无边，日月都在山脊上回环出没，在戍途中，我清晨出发，依山而行，傍晚休息，依山而宿，万里行程，我总在天山的"臂弯"中，她像慈祥的母亲一样给予我无微不至的关怀：在严寒中，她送我柴火取暖；在酷暑中，她又送我冰凉清澈的雪水，天山如此厚待我，诗人禁不住要发问，是不是天山与自己有无法割舍的因缘呢？诗人想起了早年的一个梦，《天山客话》记载：

> 余年二十外，在天井巷汪氏斋课甥……就楼西观我斋读书，倦极隐几，忽梦身轻如翼，从窗隙中飞出，吹入西北……见一大山，高出

---

① 刘德权点校：《洪亮吉集》，中华书局2001年版，第1239页。

天半，万松棱棱，直与天接，下瞰沙海无际，觉一翼之身，吹贴松顶，乃醒。今岁腊月二十六日，从哈密往巴里坤，道出南山口，所见山及松皆前梦中景也。益信事皆前定，此行已兆在三十年前矣。①

因此，诗人得出结论"天山天山与我夙有因，怪底昔昔飞梦曾相亲"。此时就要与天山离别了，天山的色彩也因之而黯淡，在天空中飞洒着鸿蒙之雪，以景写情，以山写人，写尽诗人的留恋之情。最后，诗人高呼"明朝北山之北望南山，我欲客梦飞去仍飞还"，这种对西域山河近乎痴迷的感情，正是因为诗人与天山有着不解的情缘，未及登临，已梦里神游，如今告别天山，更是恋恋不舍，以致黯然神伤，可谓情满天山，心系天山。此诗是诗人对天山热情的礼赞，也是诗人对自己西域之行的热情讴歌。

洪亮吉的边塞诗，以描摹塞外风光为主，也有一些描写陇上民生物产、风土民情的诗作。如《自三堡至头堡一路见刈麦者不绝多回部所种，土人呼回部为缠头》：

  三堡至头堡，亩亩麦新刈。咸携薄笨车，往返数难记。伊吾节候晚，已及三夏季。缠头何辛勤，风雨所不避。全家挈框槛，儿女在旁戏。一岁只一收，仓箱已云备。穷荒无天时，只复收地利。今看戈壁外，沃壤庶无弃。尚书膺大任，本裕经国计。秦陇多流民，移来就边地（邪教近又滋扰秦陇一代，并突至静宁、安定间）。②

诗歌反映了回部人民不避风雨、辛勤劳作的场景。塞外的节候比内地要晚得多，故而至季夏才苅麦，不过，土壤肥沃，每年只种一茬，即可仓廪丰足。在诗的末尾，诗人还肯定了陕甘总督长麟的政绩，赞美他富有经国之计，还建议他把陕甘地区的众多流民迁徙至新疆，一方面可以使他们

---

① 《天山客话》，《洪北江先生遗集》，光绪三年（1877）授经堂家藏本。
② 刘德权点校：《洪亮吉集》，中华书局2001年版，第1236页。

有所养，防止他们追随白莲教滋事，另一方面也有利于开发边疆，可见，诗人即使是在戍途，亦关心国计民生。还有《四十里井汎》也描写了边地居民的生活："四十里井间，只有十家住。十家汲井过，并向麦畦注。麦肥如野菽，饱食耐征戍。耕余了无事，间或插桑苎。遂令半里间，夹屋无杂树。"①当时边地的水利还很落后，需要汲井来灌溉麦田。还有一些游牧民族依靠放牧和打猎为生，如《鹰攫羝行》写道："一山巉岩忽裂口，千羊万羊出其窦。羊群居前牛在后，鹰忽飞来攫羝走。羊群哀鸣牛亦吼，北巷南村集群狗，鹰攫羝飞势偏陡。云中健儿弓已拓，一箭穿云觉云薄。羊毛洒空鹰爪缩，半天红云尚凝镞。"②生动地描绘了一幅少数民族牧羊射猎图，以射鹰护羊的惊险场面展示了边疆牧民能牧善射的高超技艺，字里行间倾注着敬佩之情。

洪亮吉的陇上纪行诗大多为边塞山水诗，尽管数量不多，但却是其诗歌的精华部分，《北江诗话》卷一云："余自伊犁蒙恩赦回，以出关、入关所作，编为《荷戈》《赐还》二集，海内交旧作诗题集后者，不下百首。"③也正是其边塞山水诗使他饮誉清代诗坛，朱则杰称他是清代西北边塞诗中成就最高者④，潘瑛、高岑的《国朝诗萃二集》甚至说他的"塞外诸诗，奇情异景，穷而益工。其雄健遒宕，在《秋笳集》之上"⑤。

---

① 刘德权点校：《洪亮吉集》，中华书局 2001 年版，第 1232 页。
② 刘德权点校：《洪亮吉集》，中华书局 2001 年版，第 1207 页。
③ 刘德权点校：《洪亮吉集》，中华书局 2001 年版，第 2250 页。
④ 朱则杰：《清诗史》，江苏古籍出版社 2000 年版，第 298 页。
⑤ 钱仲联主编：《清诗纪事》，江苏古籍出版社 1987 年版，第 6787 页。

第四章　晚清旅陇诗人及其陇右诗歌创作

第一节　晚清旅陇诗人略论

晚清时期，朝政腐败，外敌入侵，自鸦片战争之后，中国即逐步沦为半殖民地半封建的社会，国民生产濒临崩溃，内忧外患，民不聊生，清朝统治岌岌可危。许多仁人志士为了国家和民族的命运，坚决抵抗外敌入侵，也不断向朝廷建议，希望能够刷新吏治，革除弊政，改革内政外交，学习西方的先进科学技术，富国强兵，摆脱落后挨打的屈辱局面。但是由于满清政府的腐败和守旧势力的阻挠，许多爱国志士遭到了政治打击，他们中的许多人曾被贬官新疆，如著名民族英雄林则徐、邓廷桢在鸦片战争中被流放新疆，曾行经陇右。他们被赦之后，又先后担任甘肃布政使、陕甘总督等职，在陇右励精图治，政绩斐然。

邓廷桢（1776—1846），字维周，又字嶰筠，晚号妙吉祥室老人，又号刚木老人。江苏江宁（今南京）人，祖籍福建沙县。嘉庆六年（1801）进士，选庶吉士，授翰林编修，历任宁波、延安、榆林、西安知府、陕西按察使、安徽巡抚、两广总督等。在任两广总督期间，邓廷桢目睹鸦片荼毒国人的身体和意志，也曾积极禁烟。道光十九年（1839），林则徐以钦差大臣赴广州禁烟，邓廷桢与他一见如故，不仅通力合作进行虎门销烟，而且经常诗词酬答，抒发抗敌爱国之情。鸦片战争之后，道光帝听信谗言，将林则徐、邓廷桢同时夺职，遣戍伊犁。道光二十三年（1843）闰七月，邓廷桢才被召回，赏三品顶戴，任甘肃布政使，道光二十五年（1845）调任陕西巡抚,署理陕甘总督。在他病危之时,向朝廷推荐林则徐代他继任陕甘总督。著有《双砚斋诗集》《双砚斋词集》。

邓廷桢遣戍新疆,曾行经陇右,后来在甘肃居官多年,陇上诗词颇多,大多表现忧国忧民的爱国感情。如《行次定远驿,先呈至堂子方迪甫三君二首》云:"老当益壮纶音重,但有驰驱答圣恩","每怀富弼空回首,却喜洪崖又拍肩"①。邓廷桢对边地的荒凉和戍途的艰难也有深切的感受,如《宿安西州》:"曼胡缨短野风低,策马城阴草树齐。月魄西生客东去,一时相伴到安西。"②还有《和钱心壶给谏生春诗十二首用元微之韵(乙巳)》云:"何处生春早,春生洮陇中。嶙垠开大壑,鸟鼠拂和风。石峡烟初活,冰桥冻欲融。五泉欣在望,拟上翠云丛。"③也对陇右的名胜古迹表现了挚爱的感情。邓廷桢的陇右诗歌感激浩荡,苍凉雄健,在其集中独具特色。如"九州地到流沙尽,两戒山连大漠寒"(《甘州》)④、"关陇回环路几千,凉云如梦雨如烟"(《行次定远驿,先呈至堂子方迪甫三君二首》)等。徐世昌曾说:"嶰筠自词曹出守,声绩甚著,……迁督两广,正值禁烟之役,与林文忠共事,……及同戍伊犁日,以诗词相酬答,冰霜辛苦之音,楼宇高寒之旨,缠绵悱恻,变雅之遗。……其诗于藻丽丰缛之中,存简质清刚之制,论其品第,亦与云左楼相伯仲也。"⑤

晚清著名的外交家、维新变法志士张荫桓也曾流放新疆,还有著名诗人裴景福、钱江、朱锟、袁洁、金德荣等也曾因各种原因被流放新疆,行经陇右。他们在陇右、新疆期间,并没有因为贬谪而灰心丧气,依然念念不忘国事,关心国家和民族的命运,为新疆、陇右地区的政治、经济、文化等做出过卓越的贡献。

张荫桓(1837—1900),字樵野,广东南海县人。幼聪颖,"博究书传,

---

① 邓廷桢:《双砚斋诗钞》卷十六,清末刻本。
② 邓廷桢:《双砚斋诗钞》卷十六,清末刻本。
③ 邓廷桢:《双砚斋诗钞》卷十六,清末刻本。
④ 邓廷桢:《双砚斋诗钞》卷十六,清末刻本。
⑤ 徐世昌著,傅卜棠编校:《晚晴簃诗话》卷一百十六,华东师范大学出版社2009年版,第835页。

锲意于学，无所不窥"①，然科考不顺，曾入山东巡抚阎敬铭、丁宝桢幕，颇受器重，历任山东盐运使、安徽徽宁池太广道、户部侍郎、总理衙门大臣、驻美国、西班牙、秘鲁大臣，主张维新变法。戊戌变法失败后，张荫桓被革去职务，流放新疆。光绪二十六年（1900）庚子之乱后，张荫桓被处决于新疆戍所。著有《三洲日记》《铁画楼诗文集》。徐世昌曾说："樵野起自幕僚，以县令至监司，见知阎文介、丁文诚，出膺使节，洊贰司农，两入译署，戊戌获谴戍新疆，庚子秋遽罹重辟，朝局方炽，有识哀之。虽不以科目进，而折节读书，洽习掌故，文辞訦丽……荷戈一集，世多称之。"② 李岳瑞《春冰室野乘》云："樵野司农，起家簿尉，中年始折节为学，淹通掌故，余事为诗，亦复清苍深重，接武少陵、眉山。侍郎戊戌八月牵连获皋落职，遣戍，庚子拳祸初起，朝事纷纭之际，闻端刚矫命见法，玉门不能生入，吁！可悲矣。"③

张荫桓遣戍新疆之时，曾行经陇右，在陇右创作诗文多首，歌咏陇右风物，表现爱国豪情，在其集中也颇有特色。如《白水驿》云："古驿千山里，寒芜夕照中。墙低狼伺㹞，天阔鸟忘弓。土炕烧烟赭，神丛画壁红。比邻惟戍卒，长夜鼓匆匆。"④ 陇右地区之荒凉苦寒，戍途的艰难困苦，流露出作者忠而被冤的悲凉心境。还有《度乌稍岭寄督部陶公并怀拙存征士》《十一月廿五日渡船桥循黄河涯至俞家井驿》等诗也描写了作者戍途的所见所闻和对西北战事的关心，表现了作者的爱国之情。后一首云："五泉楼阁掩寒扉，计日冰桥接翠微。古戍罢传青海箭，浊河不浣若牢衣。百年恨水仍凄咽，四面穷山伏恶机。从古河西征战地，萧萧边草马犹肥。"⑤ 其《自咸阳抵皋兰境初见玻璃窗》也对陇右风物进行了饶有兴致的记述，诗云：

---

① 张祖廉：《户部侍郎张公神道碑铭》，钱仪吉等《清代碑传全集》，上海古籍出版社1987年版，第1296页。
② 徐世昌著，傅卜棠编校：《晚晴簃诗话》卷一百七十九，华东师范大学出版社2009年版，第1289页。
③ 李岳瑞：《春冰室野乘》（卷中），台湾文海出版社1967年版，第259页。
④ 张荫桓：《铁画楼诗续钞》（上），清代诗文集汇编第733册，第858页。
⑤ 张荫桓：《铁画楼诗续钞》（上），清代诗文集汇编第733册，第860页。

"抟沙炼液作玻璃,物产休惊岛国奇。陇右控边宜地学,博山从古有成规。漫教互市专西贾,只在探源质卙师。驿路崎岖江海远,光明慧业重相期。"①陇右虽为偏僻荒凉之地,但在兰州竟然见到了玻璃窗,这让诗人大为惊奇。作者认为这恰是互市带来的好处,学习西方技术已经深入人心,不能再闭关锁国。尾联表现了作者虽然流落江湖,前途渺茫,但对国家的发展进步满怀信心,对建立光明世界充满希望。张荫桓虽不以诗人称,但其诗内容丰富,精神充实,忠爱缠绵,在晚清诗坛独具特色。许珏评其诗曰:"跌宕自喜,玲珑其声,绛霞万里,澄波一碧。良金美玉,均嗣三唐之音,素练轻嫌,闲沿两宋之格。"②

晚清仕宦陇右的著名诗人也较多,如林则徐、邓廷桢、祁寯藻、杨昌浚、那彦成、程德润、叶昌炽、俞明震等人。清末陇右大地天灾人祸不断,民族矛盾尖锐,民生凋敝,教育文化落后,许多官员来到陇右之后,致力于发展生产,改善民生,倡导教育,促进了陇右地区经济文化事业,为陇右地区的发展做出了卓越的贡献。邓廷桢在甘肃布政使任上,曾到银川、陇西、酒泉等地勘察荒地,查出荒熟地一万九千四百余亩,宁夏马厂归公地一百多顷。熟地升科,荒者招垦,改善了陇右人民的生活,被赏二品顶戴。林则徐署理陕甘总督之后,训练军队,铸造火炮,提高了甘肃守军的战斗力,维护了西北地区的稳定。他体恤民情,革除弊政,发展生产,为当地百姓做了很多有益的事情。

晚清重臣祁寯藻曾两次来到陇右,在陇右留下了许多著名诗篇,是研究晚清陇右社会文化的重要文献。祁寯藻(1793—1866),字叔颖,又字淳甫,后为避清穆宗载淳讳,改字实甫,别字春圃,号闲叟,又号息翁,晚号观斋,山西寿阳人。著名学者祁韵士之子。嘉庆十九年(1814)进士,改翰林院庶吉士,散馆授编修。历任翰林院侍读、侍讲、光禄寺卿、内阁学士、湖南学政、江苏学政、户部侍郎、兵部侍郎、军机大臣、户部尚书、

---

① 张荫桓:《铁画楼诗续钞》(上),清代诗文集汇编第733册,第858页。
② 张荫桓著,孔繁文、任青整理:《张荫桓集》,中华书局2012年版,第303页。

礼部尚书、兵部尚书、体仁阁大学士,被称为三代帝师,深受皇帝器重,在晚清政坛举足轻重。卒赠太保,祀贤良祠,谥文端。《清史稿》曾说:"寯藻提倡朴学,延纳寒素,士林归之。"①徐世昌也说:"文端棐忱清节,为时名臣,道咸之间,海内多事,朝贵中尚文学,接士流者,惟文端为硕果,时论尤归之。"②有《馎劬亭集》。

祁寯藻第一次来陇右是嘉庆十九年(1814),其父祁韵士赦归以后,甘肃布政使那彦成邀请祁韵士主讲兰山书院,祁寯藻随父读书兰山,遍读兰山书院藏书,深受陇右诗人、学者吴镇等人影响,其《兰山书院》诗曾回忆说:"边疆用武地,实赖文治抚。頖宫礼乐宗,书院为之辅。城东宅爽垲,五社生徒聚。人材蔚风云,师教严钟鼓。胡(焋,钱唐人)盛(元珍,常熟人)及牛(运震,滋阳人)孙(景烈,武功人),楷模在堂庑。厥后吴先生(镇,松崖,临洮人),多士亦鼓舞。至今余课业(《兰山课业》,松崖先生编集,又有《松崖诗集》),想见用心苦。忆从先君子,讲学莅兹土。维时文毅公,礼贤躬握吐。"③并与陇右诗人马疏、俞德渊、杨元勋等结下了深厚的友谊。祁寯藻当时少年气盛,壮怀激烈,其《忆昔行》云:"忆昔少年年十九,从先君子客陇首。春官试罢秋稼刘,壮志不屑田园守。维时疆帅雅爱士,一见辄许信非偶。高门公子有家法,抑志虚怀敬宾友。读书每闻风雨集,拔剑或作蛟龙吼。五泉修禊补图画,九日登临纵诗酒。"④回忆了他当时在兰州书院读书学习,交游雅集的美好生活。

道光二十九年(1849)冬,时任户部尚书、协办大学士的祁寯藻奉命前往甘肃,偕琦善查办前任总督布彦泰舛误一案,十一月二十八日至兰州。祁寯藻在兰州除了处理公务,还游览了兰州的一些名胜古迹,回忆了他青年时期在兰州的生活,写下《金城四忆诗》(兰山书院、灌园、五泉山、

---

① 赵尔巽等:《清史稿》列传一百七十二,中华书局1977年版,第11678页。
② 徐世昌著,傅卜棠编校:《晚晴簃诗话》卷一百二十六,华东师范大学出版社2009年版,第907页。
③ 祁寯藻:《馎劬亭集》卷三十一,清咸丰刻本。
④ 祁寯藻:《馎劬亭集》卷三十一,清咸丰刻本。

望河楼)《游制府后园,遂登城北望河楼,感旧述怀》《忆昔行》《行馆晓坐》《河桥》《兰山书院》等诗,表现了对兰州风景名胜的热爱和对往昔生活的留恋。如《河桥》云:

> 万里昆仑水,西来此一桥。造舟仍古制,题柱尚前朝。枕席师能过,羌戎气不骄。凭栏正清晏,犹忆霍嫖姚。①

自注云:"城西北镇远门外浮桥,明洪武初以巨舟二十四,维之铁柱,河冻则拆,冰泮复建。赵充国图上方略,治桥道以制西域,从枕席上过师,则桥之由来远矣(载《皋兰县志》)。"不但歌咏了黄河浮桥的来历和战略意义,而且希望官员学习霍去病、赵充国安邦定国的伟业,寄托了作者在乱世之中忧国忧民的心情。清朝末年,陇右地区地瘠民贫,战乱频仍,祁寯藻目睹陇右百姓的艰难生活,写下了《哀流民》《牵夫谣》等诗。其《哀流民》云:"今将去陇东适秦,眼中又复哀流民。民为马,官为牧,不求刍秣反择肉。比年崆峒小麦熟,郡县无端祟仓谷。"自注云:"谷价生息,甘肃州县亏空积弊,已具疏议禁矣。"②他不但愤怒地批判了地方官员不顾百姓死活,横征暴敛,导致百姓流亡。即使遇到丰年,官员不积极收购粮食,反倒倒卖库粮,导致官仓亏空,百姓丰收而生活贫困的现状。祁寯藻在陇右还游览了许多名胜古迹,写下了许多杰出诗篇,如《回中山谒西王母祠》《车道岭》《六盘山》《王公桥》等,大多气魄雄大,格调雅健,声韵和谐,对于外地士人了解陇右社会文化具有重要意义。徐世昌曾说:"(祁寯藻)于诗致力甚深,出入东坡、剑南,而归宿于杜韩,论古述今,每关掌故,罢政后,所作托意深婉,诗境益进。"③可谓的评。

晚清著名学者、诗人叶昌炽曾任甘肃学政多年,足迹遍及甘肃各地,

---

① 祁寯藻:《馒劬亭集》卷三十一,清咸丰刻本。
② 祁寯藻:《馒劬亭集》卷三十一,清咸丰刻本。
③ 徐世昌著,傅卜棠编校:《晚晴簃诗话》卷一百二十六,华东师范大学出版社2009年版,第907页。

留下了许多咏陇佳作。叶昌炽（1849—1917），字颂鲁，一字缘裻，号鞠裳，晚号缘督庐主人。江苏长洲（今苏州市）人。光绪己丑进士，历任翰林院庶吉士、国史馆总纂官，参与撰《清史》，迁国子监司业，加侍讲衔，擢甘肃学政，引疾归，有五百经幢馆，藏书三万卷。著有《语石》《藏书纪事诗》《缘督庐日记》《奇觚庼诗集》等。光绪二十八年（1902）正月，叶昌炽被任命为甘肃学政。其《缘督庐日记》"正月廿八日"云："公函来告，奉上谕：甘肃学政着叶昌炽去，钦此！祇奉恩命，且惭且惧。浮湛十载，二毛斑矣。迢迢五千里，山岭险阻，甘省边隆僻远，风气未开，自谓精力已衰，唯恐陨越。"①

叶昌炽在甘肃学政任上，廉洁奉公，勤于政事，曾视学天水、平凉、陇南、西宁、河西等地，所过皆有诗作。或记述旅途见闻，如《发兰州》《登关山岭》《出狄道东门书所见》《登车道岭》《自甘草店至清水驿》《平番道中》《秦安道中》《陇西行》等；或考察各地民情，如《三月三日将发巩昌感赋》《泾州杂诗》《凉州杂诗》等；或歌咏陇右名胜，如《狄道怀古》《宿狄道州廨，登碑亭，览杨忠愍公遗迹，书此志感》《首阳山夷齐墓》《朱圉岭》《东山李家店，宋新安王吴璘命其子挺筑堡拒金处，距静宁三里》《登六盘山放歌》《古城洼，汉日勒县遗址也》《大佛寺，在山丹城西十里》《渡弱水作》《乌梢岭》等；或抒发宦海浮沉的感慨，如《胡体斋观察、潘锡九大令招游小西湖，受轩方伯有诗报谢，即次其韵，并呈锡侯制帅》《叠前韵答受轩方伯》《苦雨二首次韵》《求古书院课期阻雨不克亲临试士》等，题材广泛，内容丰富，别具一格。如《发兰州》云："倚郭河如带，登临路不平。流泉穿径出，残雪隔山明。倒屣惊投缟，弹冠喜振缨。出门休惘惘，浩荡一鸥轻。"②诗人远官陇右，曾感慨世路不平，但是兰州的风物并不恶劣，陇右又远在边陲，政务不多，远离官场是非，让作者反倒有杜甫"飘飘何所似，天地一沙鸥"的逍遥自在。情感真挚，

---

① 叶昌炽：《缘督庐日记》，台湾学生书局1964年版，第317页。
② 叶昌炽：《叶昌炽诗集》，华东师范大学出版社2012年版，第2页。

含蓄蕴藉，别有情趣。徐世昌曾说："鞠裳经籍碑版之学，冠绝一时，著有《藏书纪事诗》六卷，《语石》六卷，视学甘凉，成《邠州石室录》二卷，其他纂辑尚富，夙不以诗名，卒后门人为刊《辛臼簃诗讔》二卷，皆七言长律，感怀时事，语多深切，宜其自秘不出也。平生内行笃挚，朴鸦闇修，时咸重之。"①

晚清时期，许多仁人志士为了实现自己的政治理想，扩大自己的眼界，或者受到新疆官员的邀请也曾漫游陇右、河西、新疆等地。如晚清著名政治家、维新人士谭嗣同曾经随父来到陇右，他长年在天水、兰州等地生活，为了从军入幕还曾远至新疆，漫游河西等地。著名政治家、支持维新变法的关中著名学者宋伯鲁在免官之后，曾应伊犁将军长庚的邀请，赴新疆参与治理机宜，一路上他考察了陇右、河西、新疆的历史文化、地理沿革、民情风俗，留下了许多珍贵的地理资料。晚清旅陇诗人在陇右的诗文创作也较多，文字中洋溢着爱国主义豪情，为晚清爱国主义文学的杰作。

第二节　林则徐贬谪新疆及其陇右诗歌创作

林则徐是近代著名政治家、爱国诗人，他曾经主持"虎门销烟"，抵御英军入侵，也是近代"开眼看世界"的第一人。鸦片战争中，他被奸人诬陷，流放伊犁，经过陇右、河西、新疆等地。后来被赦免，任陕甘总督，足迹遍至甘肃、青海等地。林则徐在其诗文、笔记中曾详细记载了甘肃各地的历史文化、社会状况和风土人情，抒发了他一心报国的豪情壮志，激励了后世的许多爱国志士。

一　林则徐贬谪新疆及其陇右仕宦经历

林则徐（1785—1850），字元抚，一字少穆、石麟，晚号竢村老人、读

---

① 徐世昌著，傅卜棠编校：《晚晴簃诗话》卷一百七十六，华东师范大学出版社2009年版，第1274页。

村退史。福建侯官（今福州市）人。其祖父、父亲都是科名不显、地位不高的下层知识分子，主要靠耕作和教书为生。林则徐自小聪颖异常，父母对他精心培养，期望远大。嘉庆三年（1798）中秀才，后来到福建著名的鳌峰书院读书，受到了著名学者郑光策和陈寿祺的赏识，并在他们的指导下开始研读顾炎武的《天下郡国利病书》和顾祖禹的《读史方舆纪要》等经世致用的著作，为日后的政治实践准备了部分思想资料。嘉庆九年（1804），他二十岁时成举人，为了谋生，曾经先后在厦门海防同知房永清和福建巡抚张师诚的幕府工作，这让他不但熟悉了不少清朝的掌故和兵、刑、礼、乐等知识以及官场经验，而且让他有机会广泛地了解当时的社会状况。尤其是在厦门期间，林则徐看到当时社会风气异常败坏，鸦片烟毒尤为严重，不得不引起他对现实的关注，这和他后来严禁鸦片的思想关系很大。

嘉庆十六年（1811），林则徐在二十七岁时成进士，选为庶吉士。林则徐凭着自己卓越的才华和干练的政治才干，在后来的仕途中（鸦片战争之前）可谓一帆风顺，先后担任翰林院编修、江南、云南乡试的正副考官、江南道监察御史、江南淮海道、陕西按察使、代理布政使、江苏布政使、湖北布政使、河南布政使、江苏巡抚、湖广总督等职。他在任之时，注意访查民情，兴利除弊，改善民生，为当地百姓做了许多有益的实事，赢得了朝野上下的普遍赞誉。

道光年间，英国为了扭转对华贸易长期逆差的不利局面，许多商人大肆向中国走私鸦片，清朝上至王公大臣，下至贩夫走卒，多有吸食鸦片成瘾的人，中国白银大量外流，清廷财政运转困难，引起了朝野上下有识之士的普遍关注。道光帝下旨让朝臣讨论有关鸦片的问题，许多人出于个人私利的考虑，主张放开鸦片贸易，但是以黄爵滋、林则徐为代表的正义之士主张严禁鸦片走私。道光十八年（1838）八月，林则徐曾上疏痛斥弛禁鸦片的种种谬论，指陈鸦片的危害巨大，"若犹泄泄视之，是使数十年之后，中原几无可以御敌之兵，且无可以充饷之银"[①]。这份提出兵弱银荒警告

[①] 林则徐：《钱票无甚关碍宜重禁吃烟以杜弊源片》，《林则徐全集》，海峡文艺出版社2002年版，第1203页。

的奏折,切中时弊,禁烟办法具体,颇得道光帝的赞赏。九月,道光帝谕令各地认真查禁鸦片;还谕令林则徐由武昌进京陛见,陈述其禁烟意见。十一月,道光帝任命林则徐为钦差大臣,节制广东水师,前往广东查禁鸦片。

道光十九年(1839)二月,林则徐抵达广州后,立即与两广总督邓廷桢加紧整顿海防,整治鸦片走私,查禁受贿官弁,严拿烟贩。二月四日,他命令洋商将趸船上的鸦片尽数缴出,并出具甘结,声明"嗣后来船,永不敢夹带鸦片,如有带来,一经查出,货尽没官,人即正法"(《谕各国商人呈交烟土稿》)。在林则徐的强大压力下,英国驻华商务监督查理·义律被迫交出鸦片两万多箱,美商交出一万五千多箱。四月二十三日至五月十五日,林则徐率领地方官吏在虎门海滩将缴获的鸦片全部当众销毁,冲入大海,这就是著名的"虎门销烟"。虎门销烟有力地打击了外国侵略者的气焰,维护了中华民族的尊严,显示了中国人民禁烟的勇气和力量!

但是英国侵略者不甘心失败,他们积极策动侵华战争。道光二十年(1840)三月,英国派遣乔治·懿律带领四千多人的远征军开赴中国,到达中国即封锁了珠江口,蓄意发动侵略战争。

林则徐知道英国人不会善罢甘休,所以他积极备战,修建炮台,拉拦江木排铁链,招募五千多渔民编成水勇,屡败英军的挑衅,先后取得九龙之役、川鼻官涌之役等反击战的胜利。

英军看到广东沿海防守严密,他们将兵船驶向福建海面,袭击厦门水师后,又北犯浙江定海,将定海洗劫一空后,又继续北上进逼天津。并向清政府照会,提出赔款、割地等侵略要求,京师大为震动。朝廷守旧派大臣乘机攻击林则徐禁烟操之过急,以致"挑起"中英战争。道光皇帝万般无奈,只好向英军妥协,派琦善前往天津与英军谈判。琦善公然向懿律承认林则徐在广州禁烟"措置失当",并扬言要"重治其罪",要求英军返回广州,听候钦差大臣"秉公办理","定能代伸冤抑"[①]。英军遂于八月折返广东,等候正式谈判。

---

① 熊志勇等:《中国近现代外交资料选辑》,世界知识出版社2012年版,第21页。

道光帝于是任命琦善为钦差大臣，前往广州办理中英交涉事宜。琦善到达广州后，立即将林则徐、邓廷桢等革职查办。他还拆除珠江口附近的防御措施，遣散水勇、乡勇，开门揖盗而肆无忌惮。英军则乘虚而入，于十二月初发动突然袭击，攻占虎门外的大角、沙角炮台。琦善惊慌失措，赶紧派人前往穿鼻洋与英军讲和。英军则提出割让香港、开放广州和赔款600万元的苛刻要求。琦善不敢私自答应，英军则悍然强占香港。道光帝大为震怒，随即将琦善革职问罪，锁拿回京。

道光二十一年（1841）五月初十，道光帝以林则徐"办理殊未妥协，深负委任"和"废弛营务"的罪名，革去了他的四品卿衔，并"从重发往伊犁效力赎罪"①。朝野上下的正直人士都为林则徐的遭遇表示不平和气愤。林则徐离开的时候，当地的官吏和沿途的百姓都来为他送行，很多人为他留下了感伤的泪水。

这年六月，陕西、河南等地暴雨成灾，黄河泛滥，河南开封、祥符、陈留、安徽凤阳、太和等五府二十三州县直接受灾，清廷派大学士王鼎主持治河工作。王鼎认为林则徐有治河的经验，又同情他的遭遇，因此极力向朝廷推荐林则徐协助治河工作，因此林则徐得以在东河"效力赎罪"。八月十六日，林则徐来到汴州，开始了艰苦卓绝的治河救灾工作。

经过林则徐和当地军民的艰苦工作，道光二十二年（1842）二月，东河河工告竣，朝野上下认为林则徐治河有功，道光帝肯定能够赦免他，出人意料的是，道光帝仍然下旨让林则徐前往伊犁效力赎罪。消息传出后，河南受灾群众无不扼腕叹息，许多人潸然泪下。林则徐虽然心中不平，但他还是无怨无悔地踏上了西戍之路。

林则徐从祥符出发，一路经过洛阳、华阴，得到了友人们的盛情招待，华阴县令姜申璠还邀请他同游华山。四月中旬，林则徐到达西安，由于长期的操劳过度，加上染了疟疾，林则徐病倒了，一直到六月底才痊愈。他考虑到西去路途艰辛，将家属留在西安，托友人照顾，留下长子林汝舟处

---

① 来新夏：《林则徐年谱长编》，上海交通大学出版社2011年版，第486页。

理家务和侍奉母亲,他只带了二子聪彝、三子拱枢前往伊犁。

七月初六日,林则徐自西安出发赴戍伊犁,临别之际,他写了《赴戍登程·口占示家人》二首:

其一

出门一笑莫心哀,浩荡襟怀到处开。时事难从无过立,达官非自有生来。风涛回首空三岛,尘壤从头数九垓。休信儿童轻薄语,嗤他赵老送灯台。

其二

力微任重久神疲,再竭衰庸定不支。苟利国家生死以,岂因祸福避趋之。谪居正是君恩厚,养拙刚于戍卒宜。戏与山妻谈故事,试吟断送老头皮。①

林则徐在诗中首先通过"出门一笑"和"浩荡襟怀"安慰家人不要悲哀,也不要为世俗的进退荣辱所动,他的崇高目标是"苟利国家生死以,岂因祸福避趋之",早将个人的生死置之度外,可见他的高风亮节。此去虽然路途遥远,但是借此机会还可以考察祖国的西部山河,并磨炼自己坚强的意志。最后他还借用苏轼被诬陷下狱之时,和妻子轻松开玩笑的典故来进一步宽慰妻子。于此也可看出林则徐宽阔的心胸和豁达的人生态度。

当时,林则徐的朋友和门人对他的得罪遭戍颇感不平,很有为林则徐鸣冤的打算。李元度《国朝先正事略》曾说:"有门下官于陕,迎谒公,窃为不平,见公谈笑自若,不敢言。退谒郑夫人曰:'甚矣!此行也。'夫人曰:'子毋然,朝廷以汝师能,举天下大局付之,今决裂至此,得保首领,天恩厚矣。臣子自负国耳,敢惮行乎?'"②可见林夫人也是一个心系天下,深明大义的贤内助。

---

① 《林则徐全集》,海峡文艺出版社2002年版,第3081页。
② 李元度:《国朝先正事略》卷二十五,岳麓书社1991年版,第732页。

林则徐西行时，在随带行李中，有大量书籍和纸帛，还有一些重要的译稿，他决心在戍途中继续研究中国社会和历史，了解国外的政治和文化，仍然不忘国事，心怀天下，可以看出他不同于一般风尘俗吏。其《载书出关》诗中曾写道：

> 荷戈绝徼路迢遥，故纸差堪伴寂寥。纵许三年生马角，也须千卷束牛腰。疗饥字学神仙著，下酒胸同块垒浇。不改啸歌出金石，毡庐风雪夜萧萧。①

戍途以书籍为伴，读书以浇心中之块垒，不以个人的祸福荣辱为念，正是一个封建社会读书人的本色，也是一代民族英雄的高贵品质。

林则徐在广州亲眼看到英国侵略者巨船大炮的威力，也看到中国军队土枪土炮的落后，因此他在广州时，曾经组织人力翻译介绍西方各国政治文化的报刊书籍，还提出要学习西方，改进中国军队手中的武器。在戍途中，他仍然念念不忘提高军队战斗力，加强国防力量的愿望。当他听到陕西军中正在谋划自铸大炮之时，他立即写信给当时的抚标中军参将马辅桐，陈述了他对制炮问题的观点，以及自己撰写的《炮书》转送当局，请他们作为参考。信中说：

> 闻省中现在商铸大炮，首赖尊处经理。此器不可不备，尤不可不精。前将弟所刻《炮书》托朱方伯转送，谅经览入。其大要总在腹厚口宽，火门正而紧，铁液纯而洁，铸成之后，膛内打磨如镜，则放出快而不炸。知大才经画，自必合宜，若一时铁匠未即得法，先以铜铸亦可也。②

七月以来，陕西、甘肃等地连日大雨，路上泥泞难行，旅馆积水成渠，

---

① 《林则徐全集》，海峡文艺出版社2002年版，第3089页。
② 林则徐：《致马辅相》，《林则徐全集》，海峡文艺出版社2002年版，第3595页。

林则徐一行冒雨前行，经过八天的艰苦跋涉，至七月十四日，他们才到达甘肃的泾州城。到泾州之后，林则徐收到了友人刘建韶的书信，才知道镇江失守的消息。其实这已经是一个月前的旧闻了。道光皇帝将琦善撤职之后，又先后命令奕山、奕经等人前去抗击英军，可是由于他们不懂军事，贻误战机，加上中国军队装备落后，英军先后攻陷虎门、厦门、定海、镇海、宁波等沿海各地，爱国将领关天培、葛云飞、陈化成先后壮烈牺牲。六月十四日，英军攻陷镇江，长驱直入，闯入南京下关江面，道光帝不得不派人和英军和谈，历时两年多的中英鸦片战争，以清政府的失败而告终。当然林则徐还不知道清政府已经和谈的消息。他知道镇江失陷后，心情颇为沉重，立即写信给刘建韶，报告了旅途的状况，并对镇江失守表示令人"滋切忧愤"，表达了他对时局的关心。

七月十六日，林则徐行经王母宫，就是传说周穆王与西王母相会的地方，由于路滑难行，林则徐没有去王母宫观瞻，至傍晚来到了平凉白水驿。这时候家里传来一个好消息，次子聪彝于十二日得一子，为林则徐的长孙，林则徐当时行经崆峒，因此为长孙取名贺峒。当天晚上，林则徐奋笔疾书，给友人写信询问江南战况："看来逆夷竟不歇手，不止据有江以南而已。究竟扬州、清江等夷情如何？如有的确信息，可即寄来。日来陕省铸炮之举有无头绪？可查访及之。"①

由于镇江百姓对清政府的腆颜求和以及对奕经等人昏庸误国的行为不满，他们渴望林则徐再次主持抗英，因此当时盛传清政府重新启用林则徐，"赐上方剑，总制四省。兵已渡淮，且至扬州矣"②。可见当时老百姓希望坚决抵抗侵略者的愿望以及林则徐在老百姓中的崇高威望。

七月十七日开始，天始放晴，路上稍微好走。林则徐一路经过平凉、固原、六盘山、隆德、静宁、会宁、安定、车道岭、甘草店、清水驿等地，路上或晴或雨，他们晓行夜宿，艰苦备尝。林则徐踏着陇右的土地艰难行进，

---

① 林则徐：《家书》，《林则徐全集》，海峡文艺出版社2002年版，第3583页。
② 齐思和等：《鸦片战争》Ⅲ，中国近代史资料丛刊，神州国光社1954年版。

路途的艰辛，病痛的折磨，加上对国事的忧愤，他常常夜不能眠，曾经在路途中写下了《秋夜不寐起而独酌》这样沉痛感伤的诗歌。

七月二十九日，林则徐到达甘肃布政使所在地兰州。兰州督抚以下大小官员全部出城迎接，他被安排到城里行馆歇息，许多朋友和当地官员都闻讯前来探望他。第二天早晨，林则徐前往一一答拜各位友人，陕甘总督富呢扬阿留他在总督署用膳，饭后登上总督署后院的拂云楼观览兰州北山和黄河沿岸风光，林则徐只觉得山势雄伟，黄河滔滔东去，确实是虎踞龙盘、金城汤池的陇右雄关。拂云楼下有小碑林，上面镌有怀素、米芾、黄庭坚等人的碑帖，笔画苍劲，巧夺天工，都是当年那彦成驻节兰州时所刻。

八月一日之后，林则徐继续答拜各位友人，和陕甘总督富呢扬阿、甘肃布政使程德润、甘肃按察使唐树义等时常聚会宴谈，并为这些友人题写了许多画册。如《题富海帆督部（富呢扬阿）韬光蜡屐图》《题海帆松荫补读图》《题唐子方观察（树义）梦砚图》等。他也从这些官员的谈论和官府的邸报中了解到了更多关于江南战事的消息。

自镇江失守之后，道光皇帝和一些大臣被洋人的坚船利炮吓破了胆，他们开始一心求和，再也不敢抗争。道光皇帝派钦差大臣耆英、伊里布等与英国全权代表璞鼎查在南京开始议和谈判。七月二十四日，在英舰"汉华丽"号上被迫签订了丧权辱国的不平等条约——中英《南京条约》。由于路途遥远，交通不便，林则徐等人在兰州只听说朝廷议和，并不知道《南京条约》签订的消息。

八月初四，甘肃布政使程德润邀请林则徐和总督富呢扬阿、王兆琛、唐树义等人到布政使署中晏集，其后花园很宽敞，里面有花木池馆，还有稻田蔬圃，景色非常美丽，程德润名之曰"若己有园"，其中有宝嗇堂、月波亭等处可以休憩，他们一边游览，一边吟诗酬答，这一天也是林则徐在戍途中度过的最快乐的一天。

林则徐在兰州还给好友姚椿、王柏心写信，详述办理禁烟的原委，抒发对投降派的愤慨，并根据实践斗争经验，对敌我双方的实力进行分析后，提出"器良技熟，胆壮心齐"的御敌八字方针。林则徐在信中曾对双方战术特点进行了深入分析：

> 窃谓剿夷而不谋船、炮、水军，是自取败也。沿海口岸防之已不胜防，况又入长江与内河乎？逆夷以舟为窟宅，本不能离水，所以狼奔豕突，频陷郡邑城垣者，以水中无剿御之人、战胜之具，故无所用其却顾耳。……彼以无定攻有定，便无一炮虚发。我以有定攻无定，舟一躲闪，则炮子落水矣。彼之大炮远及十里内外，若我炮不能及彼，彼炮先已及我。是器不良也。彼之放炮，如内地之放排枪，连声不断，我放一炮后，须辗转移时，再放一炮，是技不熟也。①

因此林则徐特别关注改进武器，制造战船，这也是因为他曾"开眼看世界"，对敌我双方的优劣都了如指掌。

林则徐在兰州的日子经常挥毫泼墨，为纷至沓来的求书法者书写对联、匾额、扇面，初五日"自辰至酉，手不停挥，而笔墨事仍未能了"，初六夜，"复补书各处纸幅，终夕未寝"（《林则徐日记》）②。所以兰州至今民间多藏有他的书法作品，视若拱璧。他为雄踞金城关之上的金山寺，题写"绥靖边陲"匾额，为名山胜水增色不少，现藏甘肃省博物馆。

在兰州和友人盘桓八天之后，林则徐不得不继续西行前往伊犁，临别之际，他写了《留别海帆》一诗和富呢扬阿等在兰的朋友道别。八月初七日早晨，林则徐一早离开寓所，出兰州西门，当地的朋友齐来相送，他们过了黄河浮桥。当时黄河上没有架桥，平时用临时搭建的浮桥通行。林则徐描述了当时浮桥的真实面貌："计廿四舟系以铁索，复以集吉草亘缆联之，车马同行，此天下黄河之所无也。"（《林则徐日记》）③ 林则徐一行过了安宁堡，到沙井驿歇息。由于连天大雨，山体崩塌，道路被毁，仅有一条小路通行，行进异常艰难，旅馆也很破旧。初八日，经过平番县（今永

---

① 林则徐：《致姚椿、王柏心》，《林则徐全集》，海峡文艺出版社2002年版，第3586页。
② 《林则徐全集》，海峡文艺出版社2002年版，第4665页。
③ 《林则徐全集》，海峡文艺出版社2002年版，第4665页。

登县）苦水驿，沿途荒山秃岭，格外荒凉，过了苦水驿山上才有绿色。初九日经过红城驿，沿途堡城极多，市街繁华，多有皮件毡货，但是价格昂贵，此后道路比较平坦，"道旁山色颇秀，绿柳白杨，森森夹道，自入甘省以来，惟此地稍有生趣耳"。（《林则徐日记》）①

八月十一日，林则徐进入天祝境内，夜宿乌鞘岭山脚下民房，准备次日攀登乌鞘岭。八月十二日早晨，林则徐下车步行登山，《荷戈纪程》中说："又五里乌梢（鞘）岭，岭不甚峻，惟其地气甚寒。西面山外之山，即雪山也。是日度岭，虽穿皮衣，却不甚（胜）寒。"②当日黄昏时，林则徐一行抵达黑松驿。古浪知县陈世镕，安徽怀宁人，工诗古文。由于仰慕林则徐，他于十二日离城三十里在黑松驿迎候。林、陈相见，互致问候，陈世镕请林则徐换乘暖车，当夜两人同车抵达古浪县衙，一夜未眠，谈诗论文，兴致甚高。陈世镕还为林则徐题写了《题林少穆制军关陇访碑图》《题林少穆制军边城伴月图》等。

八月十四日，林则徐至凉州，其同乡后辈郭柏荫任甘凉道，"遂应邀住甘凉道署中，并在此整顿行装，换雇大车"。（《林则徐日记》）八月十五日，林则徐在凉州客舍借读陈世镕《求志居诗稿》稿本，并在稿本扉页题道："道光壬寅中秋，林则徐借读于凉州客邸"，又在题记的"则徐"二字上钤有"少穆"阳文长方章。未几日，陈世镕获得这本珍贵的题记本，十分欣喜，珍藏起来。后来辗转为晚清武威人李铭汉收藏，现存于甘肃省图书馆。这天晚上，郭柏荫召集友人陪林则徐一起欢度中秋佳节。席间，林则徐趁着酒兴，为陈德培作七律诗四首，题为《子茂簿君自兰泉送余至凉州且赋七律四章赠行次韵奉答》，诗中有句云"关山万里残宵梦，犹听江东战鼓声"，可见林则徐依然念念不忘国事，关心江南战局。

八月十五日，邓廷桢在伊犁获知林则徐将来戍所，特写诗怀旧说："今年绝域看冰轮，往事追思一怆神！天半碧风波万里，杯中明月影三人（道

---

① 《林则徐全集》，海峡文艺出版社2002年版，第4666页。
② 《林则徐全集》，海峡文艺出版社2002年版，第4667页。

光己亥,余与少穆以筹海驻虎门,中秋之夕,偕军门关滋圃登沙角炮台望月,遂陟山之极巅)。英雄竟污游魂血(滋圃以辛丑二月八日战殁于靖远炮台),枯朽空余后死身。独念高阳旧徒侣,单车正逐玉关尘(少穆亦戍伊犁,闻将出关)。"① 表现了对友人的牵挂和对国事的忧愤之情。

林则徐在凉州期间,先后看望了牛鉴的夫人及家属、凉州镇总兵长年,为陕西会馆题写过匾额。八月二十二日,林则徐离开凉州,陈德培送至城西四十里堡,"子茂送至此,与之共饭而别"。(《林则徐日记》)在离开凉州西行永昌途中,"沿途道路欠佳,时遇风雨,行路困难"。(《林则徐日记》)八月二十四日,林则徐到达永昌水泉驿收到两封家书,从中了解到中英"和议一事",又收到陕甘总督富呢扬阿抄来京信,所记"较为详细",在京友人江翊云也有信来,林则徐大惊失色,悲愤难抑。八月二十六日,林则徐行至甘州山丹县,给朋友刘源灏曾写信表示对和议形势抱有极大的忧虑。信中说:"江左之事,姑解燃眉,究不知后患何所终极,且不知目前果足应付否?应付之后,又顾而之他否?不敢设想也。"②

九月初一日,林则徐行至甘州抚彝城(今临泽县境内),听到中英签订《南京条约》的消息,心中极为愤懑。当晚,他在给郑夫人及儿子汝舟的《家书》中慨叹"江南纳贿议和之事,逆番(夷)尚不肯休,然则又将如何,殊不堪设想矣"③。心中充满了对朝廷软弱投降的不满和对英人欲壑难填的愤怒。

九月初二日,林则徐行经高台县,看到当地田土肥沃,农业丰收,百姓安乐的情景,心里颇为高兴。他在日记中写道:"自入高台境内,田土腴润。涧泉流处皆有土木小桥,树林葱蔚,颇似南中野景。其地向产大米,兼多种秋,顷已刈获,颇为丰稔。"(《林则徐日记》)④

九月初三日,林则徐行经高台县的盐池驿,这个地方很是荒凉,居民很少,全是漫漫戈壁,但盛产盐,在明代已经开始煮盐销售。有把总带领

---

① 转引自来新夏《林则徐年谱长编》,上海交通大学出版社2011年版。
② 林则徐:《致刘源灏》,《林则徐全集》,海峡文艺出版社2002年版,第3591页。
③ 林则徐:《家书》,《林则徐全集》,海峡文艺出版社2002年版,第3584页。
④ 《林则徐全集》,海峡文艺出版社2002年版,第4671页。

八十名士兵守卫,这个地方是蒙古、甘肃、青海交界的地方,经常有青海的藏民来抢掠牲畜。就在林则徐到来之前,他们还杀了清廷的一名守备。因此林则徐对此地的民族矛盾颇为重视,后来他复官陕甘总督之后,曾下大力气镇压青海、甘南的藏族反抗力量。

九月初五日,林则徐行至肃州,受到当地官员的远迎。东关有酒泉厅事,后面有一泉,传说用之酿酒甚美。林则徐亲自尝了一下泉水,觉得并不甘甜可口,因此他认为传说并不可靠。林则徐在酒泉停留二日,与当地官员和朋友相见甚欢。他还收到邓廷桢从伊犁的来信,说已代为找好住处,于是赋《将出玉关,得嶰筠前辈自伊犁来书,赋此却寄》诗一首,诗中对二人在广东的行事认为千秋自有公论,对个人得失和在戍途中所遭遇到的困苦则表示了弃之度外,而一以国事为重的态度。邓廷桢收到此诗后,也有和诗二章,表述了二人同甘苦和不计功利,始终不以过去行事为谬的坚定态度,并念念不忘东南局势而将个人功过付之后世。诗中写道:

其一

天山冰雪未停骖,一纸书来当剧谈。试诵新诗消酒盏,重看细字对灯龛。浮生宠辱公能忘,世味咸酸我亦谙。闻道江乡烽燧远,心随孔雀向东南。

其二

相从险难动经年,莫救薪中厝火然。万口褒讥舆论在,千秋功过史臣编。消沈壮志摩长剑,荏苒余光付逝川。惟有五更清梦回,觚棱祇傍斗枢边。①

林则徐离开酒泉的时候,将大车换了一种适合沙漠戈壁行走的长辀。这种车车厢长五尺,宽三尺,自地至车辕高三尺,车厢至棚顶高四尺五寸,

---

① 邓廷桢:《少穆尚书将出玉关,先以诗二章见寄,次韵奉和》,《双砚斋诗钞》,清末刻本。

左右两轮离车厢一尺有余,有很好的减震作用,可以减少在沙砾路面的颠簸。

九月初七日,林则徐至嘉峪关。他在《日记》中对嘉峪关做了较详细的描述:"余策马出嘉峪关,先入关城。城内有游击、巡检驻扎。城楼三座,皆三层,巍然拱峙。关内设有号房,登记出入人数。一出关外,见西面楼上有额曰'天下第一雄关',又路旁一碑亦然。近关多土坡,一望皆沙漠,无水草树木,稍远则有南北两山,南即雪山,北则边墙,外皆蒙古及番地耳。"①林则徐当日宿于关内,次日出关。

九月十四日清晨,林则徐到达安西州城,署州牧黄文炳为安徽桐城人,也很仰慕林则徐,所以出关郊迎,会晤于行馆。黄文炳素好兵法,又喜欢钻研武器制造。他曾自造飞枪火箭,拿出来给林则徐演示,林则徐极为赞赏。林则徐还看了黄文炳去年冬天写的一些请求从军杀敌的奏稿。他夜宿安西州,在寓所中曾写信给北京友人江鸿升,对江宁订约一事感到"愤懑",并重申其防海主张说:

> 昨行至肃州。又从海帆制军处寄到七月二十九日所惠手翰。荷承三兄大人于直务百忙之际,犹时时念注远人,肫拳慰问。而且详示累纸,俱出亲书,俾沙漠尘踪,不致竟成聋聩,其为铭刻,岂复可以言宣。……南中事竟尔如许,人心咸知愤懑,而佥谓莫可如何。恬嬉久矣,可胜浩叹!来书薪胆之言,不识在廷皆能存此心,行此事否?船、炮、水军之不可缺一,弟论之屡矣。犹忆庚秋获咎之后,犹复附片力陈,若其时尽力办此,今日似亦不至如是束手。今闻有五省造船之议,此又可决其必无实济。果得一二实心人便宜行事,只须漳、泉、潮三处濒海地方,慎密经理,得有百船千炮,五千水军,一千舵手,实在器良技熟,胆壮心齐,原不难制犬羊之命。今之事势全然翻倒,诚不解天意如何,切愤殷忧,安能一日释耶?②

---

① 《林则徐全集》,海峡文艺出版社 2002 年版,第 4673 页。
② 林则徐:《致江鸿升》,《林则徐全集》,海峡文艺出版社 2002 年版,第 3593—3594 页。

这里所说"五省造船之议"指七月大理寺少卿金应麟上奏西洋造船法不过是"中国之绪余耳",主张在木材产地四川、湖南、湖北、福建、广东五省分别造船。金应麟又从古书上抄了子母舟、连环舟、楼船、走舸等,认为照此变通推广,由五省赶造,则"川、广之船,可以制江,闽、粤之船,可以防海",则"蕞尔夷人,有不足平者矣"①。林则徐对这种迂腐的说法不以为然。

林则徐出关后,越走越荒凉,到处是一望无际的沙漠戈壁,路上的碎石底下有大石头,车辆非常颠簸,往往走几十里也不见人烟,也无水草,他们天黑了只能在车中歇息,困苦异常。九月二十三日,林则徐行至哈密,在《日记》中对哈密的历史、地理、民情与行旅路程做了详细记述。经过短暂休息之后,他继续西行,经过乌鲁木齐,沿着天山南麓迤逦前行。十一月初九日,林则徐到达伊犁,受到邓廷桢等好友的热情接待,并拜见了伊犁将军布彦泰和参赞庆昌等,安排好住处,并引见了各位官员。

林则徐到伊犁以后,受到将军布彦泰等人的礼遇,并没有把他当作"罪臣"而慢待,而是经常向林则徐咨询事务,并派他筹备粮饷,林则徐在新疆也做了许多有益国家百姓的事情。道光二十四年(1844),伊犁将军布彦泰奏请派林则徐承办新疆开垦事宜,得到了清廷的允准。

自此之后,林则徐往来库车、阿克苏、乌什、和田、喀什噶尔、叶尔羌、伊拉里克和塔尔纳沁等处,兴修水利,开荒屯田,改易兵制,等等。经过一年的苦心经营,成效大著。他"周历天山南北二万里,东西十八城,濬水源,辟沟渠,教民农作",计辟各路屯田三万七千余顷,出现了"大漠广野,悉成沃衍,烟户相望,耕作皆满"的景象,取得了"合兵农而一之,岁省国家转输无算"②的效果。这样不仅为清廷节省一大笔支出,更重要的是进一步巩固了清朝对新疆地区的管理权,加强了西北的边防。林则徐为了便于履勘荒地,整顿垦务,搜求了清代管理经营新疆的资料,而以屯

---

① 《鸦片战争档案史料》,天津古籍出版社1992年版,第109页。
② 金安清:《林文忠公传》,钱仪吉等《清代碑传全集·续碑传集》卷二十四,上海古籍出版社1987年版,第919页。

田情况为主,并从见到的《京报》中摘录了东南沿海的情况和部分官员异动的消息,辑成了《衙斋杂录》,此书的辑录说明林则徐对新疆的建设和政局的变化相当关心。

林则徐在遣戍期间,通过实地考察,敏锐地觉察到来自西北方面沙俄势力的威胁。道光二十三年(1843)七月,他在写给喀什噶尔领队大臣开明阿的诗中,就提醒人们不要为"三载无边烽,华夷悉安堵"的假象所迷惑,而要积极加强边防,同心协力,才能使敌人慑服,不敢轻举妄动。这种"塞防"思想,确实表现了林则徐的远见卓识,而且在后来的历史发展中证明了林则徐见解的正确。

林则徐在新疆期间,依然关心国事,念念不忘东南战局,也迫切希望朝廷能够赦免自己,早日入关,为国家贡献力量。他在《伊江除夕书怀》诗中曾写道:"正是中原薪胆日,谁能高枕醉屠苏""新岁倪闻宽大诏,玉关走马报金鸡。"① 表现了他对国事的挂怀和期望早日入关的迫切心情。

道光二十五年(1845)九月二十八日,清廷以伊犁将军布彦泰奏陈林则徐在新疆开垦有功,命以四、五品京堂回京候补。十一月初四日,清廷命布彦泰为陕甘总督,未到前,命林则徐以三品顶戴署任。十一月初六日,林则徐在哈密获悉将自己再次起用的消息,内心分外高兴,即请伊犁将军布彦泰代奏谢恩,并陈明将哈密一带地方查勘工作结束后即起身回京。林则徐对道光帝的这种恩宠非常感激,其《乙巳子月六日伊吾旅次,被命回京以四、五品京堂用,纪恩述怀四首》其一云:

> 飘泊天涯未死身,君恩曲贷荷戈人。放归已是余生幸,起废难酬再造仁。一唱刀环悲白发,重来辇毂恋红尘。枯根也遇阳回候,会见金门浩荡春。②

---

① 《林则徐全集》,海峡文艺出版社2002年版,第3093页。
② 《林则徐全集》,海峡文艺出版社2002年版,第3118—3119页。

诗中表达了对赦免召还的感慨和喜悦，以及对道光帝的感恩之情。朋友们听到林则徐被赦的消息，无不欢喜，他们从各地都寄来了祝福的诗歌。其中邓廷桢、李星沅、梅曾亮、鲁一同、钱宝琛等人的诗歌最为感人至深。邓廷桢获知林则徐召还起用的消息后，写了《喜少穆入关》诗祝贺，盛赞他履勘垦地的辛劳，诗中写道：

其一

高皇拓地越乌托，圣主筹边轶汉家。拟向轮台置田卒，特教博望泛秋槎。八城户版输泉赋，千骑旟裘拥节华。载笔它年增掌故，羁臣乘传尽流沙。

其二

夔蚿心事最怜君，燕羽差池惜暂分。宣室忽闻新涣汗，霸陵真起故将军。春风远度天山雪，卿月重依帝阙云。往岁诗篇盟息壤，道周相候慰离群。①

十一月十一日，林则徐结束在新疆履勘垦地的任务，从哈密启程返京。十二月二日在玉门奉旨，命他不必来京，径赴新任。二十四日，到达肃州，上《遵旨以三品顶戴署理陕甘总督，迅即驰赴署任缘由折》。十二月初十日，林则徐在凉州接署陕甘总督，开始正式处理陕甘军务。

林则徐在回京途中接到邓廷桢的贺诗，高兴之余，立即写了《次韵嶰筠喜余入关见寄》两首，回忆了他们在戍所的艰辛生活和真挚友谊，并表达了自己将署理陕甘总督，能和邓廷桢继续共事的喜悦心情。

林则徐接任之前，甘肃河西一带经常受到青海藏民的反抗，他们经常骑马飞驰而来，袭扰商民，抢掠财物，甚至杀官戕吏。清廷虽然曾派兵镇压，但是这些人游走不定，来去如风，很让官吏头痛。藏民的反抗是由于清王朝的腐败和下层官吏的贪污引起，但是林则徐出于维护大清王朝西北的稳

---

① 邓廷桢：《双砚斋诗钞》卷十六，清末刻本。

定，也决心控制藏民的破坏行为。为了找到良策，林则徐还曾致信函福珠洪阿，叙述藏民反抗情况，征询镇压对策，并请调集随身亲兵。信中说：

> 迨至玉门，忽奉署理陕甘之命，真是梦想不到。仰荷恩施破格，不胜感极涕零。然番务之难，至于此极。弟以昏庸之质，且感老病之身，如何可以将就？此番谦帅之授，却在意中。渠尚有平反逆案，未能遽结，知弟奉旨署理，自不肯赶早驰来。大约春夏之交，始届瓜期，实有度日如年景象。自入关后，接据禀报番贼情状。抢马抢人，戕兵戕官，不下十余起，与七八月间竟无二致。总缘庆署镇军被害之后，并未接有一仗，获有一贼，斩有一馘，兵胆日怯，贼胆日张。若竟不能挽回，地方尚可问乎？
>
> 弟腊月初十日在凉州接篆，奏明在此驻扎，一时尚难返省垣。若东而西宁，西而甘州，再有他警，尚不免移往调度。无如情形路径全是生疏，员弁贤愚亦多不悉。所有剿番事宜，究竟有无扼要之法，务祈二兄大人详相指示，以启茅胸，万勿稍有客气。至河州兵丁，向称甲于通省，其中何人番径最熟，何人技艺最精，何人临阵最勇，可否由尊处挑选数十名，俟操练精熟时，就近遣到西宁一带？弟一经至彼，拟再通加考验，收作亲兵。遇有吃紧之处，使之出阵立功，为他兵之表率，未知卓裁以为可否？①

经过林则徐的多方经营之后，河西一带的清军得到了很好的训练，也改善了军队的装备，提高了他们的战斗力。十二月底，林则徐行至甘州的时候，遇到藏民起义军暴动，林则徐一面严令当地官民防护马厂，一面调动军队前往控制。他用改进的新式大炮御敌，有效阻止了起义军的进攻。清兵看到起义军受到杀伤，也个个奋勇争先，很快便控制了当地的藏民暴动。

正月，林则徐在凉州给家人写信，急切希望卸去署任，归返内地与家

---

① 林则徐：《致福珠洪阿》，《林则徐全集》，海峡文艺出版社 2002 年版，第 3797 页。

人团聚。信中曾说:"此时番务如此之闹,我不能回兰,家眷自不便迁来。至于交卸后能否不被羁留,殊难豫揣。今我且将此情写与谦帅,伊若肯放我去,则三月初谅可卸事,即勿庸前来,若伊不肯放我,二月间亦当有回信来,彼时可定主见。"① 正月初十,林则徐在寄友人全庆的信中也写了由于西宁、河西等地藏族起义尚未完全平定,自己不便离开甘肃和家人团聚的无奈之情。

由于林则徐长期在新疆艰苦的环境中工作,加上到甘肃后军务繁忙,劳累过度,这位六十二岁的老人彻底病倒了,出现了鼻衄、脾泄、疝气及喉痛失音等严重症状,根本无法处理政务。三月初七日,林则徐不得不请求布彦泰接任陕甘总督,自己暂时请假在寓所治病,如遇有紧要事宜,"仍与布彦泰、达洪阿往返函商,密筹会办";"一俟所患病症稍就减轻,仍即勉力趋公"②。他还向朝廷推荐两位熟悉青海情况、通晓藏语的将领徐福、马进禄留于西宁差遣,足以见林则徐之知人善任。

三月二十二日,陕西巡抚邓廷桢卒。三十日,清廷命林则徐继任,但仍留甘肃与布彦泰一同镇压藏民起义。三月二十八日,林则徐派兵清查"驻牧大通河脑之雍希叶布番族"有无反抗情事后,特制定约束章程四条,并上报清廷。他在章程中认为各路堵截和围剿虽然重要,但是不能一劳永逸,他建议让这些藏民全行剃发留辫,便于分辨和管理;给藏民严格登记户口,随时查报,杜绝流窜;粮茶交易的时候按户买卖,计口授食,让反抗者无粮可食。这些建议的确有助于清廷镇压藏民的反抗,为稳定西北局势多有裨益。但是这些举措不能从根本上解决西北地区的民族矛盾和阶级矛盾,林则徐对这一点也非常清楚。他到兰州后,给友人金安清的信中也流露出了这些担忧:"弟沦谪三年,奔驰万里。自蒙环召,谬代边防。始则备御于西凉,继又周巡于湟郡。春杪幸经交卸,冀得稍掩疏庸,复奉恩纶,谬膺陕抚,仍以会筹番务,留驻兰垣。虽贼踪业已潜藏,而藏事尚难预计。"

---

① 林则徐:《家书》,《林则徐全集》,海峡文艺出版社2002年版,第3803页。
② 来新夏:《林则徐年谱长编》,上海交通大学出版社2011年版,第620页。

他在给友人刘建韶的信中更是一再流露出告老还乡,离开甘肃的急切心情:

> 弟自湟郡回兰,意已决然求退,不过因布宫保屡相劝阻,略待假满始陈耳。不谓再造恩慈,复畀关中之席,乞骸之说一时竟不敢言。因所奉谕旨须于番务竣时始能赴任,是以谢恩折内豫请竣事之日先行进京。近日奉到朱批:"毋庸来京,可赴任时即赴新任。钦此。"若论目前,沿边一带尚属安恬。即赴陕未为不可。第适贼踪窃发,布宫保出巡之后,策应未便无人,所以姑为小住,然亦无益之甚也。陕西虽称完善,而近年闻亦难言,究竟何弊必先力除,何害必先豫杜?各处人材、吏治以及南北山紧要事宜,务祈详加密示,俾得先时筹画,临事施行,实所感祷。①

林则徐镇压百姓起义虽然积极,但也是迫于无奈。他本打算辞官还乡,可是皇命难违,只能勉为其难。他也在积极调查政治的弊端,思索解决社会矛盾的良策。作为一个深受封建"忠君"思想影响的官员,他的许多举措在当时可谓难能可贵。

六月二十四日,林则徐离开兰州,前往陕西赴任。后来林则徐历任陕西巡抚、云贵总督等职,在任体恤民情,革除弊政,发展生产,为当地百姓做了很多有益的事情。道光三十年(1850),太平天国起义后,朝廷再次任命病重的林则徐为钦差大臣,督理广西军务,镇压太平天国,赴任途中,林则徐病逝于潮州普宁县行馆,终年六十六岁。清廷赠他太子太傅,谥文忠。著有《云左山房诗钞》《荷戈纪程》《林则徐日记》等,后人编为《林则徐全集》。

二 林则徐陇右诗歌创作

林则徐是一位著名的民族英雄,也是一位颇有成就的爱国诗人,其诗

---

① 林则徐:《致刘建韶》,《林则徐全集》,海峡文艺出版社2002年版,第3814页。

集名《云左山房诗钞》，其中有关陇右的诗篇数量也不少，在其集中颇具特色。他来到陇右是因为贬谪伊犁，行走在古丝绸之路上，诗人仍然不能忘怀国事，表现了一个爱国诗人的本色。

林则徐在兰州时，曾经写信给好友姚椿和王柏心，详述办理禁烟的原委，抒发对投降派的愤慨，并根据实践斗争经验，对敌我双方的实力进行分析后，提出"器良技熟，胆壮心齐"的御敌八字方针。他还在信中赋诗道："时事艰如此，凭谁议海防。已成头皓白，遑问口雌黄。绝塞不辞远，中原吁可伤。感君教学《易》，忧患固其常。"（《次韵答姚春木》）①"太息恬嬉久，艰危兆履霜。岳韩空报宋，李郭或兴唐。果有元戎略，休为谪宦伤。手无一寸刃，谁拾路傍枪。"（《次韵答王子寿》）②表达了对朝廷文恬武嬉局面的忧虑，国防艰危，要及早警惕。他还借抗金英雄岳飞、韩世忠遭受投降派打击之事，抒发报国无门的愤懑之情。并以中兴唐室的李光弼、郭子仪自许，渴望扫除侵略者，重振清室雄威。

林则徐在兰州时，与陕甘总督富呢扬阿、甘肃布政使程德润、甘肃按察使唐树义等时常聚会宴谈，从这些官员的谈论和官府的邸报中了解到了更多关于江南战事的消息。即使在和友人游览谈宴之时，林则徐依旧不忘国事，对国家命运极为担忧。其《程玉樵方伯（德润）饯余于兰州藩廨之若己有园，次韵奉谢》其二云：

> 我无长策靖蛮氛，愧说楼船练水军。闻道狼贪今渐戢，须防蚕食念犹纷。白头合对天山雪，赤手谁摩岭海云？多谢新诗赠珠玉，难禁伤别杜司勋！③

表现了作者对江南战事的关切，对国家前途的担忧。他提醒朝廷和人民不要被侵略者"狼贪今渐戢"的表面现象所迷惑，而是要提防敌人"蚕食"

---

① 《林则徐全集》，海峡文艺出版社2002年版，第3083—3084页。
② 《林则徐全集》，海峡文艺出版社2002年版，第3084页。
③ 《林则徐全集》，海峡文艺出版社2002年版，第3082页。

中国领土，得寸进尺，进一步侵略我国的狼子野心。

林则徐在陇右之时，对陇上壮丽的山河也极为赞叹，颇有登高作赋的豪迈情怀，如"节府高楼跨夹城，五泉山色大河声"（《留别海帆》）赞美了兰州五泉山的奇丽和黄河边拂云楼的雄伟。而其《出嘉峪关感赋》四章则以笔力万钧之势描写了天下雄关的壮丽气象，也抒发了作者报效国家的爱国豪情：

其一

严关百尺界天西，万里征人驻马蹄。飞阁遥连秦树直，缭垣斜压陇云低。天山巉削摩肩立，瀚海苍茫入望迷。谁道崤函千古险，回看只见一丸泥。

其二

东西尉侯往来通，博望星槎笑凿空。塞下传笳歌敕勒，楼头倚剑接崆峒。长城饮马寒宵月，古戍盘雕大漠风。除是卢龙山海险，东南谁比此关雄。

其三

敦煌旧塞委荒烟，今日阳关古酒泉。不比鸿沟分汉地，全收雁碛入尧天。威宣贰负陈尸后，疆拓匈奴断臂前。西域若非神武定，何时此地罢防边。

其四

一骑才过即闭关，中原回首泪痕潸。弃繻人去谁能识，投笔功成老亦还。夺得胭脂颜色淡，唱残杨柳鬓毛斑。我来别有征途感，不为衰龄盼赐环。①

林则徐将出嘉峪关赴戍伊犁之时，立马关前，放眼河山，纵横千载，思绪翻滚，禁不住发出无限感慨。诗中写出了嘉峪关的威严雄壮，赞颂了

---

① 《林则徐全集》，海峡文艺出版社2002年版，第3088页。

汉武帝的统一事业，表达了对立功西域的张骞、班超的景仰之情，也抒发了诗人盼望早日获释入关的愿望。全诗气魄豪放，笔墨饱满，洋溢着热烈而深沉的爱国情感。写景抒情融为一体，格律严整，韵律和谐，不愧为杰出的登临怀古诗章。林昌彝《射鹰楼诗话》卷一评此诗说："风格高壮，音调凄清，读之令人唾壶击碎；然怨而不怒，得诗人温柔敦厚之旨。"①

林则徐作为江南诗人，对边塞的荒凉和戍途的艰难也深有感触。当他行经玉门之时，曾经写了《有感》一诗，歌咏戍途凄凉困苦之状。诗中说：

其一

脂山无片脂，玉门不生玉。荒戍几人家，如棋剩残局。

其二

蚊蚋噬我肤，尘沙扑我面。夜就毡帐眠，孤灯闪如电。②

脂山即胭脂山，也叫燕支山、焉支山，位于甘肃山丹县城南40千米处。此处水草丰美，在古代为匈奴牧马之地，后来霍去病击退匈奴，成为汉朝的属地。清代玉门县离今玉门市70里，素有"塞垣咽喉、表里藩维"之称，为历代兵家必争之地。林则徐经过时已是深秋，草木凋零，一片荒凉，路上人迹罕至，沿途荒无人烟，让他倍觉戍途的凄凉，也深感河西地区的荒凉。

林则徐出关后，越走越荒凉，到处是一望无际的沙漠戈壁，路上的碎石底下有大石头，车辆非常颠簸，往往走几十里也不见人烟，也无水草，他们天黑了只能在车中歇息，困苦异常。林则徐曾就沿途所见的塞外风光，写成《塞外杂咏》八首：

裨海环成大九州，平生欲策六鳌游。
短衣携得西凉笛，吹彻龙沙万里秋。

---

① 林昌彝著，王镇远、林虞生标点：《射鹰楼诗话》卷一，上海古籍出版社1988年版，第13—14页。
② 《林则徐全集》，海峡文艺出版社2002年版，第2960页。

雄关楼堞倚云开，驻马边墙首重回。
风雨满城人出塞，黄花真笑逐臣来。
路出邮亭驿铎鸣，健儿三五道旁迎。
谁知不是高轩过，阮籍如今亦步兵。
携将两个阿孩儿，走马穿林似衮师。
不及青莲夜郎去，拙妻龙剑许相随。
沙砾当途太不平，劳薪顽铁日交争。
车箱簸似箕中粟，愁听隆隆乱石声。
天山万笏笋琼瑶，导我西行伴寂寥。
我与山灵相对笑，满头晴雪共难消。
古戍空屯不见人，停车但与马牛亲。
早旁一饭甘藜藿，半咽西风滚滚尘。
经丈圆轮引轴长，车如高屋太昂藏。
晚晴风定搴帷坐，似倚楼头看夕阳。①

这些诗虽多咏叹塞外荒凉、戍途艰辛，但也有寓意深远之作，如其中第五首表面上是咏道路不平，行路艰难，实际上另有寓意。他对小人（砂砾）当道的现实深感不平，宦海中的互相倾轧，自己好像"箕中粟"那样任人摆弄。即使如此，他还在忧虑使整个社会不安定的"乱石"之声。这些诗作形象生动，比喻贴切，语言质朴，含蓄蕴藉，的确是言有尽而意无穷。

林则徐踏着陇右的土地艰难行进，路途的艰辛，病痛的折磨，加上对国事的忧愤，他常常夜不能眠，他曾经在路途中写下了《秋夜不寐起而独酌》这样沉痛感伤的诗歌：

瓦盆半倾余浊醪，我正内热思冷淘。欲眠不眠夜漏永，得过且过寒虫号。肝肠赖尔出芒角，俯仰笑人遂桔槔。空瓶醉后作枕卧，明日

---

① 《林则徐全集》，海峡文艺出版社2002年版，第3089—3090页。

糟床仍漉糟。①

由此我们可以看出林则徐的悲愤和无奈之情，也加深了我们对他的全面认识。并不像一些文学作品所描绘的民族英雄那样一往无前，慷慨激昂，他们也有感伤和脆弱的时候。

林则徐待人真诚，在与朋友的交往中能够赤诚相待，陇右期间，不管是上层官吏，还是失意文人，均与他建立了深厚的友谊。在兰州之时，就获得了陕甘总督富呢扬阿、甘肃布政使程德润、甘肃按察使唐树义等人的盛情款待，林则徐也赋诗致谢。《程玉樵方伯（德润）饯余于兰州藩廨之若己有园，次韵奉谢》其一云：

> 短辕西去笑羁臣，将出阳关有故人。坐我名园觞咏乐，倾来佳酿色香陈。开轩观稼知丰岁，激水浇花绚古春。不问官私皆护惜，平泉一记义标新。②

诗中写自己获罪西戍，行经陇右，得到故友们的热情款待，心中充满感激之情，并对程德润名园的佳景和为官的清廉深表赞赏。他还在《留别海帆》诗中回忆了与富呢扬阿二十年来的真挚友谊，感激他解衣推食的深厚情意，还抒发了他们忧怀国事，慷慨论兵，长夜话别的依依之情。

林则徐在凉州之时，友人郭柏荫曾召集朋友陪林则徐一起欢度中秋佳节。席间，林则徐趁着酒兴，为陈德培作七律诗四首，题为《子茂簿君自兰泉送余至凉州且赋七律四章赠行次韵奉答》：

其一

弃璞何须惜卞和，门庭转喜雀堪罗。频搔白发惭衰病，犹剩丹心

---

① 《林则徐全集》，海峡文艺出版社 2002 年版，第 3087 页。
② 《林则徐全集》，海峡文艺出版社 2002 年版，第 3082 页。

耐折磨。忆昔逢君怜宦薄,而今依旧患才多。鸾凰枳棘无栖处,七载蹉跎奈尔何。

其二

送我西凉浃日程,自驱薄笨短辕轻。高谈痛饮同西笑,切愤沈吟似北征。小丑跳梁谁殄灭,中原揽辔望澄清。关山万里残宵梦,犹听江东战鼓声。

其三

银汉冰轮挂碧虚,清光共挹广寒居。玉门杨柳听羌笛,金盌葡萄漾鞠车。临贺杨凭休累客,惠州昙秀许传书。羁怀却比秋云澹,天外无心任卷舒。

其四

也觉霜华鬓影侵,知君关陇历岖嶔。纵然鸡肋空余味,莫使龙泉减壮心。晚嫁不愁倾国老,卑栖聊当入山深。仇香岂是鹰鹯性,奋翼天衢有赏音。①

陈德培,字子茂,时任安定县(今定西)主簿。本应该在甘肃补官,可是七年没有虚席,是一位风尘碌碌,有志难伸的下层官吏。林则徐到了安定县以后,陈德培一直陪同他到凉州。可见陈是一位不畏艰难、忠肝义胆的义士。诗中对陈德培的怀才不遇深为同情,也鼓励他不要以个人的荣辱挂怀,要时刻准备为国家建功立业。虽然是安慰陈德培,也是作者内心的真实写照。林则徐依然念念不忘国事,关心江南战局,"关山万里残宵梦,犹听江东战鼓声",和陆游的"楼船夜雪瓜洲渡,铁马秋风大散关""夜阑卧听风吹雨,铁马冰河入梦来"等句有异曲同工之妙。他希望朝廷派得力的干将剿灭那些来犯的"小丑",还祖国大地以安定祥和。

好友邓廷桢与林则徐曾一起主持虎门销烟,也一同被贬伊犁,不过邓廷桢已经先他到了戍所。林则徐在玉门收到邓廷桢从伊犁的来信,说已代

---

① 《林则徐全集》,海峡文艺出版社2002年版,第3086页。

为找好住处，心中极为感激，于是赋《将出玉关，得嶰筠前辈自伊犁来书，赋此却寄》致谢：

其一

与公踪迹靳从骖，绝塞仍期促膝谈。他日韩非惭共传，即今弥勒笑同龛。扬沙瀚海行犹滞，啮雪穹庐味早谙。知是旷怀能作达，只愁烽火照江南。

其二

公比鳏生长十年，鬓须犹喜未皤然。细书想见眸双炯，故纸难抛手一编。僦屋先教烦次道，携儿也许学斜川。中原果得销金革，两叟何妨老戍边。①

诗中对二人在广东的行事认为千秋自有公论，对个人得失和在戍途中所遭遇到的困苦则表示了置之度外，而一以国事为重的态度。邓廷桢收到此诗后，也有和诗二章，表述了二人同甘苦和不计功利，始终不以过去行事为谬的坚定态度，并念念不忘东南局势而将个人功过付之后世。

林则徐被赦回京途中，曾接到邓廷桢的贺诗，高兴之余，立即写了《次韵嶰筠喜余入关见寄》两首，回忆了他们在戍所的艰辛生活和真挚友谊，并表达了自己将署理陕甘总督，能和邓廷桢继续共事的喜悦心情。诗中写道：

其一

田屯塞下稻分秅，万里穷边似一家。使命惊闻来雪窖，谪居曾许泛星槎。鸡竿正及三年戍，马角应怜两鬓华。还向春明寻旧侣，巢痕回首感搏沙。

其二

暂膺假节又随君，左右居然两陕分。攘臂应嗤老冯妇，弃繻或识

---

① 《林则徐全集》，海峡文艺出版社2002年版，第3187页。

旧终军。清阴最喜秦中树，幻态刚愁陇上云。何日初衣俱释负，沧江双桨逐鸥群。①

林则徐虽然是一位国而忘家的爱国诗人，但正如鲁迅所说"无情未必真豪杰，恋子何必不丈夫"，他在陇右期间，曾经写了许多书信关怀家人，当他行经平凉白水驿时，家里传来一个好消息，次子聪彝于十二日得一子，为林则徐的长孙，林则徐当时行经崆峒，因此为长孙取名贺峒。其《次白水驿得家书，彝儿举一男，余初得孙，诗以志喜》云：

伬离家室寄长安，闻茁孙枝稍自宽。撰杖子能供啜菽，（彝儿随余赴戍。）持门妇恰报征兰。见儿作父吾知老，待汝成人古已难。正向崆峒倚长剑，咳名频展贺书看。（家人以书来贺，适行过崆峒，因名之曰贺峒。）②

在艰难困苦的戍途中，年届花甲的老人喜得长孙，其欣喜之情可以想象。但是他在欣喜之余，依旧难忘江南战局，关心国事，希望自己能倚剑崆峒，平定战乱。给孙子起名"贺峒"，也正寓有保家卫国之意。

纵观林则徐的一生，他曾作为能吏为国家和人民做了许多有益的事情，带领官民积极禁烟、防御英国侵略者，而且是"开眼看世界"的第一人，为推动中国人民了解世界局势主持翻译了许多国外资料。但是由于朝廷的腐败，他含冤被贬往伊犁，也才有机会来到陇右大地，他在陇上写了许多诗歌，为陇右士人题写了许多书法作品，为陇右山河增色不少。虽然他后来署理陕甘总督时曾经镇压过甘肃藏民的反清活动，但这是他的职责所在，也是他的历史局限，我们不可苛责于他。这也是他的名句"苟利国家生死以，岂因祸福避趋之"的人生实践。而他坚决抵抗侵略，保家卫国的爱国精神和"海

---

① 《林则徐全集》，海峡文艺出版社2002年版，第3120页。
② 《林则徐全集》，海峡文艺出版社2002年版，第3082页。

纳百川，有容乃大；壁立千仞，无欲则刚"的高尚情操，永远激励着中国人民！

第三节 董文涣宦游陇右及其陇右诗歌创作

董文涣（1833—1877），字尧章，号研秋、研樵、砚樵，另有室名别号岘樵山房、砚樵山房、藐姑射山房、研虑轩、枌东书屋、不薄今人爱古人、良史后裔等，山西省洪洞县杜戍村（今洪洞县杜戍村）东堡人。董氏家族以盐业起家，同时注重子孙文化教育，至董文涣一辈，董麟、董文涣、董文灿兄弟三人先后得意科场，联翩入京，时人誉为"京城三凤"，家族声望达到顶峰。

董文涣自幼聪颖好学，文武兼修，皆有所成。咸丰二年（1852）中举。咸丰六年（1856）成进士，改翰林院庶吉士，时年二十四岁。咸丰八年（1858）因在籍劝捐出力赏加五品衔。咸丰九年散馆，授翰林院检讨。此后历任国史馆协修官、功臣馆纂修官、武英殿协修官、文渊阁校理、日讲起居注官、武英殿纂修官等职。同治五年（1866），结束了"十年衣惹帝京尘"的京宦生涯，授甘肃甘凉兵备道。次年之任，因为陕西布政司署理巡抚林寿图的奏留，返太原设陕甘米捐总局山西分局办理米捐事务。同治九年（1870），以父丧去官。同治十一年（1872）正月，改授甘肃巩秦阶兵备道。同年八月十四日，离开家乡洪洞杜戍赴任，十二月三日到达任所秦州（今甘肃天水市秦州区）。

对于董文涣来甘之前的仕宦经历，我们在做以上简述之后，再引两段资料说明之。一为京官"京察册"，文曰：

> 日讲起居注官，现任办事翰林四品顶戴道员用检讨董文涣，山西洪洞人，咸丰六年进士，改庶吉士。八年六月，因在籍劝捐出力，赏加五品衔。九年四月散馆，授职检讨，己未顺天乡试充磨勘官，九月大考三等，十月充国史馆协修官。十年十一月充功臣馆纂修官。十二年充顺天乡试同考官。同治元年壬戌会试充磨勘官、充殿试受卷官，

五月补国史馆纂修、官充实录馆协修官，八月充顺天乡试同考官。二年二月协办院事本衙门撰文、补实录馆纂修官，三月奏办院事充功臣馆提调官、充会试同考官，六月充起居注协修官，九月充教习庶吉士。三年京察一等，再充起居注协修官，署庶常馆提调官，充顺天乡试磨勘官，十二月充武英殿协修官、充文渊阁校理。四年充殿试弥封官，九月充日讲起居注官。五年四月大考三等补武英殿纂修官，六月总校圣训红绫本，八月京察复带记名，十二月实录全书告成，议叙保奏奉旨专以道员用，先换四品顶戴京察一等，任内有加八级纪录二次食俸八年一个月。守清，政勤，才优，年壮。考语：称职。事实：办事精明，人亦练达。①

京察册乃是清廷对在京官员三年一次的考核记录，不论是记述为官经历还是政绩评论都具有权威性，就资料而言具有档案性质。

一为翁同龢所撰《董文涣墓志铭》，文曰：

公讳文涣，字尧章，研樵则其别署……幼负异禀，读书能兼人，博览强记，为文务沈思钩致，尝达旦不辍。年十六，补学官弟子。时兄居拔萃科，同受知督学太常卿龙公。后游京师，学益进，未几，食饩。咸丰壬子登贤书，丙辰成进士。改翰林院庶吉士，己未授检讨，历充各馆协修、纂修、提调官，本衙门撰文、协办院事、奏办院事。辛酉壬戌，再充顺天乡试同考官。癸亥，会试同考官。乙丑，教习庶吉士。公精衡鉴，每校士，阅卷至忘寝食，故得士尤盛，往往致耆学焉。先是，充日讲起居官职，得言事。同治初元，畿辅方解平，奸人挟诈，辄以从逆通匪讦陷平民，株连者众，都下震恐，公上言请禁绝之，得旨俞允，遂安。二年冬，奏陈山西防河事宜，得旨，饬下抚臣行之。又奏

---

① 李豫：《董砚樵先生年谱长编》，《清季洪洞董氏日记六种》第6册，北京图书馆出版社1997年版，第113—114页。

六部考课章程，又奏山西州县丁地多未划一，乃地亩隐藏影射并徭役诸弊，皆下所司行。最后，充文渊阁校理，旋以京察一等记名，以道府用。文宗显皇帝实录告成，以纂修官保叙，专以道员用。丁卯八月，简授甘肃甘凉道。戊辰之官，陕抚奏请留秦委办山西米捐总局，久之，加盐运使衔。庚午，以本生父尤去职。壬申，复简授甘肃巩秦阶道，次年冬之任。①

墓志铭和京察册记录对读，可完整了解其来甘之前的仕宦经历。

一 董文涣的陇右仕宦经历

由京官出为地方官，而且是偏远之地的地方官，对仕途而言无疑是不利的，故董文涣也有怨言和不平。同治五年（1866）授甘肃甘凉兵备道之后，其同治六年（1867）八月十二日《日记》有云："军机处友人遣贾送来信件，拆视之，知甘肃甘凉道缺，余补授矣，以山西人所出之缺仍还授山西人，真公道也！"②显然"真公道也"乃反讽之语。同治十一年（1872）正月改授甘肃巩秦阶兵备道之后，其同治十一年（1872）三月十九日《日记》有云："日前谒曹师，言余简放甘肃，系平日不善应酬权要所致。"③显然也系不平之言。但董是一位有操守和责任心的官员，既来之则安之，从同治十二年（1873）十二月三日到达任所秦州履职至光绪三年（1877）七月因母亲去世忧伤加之自身有疾病逝官署，五年多的时间做了许多有益地方的实事，清风良吏，惠政迭出。光绪《秦州直隶州新志》卷12《名宦下》有传。文曰：

> 董文涣，字尧章，号研樵，山西洪洞人。咸丰丙辰进士，以检讨

---

① 李豫：《董砚樵先生年谱长编》，《清季洪洞董氏日记六种》第6册，北京图书馆出版社1997年版，第194—198页。
② 董寿平、李豫主编：《清季洪洞董氏日记六种》第2册，北京图书馆出版社1997年版，第290页。
③ 董寿平、李豫主编：《清季洪洞董氏日记六种》第3册，北京图书馆出版社1997年版，第342页。

纂修实录，议叙道员，除分巡巩秦阶道。道署在岷州时，前巡道严良训创立文昌书院，为三郡士子修业发名之所。大兵后，巡道移驻秦州。文昌书院久圮废，陇南文教遂替。文涣悯之，请括各州县叛回遗产，估充经费，营建陇南书院于道署之西，以居三郡来学者。舍宇仓饩廪，皆视文昌加广。涣既为择师主讲，又不时诣院亲与执书指授课试，日兼课经学古文辞，期进之远大。乡试之年，捐给寒士赴闱资斧。三郡文风再兴，文涣力也。在官访求民隐，纵远无隔，校稽州境茕独之民五百余户，免其徭役。除属县征粮吏役、披洒需索之弊，民尤德之。文涣学有根砥，尤工为诗，诗品优入中唐。在京师时，得与长白桂懋、山西王轩等唱和成集，汇刻《十子楼吟》二十卷行世。①

所谓"名宦传"是地方志为好官、有作为的地方官设置的记载其先进事迹的栏目，那不是只要是官就能入传的。董文涣能入名宦传表明其治绩大为地方认可。总结"名宦传"所载董文涣之治绩，有这么几条：其一，振兴文教；其二，救济孤寡；其三，废除苛役，其中最突出的是振兴文教一项。翻阅董文涣《岘樵山房日记》皆可得到证实。巩秦阶道前身是乾隆年间设立的洮岷巩秦阶道，同治二年（1863）为镇压秦州回民反清起义，道署迁至秦州，改称巩秦阶道。②董文涣初到秦州时，秦州回民反清起义刚刚平息，百废待兴，安辑流民而外，致力而为便是振兴文教，这从他的秦州日记中可以很清楚地看出来。同治十二年（1873）五月二十五日之日记："阅秦州观风童卷一半，计明日可毕也。"同治十三年（1874）五月二十一日之日记："月课秦州生童，到者百四十余人。"同治十三年（1874）六月初六日之日记："晴，午后邀西春之东西仓相陇南书院地势，以西仓为宜。令州工房尺丈绘图呈览。"③光绪元年（1875）三月初一"择建造

---

① 王权、任其昌：《重纂秦州直隶州新志》卷12《名宦下》，光绪十五年陇南书院刻本。
② 天水市地方志编纂委员会编：《天水市志》上卷，方志出版社2004年版，第527页。
③ 董寿平、李豫主编：《清季洪洞董氏日记六种》第3册，北京图书馆出版社1997年版，第808页。

陇南书院动土期"①，初三"申刻诣西仓行香破土。晚公事竟，拟建造陇南书院变价西礼叛产地亩章程"，初四"晴，阅童课卷三十本。任士言来座谈移时……晚，西春来，共酌建造书院章程。"光绪元年（1875）六月十六日之日记："赴西仓看书院工程。"十七日"晚公事竟。卜陇南书院工程挪款数钜，变价能时时接济否，得亨通卦。"光绪元年（1875）六月二十三日之日记载所撰书院门联"彼君子兮可与共学，非吾徒也不得其门"等多幅。②光绪元年（1875）十一月二十四日之日记："以陇南书院耗费太大，且工料皆不核实，恐难报销，以灵棋卜之，得一上二中一下，惊喜。"③光绪二年（1876）五月，陇南书院建成。董作《创建陇南书院记》，复有《陇南书院落成示同舍诸生》诗。书院落成后又聘请秦州鸿儒任其昌为山长主持之。"名宦传"所谓"三郡文风再兴，文涣力也"。良非虚语。

董文涣不但是良吏，也是廉吏。其秦州日记中多次记录退还礼金之事。即如同治十一年（1872）十二月初六："襄陵县崔步銮来函，附土物四色，意欲有所挟求，返之。"十二月二十三日："清水县高令送年礼八色，门包四两，皆壁谢。"十二月二十五日："徽县云令、秦安程令、三岔州判李各送年礼门包，俱返之。"十二月二十六日："礼县宋令、昌吉县长令各送年礼门包一份，俱返之。复云令、程令信，嘱以后不许送节礼门包。"④同治十二年（1873）四月二十五日："同城并外县各送寿礼，俱返之"等。⑤

---

① 董寿平、李豫主编：《清季洪洞董氏日记六种》第4册，北京图书馆出版社1997年版，第30页。
② 董寿平、李豫主编：《清季洪洞董氏日记六种》第3册，北京图书馆出版社1997年版，第83页。
③ 董寿平、李豫主编：《清季洪洞董氏日记六种》第3册，北京图书馆出版社1997年版，第159页。
④ 董寿平、李豫主编：《清季洪洞董氏日记六种》第3册，北京图书馆出版社1997年版，第514页。
⑤ 董寿平、李豫主编：《清季洪洞董氏日记六种》第3册，北京图书馆出版社1997年版，第595页。

二 董文涣在陇右的诗歌创作

董文涣的诗作大部分留存在《砚樵山房诗集初编》（8卷，同治庚午京城龙文斋刻本）、《砚樵山房诗续编》（4卷，同治辛未京城龙文斋刻本）二集中。山西大学李豫、李雪梅等以"初编""续编"刻本为底本，结合其《岘樵山房日记》《岘樵山房诗草》《藐姑射山房诗集》等稿，点校整理，成《砚樵山房诗稿》，2007年由山西古籍出版社出版，为国内最权威、最齐全的董文涣诗集。①

以《砚樵山房诗稿》收诗为准，董文涣在甘肃境内所作的诗作共有170首，其中同治十一年（1872）18首，同治十二年（1873）82道，同治十三年（1874）44首，光绪元年（1875）25首，光绪二年（1876）1首。这些诗作按性质可分为纪行诗、唱和交游诗、遣怀即景诗等，其中以纪行诗数量最多，成就最高。

（一）第一组纪行诗

同治十一年（1872）八月十三日诗人离开山西洪洞老家赴戍赴任，在西安停留月余，十月二十三日至泾州（今甘肃泾川县）进入甘肃境内；而后经平凉府（治所在今甘肃平凉市区）、巩昌府（治所在今甘肃陇西县城）至兰州面见左宗棠之后，于十二月初八日至任所秦州。一路行歌，有诗50首，其中纪行诗28首，在甘肃境内的纪行诗15首，分别为：《平凉道中晓发》《望崆峒山》《宿瓦亭驿》《静宁晓发》《宿青家驿》《由翟家所至会宁》《会宁道中至日》《途中即事》《夕次西巩驿》《旅况》《次安定县》《宿董家寨》《次碧门关》《宿王家堡》《初至秦州》。这些诗作完全可做行程记看，既有旅途的艰辛，如《平凉道中晓发》之"霜寒偏到足，雪重不胜裘"、《静宁晓发》之"霜花侵席帽，冰柱上须髭"、《由翟家所至会宁》之"车轮时曳水，马足不离冰"、《次安定县》之"借车为旅舍，蓄粝预晨餐"、

---

① 后面文中引用的诗句均来自本书，为简练起见，除举例列出的诗作外，其具体页码不再注出。

《次碧门关》之"夕宿荒崖里,晨行破谷间"等,也有陇上特有的风情习俗,如《会宁道中至日》之"陇俗粪为炭,山家土作盐"、《夕次西巩驿》之"无井窨藏水,多风屋漏天"等。这些诗作的另一特点是均为五言,有浓郁的地域特色,兹录二首。

会宁道中至日

飞鸟前人息,斜阳暮色兼。红崖白对雪,十户九无檐。陇俗粪为炭,山家土作盐。旅愁随到日,一线各长添。①

宿董家寨

落日依荒寨,愁生旅客途。避兵田半废,经火地全枯。鸡犬混牛马,衣冠杂炭涂。邻翁晚来谒,书刺进村酤。②

按:董家寨即今通渭县义岗川镇董家寨,清代有驿站。

(二)第二组纪行诗

同治十三年(1873)正月初二董文涣因公进省,初十至兰州,十八日公事办完之后返回,二十六日回到秦州,前后25天。有诗20首,其中纪事诗19首,分别为《由秦州抵秦安作》《晓发马营》《通渭道中》《途中即事》《金县途次口占》《抵安定县》《夕次董家寨》《晚宿》《早行书所见》《晓发》(以上为赴兰州途中所作)《山行口占》《发清水驿》《次干草店》《宿高家堡》《道经马营作》《晓行》《负薪行(通渭道中作)》《宿景家崖次壁间韵》《次王家堡》(以上为返秦州途中所作)。是为来甘之后的第二组纪行诗,由秦州赴兰州11首,自兰州返回秦州8首。董往来秦州、兰州间,走的都是官方驿道,线路相同,其诗作有意识地散布于各"站点",基本覆盖了沿路有代表性的各"地方"。可能是诗人已习惯了甘肃的艰苦生活,这一组纪行诗已不像第一组那样刻意描写行旅的艰难,而是将目光

---

① 李豫、李雪梅等点校:《砚樵山房诗稿》,山西古籍出版社2007年版,第805页。
② 李豫、李雪梅等点校:《砚樵山房诗稿》,山西古籍出版社2007年版,第808页。

更多地投注到了眼前之景,写出了诸多类似杜诗的精美五言诗,兹举几例。

晓发马营
稍稍曙烟启,行行晓月低。溪桥或见树,山麦不成畦。带郭墓凭鼠,隔河村报鸡。高楼前堡是,疲马几回嘶。①

抵安定县
落日马蹄疾,荒城人语稀。梁穿风洞坐,檐浅月侵扉。屡觉宵筹改,还闻羽檄飞。王师会西出,会解玉门围。②

早行书所见
雾散犹蒙日,天寒未解溪。耕犁侵草雪,樵担带新泥。路补新栽树,农开旧废畦。独吟无定句,懒向酒垆题。③

晓发
破店鸡声尽,前村曙色分。烟密迷晓日,岭雪界霾云。处处樵歌起,家家社鼓闻。柴门有鹿豕,安得尔为群。④

次王家堡
举目荒烟合,挥鞭夕日斜。牛羊山涧道,鸡犬两三家。井少冰融水,风寒烛勒火。天明取前路,马首雪交加。⑤

同是冬日风光,写得和刚来甘肃时的基调大不一样,少了些局促,少了些愁苦,多了些从容,多了些喜色。诗人行至通渭通道,见负薪者,成《负薪行》。诗云:

通渭山多富柴草,土人藉此营温饱。五步喘立十步坐,日日背负

---

① 李豫、李雪梅等点校:《砚樵山房诗稿》,山西古籍出版社2007年版,第878页。
② 李豫、李雪梅等点校:《砚樵山房诗稿》,山西古籍出版社2007年版,第881页。
③ 李豫、李雪梅等点校:《砚樵山房诗稿》,山西古籍出版社2007年版,第884页。
④ 李豫、李雪梅等点校:《砚樵山房诗稿》,山西古籍出版社2007年版,第885页。
⑤ 李豫、李雪梅等点校:《砚樵山房诗稿》,山西古籍出版社2007年版,第894页。

荒山道。

　　荒山道行剧可怜，一担辛苦能几钱。安得化山为平川，尽辟荆棘畎尔田。①

是为本组纪行诗唯一的七言诗，属悯农之作。这一组纪行诗由于刻意经营，一些联句相同精致。即如《由秦州抵秦安作》之"怪石马向前，孤霞鸟外明"、《通渭道中》之"云光烟际重，雪点日边明"、《途中即事》之"岸雪全消白，岩霞半隐红"、《抵安定县》之"缺篱荆棘补，罄室菽葵悬"、《山行口占》之"风尘客颜改，日月马蹄磨"、《发清水驿》之"荒榛封石齿，晴雪露岩腰"、《次干草店》之"人稀惟见鸟，地僻强名庄"、《宿高家堡》之"檐际雅惊月，溪边犬吠云"等。

（三）唱和交游诗

此类诗作有 56 首。唱和诗一般而言多空话套话，但其中也不乏佳制，如《招集忠普军门、宝卿方伯、黄生纯臣（毓全）大令、西村太守小饮官舍赋柬》一首即是，诗云：

　　簿领聊能谢，欢娱共此辰。风搜檐下雪，月款竹边人。谈笑心如醉，诗书腹不贫。自怜离索久，一倍惜佳宾。②

当然其中还不乏精美诗句，如《寄怀都门诸同人》之"印朱齐墨下，案牍并书摊"、《寄周荇翁》之"西征潘岳赋，北望杜陵心"、《早春寄长安同志》之"红坼庭花浅，青回砌草新"、《邀忠普过话》之"竹当雨后偏呈绿，草向窗前不满青"、《再送宝卿》之"云遮关外树，梦隔蜀中天"、《宝卿惠蕉扇赋谢》之"延风驱暑退，象月得秋明"、《答壬秋同年春日寄怀》之"未逢济时用，徒有著书心"、《南山寺招集忠普军门……饯别

---

①　李豫、李雪梅等点校：《砚樵山房诗稿》，山西古籍出版社 2007 年版，第 889—890 页。
②　李豫、李雪梅等点校：《砚樵山房诗稿》，山西古籍出版社 2007 年版，第 826 页。

张宝卿方伯》之"目收断碑字,身阅灵柏响"、《九日集饮……玉泉观登高作》之"秋泉兼竹碧,霜叶敌花红"、《秋夜宴城北寺》之"好风衣口落,新月酒中来"、《率笔和隽峰喜雨》之"郊外青山连郭外,东邻流水答西邻"、《九日次敦臣韵》之"风前吟兴空枫叶,病后清尊负菊花"、《忆都门旧人》之"窗外雨随山色变,塞边秋共雁声来"等。

（四）遣怀即景诗

为便于研究,我们将纪行诗、唱和交游诗之外的诗作都归入这一类型之中。离开京城,在偏远的西北做官,难免有郁闷有惆怅。即如《除夕》云：

除夕在天水,追欢忆帝都。乾坤吾道拙,风雪小臣孤。四十改明日,蹉跎笑此躯。豺狼剧鬼魅,漫思嚇桃符。①

再如《雨霁感述》云：

疏烟微雨草含熏,绕郭晴岚带夕曛。竹近池边偏受霞,树交檐处易藏云。

一官每念羁栖苦,数载常怜骨肉分。已被东风搅愁绪,那堪飞絮更纷纷。②

好诗是作者内心真情的自然流露。董文涣是一个有抱负的文人,也是一位有性情的诗人,表现在遣怀即景诗上其内容是丰富多彩。或感时而赋,有《除夕》《初春感怀》《春日杂述》《春日登城眺望》《寒食日作》《晚春》《秋雨叹》《春事》等。或即景而吟,如《对雪》《咏竹间覆雪》《登秦州城楼》《天水》《郡斋晓晴》《游玉泉观》《初晴》《咏柳絮》《檐榆》《池竹》《窗山》《壁苔》等。或即兴而发,如《寒甚》《即事》《闲赋》《有

---

① 李豫、李雪梅等点校：《砚樵山房诗稿》,山西古籍出版社 2007 年版,第 811 页。
② 李豫、李雪梅等点校：《砚樵山房诗稿》,山西古籍出版社 2007 年版,第 827 页。

梦》《病起漫赋》《偶成》《病起》《官斋杂咏》《偶赋》《自叹》《纪哀》《遣怀》《散衙》《官斋漫赋》等。其中不乏锦绣之句,如《对雪》之"云欺朝夕日,雪逐去来风"、《寒甚》之"栖鸽翻檐雪,饥鸟啄井冰"、《即事》之"书任床头展,诗从牍背题"、《闲赋》之"篱抽进阶笋,窗涌隔城山"、《有梦》之"酒惯愁边进,书慵睡后开"、《登秦州城楼》之"云横诸葛行军垒,树隐伏羲画卦台"、《天水》之"鸟能解衙报,鼠不背官贫"、《春日杂述》之一之"雨砌蜗涂篆,风廊鸽落翎"、《春日杂述》之三之"巡檐鸽戏粟,入户燕寻巢"、《初晴》之"楼花轻重露,蒙竹浅深烟"、《春日登城眺望》之"树隐陇城渺,雪增秦岭肥"、《病起漫赋》之"池鱼牵子出,檐鸽护雏飞"、《偶成》之"草变春风色,花承旭日光"、《晚春》之"池花分蕊下,檐雀合声飞"、《病起》之"园林寻野趣,鸡犬应邻家"、《偶赋》之"酒热连朝醉,诗成隔夜出"、《莲花池花落感赋二绝》之"虽然结子成秋实,却恨红颜退妙年"、《春来》之"庭留向阴雪,竹带近池烟"、《游玉泉观》之"暮霭渐蒙树,斜阳不满楼"、《遣怀》之"破牖风开卷,方塘水鉴人"、《散衙》之"窗日图花影,庭竹拓竹荫"、《官斋漫赋》之二之"系架藤垂子,过篱竹长孙"、《官斋漫赋》之三之"石颓苔补砌,壁圮树扶堂",等等。

此外还有《哀西和》《陇南书院落成示同舍诸生》这样的纪事长篇巨制。同治十三年(1874)八月十一日夜,因久雨沉浸西和西北山崩移,压死49人,受灾者200余户,董于是作《哀西和》记其事。有句云:"高岸为谷深谷陵,此变千古诚无偶。修筑终当藉众力,赈恤宜先计户口。东门况报河堤决,得不哀痛我黔首,乌乎!得不哀痛我黔。"光绪元年(1874)五月董文涣为之呕心沥血的陇南书院落成,于是有《陇南书院落成示同舍诸生》五言长排,记书院创建始末、规制及其对诸生的殷切期望。有句记书院规制曰:"相地秦西仓,庀工兴百堵。讲堂周涂壁,学斋思栋宇。中可容百人,互以东西序。覆檐颇深邃,井灶粲可数。有竹左右之,绿阴敷庭户。于焉列生徒,何止除风雨。"

三　董文涣陇右诗作的艺术成就

纵观董文涣在甘肃境内的诗作，数量多，水平高，研其原因，有这么几点：

一是董文涣早慧，十一岁即能为诗，也勤于创作，乐于创作。其在秦州日记中，时有"舆中得诗一律""日间得诗二句"等语。

二是对诗艺精益求精，其在秦州的日记中多次出现"晚，看公事毕，改旧诗""改各岁途中诗""晚公事竟，改诗""晚公事竟，改旧作""晚公事竟，改前作诗""晚公事竟，改昨作诗"等语。举一例，先列日记所载之草稿，后列定稿，看修改之情形。

得灿弟书因寄（草稿一）

京国音书至，边城岁月长。离怀随梦积，案牍促人忙。终觉平生负，空增鬓发苍。西窗旧时竹，梢合出邻墙。①

得灿弟书因寄（草稿二）

京国音尘隔，边城道路长。春风引诗兴，夜梦到池塘。陇右书新至，枌东屋未忘。窗前旧栽竹，梢合出邻墙。②

寄怀舍弟（定稿）

四载音容隔，三千道路长。春风引诗兴，夜梦到池塘。对酒怜孤影，看云忆帝都。西窗旧栽竹，梢合过邻墙。③

两相对照，可见诗人有类贾岛的"推敲"式的苦吟。通过苦吟而言情，

---

① 董寿平、李豫主编：《清季洪洞董氏日记六种》第3册，北京图书馆出版社1997年版，第23—24页。

② 董寿平、李豫主编：《清季洪洞董氏日记六种》第3册，北京图书馆出版社1997年版，第24页。

③ 李豫、李雪梅等点校：《砚樵山房诗稿》，山西古籍出版社2007年版，第918页。

获得"言情入骨,字字从肺腑中流出"的效果。①

三是注意吸收创作营养。在秦州的日记中不时有"晚,看公事毕,读少陵诗数册""圈杜诗一页""圈杜诗一卷""连日在舆中温习杜诗""读工部诗""午批杜诗六卷"等语。其杜诗学著作《杜诗字评》就是在署斋中利用公余时间完成的。同治十二年(1873)三月十四日之日记有云:

> 顾斋函至,附评诗一册,言余去岁度陇纪行诸诗作酷似杜老。余西来时路途舆中只杜诗一部,翻阅数过,不觉薰染,顾老信可诏知言乎。②

有些诗句则是直接从杜诗化出者,如《初至秦州》之"边雪连鱼海,关云接凤林"得自《秦州杂诗》其十九之"凤林戈未息,鱼海路难长",《宿王家堡》之"鼓角军中幕,牛羊岭下蹊"则得自《秦州杂诗》其十之"烟火军中幕,牛羊岭上村",《陇南行》之"人生四十无成身已老,三年羁系陇南道"则得自《同欲歌》其七之"男儿生不成名身已老,三年饥走荒山道"。熟读杜诗是其诗歌有唐风的重要来源。

四是深入研究诗律。同治二年(1863)董文涣三十一岁时即完成了中国诗学史上有重要价值的诗学著作《声调四谱图说》。是为清人古诗声调研究的集大成之作,董诗中能有诸多锦绣对句,和其扎实的诗学功底是分不开的。

同治七年(1868)董文涣离京,是其创作的第三阶段。走出了京城狭小的生活圈,多层面地接触到了社会生活,目睹了战乱的苦难,感受到了西北别样的风土人情,使其诗歌题材多样,或书写民间疾苦,或表达忧国之情,或描绘山川风物,或流露田园情趣。尤其是到了甘肃之后,随遇而安,"今朝监郡印,敢负济时心"(《初至秦州》),情趣随之变化,在

---

① 董国炎:《董文涣的诗论》,董寿平、李豫主编《清季洪洞董氏日记六种》第6册,北京图书馆出版社1997年版,第228页。
② 董寿平、李豫主编:《清季洪洞董氏日记六种》第5册,北京图书馆出版社1997年版,第573—574页。

取得可观政绩的同时，写出了诸多反映现实的接地气之作，尤其在纪行诗创作方面取得了突出成绩，使甘肃的许多无名小地入诗，有诗史效果。这一时期的诗作"在体裁上，他基本以五言为主。很多诗，句式仿佛五律，格律却是古体，遣词造句，质朴厚重，很少用典，大多数作品都有苍凉之气，通篇浑茫，不像宋诗中以理趣带动全篇的写法……"①可惜天不假年，董文涣过早去世，这无疑是近代诗坛的一大损失。

第四节　谭嗣同漫游陇右及其陇右诗歌创作

谭嗣同的父亲谭继洵于光绪三年（1877）至光绪十五年（1889）间历任甘肃巩秦阶道（1877）、甘肃按察使（1883）、甘肃布政使（1884），嗣同于是随父宦游甘肃。他于光绪四年（1878）十四岁时初次踏上甘肃的土地，到光绪十五年（1889）二十五岁时最后一次离开甘肃，曾数次往返于甘肃、湖南、北京之间，足迹遍及大河上下，长江南北，并曾远去西北之新疆与东南之台湾。这十一年中大部分时间是在甘肃大地上度过，他在这里刻苦学习，广泛交游，奠定了他辉煌人生的学业基础，砥砺了视苦若甘的坚毅品质，丰富了一个杰出的思想家所必备的社会阅历，也完成了一生中最为重要的文学创作，形成了被他自己称为"拔起千仞，高唱入云"的文学风格。

一　谭嗣同的陇原游历

谭嗣同的母亲病逝次年（1877），父谭继洵在户部郎中任上迁甘肃巩秦阶道，加二品衔②。清政府在甘肃（包括现在的青海、宁夏）设有六个分巡道，巩秦阶道是其中之一，辖区有巩昌府、秦州直隶州、阶州直隶州，设道员一人，是总督以下的行政长官，官阶正四品，道署在秦州大城（旧

---

① 董国炎：《论董文涣诗风嬗变》，董寿平、李豫主编《清季洪洞董氏日记六种》第6册，北京图书馆出版社1997年版，第222页。

② 谭嗣同：《先妣徐夫人逸事状》，《谭嗣同全集》，中华书局1981年版，第53页。

址在今天水市政府）。谭继洵接到清政府任命后，携子嗣同请假回浏阳老家为妻徐五缘修墓，之后回京，于是年十一月到甘肃巩秦阶道任。谭嗣同于次年（1878）赴甘肃其父任所，时年十四岁。他从浏阳出发，舟行至长沙，易舟经湘江至洞庭湖，后陆行至湖北，溯汉水至襄阳，陆行至洛阳，经函谷关、潼关至陕西，于这年秋天到达兰州，后返回秦州。途中冒酷暑跋山涉水，又遇当年山西、陕西、河南饥荒，赤地千里，瘟疫蔓延，艰苦备至，所到之处，满目疮痍。之后，他在巩秦阶道道署里读书，并开始了诗歌创作。《三十自纪》所云"十五学诗"，约指此时。谭继洵因科举崛起于寒微之家，因此也希望儿子走上科举"正途"，他感到在秦州请不到精通八股制艺的名师，便致函浏阳著名学者涂启先，延请他教读谭嗣同。光绪五年（1879）夏天，谭嗣同取道甘肃徽县，回湖南浏阳就读。到浏阳后，谭嗣同从涂启先、欧阳中鹄系统学习《易》《礼》《春秋》等中国传统学术[1]，并兼及算学等格致之学。[2] 仲兄嗣襄（泗生）赴甘肃省父，嗣同有《送别仲兄泗生赴秦陇省父》七绝五首。

光绪八年（1882）谭嗣同第二次赴甘肃（可参《三十自纪》），时年十八岁。到达秦州后，经伏羌（今甘肃甘谷县）到达兰州。冬天，返回秦州。《与沈小沂书一》云："又嗣同弱娴技击，身手尚便，长弄孤矢，尤乐驰骋。往客河西，尝于隆冬朔雪，挟一骑兵，间道疾驰，凡七昼夜，行千六百里，岩谷阻深，都无人迹，载饥载渴，斧冰作糜，比达，髀肉狼藉，濡染裤裆。此同辈之目骇神战，而嗣同殊不觉。"[3] 于此可见少年谭嗣同的英雄气概，他已经不是曾经那个"嬉戏阶下，嗷嗷以哭"[4]和"夜读书，闻白杨号风，闲杂鬼歔，大恐"[5]的天真儿童，而是一个铁骨铮铮的英雄少年了。为了将来有所作为，他经常用这样的方法来砥砺自己的意志。是年有关陇原的

---

[1] 谭嗣同：《史例自叙》，《谭嗣同全集》，中华书局1981年版，第16页。
[2] 梁启超：《清代学术概论》，上海古籍出版社1998年版，第92页。
[3] 《谭嗣同全集》，中华书局1981年版，第4页。
[4] 谭嗣同：《远遗堂集外文初编·自序》，《谭嗣同全集》，中华书局1981年版，第89页。
[5] 谭嗣同：《城南思旧铭并叙》，《谭嗣同全集》，中华书局1981年版，第23页。

创作集中存有五古《述怀》，五律《雪夜》、《兰州庄严寺》；七绝《到家》二篇，《由秦陇赴甘肃道中即事》等；又有词作《望海潮·自题小照》。

光绪九年（1883）春，谭继洵升任甘肃按察使，嗣同随父来到兰州。之后奉父命回家乡与长沙李篁仙之女李闰结婚。婚后回到兰州。这一年有关甘肃的诗歌创作集中存有五古《宿田家》，七古《陇山》，五绝《古意》二首，五律《病起》《兰州王氏园林》《白草原》《秋日郊外》《冬夜》等。

谭嗣同屡次参加南北省试，皆名落孙山。为了实现经国济民的理想抱负，找到施展才华的舞台，光绪十年（1884），与仲兄谭嗣襄到新疆巡抚刘锦棠的幕府，刘大奇其才，将荐之于朝。但不久刘去职，兄弟二人只得返回兰州。① 这一年有关甘肃的创作存有五古《别意》《河梁吟》，七古《西域引》、五律《马上作》《角声》等；中法战争于前一年（1883）爆发，法军侵我闽、粤，谭嗣同愤而作《治言》，已蕴有初步的"变法"思想。②

光绪十年（1884）冬，谭继洵任甘肃布政使。清沿明制，以承宣布政使司为一省最高民政机构，而以布政使为主官，与管刑名之按察使并称两司，为从二品，仅次于巡抚一级。③ 谭继洵重修了甘肃布政使署庭院，题名憩园。谭嗣同撰联语遍贴园中，有四照亭联："人影镜中，被一片花光围住；霜华秋后，看四山岚翠飞来。"天香亭联："鸠妇雨添三月翠，鼠姑风里一亭香。"夕佳楼联："夕阳山色横危槛，夜雨河声上小楼。"④ 读《墨子》，羡慕墨翟的为人，遂"私怀墨子摩顶放踵之志"。故其《仁学》，受墨子的影响甚大，其平等的学说就是墨子"兼爱篇"的演绎，国家论也渗合了墨子"任侠"的行径，正是要求自由与解放的豪放情绪的表现。⑤

陇原大地辽阔的山川原野、沙漠戈壁，更是开拓了谭嗣同这位南国少年壮阔的胸怀和豪爽健朗的性格。他由读《墨子》，进而读《庄子》《史记》，

---

① 梁启超：《谭嗣同传》，见《谭嗣同全集》，中华书局1981年版，第543页。
② 杨廷福：《谭嗣同年谱》，人民出版社1957年版，第46页。
③ 瞿蜕园：《历代职官简释》，黄本骥《历代职官表》本，上海古籍出版社1980年版，第47页。
④ 谭嗣同：《石菊隐庐笔识》思篇四十二，《谭嗣同全集》，中华书局1981年版，第146页。
⑤ 杨廷福：《谭嗣同年谱》，人民出版社1957年版，第42页。

羡慕庄周汪洋恣肆的为文风格和"抟扶摇而上者九万里"的自由无碍、雄伟浩荡的气魄，以及《史记·游侠列传》中朱家、郭解急人之难的拳拳义气。这时，他与仲兄嗣襄、从姪传简、表兄徐蓉侠均年少气盛，凌厉无前，加之自己早年曾从大刀王五、通臂猿胡七习得一身武艺，所以议论纵横，相互戏谑，还经常于长城内外，奔逐驰骋，有时并辔到山谷中，有时私自出塞。其《刘云田传》云：

  安定防军，隶大人部。嗣同闲至军，皆橐鞬帛首以军礼见，设酒馔军乐，陈百戏。嗣同一不顾，独喜强云田并辔走山谷中，时私出近塞，遇西北风大作，沙石击人，如中强弩。明驼咿嚘，与鸣雁嘷狼互答。臂鹰腰弓矢，从百十健儿，与凹目凸鼻黄须雕题诸胡，大呼疾驰，争先逐猛兽。夜则支幕沙上，椎髻箕踞，掬黄羊血，杂血而咽，拨琵琶，引吭作秦声。或据服匿，群相饮博，欢呼达旦。①

也正是在甘肃大地上这种艰苦的自我砥砺，使他形成了勇于任事，视苦若甘，纵横不羁的性格。

光绪十一年（1885）春，谭嗣同取道陇西，经龙驹寨、襄阳归湖南。这一年与甘肃相关的诗歌有五律《别兰州》《老马》、七律《登山观雨》等篇。

光绪十二年（1886）春，第四次来到甘肃，此后两年间在兰州度过，寓居于甘肃布政使署（憩园）愤志读书。这两年与甘肃相关的诗作有五律《憩园雨》三篇，七律《赠入塞人》《和景秋坪侍郎甘肃总督署拂云楼诗》二篇等。

光绪十四年（1888）夏，回湖南浏阳故乡。有关甘肃的诗歌，集中存有七古《秦岭》、歌行《罂粟米囊谣》《六盘山转饷谣》、五律《秋夜》《随意》等。

光绪十五年（1889）正月，谭嗣同自浏阳抵达兰州。即与仲兄嗣襄赴

---

① 《谭嗣同全集》，中华书局1981年版，第20页。

北京应试不第，嗣襄将往台湾，嗣同"亦西出塞，为别汉口"①，五月，嗣襄以疾卒于台湾安平县蓬壶书院，获悉噩耗，创巨痛深，遂携姪传简赴台湾料理丧事。十一月，谭继洵升任湖北巡抚，嗣同足迹遂不再至甘肃。这一年集中所存与甘肃相关的诗歌有七律《崆峒》，《自平凉柳湖至泾川道中》等。

考察谭嗣同十四岁至二十五岁这十一年的漫游经历，大部分时间在甘肃度过。在这里，他主要做了三件事。

首先是为了求取功名而进行的刻苦学习。这是谭嗣同随父宦游最主要的目的。谭继洵因科举而显贵，因此希望儿子也能走上这条路，他为此不遗余力，而嗣同也能遵从父命，刻苦努力，"十五学诗，二十学文"，而且对桐城文"刻意归之数年"，自己也希望能够通过科举考试走上仕途，以驰骋自己心怀天下的抱负。他在甘肃各地游历，并数次离开甘肃，遵父命赴湖南等地参加科举考试。他的学习范围渐渐广博，除孔孟之学外，对诗文辞赋、考据笺注、研读野史及古代兵法极感兴趣。因为不甘心遵循封建科举的常规，一心追求"驰骋不羁之文，霸王经世之略"②，所以谭嗣同青年时应科举考试，屡次落第。数次往返于甘肃、湖南、北京之间，"为此仆仆，迫于试事居多"③，皆名落孙山。天下多难之际，他困于没落腐朽之科举制，苦无报国骋志之路。但是，这种刻苦勤奋的学习也为他的学术创作、维新思想宣传以及诗文创作都奠定了深厚的学业基础，打开了另一扇通向辉煌人生的大门。

其次是为图将来有所作为而进行的艰苦的自我砥砺。谭嗣同在甘肃时前期主要在秦州，后期主要在兰州。他的足迹遍及甘肃陇东、陇南、兰州、河西等地。大西北雄浑苍凉的地理风貌和豪放强悍的风土人情，潜移默化地熏陶了他，给这位南国少年的血液里赋予了刚烈、侠义、豪气冲天的禀性。广泛的游历生活他非但不以为苦，更将这作为砥砺其任侠豪迈、纵横不羁

---

① 谭嗣同：《石菊隐庐笔识》思篇五十一，《谭嗣同全集》，中华书局1981年版，第151页。
② 谭嗣同：《报刘淞芙书一》，《谭嗣同全集》，中华书局1981年版，第8页。
③ 《谭嗣同全集》，中华书局1981年版，第57页。

个性之舞台，同时也磨炼了他不屈不挠的意志与坚韧顽强的性格，张扬了凌厉无前的任侠精神，将甘肃大地的剽悍粗犷融入了他的性格和血液之中。在社会现实与个人经历交相激荡之下，他的思想也焕发出强劲的生命力和激进的光芒，为他从事维新变法运动储备了力量。

最后是广泛的交游与社会活动。谭嗣同在甘肃时，与这里的人士交往颇多，讨论学问、交流思想。刘云田是这一时期最重要的友人，交游经历与谭嗣同在甘肃的时间相始终。在秦州时与狄道（今甘肃临洮县）名诗人李景豫交往颇多，相互唱酬。① 谭嗣同还曾与降清的农民起义首领崔伟等论及农民起义之原因以及国家祸乱之根本。② 甘肃大地还流传着很多关于谭嗣同的轶闻传说。比如他十四岁刚来到甘肃，正逢大旱之后，为预防天花流行，谭继洵在秦州城内设置了牛痘局，配备专职医官，为儿童施种牛痘，但秦州百姓对这种科学防疫的方法竟不相信，而谭嗣同已在北京接种牛痘，无奈之下，谭嗣同勇敢站出来，现身说法，再次接种牛痘，终于使人们消除了对这一新生事物的畏惧心理，牛痘终于在秦州得到普遍推广。③ 带头种牛痘虽为区区小事，但少年谭嗣同胆识过人、慷慨为民的精神于此可见一斑。

在甘肃大地上刻苦的学习、艰苦的自我砥砺、广泛的交游与社会活动，使他的学问逐渐渊博，作品渐趋成熟，思想逐步深刻，意志更加坚定，这也是他将来成为一名杰出的思想家和社会活动家、坚定无畏的改革者所必备的社会阅历。壮游陇原的过程中他创作了一生中成就最高的文学作品，而且，壮游陇原的经历是他从一个奋发有为的少年成长为忧国志士的重要阶段。

二 谭嗣同在陇右的诗歌创作

谭嗣同饱含深情地吟咏甘肃大地的山川河流，风土人情，抒发忧国忧

---

① 谭嗣同:《石菊隐庐笔识》思篇四十八，《谭嗣同全集》，中华书局1981年版，第148页。
② 谭嗣同:《石菊隐庐笔识》思篇三十九，《谭嗣同全集》，中华书局1981年版，第144页。
③ 张兵:《前度别皋兰，驱车今又还——戊戌烈士谭嗣同在甘肃》，《档案》2002年第3期。

民之怀抱，驰骋纵横四方之志向，其中最主要的是对陇原大地山川胜景的赞美。他的足迹遍及陇东、陇南、兰州、河西等地，对于甘肃大地的湖山胜迹风物人情怀有深厚的情感，诗集中咏甘肃山川风物的诗作不下数十首，是谭嗣同诗歌作品中最主要、成就最高的部分。其《崆峒》《陇山》《六盘山转饷谣》等作，向来受到称誉。其《兰州庄严寺》《别兰州》《憩园雨》亦达到很高的成就。游历陇原途经秦地所作《秦岭》《潼关》《出潼关渡河》亦为集中的代表作。其《陇山》诗云：

古来形家者流谈山水，云皆源于西北委于东，三条飞舞趋大海，山筋水脉交相通。我谓水之流兮始分而终合，夫岂山之峙兮愈岐而愈弱。吁嗟乎！水则东入不极之沧溟，山则西出无边之沙漠，错互乾坤萃两隅，气象纵横浩寥霸。昔我持此言，密默不敢论，足迹遍陇右，了了识本原。陇右之山崛然起，号召峰峦俱至此。东南培土娄小于拳，杂沓西行万馀里，渐行渐巨化为一，恍若朝宗汇群水。其上宽广不可计，肉张骨大状殊异。欲断不断势相鏖，谁信人间犹有地。譬如亡秦以上之文章，鼓荡寥天仗真气。不复矜言小波碟，横空一往茫无际。策我马，曳我裳，天风终古吹琅琅。何当直上昆仑巅，旷观天下名山万迭来苍茫。山苍茫，有终止。吁嗟乎！山之终兮水之始。①

陇山是六盘山南段的别称，地处西安、银川、兰州三省会城市所形成的三角地带中心，是陕北黄土高原和陇西黄土高原的界山，及渭河与泾河的分水岭，曲折险峻，古代盘道六重始达山顶，故名。诗人多年往来于此地，足迹遍及这里的山川河流，提出了有别于形名家对于地形的看法。同时，诗人还对先秦文章给予了高度评价。结尾表现了诗人的胆略和气魄。这首诗也并非模山范水之作，是以如椽诗笔描述了陇山的险峻形势，从而抒发了诗人胸中蓄积已久的豪气，气象阔大，宏伟壮观，极富浪漫气息。

---

① 《谭嗣同全集》，中华书局1981年版，第71—72页。

谭嗣同《陇山道中五律》《自平凉柳湖至泾州道中》《秋日郊外》《六盘山转饷谣》《白草原五律》《雪夜》《病起》《宿田家》等诗记录了诗人在甘肃的踪迹。以《白草原五律》为例：

> 白草原头路，萧萧树两行。远天连暗雪，落日入沙黄。石立人形瘦，河流衣带长。不堪戎马后，把酒唱《伊凉》。①

光绪九年（1883），十八岁的谭嗣同漫游陇原来到甘肃会宁，于旅途中见佳句"最是凄凉乡梦醒，卧听老马啮残刍"②，叹其佳而不得其名，故于笔记中录之，然后北行上白草原，触景生情，描摹出陇原大地空旷辽阔之景象，极状诗人慷慨悲歌之情景。再如《陇山道中五律》：

> 大壑宵飞雨，征轮晓碾霜。云痕渡水湿，草色上衣凉。浅麦远逾碧，新林微带黄。金城重回首，归路忆他乡。③

光绪十一年（1885）春，谭嗣同离开兰州去湖南赴试，途经陇山时写下此诗。前三联写诗人乘车在陇山道上行驶时路途所见，尾联写出对金城兰州的留恋。由此可见谭嗣同对陇原大地的深厚情感，当他离开兰州将赴家乡时，对"他乡"兰州竟是如此恋恋不舍。

谭嗣同的部分诗作则在一定程度上写出了兰州的悠久历史和重要的军事地位，如《和景秋坪侍郎甘肃总督署拂云楼诗二篇》：

一

> 作赋豪情脱愤投，不关王粲感登楼。烟消大漠群山出，河入长天落日浮。白塔无俦飞鸟回，苍梧有泪断碑愁。惊心梁苑风流尽，欲把

---

① 《谭嗣同全集》，中华书局1981年版，第81页。
② 谭嗣同：《石菊隐庐笔识》思篇四十七，《谭嗣同全集》，中华书局1981年版，第150页。
③ 《谭嗣同全集》，中华书局1981年版，第81—82页。

兴亡数到头。

二

金城置郡几星霜，汉代穷兵拓战场。岂料一时雄武略，遂令千载重边防。西人转饷疲东国，南仲何年罢朔方。未必儒生解忧乐，登临偏易起旁皇。①

这两首诗通过对景物的描写，对金城的怀古，表现了诗人热爱祖国、关心国家命运的情怀，是咏史怀古、抒发怀抱的作品。再如《夜成》，表达了他怀才不遇的苦闷。《冬夜》描绘了西北边关的军旅生活。《山居五律》表达了作者的田园情怀。

在谭嗣同的笔下，陇上风光无论冬夏春秋，都显得那么栩栩如生，意趣盎然。如《雪夜》：

雪夜独行役，北风吹短莎。冻云侵路断，疲马怯山多。大地白成晓，长溪寒不波。澄清香难问，关塞屡经过。②

在一个北风呼啸、大雪飘飞的夜里，诗人骑着疲惫的马，艰难行进。眼前冰封的山峦、河流，使诗人感由衷发，形诸歌咏。写的是谭嗣同早年自秦州冬返兰州的行旅生活。我们于平淡的诗句中可窥见少年诗人英姿飒爽的风貌，慷慨悲凉，意境悠长。

谭嗣同一生游历甚广，所作诗歌作品也以山水诗为多，但是，在他众多的吟咏山水名胜的作品中，还没有比兰州更让他倾情的，即使他描写家乡的山光水色风景名胜的作品，也未超过他对陇上风情和兰州胜景所倾注的热情。如《病起》：

---

① 《谭嗣同全集》，中华书局1981年版，第63页。
② 《谭嗣同全集》，中华书局1981年版，第59页。

萧斋卧病久，起听咽寒蝉。伫立空阶上，遥看暮树边。万山迎落日，一鸟堕孤烟。秋雨园林好，携筇感逝川。①

光绪十年（1884）谭嗣同与仲兄嗣襄去新疆巡抚刘锦棠幕府，以期刘向朝廷推荐，但没有成功，只得又返回兰州，此诗作于是年秋天。秋雨后的园林，蝉声如咽，林鸟飞逐。久卧病榻之后，独立在阶石之上，眺望如此萧瑟而清新的秋色，发出了"秋雨园林好，携筇感逝川"的感慨。再如《秋日郊外》：

寒山草犹绿，长薄树全昏。鸿雁迟乡信，牛羊识远村。边风接沙起，河水拆冰喧。野老去何许，日斜归里门。②

一幅旷远辽阔的西北田园图景展现在读者的眼前：秋风刮起，一片混沌的风沙之中，山上的草尚未枯黄，远处的树木迷迷蒙蒙，一群群牛羊在山野上隐现，听到河水冲破冰决的声音。当眼中出现凌空而过的鸿雁时，不禁勾起了诗人淡淡的乡愁。谭嗣同于晋代大诗人陶渊明，尤有独到的创见："陶公慷慨悲歌之士也，非无意于世者；世人惟以冲澹目之，失远矣！"③而他的这一类山水田园之作也充溢着慷慨悲歌之气。

对于兰州的风景名胜，谭嗣同也写了不少作品，如《兰州庄严寺》《憩园雨》《甘肃布政使署憩园秋日七绝》《兰州王氏园林》《兰州小西湖》④等都写得清新自然，别具风采。如《兰州庄严寺》云：

访僧入孤寺，一径苍苔深。寒磬秋花落，承尘破纸吟。潭光澄夕照，

---

① 《谭嗣同全集》，中华书局1981年版，第59页。
② 《谭嗣同全集》，中华书局1981年版，第60页。
③ 谭嗣同：《致刘松芙书二》，《谭嗣同全集》，中华书局1981年版，第11页。
④ 《兰州小西湖》系谭嗣同早年所作，未收入其诗文集，仅存残句于《石菊隐庐笔识》思篇四十九，见《谭嗣同全集》，中华书局1981年版，第150页。

松翠下庭阴。不尽古时意,萧萧雅满林。①

诗人在秋风之中来到兰州庄严寺游玩,幽深而长满苍苔的小径,凋零的秋花,如孤吟般的磬声,以及浮光、夕照、松阴,呈现在人们眼前的是一派庄严肃穆的古寺景象,追寻着清亮凄冷的磬声,诗人的心灵已融入落英的缤纷气息中。全诗笔法细腻,意境淡远,写出了古寺的清幽荒寂和脱俗雅致,读来令人心驰神往,回味无穷。庄严寺始建于唐代,相传为隋末金城校尉薛举故宅。大业十三年(617),薛举在兰州称帝后,即为其皇宫。唐平定薛举后改为佛寺,由山门、厢房及前殿、正殿、后殿等构成三院落。元、明、清各代多次进行修缮,现存三座大殿。以塑、书、画著称,故又称"三绝寺"。谭嗣同倾注了极大的热情来描写陇上风光以及风土人文,尤其是兰州古城及周边风物,在他的笔下千姿百态,尽显风流。

谭嗣同的诗歌作品也充满了经世济民、报效国家的豪情壮志。《清史稿》称他:"少年倜傥有大志,为文奇肆。"②无论在他的述怀言志的作品,还是山水纪行诗歌中,都有突出的表现。他豪情满怀,往往直抒胸臆。《马上作》云:

少有驰驱志,愁看髀肉生。一鞭冲暮霭,积雪乱微晴。冻雀迎风堕,馋狼尾客行。休论羁泊苦,马亦困长征。③

谭嗣同少年时代即有为国家民族而征战乃至献身的雄心壮志,随着年龄的增长,为砥砺自己的志向,他经常跃马扬鞭,驰骋于大漠荒野之中。诗中所写的正是在风雪中策马奔驰、自我磨砺的情景。"少有驰驱志,愁看髀肉生",借用刘备在刘表幕中慨叹自己年华已老而功业无成的典故,以喻自己将思图有所作为。

---

① 《谭嗣同全集》,中华书局1981年版,第59页。
② 赵尔巽等撰:《清史稿》卷464,中华书局1977年版,第12746页。
③ 《谭嗣同全集》,中华书局1981年版,第61页。

谭嗣同少年时期就怀有一番作为的雄心壮志，并经过了岁月和世事的砥砺，已然成长为一个满腹经纶的"国士"，希望为国家效力，救生灵于水火。但他在这条道路上并不如意。一些作品抒发了他壮志不能伸展的苦闷和对时局世事的忧虑。如《老马》云：

> 败枥铜声瘦，危崖铁色高。防秋千里志，顾影十年劳。厮养封俱贵，牛羊气自豪。咸阳原上骨，谁是九方皋？①

一匹有千里之志的老马，十年来奔波在塞上的征尘中。虽住在败枥之中，却怀有豪情。但当它环视周围那些"牛羊"都受到优厚的待遇时，不禁感慨没有了解自己的人。英雄无用武之地，这是豪杰之士最大的苦闷，诗描绘了老马高大的形象：虽身单体瘦，但鸣声如钟，皮毛黑亮，怀有千里之志。诗人借物咏志，含蓄地表达了他怀才不遇的处境。再如《夜成》：

> 苦月霜林微有阴，灯寒欲雪夜钟深。此时危坐管宁榻，抱膝乃为《梁父吟》。斗酒纵横天下事，名山风雨百年心。摊书兀兀了无睡，起听五更孤角沈。②

这首诗写于诗人在兰州读书时期，表达了诗人心怀天下的壮志豪情。阴云在天上流动，淡淡的月光从云隙中时而露出。夜深了，天寒欲雪的季节，远处传来阵阵钟声。在一盏孤灯的映照下，诗人或在房中抱膝微吟以吐抱负，寄托壮志难酬的不平之情；或与朋友饮酒谈论天下世事，表达自己决心著述以传之后世的不可动摇的信念。当诗人放下书本欲睡之时，五更天的更鼓又敲响了。反映出青年谭嗣同豪迈的胸襟抱负和刻苦攻读、心怀天下的精神以及青年时期不可羁绊的豪情壮志，自己尽管是抱膝危坐，摊书

---

① 《谭嗣同全集》，中华书局1981年版，第61页。
② 《谭嗣同全集》，中华书局1981年版，第62页。

苦读，而"位卑未敢忘忧国"，建功立业以永垂青史，潜心著述以藏之名山乃是自己一生追求的目标。从这里也可以看出谭嗣同作为一个知识分子，中国传统的"立德、立言、立功"思想对他的影响。身处那个特殊的时代，忧国忧民成为他的诗歌永恒的主题之一。

谭嗣同游历甘肃，有机会接触到下层劳动人民，对于他们的疾苦能够感同身受，所以他的诗集中留下了反映劳动人民疾苦的篇什，如《六盘山转饷谣》：

马足蹩，车轴折，人蹉跌，山岌嶪，朔雁一声天雨雪。舆夫舆夫尔勿嗔官！仅用尔力，尔胡不肯竭？尔不思车中累累物，东南万户之膏血。呜呼！车中累累物，东南万户之膏血。

反映了谭嗣同对劳动人民的同情和对封建统治者残酷镇压和剥削人民的不满，抨击了清朝统治者的残酷统治。清同治年间甘肃回民起义，左宗棠派重兵驻守兰州，粮饷由东南诸省供给。仆役们在既高且险的六盘山上艰难地运输军粮，车轴折了，马累垮了，天将下雪了，困难重重，备受艰辛的老百姓在为生活而挣扎。诗人进一步将主题升华，指出车上所载的是东南诸省人民之膏血。此诗历来受到很高的评价："笔大如椽，汉魏盛唐人中，亦所罕见。"①再如《罂粟米囊谣》：

罂无粟，囊无米，室如悬磬饥欲死。饥欲死，且莫疗，米囊可疗饥，罂粟栽千里。非米非粟。苍生病矣！

鸦片是帝国主义打开中国闭关锁国的封建统治大门的武器。帝国主义用它不但毒害了千百万中国人民，而且又用它从中国攫取了大量的民脂民

---

① 钝剑：《愿无尽庐诗话》，张寅彭主编《民国诗话丛编》（五），上海书店2002年版，第196页。

膏。腐败的清政府非但任帝国主义胡作非为，而且为供自己需要也种起婴粟米。地处偏远的甘肃，受鸦片毒害尤甚，陇原大地沃土良田广植鸦片，罂粟花遍野，百姓羸弱，面对此情此景，诗人心急如焚，故制此歌谣，让百姓传唱。这是甘肃大地上一代慷慨悲歌之士的呼号和呐喊，他的警世价值将继续穿透历史和时空，发出光芒！

谭嗣同在甘肃的交游也极为广泛，有许多怀人送别，酬赠唱和之作。这也是他诗歌创作的重要组成部分。身在异乡的乡愁、亲人朋友的依依惜别之情，以及同志诗友的赠别唱和都是中国诗歌的传统题材，但也刻上了深深的时代烙印和诗人自己的个性特征。如《河梁吟》：

> 沙漠多雄风，四顾浩茫茫。落日下平地，萧萧人影长。抚剑起巡酒，悲歌慨以慷。束发远行游，转战在四方。天地苟不毁，离合会有常。车尘灭远道，道远安可忘。①

这是首送别之诗，写于1884年自兰州赴新疆途中。与友人在荒凉的沙漠中分别，朔风劲吹，夜幕降临，诗人拔剑起舞，饮酒悲歌，因远离家乡而顿生豪情。结尾抒发了自己对于离别的理解，表现了诗人豁达的胸襟。

三 谭嗣同诗歌风格的形成

谭嗣同短暂的一生只度过了三十四个春秋，他的文学创作可以光绪二十年（1894）中日甲午战争为界，分为前后两个阶段，这年他三十岁。前期主要成就在诗，后期主要成就在文。其中他人生的前期十四岁到二十五岁这十一年间，大部分时间在甘肃度过，"十五学诗，二十学文"②，创作了大量的诗文作品，也正是在这段时间，他的诗文风格逐步形成。

光绪五年（1879）夏天谭嗣同十五岁时，从甘肃启程返回浏阳老家，

---

① 《谭嗣同全集》，中华书局1981年版，第68页。
② 谭嗣同：《三十自纪》，《谭嗣同全集》，中华书局1981年版，第55页。

而仲兄泗生赴甘肃省父，嗣同有《送别仲兄泗生赴秦陇省父》七绝五首。已吟出"频将双泪溪边洒，流到长江载远征"，"羡煞洞庭连汉水，布帆斜挂落花风"，"楚树边云四千里，梦魂飞不到秦州"这般含蕴深远的诗句。嗣同《莽苍苍斋诗集》亦于本年开始存稿，已表现了这位南国少年卓荦不凡的才华。至光绪十五年（1889）写下他的诗歌代表作《崆峒》这样激昂慷慨、遒劲雄健之作，经历了一个长期的发展过程，也付出了艰苦的努力。在《致刘淞芙书二》中，他曾自述学诗经历：

> 嗣同于韵语，初亦从长吉、飞卿入手，旋转而太白，又转而昌黎，又转而六朝。近又欲从事玉溪，特苦不能丰腴。大抵能浮而不能沉，能开而不能翕。拔起千仞，高唱入云，瑕隙尚不易见。迨至转调旋宫，陡然入破，便绷弦欲绝，吹竹欲裂，辛迫下隘，不能自举其声，不得已而强之，则血涌筋粗，百脉腾沸，茇乎无以为继。此中得失，惟自己知之最审，道之最切。①

谭嗣同吸取了唐代诸贤和六朝诗歌的营养，在学习和创作的过程中形成了自己的诗歌艺术特色。从谭嗣同传世的二百余首诗作尤其是他在甘肃创作的作品以及他的学习成长经历来考察，他的诗学特色还受到很多前贤和当代大儒的影响，比如屈原、陶渊明、杜甫、王维、孟浩然、岑参、文天祥、王夫之、黄景仁、汪中、魏源、龚自珍、王闿运以及欧阳中鹄、刘人熙等。谭嗣同能转益多师，故而风格独具。

谭嗣同生平以"慷慨悲歌士"自居，其诗歌总体特色为慷慨豪迈，刚健遒劲，也正如他自己所言："拔起千仞，高唱入云"，带有浓郁的浪漫主义特色。这在他的山水诗中表现得尤其突出。如《秦岭》《陇山》《崆峒》《潼关》诸作，代表了一种冲决罗网的时代精神，壮丽宏伟，气象万千。正如皎然《诗式·明势》所云："高手述作，如登荆巫，觌三湘、鄢、郢

---

① 《谭嗣同全集》，中华书局1981年版，第12页。

山川之盛,萦回盘礴,千变万态。或极天高峙,崒焉不群,气胜势飞,合沓相属;或修江耿耿,万里无波,欻出高深重复之状。古今逸格,皆造其极妙矣。"①这段话道出了山水诗的开阔变化、气象万千之风格,而谭嗣同的山水诗深得其要旨。

在游历生活中,首先是祖国锦绣的河山、雄伟奇特的风景激起了诗人的爱国之情。因此,在谭嗣同很多山水写景之作中常常可以感觉到他的激情澎湃和热血沸腾。潼关、黄河、秦岭、陇山,这些都引起了诗人无限感慨,壮丽景色激发了他的豪情壮志。这一切鞭策着诗人,使他的报国壮志奔腾雀跃,不可束缚,同时亦表现出一种洒脱自然的风格,这是借山水以寄寓情志的山水诗传统在特定时代的高扬;也是在某种程度上对消极遁世、寄情山水的中国山水诗传统的反叛。他的人生经历、个性气质、志向抱负等都决定了含蓄并非他的诗歌美学追求。相反,他追求的是酣畅淋漓、气势恢宏。观其所著《莽苍苍斋诗》《秋雨年华之馆从脞书》,慷慨激昂、遒劲雄健之志士性格或隐或显,贯穿始终,于山水纪行、边塞田园诸作中,尤为显著。谭嗣同具有独立不倚的精神品格,在那个危机四伏动荡不堪的时代,他自由而无所拘束的抒发怀抱,自吐心声。

他继承了屈原、李白以来的中国古典诗歌浪漫主义传统,尤其受龚自珍的深刻影响。②这主要表现在丰富的想象和绮丽的语言上。谭嗣同写诗总好选择奇特的景物形象来表现豪迈雄健的气魄,而这又必须依赖诗人驰骋丰富的想象和炼字锻句的功夫。如《崆峒》:

> 斗星高被众峰吞,莽荡山河剑气昏。隔断尘寰云似海,划开天路岭为门。松挐霄汉来龙斗,石负苔衣挟兽奔。回望桃花红满谷,不应仍问武陵源。③

---

① 皎然:《诗式》卷一,见张伯伟《全唐五代诗格汇考》,凤凰出版社2002年版,第222页。
② 钱仲联:《梦苕庵诗话》二十:"谭复生诗,代表当时浪漫风气,仿佛似龚定庵。"见张寅彭主编《明国诗话丛编》(六),上海书店出版社2002年版,第166页。
③ 《谭嗣同全集》,中华书局1981年版,第67页。

一个桃花开遍崆峒山谷的春日，诗人在黎明之际登上山顶，满天星斗渐渐隐退，似乎被高耸入云的山峰吞没一般。极目远眺，锦绣河山尽收眼底。崆峒是西北名山，在甘肃平凉，极高峻雄伟。诗人所注目的是崆峒山的高、险、雄、奇，他只想将自己的人格、理想、境界、志趣、抱负通过对山水的描述，抒发出来。名山大川成了诗人的代言人。起笔写斗星高悬于天际，然而它之下的崆峒诸峰，几乎可以把它一口吞没，"吞"字，显示了动感和力度，气吞斗牛之态极状崆峒之高峻雄伟。"斗星"位于天极，而在诗人笔下，却要将它"吞"没！"莽荡山河剑气昏"用典寓意。相传三国后期，斗、牛二宿间有紫气，吴亡后，晋张华派人在丰城掘出二剑，紫气也随之消失，始知紫气乃二剑的剑气所化。在崆峒之下，是辽远无际的大地山河，在山河尽处，是昏昏欲坠的剑气。山河在横向上延伸得越远越广，崆峒在纵向就越显得高峻；剑气越是昏昏，崆峒越显昭昭。前二句用比衬，合而观之，实有虚实相生之妙。"剑气"即帝王之气，使人直指其昏，不能光耀"山河"，其矛头所指是非常明显的。颔联"隔断尘寰云似海，划开天路岭为门"，以"隔断""划开"两个极富想象力的动词起笔，说得虽是茫茫云海和峻岭崇山，但却把云海那隔断尘世人寰的高洁、山岭划破天庭的壮烈凸显出来。其进取开拓之志向，借壮丽河山喷薄而出。颈联写山中青松巨石敢与天斗、不惧天威，肩负重任、奋勇向前的神态和气势，无疑是诗人自身的写照。尾联明志。"回望桃花红满谷，不应仍问武陵源"，当诗人登高回望之际，那被壮丽河山所激发的不可遏制的壮志豪情就要一吐为快了。置身崆峒，回望那桃花开满山谷，眼前美景使人流连忘返，与满目疮痍、内忧外患的时代相比，很容易使人想起与世隔绝、落英缤纷的桃花源。但是，诗人的志趣绝不在此！他总是那样精神焕发，积极向上。面对人间桃源般美丽的崆峒山，他断然否定消极遁世的意念，决不会去寻找通向"武陵源"的道路！那种冲决罗网的精神和跃跃欲试的气概，以及形象生动的语言和极富想象力的描摹，将自身山水化，将山水人格化，是一首劲气贯注的力作，是谭嗣同诗歌代表作之一。诗人驰骋丰富的想象力，将气势雄伟、高耸入云的崆峒山，栩栩如生地展现于读者面前，其锻字炼句之功力，于此可见，是想象奇幻丰富、开阖万千，语言雄丽豪放，充满激情的作品，这也是谭嗣同诗歌的显著特征之一。

谭嗣同的诗歌语言也具清新质朴的特点，如《兰州庄严寺》《秋日郊外》等。有一些诗作还具民歌特色，语言质朴而说理深刻，如《六盘山转饷谣》《罂粟米囊谣》。也有清新明快的，如：

> 小楼人影倚高空，目尽疏林夕照中。为问西风竟何著，轻轻吹上雁来红。
>
> ——《甘肃布政使署憩园秋日七绝》

> 棠梨树下鸟呼风，桃李蹊边白复红。一百里间春似海，孤城掩映万花中。
>
> ——《邠州七绝》

前诗写诗人登楼远眺，但见远近林木尽在夕照之中，秋风已将雁来红（花名，其茎、叶、穗在深秋时变为红色）涂上一层红色。后者写诗人自兰州赴京参加乡试途径陕西邠州时，桃红李白，鸟鸣林间，邠州城一派春光明媚的景象。这类诗，如春雨秋蝉，又如潺潺流水，清脆悦耳，沁人心脾。

另外，对仗工整，极富韵律感也是谭嗣同诗歌语言的显著风格之一。谭嗣同"五岁受书，即审四声，能属对"[①]，长期练就的基本功在他的诗歌作品中表现得淋漓尽致。如"柳外家山陶令宅，梦中秋色李陵台。"（《赠人塞人》）"败枥铜声瘦，危崖铁色高。"（《老马》）"野水双桥合，斜阳一塔高。"（《兰州王氏园林五律》）等句。对仗是我国诗歌独有的最有魅力的格律元素，它汇聚了诗歌作品的结构形式美和声律音乐美，使表现的内容鲜明生动，富有张力。同时也增加了诗歌的气势美，通常是律诗的闪光部分，也极能显现诗人锻字炼句的功力。

---

① 谭嗣同：《三十自纪》，《谭嗣同全集》，中华书局1981年版，第55页。

谭嗣同论诗，主张"学诗宜穷经，方不为浮辞所囿"①，他少年时代转益多师和勤学苦练，加之他才气纵横，为他的诗文创作和学术思想的形成奠定了坚实的基础。汪辟疆论包括谭嗣同在内的近代诗人，认为："近代诗家，承乾嘉学术鼎盛之后，流风未泯，师承所在，学贵专门，偶出绪余，从事吟咏，莫不镕铸经史，贯通百家。"②其建筑在广博学问基础上的诗歌创作，五古、五绝、七古、七绝等俱佳，并且均有堪称经典的作品，袁行云《清人诗集叙录》云：

> 嗣同壮游秦陇，所作《西域引》《秦岭》《陇山》《邠州》《夜成》《怪石歌》《六盘山转饷谣》《〈儿缆船〉并叙》《六盘山》等篇，恢宏豪迈，气势浩博。《晨登衡岳祝融峰》《汉上纪事》四首、《湘痕词》八篇、《文信国日月星辰砚歌》已有异彩。自谓"拔起千仞、高唱入云"，信其有过人之才矣。③

近现代以来，谭嗣同诗作及其风格，评家甚多，其中颇具代表性的除梁启超外，王赓在《今传是楼诗话》中说："谭复生嗣同天才卓越，诗笔瑰伟"，李肖聃《星庐笔记》评之曰："幽光照于大地，足以动人心魄，其健气入于玄杳，而不可方物，覃思冥冥，乃合道真"；由云龙《定厂诗话》一言以蔽之："谭壮飞诗，如天外飞仙，时时弄剑。"④此外，民国时期的一些诗话作品对谭嗣同的诗给予很高评价。如署名钝剑的《原无尽庐诗话》，南村《憺怀斋诗话》，汪辟疆《光宣诗坛点将录》等都有精辟的论述。并且，汪辟疆将谭嗣同归入以黄遵宪、康有为、丘逢甲为领袖的岭南派，并且认为谭嗣同"旧作（引者注：指谭嗣同三十岁以前诗文）文则步趋桐城，诗则瓣香杜甫，沈郁顿挫，得杜为多，间效昌谷，

---

① 谭嗣同：《报刘淞芙书二》，《谭嗣同全集》，中华书局1981年版，第11页。
② 汪辟疆：《近代诗人述评》，《南京大学学报》（人文科学版）1962年第1期。
③ 袁行云：《清人诗集叙录》（第三册）卷八十，文化艺术出版社1994年版，第2787页。
④ 钱仲联：《清诗纪事》（光宣朝卷），凤凰出版社2004年版，第14724页。

亦能奇丽"①。可见，谭嗣同的诗歌极为当世所推重。包括他后来创作的新学诗在内，他的诗歌唱出了渴望变革、向往自由的时代之声，继承了自屈原、李白以至于近代龚自珍以来的积极浪漫主义传统；而另一方面，又大量摄取反帝反封建和民生疾苦的题材，这又是对《诗经》、杜甫以来现实主义传统的继承和发展。同时，他自身的人格魅力和为国赴难的英雄壮举，从一个侧面加强了当时以及后世对他的作品接受的效果，因而产生了广泛、深远的影响。

第五节　俞明震仕宦陇右及其陇右诗歌创作

辛亥革命前夕，俞明震任甘肃提学使，虽颇负兴学之志，但迅速到来的革命风暴很快将他卷入保皇与革命斗争的旋涡之中。远离故土、身处边塞的诗人，内心焦灼不安，忧生嗟时的伤感在诗中时有流露。然而，度陇之役对于诗人来说，却成为"天之玉成觚庵者"。边地风沙和辛亥革命的双重洗礼，给予诗人慷慨悲凉的人生体验，也赋予其边地诗歌雄浑苍茫的宏阔气象。对俞明震的旅陇行迹、陇上事迹及其旅陇诗歌的内容与艺术风格等进行考察，有助于深刻认识俞明震在甘肃的文化活动、教育实践和诗歌创作成就。

一　俞明震的家世生平及其陇右仕宦经历

俞明震（1860—1918），字恪士，又称确士，号觚斋，晚号觚庵，浙江山阴（今绍兴）人，寄籍顺天宛平（今属北京）。江南俞氏为文化世家，代有伟人。据清光绪戊戌重修《俞氏宗谱》记载，俞氏"第一世祖赠节度使庄公"，有唐代礼部侍郎贺知章为其撰写的赞辞，赞其"学成数奇，风云不际"；宗谱又有唐御史大夫柳纰所撰"第六世祖唐睦州刺使稠公赞辞"，称其为"一代文宗"；有唐礼部员外郎司空图撰"第七世祖通议郎

---

① 汪辟疆：《近代诗人述评》，《南京大学学报》（人文科学版）1962年第1期。

余杭尉珣公赞辞"。宗谱所载《五世祖太子少师致昱公诰勅》称：俞致昱"以文章革侈靡之风，以道德镇流竞之俗"，制诰末属唐懿宗"咸通九年十月十八日之宝"；宋乾德二年沈义伦作《九世祖仁裕公坦斋传》，记"时与之游者，皆名流硕儒"。清康熙年间俞嘉谟撰《山阴陡亹汇头俞氏宗祠祭田碑》述俞氏自"宋宣和间……家于山阴温渎……于元末家迁陡亹……惟此十世聚族于陡亹者，朝夕相见也"。俞明震高祖志仁，由浙江山阴迁居京师，晋朝议大夫；曾祖世琦，任《四库全书》馆誊录，授文林郎，赠朝议大夫；祖父昌培，赠文林郎，晋奉政大夫；祖母余氏著有《唫秋馆诗草》《松筠阁闺训》。俞明震的父亲俞文葆，官湖南东安、兴宁知县，著有《躬自厚斋诗文集》。近世俞氏宗谱以"文明大启声振家邦"八个字排辈，显示出传承、开启文明的家族文化气息。俞文葆有三子一女：长子俞明震，次子俞明观，三子俞明颐（娶曾国藩孙女曾广珊为妻）；长女俞明诗，为陈三立妻、陈寅恪母。据王蕴章《然脂余韵》称：俞明诗工于诗，其作隽秀清婉，与陈三立"伉俪能诗，每多相似"，著有《神雪馆诗钞》。

俞明震光绪十六年（1890）中进士，选为翰林院庶吉士，三年散馆后授刑部主事，其后曾任职天津知县。中日甲午战争前，俞明震奉调赴台，协助台湾巡抚唐景崧督办全台军务。1895年4月《马关条约》签订，清政府割让台湾及其附属各岛屿给日本。台湾民众坚决反对割让，决心自主保台，成立"台湾民主国"，拥立唐景裕为台湾总统，抵抗日寇侵台。俞明震受命赴前线督战，亲历了抗击日本侵略者的战斗。台战兵败后，俞明震内渡厦门。俞明震所著《台湾八日记》详尽地记录了这段历史。①

戊戌变法期间，俞明震积极支持康、梁政治改革，参与陈宝箴在湖南推行的新政，协助办理矿务事宜。变法失败后，俞明震由江苏候补道转任南京江南陆师学堂兼附设矿务铁路学堂总办。在陆师总办任内，俞明震两次带领学生赴日留学。鲁迅于1898年成为陆师学堂的学生。《鲁迅日记》中多次提到恪士师"坐在马车上的时候大抵看着《时务报》，考汉文也自

---

① 俞明震著，马亚中校点：《觚庵诗存》，上海古籍出版社2008年版，第105页。

己出题目，和教员出的很不同。有一次是《华盛顿论》……"①鲁迅曾在《琐记》一文中，亲切地记述了送他出国留学的"恩师"俞明震。1902年初，俞明震在南京接待了来中国考察学务的日本学者嘉纳治五郎一行。陈三立参加了这次宴集，并赋五言长诗表达了借鉴日本教育的想法。1902年3月，俞明震奉两江总督刘坤一之命赴日本考察军事教育，并选送鲁迅和俞大纯等人赴日留学，陈衡恪、陈寅恪自费随行留学日本。在日期间，俞明震重点考察了日本的学校教育、成人教育和军事教育等，以期学习、借鉴日本教育的成功之处。

1903年，"苏报案"发，俞明震曾帮助革命党人脱离危险。《苏报》创刊于1896年，1902年开始倾向于革命。1903年6月，经章士钊主持，《苏报》陆续发表了《介绍〈革命军〉》《读〈革命军〉》和《〈革命军〉序》等文，并连篇累牍地报道各地学生的爱国运动。清政府遂以"劝动天下造反"和"大逆不道"的罪名查封《苏报》。1903年6月25日，两江总督魏光焘委派俞明震，到沪捉拿章炳麟、邹容、蔡元培、吴稚晖等六人。俞明震同情革命，有意庇护革命党人，事先透露消息给吴稚晖等人。光绪二十九年闰五月十二日（1903年7月6日），湖广总督端方密电两江总督魏光焘，称："俞道明震之子大纯，现游学日本甫回。闻大纯在日剪辫入革命军，悖逆无人理，俞道深恶其子，然不可不防，请密饬沪道一电，随时留心。"7月16日，俞明震被魏光焘撤回南京，由他人接替办理"苏报案"。章士钊后来在《苏报案始末记叙》一文中道出此中缘由："余陆师生也，向为俞先生所赏拔。顾余为革命故，不得不与俞先生翻异，率高材生三十余辈退学至沪。乃先生阳怒之而阴佐之，其情不为世人所知……凡此种种，皆足说明俞先生之不肯名捕及余。"②光绪三十三年（1907），俞明震转任江西赣宁道，处理当地发生的教、民冲突（外国传教士与当地百姓发生的纠纷）。

宣统二年（1910），俞明震由江西赣宁道转任甘肃提学使，次年署布

---

① 《鲁迅全集》第2卷，人民文学出版社2005年版，第219页。
② 《章太炎全集》，上海人民出版社2014年版。

政使。据《中国官制大辞典》：提学使，为清末省级教育行政长官，每省一人，正三品；布政使，清代正式定为督、抚的属官，专管一省的财赋和人事，从二品。庚戌（1910）十一月，俞明震离开北京，准备赴任甘肃。《庚戌十一月出都口占》诗写道：

尘外阴沉觉有霜，天东初月照昏黄。十年错料成今日，一醉折教进急觞。高树乱鸦呼晚霁，西山残雪剩微光。风旛自动心无著，留待沧桑话短长。①

释敬安《送俞恪士学使之官甘肃》云：

异域岂云乐，君恩有此行。黄花秋渐老，白发病微生。荒戍落寒叶，边笳飞远声。邮籖随雁递，关吏候鸡迎。问水知泾渭，看云忆弟兄。怜君持使节，万里到长城。②

从俞明震原诗和释敬安的赠诗中可以看出，在革命浪潮风起云涌的辛亥前夕，对于任职甘肃"边地"，诗人的心中是不安和无奈的。然而，"君恩有此行"不得不行。高树乱鸦，西山残雪等意象无不映照出诗人心内无着的忐忑与迷惘。

辛亥（1911）三月，俞明震会同陈诗从河南新安出发，经由陕西邠州赴陇。在和陈诗相伴度陇之前，明震曾过湖北访友，程颂万、杨觐圭分别有《俞恪士提学甘肃过鄂入觐二首》和《俞恪士提学甘肃过鄂入觐同作二首》记之。

陈诗，字子言，号鹤柴，安徽庐江人，曾寓居上海三十余年，以鬻文及朋友资助维持生计。陈诗对诗歌情有独钟，至为执着、虔敬。生前已刊

---

① 俞名震著，马亚中校点：《觚庵诗存》卷三，上海古籍出版社 2008 年版，第 45 页。
② 释敬安：《八指头陀诗文集》，岳麓书社 2007 年版，第 343 页。

诗集有《藿隐诗草》《据梧集》《尊瓠室诗》《鹤柴诗存》《凤台山馆诗钞》《凤台山馆诗续钞》等，诗学理论有《尊瓠室诗话》等；遗著《静照轩笔记》《红柳庵笔记》等未刊；另有诗学选本和乡邦文献整理著作等若干种。陈衍《石遗室诗话·卷四》称"庐江陈子言诗与确士为'文字骨肉'，屏绝世务，冥心孤往，一意苦吟，今之贾阆仙、李才江也"①。宣统二年（1910）俞明震提学甘肃，辛亥春，陈诗应邀同行入幕。对于陈诗而言，这次甘陇之行对其诗歌创作影响巨大，使之视野大开，极大地拓展和提升了诗歌的境界和意蕴。

俞明震《宿新安县示子言·辛亥》诗云：

> 我从洛阳来，坦途无百里。峨峨见城阙，崤陵列屏几。车马乱流渡，隐隐如浮蟥。莫吊古战场，中原事未已。风起远天黄，落日淡如水。况为行路人，茫茫谁遣此？须臾日西匿，回光射成紫。幻影逐明生，饥鸟投暗止。此是古今情，悠悠吾与子。②

甘陇之行不独对陈诗影响极大，俞明震旅陇诗较之前作亦显雄浑大气。与陈诗会合后，二人经河南新安、阌乡进入陕西，过陕西华阴、醴泉、永寿、邠州入甘肃。在甘肃境内，经由泾州、会宁、六盘山、安定至兰州上任。俞明震和陈诗分别作诗纪行，俞明震有《阌乡宿黄河堤岸》《过醴泉喜晤宋芝栋侍御即赠》《晓发邠州》《行土峡中抵会宁行馆次子言原韵》《月夜登兰州城楼望黄河隔岸诸山》等；陈诗作《三月三十日华阴道中送春》《永寿遇雨呈瓠斋先生》《泾州阻雨》《自翟家所镇涉河达会宁县郭作》《四月二十四日度六盘山》《自会宁至安定水咸不可饮》等。陈诗《瓠庵集跋》云："忆辛亥之春，余相从度陇，崎岖关塞，历时五旬，乃抵兰州。时维五月，陇上草青，重襧犹寒，麦苗始秀。"③ 又据陈衍《石遗室诗话》记载，

---

① 俞明震著，马亚中校点：《瓠庵诗存》，上海古籍出版社2008年版，第283页。
② 俞明震著，马亚中校点：《瓠庵诗存》，上海古籍出版社2008年版，第45页。
③ 俞明震著，马亚中校点：《瓠庵诗存》附录，上海古籍出版社2008年版，第278页。

俞明震提学甘肃后寄纪行诗给陈衍,并附书信述其行程:"拳拳夙夜,暮春度陇,经陟阻艰。……五月四日到陇,初十任事。"① 从宣统二年(1910)领甘肃提学职、十一月出都,至辛亥(1911)五月到兰州就任,明震一行"戴星而奔,则晨风砭骨;日昃而息,则警埃被面。逮至悬车邃谷,单衣郁蒸;税驾咸泉,连朝衔渴。此则西迈之所独殊"。

辗转数月的长途跋涉、风沙绝壁的洗礼,给诗人艰辛困苦的人生体验,却也极大地开拓了作者的视野,赋予其边地诗歌慷慨苍凉、雄浑壮阔的意境。如《月夜登兰州城楼望黄河隔岸诸山》云:

> 月中望黄河,满目金破碎。沙堤不受月,因水得明晦。城影落山腰,雁声出云背。三更天宇高,七月残暑退。树动风无声,坐久得秋态。心知寒讯早,预作雪山对。暂与解烦忧,清露入肝肺。忽闻伊凉歌,河声助慷慨。河流去不回,明月年年在。斟酌古今情,几人临绝塞。②

辛亥(1911)五月到甘肃任后,陇原边地民生萧瑟的现实状况,给常年居处江南靡丽之地的俞明震以强烈的震撼。面对甘陇"民生朴啬,憔悴山林;陶穴以居,汲泉而饮"的生活情态,"公愀然不怡,穆然深思。绸缪兴学,颁布科条……自夏徂秋,勤劳夙夜"③。尽管辛亥革命的暗流已蓄势待发,然而,地处偏远的秦陇之地,风气相对闭塞。初到甘肃的俞明震,兴学之志踌躇满怀。在与友人书信中,对于甘陇"学校敝废,百端未理"状况,俞明震深为忧虑,"颇欲应机立断,殚精以赴"。

俞明震初任甘肃提学使时,辛亥革命尚未发生,曾在江南陆师总办任内两次带领学生赴日留学的俞明震,此时颇有兴学之志。韩定山在《我所亲历的甘肃存古学堂》一文中记述了一则有关俞明震的趣事:

---

① 陈衍:《石遗室诗话》,《民国诗话丛编》(一),上海书店出版社2002年版,第66页。
② 俞明震著,马亚中校点:《觚庵诗存》,上海古籍出版社2008年版,第49页。
③ 陈诗:《觚庵诗跋》,俞明震著,马亚中校点《觚庵诗存》,上海古籍出版社2008年版,第281页。

存古学堂成立不久，浙江俞恪士（明震）先生来做甘肃提学使，俞先生是海内知名的学者，也是主张立宪，接近革命的人物。到甘肃来，很想做一番事业。有一天他召集省垣职教人员讲话，谈到了读经问题。他说：科举废了，学生需要学习科学，死板地读经实在没有必要，尤其小学儿童，他是才出土的幼芽，要他们学治国平天下的大经，岂不是太难。将来旧式的读经，尤其是小学的读经，必得改变。这一席话传到刘先生的耳朵内，认为这是离经叛道，是对存古两字的侮辱，立地张贴出大幅招帖，邀请兰州教育界人士到左公祠听讲。届时刘先生登台讲话，大大反对废经不读，揎拳抵掌，声色俱厉。他在讲过了六经的伟大后，还举出很多讲经的例子。大要是说：经是布帛菽粟的道理，会讲则人人能懂，不会讲自然就是啃不动的铁丸，谈废经的人不耻自己不会讲经，却要废经给自己遮羞，这不仅是数典忘祖而已。刘先生这一讲演弄得俞恪士啼笑皆非。后来俞先生另开了一次会，作了柔和的解答。不久天水张育生先生到兰，又作了调处，并选印了一部分俞先生所写的明儒学案评，刘先生看到他们在学术上有相同的见解，才把肝火平静下来。①

刘先生即甘肃名士刘尔炘，字又宽，号果斋、五泉山人，光绪乙丑科进士，曾官翰林院编修，是近代陇上著名人物，以醇儒形象面世。刘尔炘平生事功多在从事地方公益，辛亥革命后任甘肃省临时议会副议长，曾经管文教慈善福利社团，后潜心撰写学术专著。韩定山的文章记载的这则趣事，从一个侧面表现出俞明震、刘尔炘两人严谨的学术品格和处世态度，同时也表现出俞明震较为开明的教育思想。韩定山的文章谈到，俞明震是主张立宪，接近革命的人物。这一点和水梓的说法互为印证。在甘肃任提学使和布政使期间，俞明震的足迹遍及黄河两岸、乌梢岭、凉州、皋兰、

---

① 《甘肃文史资料选辑》第四辑，甘肃人民出版社1964年版，第112页。

秦州各地。如《辛亥八月二十七日度乌梢岭》：

　　寒风八月乌梢岭，积雪千年古浪河。从此南鸿断消息，今愁争似古愁多！

乌梢岭位于甘肃省天祝藏族自治县中部，在祁连山脉北支冷龙岭的东南端，主峰海拔 3562 米，为古代军事要塞。乌梢岭年均气温零下 2.2 摄氏度，志书有"盛夏飞雪，寒气砭骨"的记述。在八月的寒风中登上乌梢岭，感受千年积雪的异域风情，诗人却无心欣赏，代之而起的是鸿雁难飞的愁郁情怀。又如《平番道中》诗云：

　　塞上西风吹土黄，疏林辜负好秋光。山如病马吞残雪，人似寒鸦恋夕阳。生计何当关饱暖？沉忧只合待沧桑。天荒地老吾能说，多恐旁人笑酒狂。

经历了世事的沧桑，看惯了风云的变幻，垂暮之年身临西北边陲，诗人自信洞察了世间万象，自能诉说地老天荒的功过与是非。

清宣统三年（1911）八月武昌起义成功，全国十七省宣布独立，陕西起义军亦攻克西安。据陈诗《觚庵集跋》记述：俞明震"时方巡视凉州，闻耗而返"。在革命浪潮风起云涌的时刻，俞明震飞书劝告秦州"隐者某翁，畅述君宪民权之利弊。某翁韪其说，舆疾往说秦师"[1]，陕西起义军于是暂不向西推进，甘肃似乎暂时维持了表面的安定。虽然代表革命势力的陕西义军不复西进，然而，时任陕甘总督的长庚与陕西巡抚升允却欲攻下西安，奉迎溥仪偏安西北。在调派各部兵将进攻西安之际，长庚调任俞明震为甘肃布政使，"以公摄甘藩，综军储"。然而，对于陕甘两地保皇派调

---

[1] 陈诗：《觚庵诗跋》，俞明震著，马亚中校点《觚庵诗存》，上海古籍出版社 2008 年版，第 281 页。

军进攻西安的举措，俞明震与长庚持不同的意见。眼见清王朝已分崩离析，长庚仍执意保皇，辛亥年（1911）十二月，俞明震乞病解官。陈诗跋云"公知禹鼎将沦，王纲解纽，忧劳成疾，上书乞休……遂于腊月十日乞病闲居"。从五月十日任事到十二月十日解职，俞明震任甘肃提学使和布政使，度过了风雨飘摇的七个月。其《辛亥除夕感赋，时乞病留居兰州城》写道：

冥鸿躅躅冻云前，莽莽高城夜可怜。客至怕谈新历日，病闲聊补旧诗篇。看人只合成孤醉，守岁何回得早眠。惆怅难忘玉谿语，可能留命待桑田？

时局动荡、山河如晦的除夕之夜，诗人远离故土，又以病解官客居兰州，内心的凄凉不言而喻，甚至生出能否"留命待桑田"疑虑与叹息。《将至秦州避乱次陈子言留别兰州诸友韵》云：

国身通本春秋旨，海内从教索解人。绝塞散存专制体，一廛今作幸生民。少年慷慨犹摩剑，乱后光阴看转轮。梦醒莫愁身世改，雪中一鸟已鸣春。

1912年初春，俞明震将赴秦州避乱作此诗。据《觚庵集跋》"初春，南辕至狄，道阻于秦州，军乱而返"。又据《甘肃史稿》记载：1912年3月11日秦州革命军起义，成立了甘肃临时军政府。当此之际，俞明震将至秦州，听闻秦州起义，遂返回兰州。[①]虽然辛亥之际俞明震的诗中充满了悲慨忧愁，然而，浓雾密布的天空中似乎还是透出了一线曙光。"梦醒莫愁身世改，雪中一鸟已鸣春"，这是离别甘肃之际，俞明震对兰州诸友的谆谆告慰，也是自我内心的些许慰藉。

据韩定山写《民国初年的甘肃政局》记载："辛亥西安起义后长庚、

---

① 甘肃师范大学历史系编著：《甘肃史稿》，甘肃师范大学1964年印行。

升允积极用兵攻陕，征集回汉各部士兵，新编旧管达数十万人。甘肃素号贫瘠，这时大兵既动，粮饷为先。藩司刘谷孙知其难，劝长庚稍缓用兵，静观时变，长庚不予采纳，刘遂愤而辞职。长庚又以提学使俞明震继藩司任。俞为计划开烟禁，增税额、劝捐输，绞尽脑汁，总是无济于事，正苦于'掘鼠已尽，罗雀不得'的时候，赵维熙（宁夏知府）自称有筹款方法，建议通过驻甘'洋官'息借外债。长庚遂允许俞明震辞职，而使赵维熙以巡警道越级任布政使。"①韩定山的说法多为研究俞明震和鲁迅的学者所引用，然而水梓在《对〈民国初年的甘肃政局〉一文的订正意见》提出了不同的说法："查俞明震以提学使代藩司，因财政困难，不赞成用兵攻陕，与长督意见不合，称病不出，未闻有开烟禁、增税额之说；更未闻赵维熙有借外债之议。"在纠正韩文时，水梓又提到"彼时，官方除俞明震外，尚无人知五色旗者"。水梓所作《民初甘肃省临时议会琐忆》谈及俞明震称"布政使一职由甘肃提学使俞明震代理。俞有革命思想，以财绌饷缺，不同意甘军入陕，与长庚意见不合，称病不出"②。陈诗作《觚庵集跋》记述这一过程又不相同："升、长二帅和会，遣将东迈，以公摄甘藩，综军储。公贷金于晋商，劝分于僚寀。裕军食，各诸将，锄内宄，陇疆乃固，论者谓有窦安丰风规。陇师既东，屡有克捷，进围乾州，将临渭水，而辇毂和耗日至。公知禹鼎将沦，王纲解纽，忧劳成疾，上书乞休。或说公曰：'长帅耄矣，他日代者舍公其谁？踵尉佗之故事，犹可有为也。'公曰：'时不我与，诚效莫申大夫出疆，知守节而已。'"陈诗跟随俞明震入甘为专职幕僚，陈诗的记述应更符合当时的实际情形。俞明震历来思想开明，水梓称其有革命思想，其实和陈诗"守节"之说并不冲突。是时全国各省已宣告独立，长庚、升允仍拥兵保皇，明震乞病解职，并非保皇一派。士大夫所守之节，亦是内心坚守的为人处世的准则。

1912年3月，袁世凯在北京就任民国大总统，长庚、升允仍不愿放弃

---

① 《甘肃文史资料选辑》第一辑，甘肃人民出版社1964年版，第32页。
② 《甘肃文史资料选辑》第三辑，甘肃人民出版社1964年版，第279页。

清朝统治权，不仅不接受袁世凯的委任，也拒绝履行袁世凯政府关于停战的通电，并枪杀了陕西革命军劝说停战的使者。然而，国体已改，各军不愿再战，长、升二人不得已下令撤军，只身离开甘肃。3月15日，甘肃官绅电告北京宣布承认共和，袁世凯正式任命赵维熙为甘肃都督。水梓在《民初甘肃省临时议会琐忆》一文中称："在甘肃承认共和后，俞明震曾批评水梓等，不应由赵维熙领衔发电，认为赵对革命无认识，对地方亦无好处。"俞明震《将至秦州避乱次陈子言留别兰州诸友韵》诗，当作于3月11日秦州起义前夕。按陈诗跋，是年初春，俞明震一行赴秦州而遇军乱，遂返回兰州。3月15日兰州宣布共和后，俞明震对赵维熙窃取都督之权深致惋惜，水梓当是俞明震兰州诸友之一。关于俞明震的委任情况，《甘肃史稿》有所记述，如："在四月十五日、二十五日又相继任命俞明震、何奏簧为提学使和提法使。""都督赵维熙、提学使俞明震……都是从前清朝的旧官僚，摇身一变而成为民国的官吏，分别掌握全省政权。"①但俞明震并未就职，而是选择渡黄河、循河套、经塞外离开了甘肃。

1912年暮春，辞职后的俞明震启程南归。《觚庵集跋》记述了俞明震离陇返回北京，后又赴奉天看望其弟，与弟一同返回金陵故居青溪旧宅的南归路线。因秦州、西安等地军乱，俞明震选择了"循河套，经塞外，陟居庸而达京师"的离陇路线。俞明震有《自一条山出长城寄怀赵芝山都督》《泛黄河自宁夏达包头镇舟行咏》《乱后返金陵故居》等诗记之；陈诗则有《塞外春夜》《由甘塘子至一椀泉四十里平沙无垠水草乏绝再行三十里踰小阜忽见桃柳数株掩映水际地名长流水》《由宁夏汎河至包头镇道中作》《汎舟河套见红柳有咏》《丰镇早发》等诗。二人的诗作记录了他们一行离陇南归的行踪。诗中记述的"一条山"位于甘肃景泰县中部，河西走廊东端，是丝绸之路重镇；"甘塘子、一椀泉、长流水"皆在宁夏回族自治区中卫县辖境；"丰镇"位于内蒙古自治区乌兰察布市的中南部，河北省、山西省、内蒙古自治区三省区交界处，素有"塞外古镇、商贸客栈"之称。

---

① 甘肃师范大学历史系编著：《甘肃史稿》，甘肃师范大学1964年印行。

俞明震和陈诗的诗作描述了他们一路的行程和内心的感触。《自一条山出长城寄怀赵芝山都督》写道：

东风吹沙春无色，白日荒荒草痕黑。驱车不向中原行，蓦然大地无空阔。天低野旷不见路，沙上行人愁日昃。一驼回首向长城，绝似湖阴孤鹭立。两年放失江南春，翻从绝漠望乡国。故人握别知我贫，语我重来意凄切。乾坤已更新涕泪，阅世难循旧车辙……人间何世我别君？君自忧危我萧瑟。尘昏跃马一碗泉，聊取甘芳解烦渴。①

俞明震一行辛亥春赴甘，壬子春离甘，诗人由衷感叹"陇头黄雾不成春""东风吹沙春无色"，在黄雾蒙蒙、白日荒荒的戈壁大漠，两年错失了江南春色的诗人，遥望着故乡，归心似箭。然而，乾坤已更，前路未知，作者的内心迷茫而萧瑟。

俞明震晚年回归故里，寓居沪杭等地。俞明震工于诗作，好苦吟，诗集有《觚庵诗存》四卷，传于世。俞明震的旅陇诗作慷慨苍凉，能道陇上山川苍莽之感，多为论者称道。

俞明震长子俞大纯，曾留学日本、德国。俞大纯长女俞珊，出生于日本，因酷爱戏剧表演，始为家族所不容，后主演《沙乐美》《卡门》等剧，大获成功；幼女俞瑾，一生从医。俞大纯长子俞启孝、次子俞启信、三子俞启威（又名黄敬）、四子俞启忠，曾留学美国、德国，分别在化学、农学等学术界和政界各有成就。近代以来，绍兴俞氏英杰辈出，政、军、学、商等各界全盘打通，家族成员、姻亲关系历跨清政府大员、革命党人、国民党、共产党，地跨中国台湾、美国、中国大陆，等等，涉及曾国藩、陈宝箴、蒋经国、曾宪植、叶剑英、范文澜、陈寅恪等社会各界名流。在中国近现代史上，俞氏、陈氏、曾氏三大家族联姻，子女在文化、教育、艺术、科技及政界多有建树。这与俞明震、陈三立、曾纪鸿等人开明的教育思想

---

① 俞明震：《觚庵诗存》卷三，上海古籍出版社 2008 年版，第 55 页。

和深厚的修养学识密不可分。

二 俞明震的陇右诗歌创作

《觚庵诗存》存诗四卷，内容和风格前后略有变化。俞明震的诗歌创作也可据此分为四个时期。第一时期，从1879年至1903年，作者处理"苏报案"前夕。前后二十四年间，《觚庵诗存》仅存诗一卷。《觚庵诗存》存诗始于1879年，时年俞明震二十岁，正奔走于科举仕进之途。这一时期，作者经历了中法战争、甲午战争、戊戌变法、庚子事变等重大历史事件，但时代的投影在这部分诗作中并无清晰的展现。显然，作者无意以诗存史，也没有对诗歌创作投入太多的精力和热情，但作者对时代的感慨时有流露。如诗集第一首诗《出都宿杨村作（己卯）》描绘了游子奔走行役的"彷徨"与"凄恻"。在这一时期的诗作中，作者"悲愉感今昔""寄生忧患初"的描述，成为清末士子游走科场的真实写照。另从《悲愤（甲申）》《甲午五月天津感事诗和慕庭先生韵兼示朝鲜使者》《自厦门泛舟渡台湾海中见夕阳感赋》《甲午除夕登台北城楼》《和宋燕生（戊戌）》等诗中依然可以感受到作者对时事的忧患之思，隐隐透露出清末社会硝烟的气息。

第二时期，从1903年至1910年。七年间，作者存诗一卷，创作数量较前期明显增多。这一时期，俞明震人到中年，经历了清末乱世的种种艰辛困苦，入赣的经历进一步拓展了诗人的人生经历，诗境渐趋苍莽浑融。如《登狼山（癸卯）》诗，其一云：

> 独抱沉忧向沧海，且登孤塔送斜晖。回看城郭依依在，胜觉江山种种非。断港烟昏潮暗上，诸天风定鸟高飞。哀时别有人天感，一笑相忘立钓矶。[①]

这首诗作于1903年，时年作者44岁，经历了社会的重大变革和人生

---

① 俞明震：《觚庵诗存》卷二，上海古籍出版社2008年版，第20页。

的风雨沧桑,深沉的忧患意识贯穿全诗。《登园亭感赋(丁未)》诗作于1907年,诗中充斥着难抑的感伤与悲愁:

> 一片伤心万柳丝,晚晴新绿上颦眉。醉看残日悠悠下,坐听鸣蝉悄悄悲。花底炎凉俱有味,眼中陵容更何思。从今记取苏龛句,忍泪看天到几时。①

第三时期,从1910年至1912年,俞明震任甘肃提学使职,存诗一卷。这一时期作者诗歌创作明显增多,西北高原苍茫雄奇的风光和辛亥革命的历史巨变给诗人的内心世界带来的巨大冲击,使其诗笔致更加放达,诗境愈显雄浑。第四时期,1913年以后,存诗81首,较前三卷,数量最多。这一时期俞明震辞官退隐,晚年卜居西湖,放情于山水,处境闲适、心绪宁静淡泊,诗境亦渐趋淡雅幽远。如《同伯严后湖观荷》诗:

> 城头紫烟低,城背荠萧瑟。江山不满眼,万荷补其隙。初花弄光影,颠倒一湖叶。繁声疑雨来,微凉散空阔。小艇不容篙,跌坐波平膝。敧岸出荒洲,稍见兵火迹。当年岸愤处,廓空积潦入。倒影两秃翁,风亭坐超忽。清香满残照,绿意上鸟翮。遗世渺愁予,见汝亭亭日。溟渤非不宽,万事在眉睫。②

俞明震的诗作,尤以赴甘肃任及罢官后循河套、经塞外离陇诸篇多为论者称道并广为引用。旅陇诗计36首,堪称俞明震诗歌创作的高峰。陈诗在《觚庵集跋》中描述了诗人眼中、近代甘肃的生活风貌:"民生朴啬,憔悴山林;陶穴以居,汲泉而饮。"俞明震的诗作《鹹水河》表达了作者暮年度陇的无奈与感伤,并以婉转曲折的笔调描述了甘陇民生的艰涩与

---

① 俞明震:《觚庵诗存》卷二,上海古籍出版社2008年版,第23页。
② 俞明震:《觚庵诗存》卷四,上海古籍出版社2008年版,第64页。

困苦：

> 入谷复出谷，我行鹹水河。白日寒悄悄，病树犹婆娑。生存竞枝叶，人老当如何？高原无定形，绉叠如涛波。洪荒一片土，风日能消磨。遥峰匿光影，薄暮愁山阿。时艰付悠缪，行役怀坎轲。触感适然止，虑远伤心多。君听牧羊儿，高唱伊凉歌。①

《得寿臣三弟书》记述了作者在战争离乱中收到三弟书信的感慨与离忧，反映出清末士子奔走、挣扎于乱世的真实情态：

> 烽火连天白发生，开函收汝泪纵横。枉谈陈迹埋经史，剩有余年到弟兄。归计忽兴间墓想，惊魂如听乱离声。传家世业从今尽，留待桑田学耦耕。②

《泛黄河自宁夏达包头镇舟行杂咏十首》其二云：

> 日落长城窟，悲风起贺兰。草肥知马健，地僻引渠宽。石色天西尽，人心乱后看。无为怨回纥，生事日千端。

诗后自注："贺兰山产石，过此均沙漠。甘肃用董福祥捐款三十万，开宁夏渠，民利赖之。去冬回队至宁夏，会匪已弃城遁。回队入城肆淫掠杀良民二千七百余人，今尚十室九空，生计无论矣。"③在战火纷飞的辛亥革命前后，俞明震备受离乱之苦仓促离陇，一路亲见生灵涂炭、民生困苦，亲身感受百姓所遭受的深重苦难，作者内心的忧郁不言自明。

陈诗有《自会宁至安定，水咸不可饮》，诗以细腻的笔致描绘了甘陇

---

① 俞明震：《觚庵诗存》卷四，上海古籍出版社 2008 年版，第 51 页。
② 俞明震著，马亚中校点：《觚庵诗存》，上海古籍出版社 2008 年版，第 54 页。
③ 俞明震著，马亚中校点：《觚庵诗存》，上海古籍出版社 2008 年版，第 56 页。

当地的风土人情、生活状况和诗人内心的真实感受：

> 江东多名泉，茗癖夙自信。今来陟陇土，河恃九里润。乃越静宁城，水恶不可近。咸泉三百里，龋土帝所摈。燥吻顿生棱，少饮若成痰。向人乞储水，一勺类余馂。取求良独难，惟冀不予靳。噫嘻天雨珠，所得固亦僅。飘摇畏路长，驰骤怜马骏。店呼甘草奇，驿号清水韵。索诗肠屡枯，顾名意先夺。茶经许重理，水厄吾何慎。

诗后自注："甘人取雨水贮之地窖，名曰'窖水'。"① 陇人的储水方法、生存方式对于自古多名泉的江东来客自是苦不堪言、不可思议。

由江南远赴西北，高原山川的广袤苍茫对俞明震的冲击和震撼前所未有。作者一方面悲叹着自己晚年"临绝地"的凄凉和迷惘，另一方面以细腻浓烈的笔墨描绘了陇原大地的雄奇与壮阔。《大雪登乌梢岭》诗云：

> 古浪河西流，庄浪河东注。两水各西东，中央此天柱。昨夜雪嵯峨，长城万峰聚。眩光鸟雀静，构相龙虎踞。巉岏露空隙，是水湍行处。东水奔黄河，西水穿沙去。群峰列玉屏，神工施斧锯。不见马牙山，呼风作哮怒。②

这首诗气势磅礴，全景式地描写了乌梢岭雪后壮美的景致。《渡黄河西岸行万山中》诗云：

> 积土如穹庐，叠石如夏屋。落日如车轮，奔驰入荒谷。风含万里声，草无一寸绿。人言开辟时，地水相抵触。至今水裂痕，纵横贯山腹。山腹俯千寻，其下窈而曲。当年海底形，一一森在目。昆仑西来脉，

---

① 《陈诗诗集》，黄山书社2010年版，第110页。
② 俞明震：《觚庵诗存》卷三，上海古籍出版社2008年版，第51页。

矫若龙蛇伏。积气尽东趋,尾闾成大陆。神功不到处,留此鸿荒局。八月雪花飞,高峰削寒玉。盘天入决荦,度地有盈缩。欲穷变化根,心远境转促。翻羡北窗人,卧游一丘足。①

黄河两岸万山重叠,冰峰雪崖峥嵘险峻,宛如龙蛇飞舞,直入浩翰苍莽的天际。面对雄奇的万山群峰,诗人想要探寻大自然鬼斧神工的奥妙,无奈心念纷扰,志不在此。穿行于雄伟壮阔的黄河万山之中,心境寥廓的诗人却无心流连。无限感慨之际,作者转而钦羡那些可以悠然高卧、欣赏山川之美的北窗闲客。全诗以恢宏的笔调描摹西北山脉的鸿荒与雄壮,再现了昆仑山以西山脉蜿蜒神奇的壮观景象。

《觚庵诗存》中有大量的唱和赠答诗作。和亲朋至友交游酬唱、切磋诗艺、探究社会人生,等等,是俞明震诗作的重要内容,度陇诗亦不例外。如《过醴泉喜晤宋芝栋侍御即赠》《行土峡中抵会宁行馆次子言原韵》《得寿臣三弟书》《将至秦州避乱次陈子言留别兰州诸友》《自一条山出长城寄怀赵芝山都督》,等等。《岁晚乞病解官书示子言》诗云:

初魄无光夜觉寒,绕城冰雪路漫漫。十年涕泪今何补?一病仓皇死未安。扰扰世随人意改,冥冥天在雾中看。支离与子寻诗梦,觉后园林已岁残。②

纷纷扰扰的革命风潮结束了清王朝的统治,未来局势尚不明朗,加之陕甘各地战火纷飞,归期未定的俞明震和陈诗只得暂居兰州。时值岁末,陇上冰天雪地,使作者的心境更添了一些寒意。在仓皇迷离的境地中,两位诗人酬和赠答,抒写着内心的悲凉和隐忧。陈诗亦有《奉和觚斋先生岁晚乞病解官之作》。

---

① 俞明震:《觚庵诗存》卷三,上海古籍出版社2008年版,第49页。
② 俞明震:《觚庵诗存》卷三,上海古籍出版社2008年版,第52页。

俞明震赴任甘肃、直至离陇之际，适逢辛亥革命发生前后，改朝换代的巨大变化使作者内心始终萦绕着忧虑不安的情感体验。度陇诸诗尤其表现出时代变革时期作者内心的困扰与焦虑。《宿凉州》诗云：

> 云与雪山连，不知山向背。残日在寒沙，婉娈得月态。群羊去如水，远色倏明昧。此景夙未历，垂老临绝塞。地远古愁多，草枯残垒在……①

赴甘肃任时，俞明震年过五旬。初到甘陇的俞明震虽踌躇满志，想对甘肃的教育有所作为。然而时局动荡，辛亥革命的潜流暗潮涌动，兴学之志已成空想。面对积雪、寒沙、残垒、枯草的绝塞边地，从未经历过此情此景的诗人，内心无着而愁闷。

《述哀》诗写于1913年初，当时的俞明震困居甘肃，进退两难。这首诗集中体现了辛亥之变后诗人所面临的艰难选择和精神困境，诗中有云：

> 深悲来日难，匹夫与有责。侧闻宪法立，迅疾万弩发。亲贵集大柄，四海各休戚。所持进化理，忽与初念别。踟躅将安归？放情山水窟。江南厌靡丽，度陇苦萧瑟。风气递旋转，人心有南北。奈何势所激，一发不两月。心知人世改，愁到海水竭。兵气郁不开，关河信四塞。去官如脱囚，心死身则适……

国家有难，匹夫有责。曾经以"人以官为家，遂以官立国"作为立世准则的诗人，经再三思虑后，终于选择了去官离职。眼见得革命的权柄依然掌握在权贵的手中，国家的形势并不乐观。曾经追求的以官立国的心愿已死，作者的愁苦忧虑溢于言表。既不能兼济天下，退而独善其身成为俞明震不二的选择。然而，生存环境的选择也是俞明震面临的一个难题。江南风气靡丽，令诗人心生厌倦，甘陇之地艰苦萧瑟，也让作者不能安然处之。

---

① 俞明震：《觚庵诗存》卷三，上海古籍出版社2008年版，第50页。

两地风情截然不同，人心亦有南北之境，诗人最终选择了离陇返乡。

《觚庵诗存》全部诗作，内容和风格前后略有变化。其诗个性鲜明、风格多变，律体精深而古体雅健，度陇诗又极大地拓展了觚庵诗的意境和气象。胡先骕《评俞恪士觚庵诗存》称俞明震度陇诸诗"浩瀚泱莽，向非觚庵旧作，能方其百一，……觚庵局度，本非宏廓一流，……度陇之役，天之玉成觚庵者，岂浅鲜哉？"① 钱仲联先生《梦苕庵诗话》论及觚庵诗，也认为"度陇诸诗，高亢浏亮，海藏所谓'得杜味'者"②。正如诸位名家所言，度陇之役，成为"天之玉成觚庵者"。陇右山川的"江山之助"，给俞明震的诗歌增添了西北边塞的雄阔气象；辛亥革命的风云际会，边地绝塞的贫苦荒寒，以及诗人饱经沧桑的人生体验，使其旅陇诗愈发体现出沉郁苍凉的杜诗风味。度陇诸诗极大地拓展了觚庵诗的气象和意蕴，进一步奠定了俞明震在近代诗坛的名家地位。

第六节　宋伯鲁漫游陇右及其陇右诗歌创作

宋伯鲁为晚清著名政治家，他曾任都察院山东道监察御史、掌印御史等职，在任上激浊扬清，支持维新变法，多次代康有为等人上疏。维新变法失败后，宋伯鲁一度遭清廷通缉，后来回归陕西老家，却被陕西按察使樊增祥囚禁三年。出狱后，时任伊犁将军的长庚因慕其名，特请宋伯鲁赴新疆参与治理机宜，宋伯鲁于光绪三十一年（1905）赴疆，曾经漫游陇右大地，写下了许多诗文作品。他的旅陇诗特征鲜明：写景因陇上地域之质，多呈现悲苦色彩和雄浑壮美之气；寄心民瘼，悯时伤乱，关切西北战乱造成的民生凋敝；鞭挞时弊，独抒政治失意之伤心怀抱。其旅陇诗是晚清值得珍视的陇原文化遗存。

---

① 胡先骕著，熊盛元、胡启鹏编校：《胡先骕诗文集》（下），黄山书社2013年版，第896页。

② 钱仲联：《梦苕庵诗话》，齐鲁书社1986年版，第26页。

一 宋伯鲁生平及陇右经历

宋伯鲁（1854—1932），字芝栋，亦作子钝、芝洞，晚号芝田，陕西醴泉县人。光绪十一年（1885）中举，翌年成进士，选庶吉士，散馆授编修。光绪十七年（1891），任顺天府乡试同考官。光绪二十年（1894），充山东乡试副考官，典试山东。又二年，擢都察院山东道监察御史、掌印御史，为光绪帝倚重。甲午战争败后，士人以救亡图存为己任，宋伯鲁在维新派影响下，倾向变法保国，主张在政治上学习西方，并尽言官之职，多次代康有为等维新派向光绪帝呈奏章，定国是，废八股，劾奸党，宣新政，极力推动戊戌变法运动。对戊戌变法运动产生极大的促进作用。变法终以慈禧太后发动政变、囚光绪帝、监禁维新要员、斩"六君子"作结。宋伯鲁被清廷下令革职拿问，幸得密报而得以挈眷奔命于沪上，庇于英领事馆，潜居沪上三年。光绪二十八年（1902）六月，因生计所迫携眷回醴泉。陕西按察使樊增祥串通巡抚升允指控前变法之罪，宋伯鲁遂被囚禁三年，逢慈禧七十大寿，下旨宽大戊戌牵涉各员，遂被"开释"。时伊犁将军长庚因慕其名，西行过醴泉时，请赴新疆参与治理机宜。至迪化（今乌鲁木齐）后，被新疆藩司王树楠挽留，纂修《新疆省志》。书成后赴伊犁，而长庚已调任陕甘总督，宋伯鲁亦随之入关。后终因长庚年老而因循守旧，无以施才，于辛亥夏返回故里。1912年末应梁启超电邀赴京，被袁世凯聘为总统府高等顾问，后察觉袁阴谋称帝，遂再返陕西。1914年，宋伯鲁再度至京，以书画润笔自给。其后返陕，致力于乡邦文献，两度续修陕西省志。1932年，病逝于西安。①

宋伯鲁学识淹博，对诗文、书法、绘画都有很深的造诣，著述多达20余种，刊印的方志有《新疆建置志》《新疆山脉志》，诗文集有《海棠仙馆诗集》《西辕琐记》，论画类的有《画人轶闻》《清画家诗史》等。《海棠仙馆诗集》共十五卷，在编排上以时间的承续、地域的迁播各自成卷，兹列如下：卷一《鼓箧集》、卷二《成均集》为进士及第前在陕西醴泉时

---

① 戴逸：《清代人物传稿》，辽宁人民出版社1984年版，第120—127页。

作，卷三《柯亭一集》、卷四《柯亭二集》乃京师仕宦时作，卷五《皇华集》为山东任上作，卷六《浴堂集》、卷七《乌台集》系京师任监察御史时写，卷八《南游集》、卷九《南游二集》、卷十《南游三集》为革职避沪时期而写，卷十一《浩然集》、卷十二《归田集》系返归故里醴泉后写，卷十三《西征集》、卷十四《返辔集》为过甘肃、赴新疆时写，卷十五《遂初集》系自西域归陕后所作。诗集几可目为其生命之形迹。诗歌或纪事，或咏物，或酬唱，或抒怀，随题而赋，因遇而成。其风格以戊戌年的革职变故为界，明显呈现两端：前期多朝廷命官雍容徐缓之气象，后期历经蹭蹬后多沉郁苍凉感，感发人心，可谓是"诗穷而后工"。

宋伯鲁的甘肃、新疆之行在他所撰的《西辕琐记》及《海棠仙馆诗集》卷十三、卷十四中都有载述。《西辕琐记》系宋伯鲁光绪丙午年（1906）入疆途中写下的吟诗词兼考史地的行程日记，次年（1907）由新疆官报书局排印刊行。据此可知宋伯鲁行经甘肃的路线：他应长庚邀请，携家眷及六门生于1906年三月二十二日（阴历）自陕西醴泉出发，经永寿、邠州、长武达泾州，至此入甘肃境内，之后过平凉、静宁、会宁、安定（今陇西）、榆中、兰州、平番（今永登）、古浪、武威、山丹、张掖、酒泉、嘉峪关、玉门、安西，越甘、新交界处星星峡，过达坂城，于九月二十五日抵迪化，在甘肃历时五个月。为考沿途地理，宋伯鲁随身携带《西域图志》，俯仰搜求，述以文字，故其目力所及之景况，都包罗容纳在《西辕琐记》中。其同年王树楠为之作序时颇为称赏："（宋）发秦川，跻陇阪，渡黄河，循天山之麓，西出玉关，踔瀚海，八九百里，直抵车师后庭。凡轮蹄之所经，耳目之所闻见，风雷雨雪天地气候之常变，山川关塞之险夷，高原下隰土地之肥硗，缠回蒙哈种族之庞杂，户口之多寡、民生之昌敝，吏治之醇漓、财赋之盈虚消长，金银铜铁煤盐石油宝藏之开闭，百谷草木、皮毛齿革、种植牧畜之方，辄於荒亭野戍中下马踞鞍，障炎风虐雪，探怀出铅椠，口咨而手录之。其言之不足者，又复假物言。"[①] 其西行诸作，不仅给世人

[①] 王树楠：《西辕琐记序》，宋伯鲁《西辕琐记》，新疆官报书局1907年版，第1页。

留下了鲜明的文化遗存，亦可藉此管窥清人重视舆地之学和地方文化研究的学术氛围。

甘肃省图书馆藏有线装版《西辕琐记》和《海棠仙馆诗集》，这是本文考稽宋伯鲁旅陇纪游诗的重要文本。笔者翻检对读，察二书各有优劣：《西辕琐记》为日记体，除收录行旅途中所写诗词外，还有或长或短的序言，这对了解创作背景大有裨益，但它由新疆官报书局刊印于 1907 年，时宋伯鲁尚在新疆，故文中仅见作者进入西域的单向行程中所写的诗（其中陇上诗 62 首）；而《海棠仙馆诗集》刊行较晚，囊括了作者的毕生诗作，观照全面，集中可见宋伯鲁从新疆经由甘肃返回陕西时的诗作（陇上诗计 22 首），但与原初的《西辕琐记》相较，偶有遗漏和出入。本书的研读建立在二者基础上，互为补充，力求客观、完备。

二 宋伯鲁陇右诗歌创作

宋伯鲁旅陇诗写景的一个鲜明特征是多呈现悲苦色彩。诗人运用惨淡气氛去渲染环境，意境凄冷愁苦，皴染着黯淡迷离的基调。如《早发》诗曰："窗影摇残烛，晨光闪破楼。一身同泛梗，五月尚披裘。岭雪明寒嶂，城芜接断沟。新居两三户，仄逼辟瓯窶。"① 残烛、破楼、寒嶂、芜城、断沟，这一系列凄凉、败落的物象，了无生意，生活的气息几乎都被湮没，然细加品味，可知此诗虽落墨于行程中的景致，但个人穷通、百姓命运，却水乳交融于字里行间。苍茫萧森、荒僻寂寥的画面中，寄寓着一个悯时怜民、如"泛梗"般漂沦憔悴的诗人的身影。又如《夜行二首》（其一）诗云："晓河清未落，歇马傍沙墟。残月悬高树，昏灯点破庐。荐寒尘不扫，窗裂纸犹嘘。始觉车箱好，穹窿梦自如。"② 残月当空，昏灯星点，破庐数椽，是对景物的如实描写，也可能是久行驿途所产生的一种"空""倦"心态的外化呈现。

---

① 宋伯鲁：《西辕琐记》卷一，新疆官报书局 1907 年版，第 13 页。
② 宋伯鲁：《西辕琐记》卷二，新疆官报书局 1907 年版，第 11 页。

究其因，也许兼具这几方面的缘由：其一，陇右处于一个僻远、抑塞的境域，宋伯鲁经行的西北边地，不外乎险山、荒驿、孤城、古塞、戍所、危楼，风光固然奇特，但毕竟是一种荒无人烟、辽阔苍远的真实存在，对于年逾五旬的诗人来说，风餐露宿，马行步量，疲惫颠簸，何其艰也；驿行千里，气节不常，水土殊异，其体不适，其心不畅，对行旅危难充满怨畏亦属真性情之流露。其二，宋伯鲁受伊犁将军之邀有西行之举，从自由之身到寄人篱下的幕僚，儒士的尊严感受到抑屈，尽管权衡比较，最终还是启程，但此行顾虑重重、勉为其难而非自觉自愿、闲适愉悦也是实情，所以他是以"他者"的眼光和过客的心态踏上西部边地的，难免对异乡的环境有隔膜疏离感。其三，宋伯鲁经历了仕宦生涯中的显贵和废黜、政治理想大刀阔斧地施行旋即又遭破灭、隐名埋姓流离失所、东渡扶桑亡命天涯、身陷囹圄度日如年、复得自由又入疆游幕等跌宕起伏的人生轨迹，对于抱负建树虽残存一点热望，但也清醒地意识到大势已定，乾坤难覆，故此行本是以波澜不惊的心态去践约，而行旅途中的所见所闻所感又牵动了他感情的涟漪，引发其对国家、民族及自身深广而真切的忧思，情动于中而发乎言，叹世境之穷，年境之老，心境之哀。正是"行道"之"蹉跎"，导致其心意之黯淡，即王国维所谓"以我观物，故物皆著我之色彩"。如此老苍心境还可从写景纪行时经常使用的叠词这一维度透射出来，如"茫茫五粮山"（《山丹道中二首》）、"萧萧渡黑水，望望涉流沙"（《出甘州》）、"巉巉红水坝"（《肃州杂诗四首》）、"泥泥悬珠网"（《游陈氏园林》）等，就词性而言，这些叠词为形容词或副词，或突出物象性质，或修饰限定物象性质或状态，其中自然寄寓着诗人强烈的主体感受，可视为诗人主观色彩流露的一个窗口。

当然，从生活的真实性来说，环境不可能总是衰飒落寞，人心也不可能总是悲抑冷缩。宋伯鲁的兰州之行，堪称西行历程中的一抹亮色：若干醴泉同乡络绎邀约，共游五泉山、皋兰山、黄河等胜地，诸同人纵情宴饮，诗酒唱和，快意人生，诗中不见了先前的阴霾、滞涩，而变得轻捷明快，鲜活生动。如《莲花池七绝二首》诗曰：

>　　扈扈兰山拥画屏，红桥直接水心亭。当时菡萏无人见，独有垂杨倦眼青。
>
>　　好是清和四月时，鲦鱼拨剌荇参差。斜阳满地游踪少，十里溪光一钓丝。①

诗题莲花池，又名莲荡池、莲花荡，即今"天下西湖三十六"之一的兰州小西湖公园及陆军总院内的湖面。溯其渊源，始自明朝朱元璋封藩，十四子朱楧被封为肃王，后肃王府从甘州移至兰州，因肃王思念南方水乡之美，遂于此建莲荡池，周五里，花木畅茂，鱼鳖充盈，供其游憩赏玩，后毁于兵燹。清朝时数次重建，更名为小西湖。宋伯鲁游览时正值四月，亭榭楼台，错落其间，波光潋滟，堤柳如烟，水鸟咸集。斜晖脉脉水悠悠，置身其中，宛如到了武陵胜地，桃花源乡，自在逍遥，令人忘却尘世凡俗。诗笔清新流丽，毫无衰飒、荒凉之感。又如《金天观看牡丹》：

>　　金天神观金城隅，中有名葩三百株。仙台曲邃动隔世，未许凡夫来问途。入门软翠膏芳堁，深深顾步何萦纡。霞雕锦缛绝妖露，眼中倏纶迷碧朱。重楼赫赭一尺许，瑰宝鍐镂嵌珊瑚。绿云十亩破余地，灯毯烂照红毺氍。去年看花东城曲，亦有好名好句镌。浓姿贵彩本习见，如此绝代凤所无。皋兰玉嶂喷神瀵，秀丽合产倾城姝。徘徊对花三叹息，洛阳姚魏应隶奴。②

金天观今址坐于城关区和七里河区交界处的雷坛河，即工人文化宫和天龙东乡美食城处，亦始自明肃王朱楧移藩兰州后对原九阳关改建而成，是当时兰州最大的道观。此诗画面感很强，宋伯鲁以穷形尽相之笔，摄录

---

① 宋伯鲁：《西辕琐记》卷一，新疆官报书局1907年版，第9页。
② 宋伯鲁：《西辕琐记》卷一，新疆官报书局1907年版，第9页。

了一幅明暗交错、动静相宜的画卷，读之令人如入江南绮秀旖旎之地：殿廊巍峨，红垣碧瓦，曲径通幽处数百株牡丹吐蕊怒放，花团锦簇，馥郁袅袅，参以古木蔽日，铃动磬鸣，清幽而不失亮丽鲜润。诗情画意，绘形绘色，展现了人与自然的和谐美，给人以丰富的审美享受。

此外，宋伯鲁旅陇诗写景时多选取充满壮美、力美的自然意象，突出、强化了边地意象本身的高峻、厚重、粗粝、浑沦、险峻，甚至是狰狞可畏的面目，具凌厉、激烈、粗犷、壮伟之气，诗风奇警、峭硬。这对他以前儒雅平和的诗歌完全是一种突破。清人魏裔介说："文不游不能奇，诗不游亦不能奇。何者？人虽有思有怀，亦必以山水之气突兀激荡之，而后笔墨间具风雨争飞、云霞倏变之态。不然，坐守穷庐中，虽取两汉、六朝、三唐诗，咿呜摹拟，终是优孟衣冠，全无生动处。"[①]边地的险山峻峰、茫茫瀚海、阴云苦雾、飞沙走石，以其特有的存在使诗人的胸襟得以开阔，胸域得以充实，才华得以激发，诗歌创作也往往藉此达到崭新的境界，即杜甫所谓"远游凌绝境，佳句染华笺"。

这种奇拔之气主要贯注于其表现行旅险危的诗中。号称"陇甘最险无双，天下难行第一"的六盘山自古为艰险难越之地，《度六盘山》诗小序述及此山地势险要、山势高峻："自下至上，凡十五里，须一二时之久乃可毕升"，"路绕峻壑，旋盘而上，凡九折不止六也"，已有气势逼人之感，至其山之陡峭夹峙，峡之狭窄阴冷，山路高低不平，雾气弥漫，山风呼啸之情状，俱可于诗中见之：

冈峦沓层障，脱卸如蕉剥。寒碧绝续处，两崖森似断。脂辖幽谷底，鸣鞭陟石角。盘空杳螺旋，一线萦高邈。下视岩弟深，仰观天宇阔。阴崖皓积雪，草木皆萧索。我闻此山中，终岁风雪虐。舆马苦艰阻，欲前反成却。今朝风日丽，岚翠开岩壑。但觉轮鞅疾，岂知块轧恶。

---

① 魏裔介：《兼济堂文集》卷六，中华书局2007年版，第132页。

轻飔送过岭，远见隆德郭。未暝呼停骖，微阳挂城脚。①

作者或概写，或细摩，或俯视，或仰观，不断变化角度，用类于散点透视的方法凸显了度六盘山时的踽踽难行之状。

又如过安定城（今定西）时，度青岚山，过王公桥，"登峻阪，盘折而上，云气瀚然，万壑皆白，千峰顿失，车马从云中行，仅能辨道。须臾小雨，雨止，见睍罗翠如沐。下坡经三十六湾，达于县郭，仆马劳顿，始知陇干不减蜀道矣"。雾霭茫茫，山岚蔽日，流瀑飞泻，景致虽迷蒙奇绝别有况味，但宋伯鲁一行身历其中，没有停骖辍轭、驻足赏观的怡情悦性、意惬心契，只有真实的惊险、疲顿和狼藉。《安定山行》诗云："驱车安定山，山深路嵚险。千岩怒喷絮，瞪目寂无见。蚁曲陟高岫，螺旋下峻阪。霜蹄蹴瀇浡，势与山腰转。寒雨从东来，琮琤八九点。轻风荡忽去，飞过前山远。"②作者以"蚁曲"喻行者的渺小，反衬峰峦之高峻；以"螺旋"状山石的崎岖险拔、突兀嶙峋，刻画具体、精诣，历历在目。尽管诗的笔调是明快的，但亦难掩气候变幻无常、山路盘旋迂曲之苦况，故作者有"陇干不减蜀道"之叹。

过安定、榆中交界处的车道岭时，也是危机重重："万谷风声壮，千岩水气高。乱云扁绝磴，急雨溅征袍。土重轮牙涩，峰危马足劳。残阳笠繸外，延伫倚东皋。"③万谷、千岩、乱云、绝磴、急雨、重土、涩轮、危峰，这些密集的意象组合叠加成一组具有峻急、厚重、趋于极端特质的地域性意象群，突出了暴戾的自然力量对人的重压和威慑。再如《望河》更是以雄健之笔突出了黄河惊天动地的气势："剡剡凿鸿濛，黄流灏气中。奔雷翻倒峡，积铁硬盘空。淫洞三门险，纡徐九曲通。至今青壁上，犹识斧痕红。"④滚滚黄河从莽莽群山中蜿蜒而来，携沙滚石，如千军横扫，疾驰狂奔，惊

---

① 宋伯鲁：《西辕琐记》卷一，新疆官报书局1907年版，第4—5页。
② 宋伯鲁：《西辕琐记》卷一，新疆官报书局1907年版，第6页。
③ 宋伯鲁：《西辕琐记》卷一，新疆官报书局1907年版，第7页。
④ 宋伯鲁：《西辕琐记》卷一，新疆官报书局1907年版，第7页。

涛拍岸处，声如轰雷，气贯长空。全诗气象峥嵘，境界开阔，充满磅礴的力量和澎湃的豪情，加之盘古开天辟地的传说，又赋予其古老的历史韵味，令人不由壮怀激越，思接千古。

　　宋伯鲁的旅陇诗还表现出如古代迁客衣带系闷、剑芒割愁般的郁结，这种忧思来自于他对国家、民生一以贯之的关切和期冀。尤其是入边愈深，经眼处愈发荒凉，诗人心头的哀情也就越重，诗歌的表现力度和感染力也就越强。如《即目》诗云："西凉欲问旧桑麻，招得流亡有几家。万顷膏腴闲旷尽，山风开遍马兰花。"[①]此诗作于宋伯鲁过武威时，他看到城池残毁，田园荒芜，村墟寥落，百姓稀少，遂生发强烈的今昔之感。追溯此诗的本事背景，当为同治年间（1862）爆发于陕西和甘肃的回民反清事变，这次事变由于清政府在民族问题上的歧视、高压政策和极端宗教势力的推波助澜，后来演变为惨绝人寰的回汉民族之间报复性的大屠杀，前后引发的战争持续了12年之久，它造成的一个最严重的后果就是因事变期间发生的杀戮、攻伐、饥饿、瘟疫、自然灾害等而致甘肃人口锐减，汉民被杀千万，而回民险遭灭族灭种的灾难。清末甘肃人口结构是"民三回七"[②]，回民原本是甘肃的主体民族，事变发生之后，华亭、合水、固原、平凉、镇远、兰州、武威、张掖、酒泉等回民集聚的近二十个主要州县自然未能幸免浩劫，大量的人口尤其是青壮年劳力在战乱中被消耗。如河西走廊本是回族最早定居的地区，许多绿洲上都有回族村堡，经过这次战争期间的杀戮和战后被强迫迁徙，河西回民几乎消绝，而大量汉民在冲突中死亡，故变乱后河西"民人存者不过十之三四，地亩荒废，居其大半"[③]。甘肃的社会经济遭到毁灭性的打击。甘肃向来是贫瘠之地，自然条件恶劣，此番再遭重创，元气大伤，社会经济重建与恢复的周期很长，所以时隔三十年之后，宋伯鲁入河西边地，满眼仍是荆蒿遍布的荒景，"万顷膏腴闲旷尽，山风开遍马兰花"的沉重叹喟中包含着无尽憾恨。表现回汉之战造成的民

[①] 宋伯鲁：《西辕琐记》卷一，新疆官报书局1907年版，第13页。
[②] 白寿彝：《回民事变》（四），上海人民出版社、上海书店出版社2000年版，第215页。
[③] 罗正钧：《左宗棠年谱》，岳麓书社1983年版，第257页。

生凋敝成为其旅陇诗的一个重要主题。

如果说《即目》对甘肃这段惨痛的历史还隐有所指，而入张掖后，沿途的残壁颓垣对宋伯鲁的触动更深，他径直在《杂感》（其二）中明白道出对这次回民事变导致的农业生产停滞、农村经济萧条的痛心："回鹘风清罢枕戈，悠悠生计尚蹉跎。城芜深处人烟歇，山雪消来野水多。暂假地图搜胜概，时从日记订沿讹。虎台十丈今安在，细雨荒田长绿莎。"①"虎台十丈"是东晋十六国时期南凉王朝在西宁建都时的遗迹，为南凉王朝第三代君王傉檀于公元402年动用天下民力，用黄土夯成，共分九层，高九丈八尺，用他的太子"虎"的名字命名修建的阅兵台。南凉王穷兵黩武，动辄出兵，纵横河湟，终为西秦所虏。宋伯鲁化用此典，表达了憎恶战争，希望民族团结、天下太平的心愿。

肃州在回民事变前"城内街市宏敞，车马骈阗，胡贾华商凫集，麇至毂击肩摩，五音嘈杂，每登鼓楼四望，但见比屋鳞次，炊烟簇集，货泉繁盛，人物殷富，边地一大都会也"②，故"市集商贾"被列为肃州"后八景"之一，但事变后市镇遭到劫掠，商业陷入了大萧条，恢复缓慢，至光绪晚期还未能复苏。宋伯鲁过肃州时，看到市镇上商肆稀疏，贸易凋零，有感而作《肃州杂诗四首》以纪之，其一曰："福禄汉家县，昆仑凉代名。千龄神瀵在，百战女墙倾。几历花门劫，犹残守捉兵。至今观列肆，非复旧连甍。"③"女墙"即城墙上面呈凹凸形的小墙，作防御之用，"百战女墙倾"谓战争洗劫后的衰颓剥蚀之象；"花门"为山名，在居延海北三百里，唐初于此设堡垒以御外族，天宝时为回纥占领，后即以"花门"代称回纥，"花门劫"即回民事变；"至今观列肆，非复旧连甍"突出了战事对商业的巨大破坏。

兵祸之后，清政府在处理善后问题上，强迫回民迁移，实行"回汉隔离"政策（安插回民居住，不能让其住在汉民村庄和都市周围，也不能集中居住），选择了平凉化平川、天水张家川等地安置，其中河州的陕回一万余

---

① 宋伯鲁：《西辕琐记》卷一，新疆官报书局1907年版，第20页。
② 吴人寿纂：《（光绪）肃州新志》，全国图书馆缩微文献复印中心影印本，1994年版。
③ 宋伯鲁：《西辕琐记》卷二，新疆官报书局1907年版，第6页。

人就被安顿在平凉、会宁、静宁和安定等处。会宁地处干旱区,降雨量稀少,水土流失严重,物产贫乏,是西北最贫困的地区,被称为苦甲天下,迁移来的回民生活极其艰难。宋伯鲁经过会宁,将人烟荒寂、草民自生自灭之惨状以俳谐笔法出之,哀痛深重,力透纸背。《会宁道中戏作俳谐体四首》诗曰:

户户无恒产,山山未垦荒。但知谋黍稷,未解艺棉桑。晓牧千岩露,寒耕四月霜。谁能尽生聚,一为洗荒凉。(其一)

山程八九里,陶穴两三家。百结衣成絮,恒饥面削瓜。卖浆临大道,行乞逐征车。浅草呼羊处,春坡日未斜。(其二)

竟自休蚕织,无襦到处皆。可怜贫妇女,犹著破弓鞋。久忘刑人苦,谁知天足佳。西陲待文化,腥染几时揩。(其三)

山中鲜生殖,凋敝总堪哀。有子皆无袴,其居尽凿坏。晓随牛共起,夜与犬相偎。鄙陋成殊俗,谁能辨汉回。(其四)①

这四首诗运用白描手法,入木三分地刻画了会宁回汉百姓穷愁潦倒的景况。第一首诗从其生活环境起笔,真切地印证了民谣流传的同治以后回民的居住格局"回回不是住关就是住山"②所言不虚;颔联、颈联突出了会宁苦寒、恶劣、封闭的自然环境使村民囿于传统的种植方式而无力也未能意识到广寻出路以救贫的现状;结句显旨,呼唤出现清正有为之地方官,能使会宁起衰振敝。第二首从百姓的衣衫褴褛和形容枯槁等细节表现了贫穷、饥饿对人的摧残和变异,而且这种摧毁以强大的惯性生生不息,因循往复,诗句中渗透着一种无奈、悲凉的气息。第三首诗作者特别注意到山坳里的妇女还裹着小脚,尽管当时不缠足运动在广东、上海、湖南等地络绎兴起,但会宁地处偏陲,未得风习熏染,妇女仍未放足,宋伯鲁对缠足

---

① 宋伯鲁:《西辕琐记》卷一,新疆官报书局1907年版,第5—6页。
② 林竞:《西北丛编》,神州国光社1931年版,第114页。

妇女怀深深的哀愍之情。缠足给女子带来难以忍受的痛苦，使其血枯筋断，胫折皮躁，足底部折作两弯形，身体上重下轻，行走时倚杖扶墙，颠倒欹斜，身残体弱，甚或造成败疽症而致死，广大妇女完全沦为延续千年的古老陋俗的牺牲品。戊戌变法时期，宋伯鲁、康有为、梁启超等维新人士都深刻认识到缠足对妇女的戕害，始终将不缠足运动视为维新变法运动的一个重要组成部分，并做出了切实有效的行动，虽然中国妇女的放足禁缠并没有在这一时期完成，但他们当时对妇女缠足的言论、行为拉开了日后民国时期至新中国成立后中国历史上废除缠足陋习的帷幕。第四首诗使这组诗歌的悲悯之情达到了极致：作为与动物有别的"人"竟然出入无完裤，与牛犬共居处，这种类似于原始社会、带蛮荒色彩的生活环境和生活方式久而久之会让"人"的社会属性慢慢弱化而自然属性、动物性渐渐强化，人的尊严感、价值感、精神、意志、感情日渐泯灭，人变得无知无识，懵懂混沌，徒具"人"之形而失"人"之神。贫穷、窘困会将人从外到内、由表及里变形、退化、异化到此等地步，宋伯鲁对百姓疾苦的认识和表现是相当深刻的。

宋伯鲁一生宦海浮沉，大起大落，旅陇诗中所传达的御侮图强的心声，忧国忧民的情愫，对变法维新失败的反思等，都从一个侧面反映了半殖民地半封建的晚清社会波诡云谲的时代风貌，透露出其曾作为朝臣的政治敏感性和洞察力。

《杂感》（其三）就是一首表达救亡图存、反帝爱国的诗歌："中原民物今凋敝，况复穷边未有春。五色奇花开帝国，千年宝藏动强邻。地无遗利方言富，家有余粮不畏贫。今日西陲筹教养，可能容易答君亲。"① 此诗作于1906年，当时的清王朝老大帝国内忧外患，国内湖南、江苏连遭特大水灾，灾民近千万②，民生凋敝；对外积贫积弱而遭列强宰割，"千年宝藏动强邻"即指中国的文物宝藏源源不断地被德、日、法等外国人掠

---

① 宋伯鲁：《西辕琐记》卷一，新疆官报书局1907年版，第21页。
② 李文海主编：《清史编年》第十一卷（光绪朝）下编，中国人民大学出版社2000年版，第414、417页。

走;是年4月,英人斯坦因深入西北地区,先后挖掘新疆尼雅、丹丹乌里克、楼兰、米兰以及甘肃敦煌附近出简牍的汉代烽遂遗址,掠走大量古物,这是其第二次来中国探寻并盗走宝藏;8月,法国中亚考察委员会派伯希和来西北活动,挖掘新疆巴楚和库车附近的遗址,掠走无数珍贵古物;是岁起,美国传教士方法敛和英国传教士库寿龄把从中国古董商人处收购的甲骨,陆续转卖给英美等国的大学和博物院。宋伯鲁深入西北,感于国宝沦丧而发痛楚之音,寄寓了开发西北、民富国强以雪耻的心声。

"惊舵撼壮涛,魂梦断何许"[1],自遭政治事变的打击后,宋伯鲁心灵饱受磨砺和压抑,常以冷眼观世,以愤激之语入诗,尤其是一些批评时弊的诗作,冷峻而犀利,表现出睥睨世事的战斗者的锋芒,这是其诗歌中尤可珍视的部分。如《有人谈弭兵者书此》诗曰:"新人侈口谈天演,老辈赧颜颂国肥。奕局何年收白黑,舞台终日掣旌旗。但愁沟浍无根本,岂畏风云有妙机。千载弭兵成想象,苦心终觉向卿非。"[2]国家已危机重重,战无宁日,国人还自欺欺人地"颂国肥",这实际上在隐射慈禧为了维护反动统治而对列强"量中华之物力,结与国之欢心","宁予友邦,不给家奴",献媚以求"弭兵"的奴性表现。一味妥协退让的结果,是清王朝与列强签订了种种丧权辱国的条约,使国家处于更岌岌可危的境地。宋伯鲁不平而鸣,其痛切鞭挞已指向了最高统治者,这无疑是需要极大胆识的,可见其耿直秉性与历尽摧折后仍坚劲的气骨。又如《黑泉道中》诗云:"河西战罢卷旌旗,王道何劳小补为。乡校渐兴新政日,戏场犹绩太平时。苦怜黄发忧时老,但恨黔愚识路迟。安得生公来说法,百千顽确醒迷痴。"[3]慈禧为收拢人心而不得不实行新政,但此举仅是为了掩人耳目而佯装施行,既未能从根本上改变旧制,亦未能自上而下深入、广泛、务实地发动民众来参与,所以新政是不彻底的,也注定了它最终走向败途的必然趋势。宋伯鲁痛定思痛,反思变法失败之因,其揭橥可谓切中肯綮。

---

[1] 宋伯鲁:《海棠仙馆诗集》卷十四《返辔集》,甘肃省图书馆藏本,第4页。
[2] 宋伯鲁:《西辕琐记》卷一,新疆官报书局1907年版,第22页。
[3] 宋伯鲁:《西辕琐记》卷一,新疆官报书局1907年版,第21页。

在宋伯鲁的旅陇诗中，即使习见的羁愁、思乡题材，因主导的政治失意、愤悱情绪的统摄，不唯表现出亲缘隔断不得相依的乡怀苦状，更上升到自我实现落空、人生价值幻灭的思考层面，突出了理想和现实的违悖和对立。《发高台县》即以羁恨而抒牢愁："老鹘绵绵驿，荒鸡恻恻风。山川旭日里，城郭晓霜中。短鬓迎秋白，衰颜得酒红。自怜诗骨瘦，岁岁逐征蓬。"①老鹘身既老而寄栖于外，飞蓬流浪漂泊而无依定，诗人以此比况自己动荡不宁、行无定止、悬浮无根、无所依托的个体生命，寄寓了潦倒、孤孑的心理体验，而正是价值感的失落与依皈感的消失强化了其迟暮凋零之感：鬓已白，颜既衰，岁月迁而事无成，惟余怫郁之忱以自怜。此诗前一首题为《花橘子道中》，中有"微觉须眉变，空嗟岁月增。从来耻弹铗，只为客无能"，亦为逐臣失志之悲的吟叹。反复皴染，深寓其生命沉沦的哀情。

因仕途坎坷，怀才不遇，有志难伸，故宋伯鲁对人才问题非常敏感，往往在行旅途中遣兴抒怀，表露出祈盼知音见赏的意识。如《复叠前韵四章》（其三）诗曰："中兴事业在垂帘，忧乐关怀范仲淹。侠骨未逢燕市筑，冶容争撒晋宫盐。延年毛鸷终何利，曼倩诙谐可是尖。叹息都人爱卷发，未能夺得楚腰纤。"②诗人用黄金台、晋宫盐、李延年、东方朔、楚腰纤等系列典故，意在强调朝廷良莠不分，小人得志而人才见弃，蕴含着企盼国家任用贤能，识才爱才，知人善任的心愿。

叶燮在《原诗》中曰："诗之基，其人之胸襟是也。有胸襟，然后能载其性情、智慧、聪明、才辨以出，随遇发生，随生即盛"③，宋伯鲁自言其西行诗"老泪灯前尽，生涯塞上吟"④，可谓是对叶燮此说的具体诠释。其旅陇诗融山川之情于生命之旅，以感同身受之体验、民胞物与之情怀，物我一体，由个人失意，延及民生悲苦，是衰世中沉沦志士的缩影，具有心史和诗史的双重价值，是晚清值得珍视的文化遗存。

---

① 宋伯鲁：《海棠仙馆诗集》卷十四《返辔集》，甘肃省图书馆藏本，第9页。
② 宋伯鲁：《海棠仙馆诗集》卷十四《返辔集》，甘肃省图书馆藏本，第6页。
③ 叶燮：《原诗》，人民文学出版社1979年版，第17页。
④ 宋伯鲁：《海棠仙馆诗集》卷十四《返辔集》，甘肃省图书馆藏本，第9页。

第七节 裴景福贬谪新疆及其陇右诗歌创作

裴景福为清末著名诗人,他在清末黑暗的政坛上曾被诬罢官,流放新疆。裴景福贬谪新疆之时,经过陇右大地,曾经在其《河海昆仑录》中详细记述了陇右的历史、文化、社会状况和旅途见闻,抒发了人生感慨和对国家命运的思考,对于认识清末政治、士人心态和陇右社会具有重要的参考价值。

一 裴景福贬谪新疆及其陇右经历

裴景福(1854—1924),字伯谦,又字安浦,号睫暗,安徽霍邱县新店人。其父裴大中,曾任苏州、无锡、上海等地的知县,北洋武备学堂监督,直隶通州知州等。裴景福于光绪十二年(1886)考中进士,授户部主事。光绪十八年(1892)被外放广东,历任广东陆丰、番禺、潮阳、南海诸知县。裴景福为官清廉,思想开放,富有谋略,在各地任所都有很好的声誉,深得广东几位总督和巡抚的赏识和器重。谭钟麟任两广总督时,裴景福深得谭倚重。光绪二十四年,前云贵总督岑毓英之子岑春煊调任广东布政使。岑与谭政见不合,发生了激烈地冲突。因裴景福站在谭钟麟一边,也遭到了岑春煊的嫉恨,成为政治斗争的牺牲品。

光绪二十九年(1903)四月,裴景福被时任两广总督的德寿举荐以道员用。但还未等裴景福动身,岑春煊突然改任两广总督。岑春煊念及前仇,立即下令撤销了对裴景福的任命。当年七月,岑春煊上疏弹劾裴景福。岑春煊在奏折中,罗列出了裴景福的很多罪责,指责裴景福是广东的贪吏之冠,且结交洋人,"挟外交以自重"。裴景福因此被下狱,审问了一年多,没有找到充分的证据,岑春煊仍不甘心,便又命令罚裴景福银12万元,以充广西军饷。当时,被岑春煊撤职的有一批人。岑春煊在上奏的密报中说:"天下贪吏莫多与广东,而南海知县裴景福尤为贪吏之首。该令才足济贪,历任督抚或受其宠络,或贪其馈送,咸相倚重,又熟悉洋务,每挟外交以自重。撤任后,臣道广西,有某国领事向臣称道其长,意在请托。似此贪吏,若仅参劾,令其满载而归,尚不足蔽辜,应请革职,由臣提讯追赃。"①

光绪三十年(1904)二月,裴景福缴出了4万元后,再也无力筹集剩余的8万元罚银。然而,岑春煊限定三日内缴足,拖延即按军法从事。裴景福走投无路,情急之下,他毅然决定携娇妻与四岁的小女儿乘船"投敌叛逃",到隔海对岸的"弹丸之地"澳门。

裴景福出逃以后,岑春煊即派人四处抓捕。得知裴景福"叛逃"到了澳门,岑春煊又向澳门总督索要"逃犯"。裴景福见仍无处藏身,准备投海自尽。此时,他接到了老父托人捎来的书信。信中斥责他说:"逃则永为异域之鬼,死则必加以畏罪之名,尔瞀乱至此,平日读书何在?速归,祸福听之可也。"②裴景福接信以后,一方面担心牵连父亲,另一方面也感到自己如果常年漂泊异域,终非长久之计。最终,他放弃了逃亡,主动向葡萄牙澳门当局自首,后被谴返给了满清政府。裴景福在羁押澳门期间,岑春煊曾派广州知府与南海、番禺县令带律师,以及那些曾被裴景福惩治过的一些人赴澳门指控裴景福。裴景福的这一反复,又成了他宦海生涯中的一个浓重"污点"。

裴景福被引渡回广州后,即被关入大牢。光绪三十一年(1905)正月,岑春煊再次奏报清廷说:"据广东官员及在粤的绅士商民指控,裴景福贪酷多款,有婪索致命情事。经派人传讯查证,裴景福有赃私累万,草菅人命。而裴景福潜逃外洋,致使不能定案。其自认罚银12万,陆续缴过4万,又想方设法延缓抗拒,且逃往澳门。其被撤任查办,粤省人无不称快;其外逃澳门,粤省人无不痛恨。观其民情可知其居官如何。还想借洋人对抗我等,实属官场之败类。即请立正典刑,也不为过,暂念其缴过部分罚银,免其一死,请旨将其发配至新疆,充作苦差,永不释回。"③朝廷也不辨真假,依例准奏。

---

① 裴景福著,杨晓霭点校:《河海昆仑录》卷一,甘肃人民出版社2002年版,第9页。
② 裴景福著,杨晓霭点校:《河海昆仑录》卷一,甘肃人民出版社2002年版,第10页。
③ 裴景福著,杨晓霭点校:《河海昆仑录》卷一,甘肃人民出版社2002年版,第12页。

身陷大狱任人宰割的裴景福得知自己将被发配新疆的消息，心中虽然愤懑不平，但是他对腐朽没落的满清王朝尚存有莫大希望。他以为，岑春煊给他所罗织的一系列罪名，迟早还有真相大白的那一天。他在《闻有新疆之役偶赋》中写道："万卷书能读五车，西行万里尽天涯。雪山瀚海闲经过，再到江南看杏花。"①

光绪三十一年（1905）三月二十七日，裴景福由广州出发，被押着走上了发配新疆的流放之路。与裴景福一同被流放新疆的还有广西提督苏元春、广西左江镇总兵陈桂林、候补通判郭子芳、广东遂溪知县凌杏如等人。

当地百姓得知裴景福被流放新疆，他们驾着十几只小舟，在广州天字码头来为他送行，被监管者严厉驱开。裴景福悲伤地劝慰他们离去，但前来送行的百姓们悲伤流泪，久久不忍离去。还有人为他们送来了三袋大米和一些蔬菜。裴景福见送行的弟弟沉闷抑郁，便安慰他说："人处患难，惟坚忍顺受，便无入而不得；反之，恐患难将有甚焉。修身以造命，悔过以回天，愿共勉之。屈子云：苟余心其正直兮，虽僻远其何伤？"②

离开广州，裴景福一路北上，经过了江西、安徽、河南等地，一路上晓行夜宿，艰苦异常，但是裴景福性格比较豁达，沿途饱览山川风物，经常赋诗言志，并且用日记的形式记录下了一路的见闻。光绪三十一年九月初，裴景福到达西安，作短暂休整。许多不明真相的当地官员因为他过去曾"叛逃澳门"而对他不满。他们质疑裴景福"中国人为什么要叛逃澳门？""如不是贪吏，何以交得出四万罚银？"③，等等。裴景福内心极为痛苦，但他知道解释也没有什么用。所以友人告诉他这些的时候，他只说了"弭谤莫如自修"来表明他的心迹。

裴景福在西安的时候，还游览了西安的许多名胜古迹，如城隍庙、碑林、骊山、华清宫等。他看到当年繁华的长安现在已经日趋衰落，古今盛衰无常的悲凉之感油然而生，写下了著名的《长安晓望》："匹马西风作阵寒，

---

① 裴景福著，杨晓蔼点校：《河海昆仑录》卷一，甘肃人民出版社2002年版，第10页。
② 裴景福著，杨晓蔼点校：《河海昆仑录》卷二，甘肃人民出版社2002年版，第71页。
③ 裴景福著，杨晓蔼点校：《河海昆仑录》卷二，甘肃人民出版社2002年版，第77页。

唐宫汉阙绕烟峦。云开渭水明如连,不见金茎指露盘。"①他在西安反思自己的前半生,认为自己一生得力处全在一个"逆"字,一直在逆境中打拼,但是时间长了,也会"逆中得顺"。因此他把这次流放新疆也当作是对自己精神和人格的磨炼,能够安之若素,并坚信最终会否极泰来,沉冤昭雪。

光绪三十一年(1905)九月,裴景福到达泾州(即今天的泾川县),映入眼帘的崇山峻岭如立锥,如石笋,如叠带,特别看到有石如僧披袈裟,更是百感交集。行至泾州境数里,杨柳夹道,疏密不断,途中客商贩物,来往杂沓,行万绿丛中,愁闷之情略有好转。十月初二日,裴景福接到省中王道台来电,每人添给二车,可以行矣,倍感温暖。午后,至瓦亭站,行到六盘山脚下,过瓦亭至固原,过海子沟至静宁州(今甘肃省静宁县),又过会宁,登二凉山(即车道岭),十月十六日,裴景福一行来到兰州,经过东岗镇至五泉山,住东街客栈。皋兰赵大令设宴款待他们,并赠与部分食材及烛火、木炭等生活用品。这真是雪中送炭,让裴景福分外感动。不知道是因为劳累过度还是水土不服,裴景福感觉肠胃不适,浑身乏力,不能赶路。只好在兰州多住几天。后来服了姜桂汤,病情才略有好转。

在西行路上,裴景福曾接到弟弟来信,说自己将改任官职,借谋禄养,问出仕后应读何书。裴景福回信说道:"读书应分为三门:一是有关身心修养的书,一是有关治理天下的书,一是关于文字小学的书。《近思录》、历代学案可以约束身心,而《曾文正家书》,切实细密,为宋儒所未有,日阅数则,遇事自有条理。《孟子》《周礼》是政治之本,勤加温习,后世治具治理悉发源于此。《五种遗规》《吾学录》本末灿然,平实有用。曾、胡政书,近六十年来,利害得失可资考究。汉以后地志、循吏传,亦须浏览。地志因革不同,形势未改;循吏政绩,时代风气不同,万勿拘泥误事。文字是心性所好,自不能离,然亦不可好之太甚,落文字障。姚氏《古文辞类纂》曾氏《经史百家杂钞》,弟所素好,已足赏悦。古今体诗有《渔洋古诗选》《湘乡十八家诗钞》,诗派略备。以上各书,皆吾家所

---

① 裴景福著,杨晓蔼点校:《河海昆仑录》卷二,甘肃人民出版社2002年版,第77页。

有，弟可检带。至新政时务，必须多看近人著录，择其善者从之可也。"①信中反映了裴景福博学、慎问的求学态度，也看见他对时局的关心和对弟弟的期望。

十月二十日，兰州守备杨培教来看望裴景福，约他择吉日去望河楼、五泉山游览散心。下午，老乡张海秋泗林来访，相谈甚久。第二天，午休后去拜访了李芬三、张海秋、潘伯庸、谈梦九，大家一起谈音律，谈时事，谈文学，谈孔孟，晚上才尽兴而归。他曾向无锡亲友发电报，用了"晴暖到甘"的字眼，他乡遇故知的喜悦和甘肃人民的热情厚道，让他感觉到了人情的温暖。

十月二十四日，裴景福同强心如、刘华封出西门去看黄河桥。他在日记中写道："此桥每舟相离约八九步，空其中以防水之涌滞，旁植木栏以防人物堕落，河两岸各铸大铁柱二，斜插入地，上露数尺，北岸一柱勒'洪武九年魏国公铸'，并列指挥使以下各官姓名。铁色甚精。一柱勒'道光十九年铸'，列总督以下各官衔名。其圆均合抱。柱上各系大铁索，粗逾臂，一在桥西，一在桥东，夹而束之，以防桥之崩移。河从西来，两山夹峙，水极汹涌，非极人力之雄，固不能御也。防北岸山，登北极庙，阶六十余级，以远镜窥全城形胜，泉兰、五泉，如指诸掌。久坐始下，至中流，西望落日，大逾车轮，与水光相激，射金紫灼目。"②

二十五日午后，裴景福同子芳、杏如、心如、介侯、华封游五泉山，映入眼帘的是如同江南惠山一样秀丽而幽雅的景色，看到了远近处平田多是烟叶。他在《河海昆仑录》中对兰州烟叶有详细记载："兰州烟叶两种，一名棉叶，一名白条，以五泉山东红泥沟产为良。白条良，食之能化痰消痒。"由此可见，兰州的水烟确实历史久远，名不虚传。他还有幸食到了黄河鲤鱼。裴景福曾说，兰州无时鲜，酒宴多用海味。黄河白鱼最美，河鱼之大者惟黑鱼，长几盈丈，水涨始浮出，不可食。裴景福还和海秋一起去市场看了

---

① 裴景福著，杨晓蔼点校：《河海昆仑录》卷二，甘肃人民出版社2002年版，第70页。
② 裴景福著，杨晓蔼点校：《河海昆仑录》卷三，甘肃人民出版社2002年版，第118页。

有名的西宁羊皮袍和驼绒褥,但是价格太贵,他们囊中羞涩,故没有购买。

十一月十九日,裴景福启程离开兰州,继续向西进发。临行前,许多友人前来相送,他作诗辞别。二十八日,裴景福一行到了乌梢岭。他们在黑松驿堡稍事休息。这里有《唐氏九世同居碑》。过了滩河,上山坡,进入古浪峡。两山夹峙,峻阪中通,上陷深沟,下临绝涧,路途极为艰险。二月初一,裴景福离开古浪,继续赶路。两面是高山,路顺着沟在蜿蜒,行二十八里到了靖边堡。二月二,到大河驿,看到的是颓垣赤立,荒无人烟。只见路南丛峦积雪,绵亘直达关外。又走了三十二里,至凉州(今甘肃武威),住泰来客店。凉州城很是繁华,衙门也很阔气,城垣门楼也坚固雄伟。凉州城街道很宽,有二三丈,如京城一样,城里住着满兵。朋友们都夸赞说:"西方美人,关内惟凉州,关外惟敦煌。"裴景福无心欣赏美人,曾自嘲地说:"我就像古佛无情,只是拈花微笑而已。"

二月初六,裴景福等出凉州城,突然下起鹅毛大雪。他们看到路边的水渠中躺着一个人,急忙察看,人已僵死。他看见前面有一间茅屋,叩开了门,给钱二千,叫其用破毡掩埋了死者。裴景福曾感叹道:"青山是处可埋骨,我今日埋人,他日人埋我也。"[①]他想起了杜甫的诗句:"贫病转零落,故乡不可思。常恐死道路,永为高人嗤。"(《赤谷》)此时再读,让他感慨万千!他曾经说严冬行西北边地,只有三种人可不死:一是体气强耐饥寒劳碌;二是心术仁可以感召生气;三是有雄心奇气能坚忍奋发。此乃经史道义诗文之所郁积,足以敌寒暑,远忧町患,惟圣贤豪杰能之,未可责之常人。

二月初八,他们出峡口驿,过水泉驿,至大黄山,只见此山突起在大滩之中,与四面的山均不相连,东西长一百余里,高十里,直冲云霄。攀藤附葛而上,山腰有很多大石头,山顶平坦,有天池数十个,水深不可测量,当地人称其为海子。池边草木茂密,产鹿茸、麝香、野人参、大黄。野鹿饮池水食人参,特别壮盛,有白鹿寿至千岁。

---

① 裴景福著,杨晓蔼点校:《河海昆仑录》卷二,甘肃人民出版社2002年版,第203页。

二月十一日，裴景福终于到了甘州（今甘肃张掖）。这里村落较多，烟树相望，有牌楼题"张掖古郡"四个字。路上车夫骂途中人不让道，让裴景福感慨万千，对强弱作了精辟论述："天下无弱者也，有强者出，而弱者乃见。弱者静与退之象，天下之所以安且治也，有强者较而弱不能立矣。强者愈强，弱者俞弱，弱附于强，虽弱亦强。舆夫与途人等弱也，而舆夫每欺奴、途人，附于强者也。弱肉强食，万物皆然，而况于人乎？惟人可弱，国不可弱，弱人附强人亦弱，犹之弱国附强国，终必为强者所并尔。"[①]虽为一时感慨，但也揭示了生活的真相和当时国际时事的本质。

二月二十九日，裴景福入玉门（今玉门市西北玉门镇）北关。裴景福记载当时的玉门仅南北二门，所辖百来村，共千来户，县令仅用三仆。他花了一百文，买了些敦煌梨，很是甘甜。三月初三，裴景福冒着风沙赶到了安西州，购买了木炭、食物等。三月十六日，裴景福一行到了哈密。这里青榆碧柳，桃李争艳，春色盎然，风景如画。晚上他和友人一起出门游览，看到天山积雪，戈壁苍茫，波光荡漾，真是恍如仙境。他们在哈密稍事休息以后，继续向伊犁行进，途经巴里坤、迪化，宿三道岭。裴景福以前以为戈壁滩老百姓没有税赋，可是询问当地百姓，谁知道这里赋税更重，地薄粮重，农民不堪其苦。他们离开三道岭以后，不久便来到了吐鲁番。这里有许多坎井，都是当年林则徐兴修水利的时候开掘的，由于吐鲁番经常大风扬沙，许多井被掩埋，所以后人不停地疏浚。

光绪三十二年（1906）四月一日，裴景福一行来到了昌吉县，又经过阿克苏，一路晓行夜宿，四云初三才到达孚远县（今新疆吉木萨尔县）。四月八日，历时 370 余天，经过 11700 余里的长途艰难跋涉，裴景福一行终于抵达了流放地新疆迪化（乌鲁木齐）。这里地势比较平坦，有许多麦地树林，田园村舍，对于他们这些长途跋涉、历经艰险的成人来说，无异于桃源胜境。抵达乌鲁木齐时，裴景福才知道，与自己交谊甚厚的乌鲁木齐布政使吴引荪已卸任回到了关内。原任新疆巡抚潘效苏因贪污已被革职。

[①] 裴景福著，杨晓蔼点校：《河海昆仑录》卷三，甘肃人民出版社 2002 年版，第 118 页。

而接替潘效苏出任新疆巡抚的是原安徽布政使联魁。不久，裴景福的同年进士，原甘肃平庆泾固化道尹王树楠也接替吴引荪升任了新疆布政使。

联魁非常器重裴景福，将他请入了自己的幕府。裴景福开始整理自己西行流放途中的日记、诗作，写成了后来倍受瞩目的《河海昆仑录》一书。王树楠为《河海昆仑录》作了序言。序言中说："（裴景福）道途之所经历，耳目之所遭逢，心思之所接斗，逐日为记，悉纳入囊中，其长言之不足者，更缀之诗，以道以志，事之所寄，书成都十七八万言，厘为四卷，名曰《河海昆仑录》。"①

裴景福的《河海昆仑录》一书，是以日记为线索，将杂感、游记、诗作贯穿其中。书中不仅记述了作者从南到北一路所见所闻，也描写了各地的山川地理、风土人情，书中还抒发了自己所处逆境苦旅的所思所感。它既是一部珍贵的晚清西部社会历史风物资料，也是一部裴景福的心路历程写照，具有重要的参考价值。

裴景福在戍所，与流放至此的满清皇室贵族"镇国公"载澜、一同流放至此的前广西提督苏元春、《老残游记》的作者刘鹗多有交往。他们时常在一起吟诗唱和。就是在这种相对安闲恬淡的流放生活中，裴景福度过了他三年的贬谪生涯。

1908年11月14日，光绪皇帝辞世，随后慈禧太后也撒手人寰。宣统元年（1909），朝中有人上奏朝廷，为裴景福等伸冤。清廷命新任两广总督张人骏复查。经过复查，张人骏认为这就是岑春煊为泄私愤而罗致的冤假错案。于是，朝廷下令将裴景福赦免。

得知裴景福被昭雪释回的消息，载澜在乌鲁木齐东郊的水磨沟别墅设宴为裴景福饯行。载澜在宴会上赋诗一首赠裴景福，诗中吟道："君如决骖不羁马，我似萦丝自缚蚕。帝子降兮临渚北，先生去也望江南。一杯对影翻成忆，万里寻诗不厌贪。从此天山续佳话，大名原不属岑参。"② 新

---

① 裴景福著，杨晓蔼点校：《河海昆仑录》卷首，甘肃人民出版社2002年版。
② 转引自星汉《清代西域诗研究》，上海古籍出版社2009年版，第396页。

疆布政使王树枏也为裴景福写了《送裴伯谦南归三首》，其一曰："白草凄迷接大荒，客愁离思两茫茫。非驴非马今时局，为鹤为猿古战场。一夜销魂大刀曲，五城回首暮山苍。遥知一样胡天月，才入阳关似故乡"①。

裴景福被释归两年后，那个他曾经忠心耿耿并寄托希望的满清王朝，在"武昌起义"辛亥革命的枪炮声中，轰然倒塌瓦解了。裴景福回到内地以后，暂住无锡，以收藏金石书画自娱，后来就任了民国安徽省公署秘书长，闲来无事，竟然去上海拜见了曾几次欲置其死地而在"辛亥革命"后退隐的岑春煊，使人百思难得其解。

二　裴景福的旅陇诗歌创作

裴景福忠而被谤，含冤远戍，当他行经陇右之时，一路上艰难险阻，辛苦备尝，心中的愤懑之情，都在其陇右诗文中表现得淋漓尽致。其《凉州》写道：

> 人生天地一蜉蝣，南北驰驱类马牛。热官安能离火宅，冷人只合住凉州。祁连山下风吹面，古浪城边雪打头。夜半酒醒闻画角，晓看寒色上貂裘。②

《诗经·曹风·蜉蝣》诗云："蜉蝣之羽，衣裳楚楚。心之忧矣，于我归处？"诗序云："《蜉蝣》，刺奢也。昭公国小而迫，无法自守。好奢而任小人，将无所归依焉。"③诗人这里自比蜉蝣，是正话反说，讽刺朝廷任用小人，导致国势日衰。而自己为了功名利禄，像牛马一样南北驱驰，为国家效力，可是照样被人陷害，远戍塞外。《法华经·譬喻品》云："三界无安，犹如火宅，众苦充满，甚可怖畏，常有生老病死忧患，如是等火，

---

① 王树枏：《陶庐诗续集》，《中国西北文献丛书》，兰州古籍书店1990年版。
② 裴景福著，杨晓蔼点校：《河海昆仑录》，甘肃人民出版社2002年版，第201页。
③ 王先谦：《十三经清人注疏·诗三家义疏》，中华书局1987年版，第494页。

炽然不息。"① 诗人用充满苦难的火宅比喻凶险的官场，表现了他对晚清官场和朝廷的失望。自己现在远谪他乡，背井离乡，远离宦海，是为"冷人"，冷人住凉州，让人觉得分外凄凉。祁连山的风雪交加，前途凶险艰难，让诗人心灰意冷，只能借酒浇愁。其凄苦感伤之情，溢于字里行间。他在《发凉州》一诗中还一再感叹人生艰难、戍途艰苦的情状：

> 出塞方知行路难，冰天雪地倚雕鞍。花前柱奏西凉伎，黑水声中月色寒。②

《行路难》为乐府旧题，鲍照、李白等著名诗人一再歌咏，诗人慨叹行路难，既有戍途的艰难，还有人生的艰难。在冰天雪地之中长途跋涉，心中的忧愤无人能解，即使听到慷慨激昂的西凉音乐，也难解诗人的心中愁闷，听到黑水河的潺潺水声，看到皎洁的凉州月光，只是增加他心中的凄凉孤独之感。其《野宿》亦云：

> 炊烟几缕明，斜日下沟坑。潭黑寒蚊暝，村荒猛虎行。力劳薪煴浊酒，雄剑伴昏檠。夜久霜鸡噪，因风慨远征。③

诗人远戍塞外，颠沛流离，心情也极为抑郁，一切色彩都是灰暗的，一切声音都是烦躁的，一切想法都是悲观的。不知此去经年，何时才能感受到温暖，何日才能重见艳阳。裴景福来到河西之后，看到荒凉的戈壁滩，萧条的村庄，老百姓艰难度日，心中的同情之情油然而生。其《宿山丹》云："远火星星隐戍楼，青松山半月如钩。酒阑听罢釜筷引，羌女当门双泪流。"④远处星星点点的灯火隐藏在戍楼之后，山头一弯新月在松间映照，本来是

---

① ［日］庭野日敬：《法华经新释》，上海古籍出版社2013年版，第68页。
② 裴景福著，杨晓蔼点校：《河海昆仑录》，甘肃人民出版社2002年版，第202页。
③ 裴景福著，杨晓蔼点校：《河海昆仑录》，甘肃人民出版社2002年版，第204—205页。
④ 裴景福著，杨晓蔼点校：《河海昆仑录》，甘肃人民出版社2002年版，第210页。

一幅美丽的山村夜景。可是诗人酒阑饭罢之后，听到如泣如诉的凉州曲，看到边地妇女为了生活依门而泣，心中无限心酸。

在兰州之时，虽然受到朋友们的热情接待，但是裴景福依然难解心中的愤懑，在给同年王晋卿观察赠诗中他还写道：

> 年来噩梦幻沙虫，得失无心问塞翁。挝鼓祢衡天不死，投门张俭路谁穷。龙吟欲纵三山浪，鹏举须乘万里风。餐雪荷戈经瀚海，阳春长忆玉关东。①

葛洪《抱朴子》曾云："周穆王南征，一军尽化。君子为猿鹤，小人为沙虫。"②诗人这里用"沙虫"的典故讽刺了那些翻云覆雨的势利小人，在国势衰微、天下大变的时候，君子和小人必将得到应有的果报。自己虽然含冤远谪，但是"塞翁失马，焉知非福？"，不会将一时的得失荣辱挂在心上。祢衡曾经击鼓骂曹，虽然含冤被杀，究竟天道循环，曹操的后人也不得善终。东汉的张俭为人正直，不畏权贵，最后被朝廷通缉，很多人为了保护张俭而家破人亡，但是他们无怨无悔，可见公道自在人心。③诗人自比祢衡、张俭，可见他对自己政治和忠心的自信。在戍途之中，他希望自己像鲲鹏一样，不畏艰险，扶摇直上，有朝一日还会报效朝廷。虽然餐冰饮雪，也不以为苦。待到春暖花开之时，他还会想起玉门关东的好友。此诗既表现了作者含冤负屈的愤懑，又有战胜困难的豪情壮志，对前途充满了乐观和自信。这和他《发泾州》一诗中"尘土欺人可奈何，帽檐斜欹自高歌"的心境有异曲同工之妙。他在兰州时的日记中还写道："天下最凄清最惨淡之境，处之最有味；最炫耀最快足之境，如自以为有味，则最凄惨、最抑郁之境即肇乎其中。为民牧者更宜加意，盖我所炫耀、快足者，

---

① 裴景福著，杨晓蔼点校：《河海昆仑录》，甘肃人民出版社2002年版，第141—142页。

② （宋）李昉等：《太平御览》第九百一十六卷引《抱朴子》佚文，中华书局1960年版，第742页。

③ 参看范晔《后汉书·党锢列传》，中华书局1965年版，第2210页。

而小民此时已凄惨、抑郁矣，我之最凄惨、抑郁，已播种于此时矣，人苦不觉察耳，偶有所触，书以自警。"①虽然是对老子祸福相倚哲理思想的一种体会，也表现了诗人虽然身为贬官，仍念念不忘百姓的仁者精神。他还给当道者提出了治理天下的一些建议："治天下有三重焉，曰道，曰人，曰法。法与道依人而行，从古如兹，无新旧之界也。维新者必从法始，倘信法而不信道，重法而不重人，浮慕夫新之名无当也。凡造器者，有良匠，始有良模，有良模，始有精器，今欲得精器，不求良匠，安有良模？天下重器也，造器者道也，今不患无匠，特患无造匠之匠与识匠之匠耳。"②可见他的忧国忧民之情。

裴景福作为一个封建社会末期的读书人，忠君爱国的思想占据着他的身心，因此他含冤被谪，虽然对这种处理不满，但还是念念不忘"君恩"。其《过泾川》诗云：

皇恩同覆载，沾洒到微臣。驿骑驰金勒，毡车碾玉尘。弁山青似黛，泾水白于银。为问瑶池姥，桃花几度春？③

诗中表达了作者对朝廷对皇上的那份忠心，期待当朝能再次重用他，"皇恩同覆载，沾洒到微臣"和"桃花几度春"将他的内心世界表现得淋漓尽致。其《驻甘州一日》也说："臣罪真无状，君恩许薄游。断桥支弱水，美酒醉甘州。卧佛悭青眼，劳人易白头。壮怀轻万里，到处足淹留。"④这虽然是他思想的局限，也表现了他忠君报国的志节，我们应当历史地对待。

裴景福来到陇右之后，虽然对贬谪途中的艰难心怀畏惧，但是当他看到陇右的壮丽河山之后，心情也为之激动，一路上留下了许多歌咏陇右山水的佳作。如《六盘山》《二凉山》《过乌梢岭》《嘉峪关》《天山》等，

---

① 裴景福著，杨晓蔼点校：《河海昆仑录》，甘肃人民出版社2002年版，第151页。
② 裴景福著，杨晓蔼点校：《河海昆仑录》，甘肃人民出版社2002年版，第105页。
③ 裴景福著，杨晓蔼点校：《河海昆仑录》，甘肃人民出版社2002年版，第96页。
④ 裴景福著，杨晓蔼点校：《河海昆仑录》，甘肃人民出版社2002年版，第215页。

大多悲凉慷慨，气概不凡。如《六盘山》写道：

> 昆仑一脉西入关，万山东走飞巇岩。双丸出没蔽光景，天梯石栈纷钩联。连环突兀众峰合，截断陇阪胶秦川。益焚禹凿不到处，五丁力尽空长叹。中兴桓桓左侯相，气压乔岳吞神奸。①

六盘山属秦岭山脉，山势峻拔，气势雄伟，历来就有"山高太华三千丈，险居秦关二百重"之誉，也是古丝绸之路东段北道必经之地，与西北的昆仑山遥相呼应，拱卫着陇右的大好河山，为历代兵家屯兵用武的要塞重镇。山上树木葱茏，遮天蔽日，因此作者说"双丸出没蔽光景"。这里道路崎岖，千回百转，甚至只能以栈道相通，真有李白《蜀道难》中所写"天梯石栈相钩联"的景象。作者慨叹大禹治水之时，虽然"烈山焚泽"，凿开了积石、龙门等天险，但是没能凿开六盘山。五丁力士虽然拉倒了蜀山，开辟了蜀道，但是看到六盘山的雄伟，也只能徒叹奈何。作者用了两个神奇的历史传说，进一步突出了六盘山的雄伟壮丽。诗末又赞美了中兴名将左宗棠的丰功伟绩，以及他在陇右的卓越贡献。表现了诗人对陇右山河的热爱以及对爱国英雄的赞美。

裴景福经过车道岭之时，写了《二凉山》一诗，再次赞美了陇右名山的壮丽，也表现了作者心中的悲愤之情。诗中写道："二凉山顶小盘旋，归路方寻太华眠。西望黄河东白日，狂来几欲呼青天。"②作者登高望远，遥望华山，已经遥不可及。他多么渴望像陈抟老祖那样高眠太华，过逍遥自在的隐居生活。可是现在为获罪之身，身不由己，西望黄河，东望太阳，盼望皇帝为他昭雪，洗刷罪名。可是呼天不应，叫地不灵，心中无限凄凉。其《过乌梢岭》又写道："过尽秦关望汉关，西天未到发毛斑。金丹炉火无真诀，冰雪长封铁柜山。"③诗中对戍途的遥远、戈壁的酷寒有着细致

---

① 裴景福著，杨晓蔼点校：《河海昆仑录》，甘肃人民出版社2002年版，第99页。
② 裴景福著，杨晓蔼点校：《河海昆仑录》，甘肃人民出版社2002年版，第109页。
③ 裴景福著，杨晓蔼点校：《河海昆仑录》，甘肃人民出版社2002年版，第199页。

的体会。苍凉悲壮，催人泪下。

裴景福在肃州之时，曾经夜半起视，缺月孤悬，积雪在地，鸡犬寂然，一片小戈壁也，其《肃州城外晚步》曾写道：

> 绕郭昆仑玉作屏，涌泉买醉不须醒。黄沙白草边城暮，一树垂杨带雪青。天上将军下玉关，坚城百战几人还。鸲鹆夜夜啼荒月，白骨春芜血尚殷。①

酒泉盛产昆仑玉，可做夜光杯，又有泉水甘冽如酒，故名"酒泉"。诗人远戍塞外，希望借酒浇愁，"但愿长醉不愿醒"。他放眼望去，这里到处是黄沙、白草、野鹤、荒月，冰冷冷、凄惨惨的境况扑面而来，字里行间流淌出的还是裴景福壮志未酬的悲伤，蒙受冤情如同带雪的垂杨。裴景福抚今追昔，遥想当年戍守边塞的将军，他们一出玉门关，古来征战有几人能回呢？诗人前途未卜，心中也无限悲凉。他在《嘉峪关》诗中还写道："太华终南翠作屏，黄沙黑水万重经。春风杨柳三千里，一出长城不肯青。"②左宗棠入疆之时，曾经在陇右沿途广植杨柳，人称"左公柳"，时人有诗云："新栽杨柳三千里，引得春风度玉关。"可是裴景福所到之处，黄沙遍地，草木凋零，连杨柳出关以后都不肯青，可见前途的凶险和艰难。

裴景福来到天山脚下之后，看到这里山路崎岖，高低曲折，夹道山多碎石，到处是乱山沙滩，杳无人烟。他仰望天山，诗情涌动，写下了《天山》一诗：

> 呼吸苍穹逼斗躔，昆仑气脉得来先。春风难扫千年雪，秋月能开万岭烟。西域威灵蟠两部，北都枝干络三边。会当绝顶观初日，五岳中原小眼看。③

---

① 裴景福著，杨晓蔼点校：《河海昆仑录》，甘肃人民出版社2002年版，第225页。
② 裴景福著，杨晓蔼点校：《河海昆仑录》，甘肃人民出版社2002年版，第231页。
③ 裴景福著，杨晓蔼点校：《河海昆仑录》，甘肃人民出版社2002年版，第281页。

天山高过云端，直刺苍穹，集中了昆仑山的气概。即使春天来到，也难以融化千年积雪，秋月高悬之时，千山万岭云雾缭绕，恍如人间仙境。这个地方是河西通往西域的交通要道，历来为中原王朝通西域的必争之地。诗中不但描写了天山的雄伟壮丽，并表示有朝一日要登上天山，观看美丽的日出景象，那时候中原的五岳也不值一提。诗人在艰难险阻中，还有永不磨灭的豪情壮志。

裴景福为人真诚，虽在贬谪之途，依然得到了好友的热情接待，"士穷而节义见"，这让他对友人分外感激。在兰州的时候，好友杨培教、常冠山、李芬三、张海秋、潘伯庸、谈梦九、王树枏对他分外照顾，热情款待。他也过了几天诗酒留恋的快乐时光，留下了很多佳作。其《过兰州柬王晋卿同年观察》写道：

旷代卿云著作身，曾闻挚老道津津。鸿文纵笔调天马，龙战技温续鲁麟。清节阳城能励俗，和风陇阪自生春。障川独立湘乡叟，心折而今有替人。①

《史记·天官书》云："若烟非烟，若云非云，郁郁纷纷，萧索轮囷，是谓卿云。卿云，喜气也。"②汉代辞赋家司马相如（字长卿）、扬雄（字子云）的并称为"卿云"。这里一语双关，既赞美了友人们的知识渊博和才华出众，又表现了朋友聚会之时的热闹快乐。诗中还进一步歌颂了王树枏在陇右的丰功伟绩，表现了诗人对友人的感激和赞美之情，也流露出自己忠心报国却遭此厄运的愤懑。

离别之际，裴景福还一再题诗告别友人，表现了对友人的感激和恋恋不舍之情。其《发兰州别张海秋（君本寿人而家于霍）》云：

---

① 裴景福著，杨晓蔼点校：《河海昆仑录》，甘肃人民出版社2002年版，第141页。
② 司马迁：《史记》，中华书局1959年版，第1339页。

> 丰胡一曲明镜光，八公岗翠郁清凉。小山丛桂久零落，荒径孤松史老苍。观鱼自别清濠月，立马忽踏长城雪。手折陇梅遇故人，眼穿塞榆悲逐客。
>
> 春风吹度玉关西，谁睹黄河远上词。雪消我过牧羊碛，春尽君归留犊池。思乡莫忆柳庄柳，销愁且醉酒泉酒。君家凿空开西天，惯引星搓泛牛斗。①

诗中既有作者对友人、对兰州的依依惜别之情，也表达了他对未来征程上孤单苦闷的无奈。谁能又一起吟诗作赋，谁又陪他对酒当歌？只有长城的积雪和玉门关清零零的相伴。出玉门关之时，裴景福遇到了李与铭，他们一见如故，而且都要去西域，这让裴景福分外高兴，写下了《偕李与铭军门出关》云：

> 万里赴戎装，西风日夜凉。边城秋草绿，砂碛暮云黄。马角生长道，龙旗下大荒。葡萄沉醉后，宝剑吐光芒。②

人常说"西出阳关无故人"，裴景福看到日夜劲吹的西风，昏暗无光的暮云，龙旗下一眼望不到头的戈壁，灰暗的基调，使人倍觉悲痛。诗人借酒浇愁，强作欢颜，却使人感觉"故作豪饮之词，然悲感已极"，折射出来的只是低沉、悲凉、感伤、郁闷等心绪。身为"囚犯"重罪的裴景福笔下，丝绸之路上巍峨的群山，无垠的荒原，茫茫的戈壁，萧索的大漠，既是诗意的，又是荒凉的，既是博大的，又是贫瘠的。

裴景福远戍塞外，与亲人万里相隔，一路上他无时无刻不在牵挂和关心家人。其《宿朱家井》写道："百年真逆旅，万里问行程。白发闾门望，黄河日夜志。陇云低远戍，关月伴孤征。支枕吹灯后，天涯梦不成。"③

---

① 裴景福著，杨晓霭点校：《河海昆仑录》，甘肃人民出版社2002年版，第190页。
② 裴景福著，杨晓霭点校：《河海昆仑录》，甘肃人民出版社2002年版，第261页。
③ 裴景福著，杨晓霭点校：《河海昆仑录》，甘肃人民出版社2002年版，第191页。

诗人在万里之外，想象白发苍苍的老父倚门相望，盼望他早点归乡，可是自己行走在荒凉艰难的戍途上，只能在梦中与家人团聚，甚至旅途的艰险，好梦都做不成，可见其心中的悲凉凄苦。裴景福对兄弟也至为关心，除了在家信中教导他们忠心为国，读书力学之外，还在诗中一再抒发他的手足之情、鹡鸰之思。其《自兰州出关寄仲弟八首》二首云：

> 陇头春色照江波，欲寄梅花奈远何！绣縠观灯过元夜，冰丝压帽渡黄河。数奇老将封侯少，命薄佳人出塞多。回首马衔山翠好，一尊浊酒动高歌。
>
> 苏武山高日色阴，穷边风物昼沉沉。孤根未识苍天意，远谪初非圣主心。宛马春回思首蓿，河鱼书到盼林擒。最难白发闾门望，两字平安万多笏金。①

陇头春来之时，诗人更加思念家乡亲人，欲寄梅花报平安，可是山高水长，怎能到达？自己虽然在兰州也观赏了花灯，但是孤苦伶仃，不能和家人团聚，让他倍觉孤单凄凉。自己贬谪塞外，并不是自己的罪过，只是时运不济，命途多舛，想想当年的李广难封，昭君远嫁，人生失意太多，也就心中释然。只好纵酒高歌，自我勉励。虽然自己远戍塞外，他也不敢对皇帝有任何怨望，只是盼望有朝一日苍天开眼，自己沉冤得雪，回家和亲人团聚。最后还是放心不下白发老父，希望弟弟多来信报平安。此诗凄凉中有慷慨，失望中寓希望，尤其是对家人的深挚感情，读之让人心酸。

裴景福是历史中无数深受几千年封建儒家程朱理学思想桎梏的知识分子中的一个，虽不可能像他那个时代的有些先驱者，去为国家、民族的前途呼吁和抗争，能够走在时代的前列，但他学问渊博，著述丰厚，能够在艰难的环境中磨炼意志，关心国家和民族的命运，也是他那个时代的佼佼者。

---

① 裴景福著，杨晓霭点校：《河海昆仑录》，甘肃人民出版社2002年版，第196、198页。

参考文献

史志、年谱类

[1] 赵尔巽等:《清史稿》,中华书局1977年版。

[2] 王钟翰点校:《清史列传》,中华书局1987年版。

[3]《清实录》,中华书局1985年版。

[4] 蔡冠洛:《清代七百名人传》,中国书店1984年版。

[5] 钱仪吉:《碑传集》,中华书局1993年版。

[6] 江藩:《国朝汉学师承记》,中华书局1983年版。

[7] 叶衍兰、叶恭绰:《清代学者像传》,上海古籍出版社1989年版。

[8] 徐珂:《清稗类钞》,中华书局1986年版。

[9] 李桓:《国朝耆献类征》,广陵书社2007年版。

[10] 李元度:《国朝先正事略》,岳麓书社1991年版。

[11] 黄宗羲:《明儒学案》,中华书局1985年版。

[12] 徐世昌:《清儒学案》,中华书局2008年版。

[13] 钱仪吉等:《清代碑传全集》,上海古籍出版社1987年版。

[14] 钱林:《文献征存录》,台北文海出版社1986年版。

[15] 萧一山:《清代通史》,华东师范大学出版社2006年版。

[16]《清代人物传稿》,中华书局1984—2001年版。

[17] 顾祖禹:《读史方舆纪要》,中华书局2005年版。

[18] 齐思和等:《筹办夷务始末》(道光朝),中华书局1964年版。

［19］齐思和等：《鸦片战争》Ⅲ，中国近代史资料丛刊，神州国光社1954年版。

［20］法式善：《槐庭载笔》，台湾文海出版社1986年版。

［21］法式善：《清秘述闻三种》，中华书局1982年版。

［22］金埴：《不下带编、巾箱说》，中华书局1982年版。

［23］李斗：《扬州画舫录》，中华书局2001年版。

［24］李集、李富孙：《鹤征录、后录》，《四库未收书目辑刊》，北京出版社2000年版。

［25］秦瀛：《己未词科录》，《续修四库全书》，上海古籍出版社1995年版。

［26］梁章钜：《枢垣纪略》，中华书局1984年版。

［27］易宗夔：《新世说》，上海古籍书店1982年版。

［28］张仲圻等：《湖北通志》，民国十年（1921）刊本。

［29］沈瑜庆等：《福建通志》，民国刊本。

［30］许容等：《甘肃通志》，台北文海出版社1966年版。

［31］升允：《甘肃新通志》，《中国西北文献丛书》本，兰州古籍书店1990年影印版。

［32］慕寿祺：《甘宁青史略正编》，民国二十六年（1937）铅印本。

［33］《天水市志》，方志出版社2004年版。

［34］陈士桢、涂鸿仪等：《兰州府志》，清道光十三年（1833）刊本。

［35］李兆霖等：《滋阳县志》，清光绪十四年（1888）刻本。

［36］张国常：《皋兰县志》，清光绪十八年（1892）刻本。

［37］严长宦：《秦安县志》，清光绪十八年（1892）刻本。

［38］呼延华国等：《狄道州志》，乾隆二十四年（1759）刻本。

［39］《永登县志》，永登县地方史志编撰委员会编，甘肃人民出版社1997年版。

［40］周铣：《伏羌县志》，清乾隆三十五年（1770）刻本。

［41］王权、任其昌：《重纂秦州直隶州新志》，光绪十五年（1889）陇南书院刻本。

［41］华希闵：《无锡县志》，凤凰出版社2011年版。

［42］阿桂：《兰州纪略》，宁夏人民出版社1988年版。

［43］费廷珍等：《直隶秦州新志》，乾隆二十九年（1764）刊本。

［44］张维镶：《清代毗陵名人小传稿》，台北文海出版社1982年版。

［45］《兰州文史资料选辑》（第12辑），兰州大学出版社1992年版。

［46］《天水文史资料》（第2辑），兰州大学出版社1996年版。

［47］苏文：《晚清民国人物另类档案》，中华书局2006年版。

［48］赵国璋：《江苏艺文志》，江苏人民出版社1994年版。

［49］李圣华：《方文年谱》，人民文学出版社2007年版。

［50］汪超宏：《宋琬年谱》，人民文学出版社2010年版。

［51］杨芳灿编、余一鳌补编：《杨蓉裳先生年谱》，南京图书馆藏清光绪五年（1889）卢绍绪刻本。

［52］蒋致中：《牛空山年谱》，何炳松主编《中国史学丛书》，商务印书馆1933年版。

［53］贺治起、吴庆荣：《纪晓岚年谱》，书目文献出版社1993年版。

［54］祁韵士：《鹤皋年谱》，北京图书馆出版社1999年版。

［55］李豫：《董砚樵先生年谱长编》，北京图书馆出版社1997年版。

［56］来新夏：《林则徐年谱长编》，上海交通大学出版社2011年版。

［57］杨廷福：《谭嗣同年谱》，人民出版社1957年版。

别集、总集类

［1］阎尔梅：《白耷山人诗文集》，清康熙刻本。

［2］查嗣琪：《查浦詩钞》，清刻本。

［3］查慎行：《敬业堂诗集》，清嘉庆刻本。

［4］蒋熏：《留素堂诗删》，清康熙刻本。

［5］单锦珩编：《李渔全集》，浙江古籍出版社1991年版。

［6］李楷著、李元春选：《河滨诗选》，陕西图书馆藏清嘉庆刻本。

［7］孙枝蔚：《溉堂集》，上海古籍出版社1979年版。

［8］李念慈：《谷口山房诗集》，国家图书馆藏康熙二十八年（1689）杨素蕴刻本。

［9］宋琬：《安雅堂全集》，齐鲁书社2003年版。

［10］杨焄点校：《毕沅诗集》，人民文学出版社2014年版。

［11］刘奕点校：《王文治诗文集》，人民文学出版社2014年版。

［12］牛运震：《空山堂诗文集》，南京图书馆藏清嘉庆六年（1801）校本。

［13］阎介年：《九宫山人诗钞》，《清代诗文集汇编》，上海古籍出版社2010年版。

［14］姚颐：《雨春轩诗草》，《清代诗文集汇编》，上海古籍出版社2010年版。

［15］王曾翼：《居易堂诗集》，《续修四库全书》，上海古籍出版社2002年版。

［16］纪昀：《纪晓岚诗文集》，江苏广陵古籍刻印社1997年版。

［17］纪昀：《阅微草堂笔记》，中华书局2013年版。

［18］杨绪容等：《杨芳灿集》，人民文学出版社2014年版。

［19］杨芳灿：《芙蓉山馆师友尺牍》，光绪十三年（1887）刻本。

［20］邵葆醇：《韡华吟舫诗钞》，清乾隆刻本。

［21］杨揆：《桐花吟馆诗集》，嘉庆十二年（1807）刻本。

［22］吴镇：《松花庵全集》，宣统二年（1910）重刻本。

［23］韦佩金：《经遗堂全集》，道光二十一年（1841）刻本。

［24］陈文述：《颐道堂诗选》，《续修四库全书》，上海古籍出版社2002年版。

［25］杨鸾：《邈云楼诗集》，《四库未收书辑刊》，北京出版社2000年版。

［26］刘德权点校：《洪亮吉集》，中华书局2001年版。

［27］周京：《无悔斋集》，《四库存目丛书》，齐鲁书社1997年版。

［28］祁韵士：《西陲竹枝词》，嘉庆十六年（1811）刻本。

［29］李銮宣著，刘泽、孙育华等点校：《坚白石斋诗集》，山西人民出版社1991年版。

［30］张祥河：《小重山房诗词全集》，《清代诗文集汇编》，上海古籍出版社2012年版。

［31］董文涣著，李豫、李雪梅等点校：《砚樵山房诗稿》，山西古籍出版社2007年版。

［32］《林则徐全集》，海峡文艺出版社2002年版。

［33］邓廷桢：《双砚斋诗钞》，清末刻本。

［34］蔡尚思编：《谭嗣同全集》，中华书局1981年版。

［35］张荫桓：《铁画楼诗续钞》，《清代诗文集汇编》，上海古籍出版社2012年版。

［36］张荫桓著，孔繁文、任青整理：《张荫桓集》，中华书局2012年版。

［37］叶昌炽著，刘效礼点校：《叶昌炽诗集》，华东师范大学出版社2012年版。

［38］俞明震著、马亚中点校：《觚庵诗存》，上海古籍出版社2008年版。

［39］宋伯鲁：《西辕琐记》，新疆官报书局1907年版。

［40］宋伯鲁：《海棠仙馆诗集》，甘肃省图书馆藏本。

［41］《施补华集》，浙江古籍出版社2018年版。

［42］裴景福著，杨晓霭点校：《河海昆仑录》，甘肃人民出版社2002年版。

［43］王树楠：《陶庐诗续集》，《中国西北文献丛书》，兰州古籍书店1990年版。

［44］卓尔堪：《明遗民诗》，中华书局1961年版。

［45］朱彝尊：《明诗综》，中华书局2007年版。

［46］魏宪：《百名家诗选》，《续修四库全书》，上海古籍出版社2002年版。

［47］王昶：《湖海诗传》，《续修四库全书》，上海古籍出版社2002年版。

［48］李苞：《洮阳诗集》，清嘉庆刊本。

［49］毕沅：《吴会英才集》，清乾隆刊本。

［50］刘绍攽：《二南遗音》，《四库存目丛书》，齐鲁书社1997年版。

［51］沈德潜：《清诗别裁集》，中华书局1975年版。

［52］阮元：《两浙輏轩录》，清嘉庆刻本。

［53］陶梁：《国朝畿辅诗传》，清道光十九年（1839）红豆树馆刻本。

［54］张维屏：《国朝诗人征略》，中山大学出版社2004年版。

［55］徐世昌：《晚晴簃诗汇》，中华书局1990年版。

［56］徐世昌撰，傅卜棠编校：《晚晴簃诗话》，华东师大出版社2009年版。

［57］沈粹芬等：《清文汇》，北京出版社1996年版。

［58］张应昌：《清诗铎》，中华书局1960年版。

［59］陈衍：《近代诗钞》，商务印书馆1923年版。

著述类

［1］梁启超：《清代学术概论》，上海古籍出版社1998年版。

［2］梁启超：《中国近三百年学术史》，天津古籍出版社2003年版。

［3］钱穆：《中国近三百年学术史》，中华书局1986年版。

［4］李泽厚：《中国近代思想史论》，人民出版社1979年版。

［5］尚小明：《学人游幕与清代学术》，社会科学文献出版社1999年版。

［6］史革新：《清代理学史》，广东教育出版社2007年版。

［7］唐鉴：《国朝学案小识》，商务印书馆1935年版。

［8］何龄修：《五库斋清史丛稿》，《学苑出版社》2004年版。

［9］谢国桢：《明末清初的学风》，上海书店出版社2006年版。

［10］赵园：《明清之际士大夫研究》，北京大学出版社1999年版。

［11］张舜徽：《清代扬州学记》，广陵书社2004年版。

［12］何宗美：《明末清初文人结社研究续编》，中华书局2006年版。

［13］刘墨：《乾嘉学术十论》，生活·读书·新知三联书店2006年版。

［14］陈祖武：《清儒学术拾零》，湖南人民出版社1999年版。

［15］马积高：《清代学术思想的变迁与文学》，湖南人民出版社2002年版。

［16］莫志斌：《湖湘文化与近代中国》，中华书局2006年版。

［17］胡大浚：《陇右文化丛谈》，甘肃教育出版社1998年版。

［18］李子伟、张兵：《陇右文化》，辽宁教育出版社1998年版。

［19］聂大受：《陇右文学概论》，兰州大学出版社2007年版。

［20］钱钟书：《旧文四篇》，上海古籍出版社1979年版。

［21］钱钟书：《谈艺录》，中华书局1984年版。

［22］邬国平等：《清代文学批评史》，上海古籍出版社1995年版。

［23］严迪昌：《清诗史》，江苏古籍出版社1998年版。

［24］严迪昌：《清词史》，江苏古籍出版社1999年版。

［25］张健：《清代诗学》，北京大学出版社1999年版。

［26］朱则杰：《清诗史》，江苏古籍出版社2000年版。

［27］罗时进：《地域·家族·文学》，上海古籍出版社2010年版。

［28］刘世南：《清诗流派史》，人民文学出版社2004年版。

［29］蒋寅：《清诗话考》，中华书局2005年版。

［30］谢正光：《清初人选清初诗汇考》，南京大学出版社1998年版。

［31］谢正光：《清初诗文与士人交游考》，南京大学出版社2001年版。

［32］星汉：《清代西域诗研究》，上海古籍出版社2009年版。

［33］王秉钧等：《历代咏陇诗选》，甘肃人民出版社1981年版。

［34］薛宗正：《历代西陲边塞诗研究》，敦煌文艺出版社1993年版。

［35］王尚寿、王向晖：《丝绸之路诗选注》，甘肃文化出版社2010年版。

［36］陈维昭：《带血的挽歌——清代文人心态史》，河北教育出版社2001年版。

［37］张舜徽：《清人文集别录》，中华书局1963年版。

［38］邓之诚：《清诗纪事初编》，上海古籍出版社1984年版。

［39］钱仲联：《清诗纪事》，江苏古籍出版社1987年版。

［40］钱仲联：《中国文学家大辞典》（清代卷），中华书局1996年版。

［41］柯愈春：《清人诗文集总目提要》，北京古籍出版社2002年版。

［42］李灵年、杨忠：《清人别集总目》，安徽教育出版社2000年版。

［43］张寅彭：《新订清人诗学书目》，上海古籍出版社2003年版。

［44］陈金陵：《洪亮吉评传》，中国人民大学出版社1995年版。

［45］邓潭洲：《谭嗣同传论》，上海人民出版社1981年版。

诗文评类

［1］永瑢等：《钦定四库全书总目》，上海古籍出版社1997年版。

［2］朱彝尊：《静志居诗话》，人民文学出版社1990年版。

［3］赵执信等：《谈龙录·石洲诗话》，人民文学出版社1981年版。

［4］袁枚：《随园诗话》，人民文学出版社1998年版。

［5］赵翼：《瓯北诗话》，人民文学出版社1963年版。

［6］洪亮吉：《北江诗话》，人民文学出版社1983年版。

［7］郑方坤：《国朝名家诗钞小传》，光绪十二年（1886）刻本。

［8］叶燮：《原诗》，人民文学出版社1979年版。

［9］法式善著，张寅彭点校：《梧门诗话合校》，凤凰出版社2005年版。

［10］何文焕：《历代诗话》，中华书局1981年版。

［11］丁福保：《历代诗话续编》，中华书局1983年版。

［12］刘熙载：《艺概》，上海古籍出版社1978年版。

［13］杨钟羲：《雪桥诗话》，北京古籍出版社1991年版。

［14］王夫之等：《清诗话》，中华书局1963年版。

［15］郭绍虞编选：《清诗话续编》，上海古籍出版社1983年版。

［16］吴仰贤：《小匏庵诗话》，《续修四库全书》，上海古籍出版社2002年版。

［17］王培荀：《听雨楼随笔》，《续修四库全书》，上海古籍出版社2002年版。

［18］张寅彭：《民国诗话丛编》，上海书店出版社2002年版。

［19］张寅彭：《清诗话三编》，上海古籍出版社2014年版。

论文

［1］王平：《王文治研究——兼及京江诗派与乾嘉诗坛》，苏州大学2006年博士论文。

［2］陈宇舟：《清初诗人宋琬研究》，苏州大学2004年硕士论文。

［3］邱林山：《洪亮吉诗歌研究》，西北师范大学2007年硕士论文。

［4］井东燕：《牛运震传略》，兰州大学2007年硕士论文。

［5］曾贤兆：《谭嗣同诗文研究》，西北师范大学2008年硕士论文。

［6］李文静：《清初遗民诗人阎尔梅研究》，苏州大学2008年硕士论文。

［7］李纬：《邓廷桢诗词研究》，暨南大学2010年硕士论文。

［8］许怀敬：《许承尧诗歌研究》，苏州大学2011年硕士论文。

［9］杨娟：《林则徐遣戍新疆的心路历程与诗文创作研究》，陕西师范大学2011年硕士论文。

［10］王静：《祁寯藻及其诗歌研究》，湖南大学2013年硕士论文。

［11］杜运威：《杨芳灿及其诗词研究》，宁夏大学2014年硕士论文。

［12］谭湘：《俞明震在台湾和在甘肃》，《鲁迅研究月刊》1990年第4期。

［13］李家训：《裴景福及其〈河海昆仑录〉》，《安徽史学》1991年第3期。

［14］张琴：《祁韵士与〈西陲竹枝词一百首〉》，《山西师范大学学报》（哲学社会科学版）1996年第6期。

［15］张兵：《阎尔梅诗论》，《甘肃高师学报》1999年第6期。

［16］陈冠英、刘雁翔：《清风良吏 桂冠诗人——宋琬生平事迹考述》，《天水行政学院学报》2000年第4期。

［17］赵杏根：《论清代无锡诗人杨芳灿》，《无锡轻工大学学报》（社会科学版）2001年第2期。

［18］时志明：《谭嗣同和他的山水诗》，《苏州大学学报》2003年第2期。

［19］王英志：《林则徐西部山水诗论略》，《江苏社会科学》2004年第5期。

［20］顾浙秦：《杨揆和他的〈桐华吟馆卫藏诗稿〉》，《西藏大学学报》（汉文版）2005年第2期。

［21］刘靖远：《西域美丽风情的热情赞歌——论宋伯鲁西域诗的爱国情怀》，《新疆教育学院学报》2007年第2期。

［22］朱瑜章：《李渔河西之行及其诗作考释》，《西北师大学报》（社会科学版）2007年第3期。

［23］马大勇：《"摧折惊魂断，哀歌带血腥"：论宋琬的"怨怒"诗心》，《西北师大学报》（社会科学版）2007年第5期。

［24］贾莹、张兵：《宋琬的诗学思想及诗歌创作倾向探析》，《陇东学院学报》2008年第1期。

［25］付永正、杨齐：《清代康熙朝许珌宦寓陇中事略述评——兼论〈许铁堂诗稿〉的史料价值》，《甘肃高师学报》2009年第3期。

［26］宋彩凤：《王曾翼的〈回疆杂咏〉与南北文化融合》，《甘肃联合大学学报》（社会科学版）2010年第5期。

［27］杨丽：《论施补华西域诗的历史文化价值》，《西域研究》2011年第2期。

［28］宋彩凤、朱秀敏：《王曾翼西部行旅诗论略》，《名作欣赏》2011年第6期。

［29］杨丽、唐彦临：《评邓廷祯的西域诗》，《名作欣赏》2013年第5期。

［30］路海洋、魏雪艳：《洪亮吉西域遣戍诗探论》，《常州工学院学报》（社会科学版）2014年第3期。

［31］胡迎建：《祁寯藻山水诗的艺术特征》，《厦门广播电视大学学报》2015年第2期。

［32］蒋寅：《洪亮吉的诗学观念与本朝诗歌批评》，《文学遗产》2015年第3期。

［33］吴永萍：《俞明震在甘肃的文化活动与诗歌创作》，《西北师大学报》（社会科学版）2015年第5期。

［34］王佳：《清代无锡诗人杨揆的陇右行旅及诗歌创作》，《兰州文理学院学报》（社会科学版）2015年第5期。

［35］华鑫文：《毕沅旅陇心态与诗歌创作》，《丝绸之路》2015年第6期。

［36］邢锐：《清代诗人杨芳灿陇右交游及其诗歌创作》，《兰州文理学院学报》（社会科学版）2016年第1期。

［37］杨向奎、党文静：《李銮宣谪戍新疆与其诗风转变》，《石河子大学学报》（哲学社会科学版）2016年第2期。

附　　录

清代旅陇诗人著作及其旅陇时间

旅陇诗人	著作	旅陇时间
李念慈	谷口山房诗集	顺治五年（1648）
宋琬	安雅堂全集	顺治十一年（1654）—顺治十四年（1657）
阎尔梅	白耷山人集	顺治十二年（1655）
蒋熏	留素堂诗删	康熙二年（1663）—康熙十一年（1672）
许珌	铁堂诗草	康熙四年（1665）
李楷	河滨诗选	康熙四年（1665）
李渔	李渔全集	康熙六年（1667）
梁份	怀葛堂文集、西行纪略、西陲今略	康熙二十一年（1682）—康熙二十六年（1687）；康熙三十三年（1694）；康熙四十八年
查嗣瑮	查浦诗钞	康熙三十六年（1697）
王文治	梦楼诗集	康熙五十四年（1715）
周京	无悔斋诗集	雍正五年（1727）；雍正六年（1728）；雍正十三年（1735）—乾隆元年（1736）
唐仲冕	陶山诗录	乾隆三年（1738）
牛运震	空山堂诗文集	乾隆六年（1741）
成书	多岁堂诗集	乾隆十年（1745）
阎介年	九宫山人诗选	乾隆十一年（1746）
杨鸾	邈云楼诗集	乾隆二十六年（1761）
毕沅	灵岩山馆诗集	乾隆三十三年（1768）—乾隆三十五年（1770）

续表

旅陇诗人	著作	旅陇时间
纪昀	纪文达公遗集、阅微草堂笔记	乾隆三十三年（1768）
顾光旭	响泉集	乾隆三十三年（1768）—乾隆三十八年（1773）
王曾翼	居易堂诗集	乾隆四十五年（1780）—乾隆五十九年（1794）
杨芳灿	芙蓉山馆全集	乾隆四十五年（1780）—嘉庆四年（1799）
姚颐	雨春轩诗草	乾隆五十二年（1787）
杨揆	桐花吟馆诗集	乾隆五十二年（1787）；乾隆五十三年（1788）；乾隆五十六年（1791）—乾隆五十八年（1793）
邵葆醇	鞾华吟舫诗钞	乾隆五十六年（1791）
洪亮吉	卷施阁诗文集、更生斋诗文集、天山客话、遣戍伊犁日记	嘉庆四年（1799）—嘉庆五年（1800）
祁韵士	西陲竹枝词、伊犁总统事略、西域释地、万里行程记	嘉庆十年（1805）
祁寯藻	馎饦亭集	嘉庆十七年（1812）；道光二十九年（1849）
童槐	今白华堂诗录	嘉庆十九年（1814）
邓廷桢	双砚斋诗集	道光二十一年（1841）—道光二十五年（1845）
林则徐	云左山房诗集、林则徐日记	道光二十二年（1842）—道光二十六年（1846）
锡缜	退复轩诗	道光二十一年（1841）—同治元年（1862）
斌良	抱冲斋诗集	道光二十六年（1846）
董平章	秦川焚余草	咸丰元年（1851）—咸丰三年（1853）
施补华	泽雅堂文集	同治六年（1867）—光绪十一年（1885）
谭嗣同	谭嗣同全集	光绪四年（1878）—光绪十五年（1889）
张荫桓	铁画楼诗文集	光绪二十四年（1898）
叶昌炽	奇觚庼诗集	光绪二十八年（1902）
裴景福	睫闇诗钞、河海昆仑录	光绪三十一年（1905）
宋伯鲁	海棠仙馆诗集、西辕琐记	光绪三十二年（1906）
俞明震	觚庵集	宣统二年（1910）

后　记

　　中国是一个幅员辽阔、地形复杂的多民族国家，各地由于地理环境不同，文化传统也多有差异，形成了特色各异的地方文化和地域文学。《诗经》作为中国最早的诗歌总集，其十五国风中隐藏着潜在的地理意识，展现了各地不同的风土人情和政治得失。《楚辞》崛起于长江流域，楚语、楚声、楚地、楚物充盈其中。六朝时期，《世说新语》《颜氏家训》等曾指出了南北语音、学风、民俗的差异。《汉书·地理志》《隋书·经籍志》均明确阐述经典文学的地理因素和南北区域文学的特征。清初顾炎武、傅山、潘耒也曾注意到南北学风和文风的不同，至王鸣盛的《蛾术编》、梁启超的《中国地理大势论》、刘师培的《南北文学不同论》、王国维的《屈子文学之精神》、汪辟疆的《近代诗派与地域》等，都对这一命题进行了不同程度的阐释和新的拓展，加深了学界对于南北文化和文学特征的认识。

　　中国历史上虽然有南北文学不同的客观存在，但是随着各地文化的进一步交流融合，也出现了南北兼容的文化和文学现象。王国维《屈子文学之精神》即明确指出屈原取得的辉煌成就恰恰就在于他能够"通南北之驿骑"，具有兼容并包的多元文化特征。随着秦汉大一统王朝的出现，南北文化进一步交流融合，出现了司马相如、东方朔、扬雄等著名汉赋作家。六朝时期虽然南北王朝纷立，战乱不断，南北文化的差异性更加明显，但是由南入北的著名诗人庾信却能兼南北之长，取得了卓越的成就，正如杜甫所言："庾信文章老更成，凌云健笔意纵横。"唐宋时期，随着诗人立功边疆和漫游天下，南北文化的交流更加频繁，形成了著名的边塞诗派。

唐宋时期不少诗人被贬谪南方也促进了南方文学的发展,这些诗人在南北文学交流中取得了卓越的成就,"挥毫当得江山助"的创作理念也更加深入人心。

明清时期的诗坛流派纷呈、门户林立,文学流派和群体的地域因素进一步凸显,引发了文学批评对诗歌风土特征的进一步关注。在明清诗坛地域流派不断涌现的同时,南北诗人的交流也更加密切。许多诗人通过仕宦、漫游、从军、出使、流放等形式游历了祖国大江南北,甚至远至岭南、河朔、辽东、陇右、西域、西藏等地,加深了各地文学流派与群体的互相了解,也促进了南北文化和文学的交流融合。由此涌现出了大量反映各地民情风俗的风土诗歌,对于了解明清时期的社会状况、历史文化、地理物产等都具有重要的认识价值。

西北师范大学的中国语言文学学科历来就有重视本土文学与文化研究的传统。20世纪80年代以来,李鼎文先生倾力于陇右作家和敦煌文学研究,匡扶先生领衔主编《甘肃历代诗文词曲鉴赏辞典》。学科带头人赵逵夫先生一直致力于陇右文献和文化的研究,成果丰硕,并引领和指导着本学科的发展。笔者自20世纪90年代以来,不断以文化学视角关注和研究清代文学,对陇右文化和明清时期的旅陇作家也极为重视,曾经出版过《陇右文化》一书,发表了《前度别皋兰 驱车今又还——戊戌烈士谭嗣同在甘肃》《解缙被贬河州及其河州诗创作》《清代新疆竹枝词的认识价值与艺术特征》《王大枢〈西征纪程〉中的山水胜景与市井风俗》《丝绸之路西行文献的研究范围与认识价值》《华夏文明资源与甘肃地域文化特征》《陇右文化特征与陇右民族精神》等论文,这几年又和朋友们一起主编了《中国西行文献丛书》《陇右稿抄本文献丛书》等大型文献丛书。西北师大元明清文学方向的历届研究生也都对陇右文学和文化怀有浓厚的兴趣,或与老师们一起讨论陇右文学和文化,或以陇右文学和文化为选题范围撰写学位论文,冉耀斌、王小恒、吴永萍、杨泽琴、张毓洲、侯冬、邱林山、曾贤兆等也都撰写和发表了一些相关文章。尤其是冉耀斌,不仅以《吴镇诗词研究》《清代三秦诗人群体研究》为题完成了硕士和博士学位论文,出版了《寓陇诗人的悲喜记忆》《清初关中诗人群体研究》等专著，而且在西北师大中国语言文学博士后流动站完成了题为《清代外省籍著名旅陇诗人研究》的出站报告。所有这些工作，都是对陇右文学和文化的系统梳理和深入思考，而"明代旅陇诗人研究"和"清代旅陇诗人研究"是我们集中思考和研究的两个题目。经过多年的准备，清代旅陇诗人的研究已初具规模，现在整理出版，求正于方家。

本书总体构思由张兵提出，各章节撰写情况为：《绪论》及第一章之第一、三节、第二章之第一、四节、第四章之第一节由张兵撰写；第一章之第二节及第二章之第三、五节、第三章之第一、二、四节、第四章之第二节由冉耀斌撰写；第二章之第二节由朱瑜章撰写；第三章之第三节由王小恒撰写；第三章之第五节由王佳撰写；第三章之第六节由邢锐撰写；第三章之第七节由邱林山撰写；第四章之第三节由刘夏清撰写；第四章之第四节由曾贤兆撰写；第四章之第五节由吴永萍撰写；第四章之第六节由杨泽琴撰写；第四章之第七节由李晓瑛撰写。感谢各位作者的辛勤付出。另外，本书的出版，得到了西北师范大学文学院和古籍整理研究所的大力支持和帮助，在此谨致真诚的谢意！也感谢中国社会科学出版社编辑张潜博士为本书出版付出的辛勤劳动。

张兵
2019 年 4 月 26 日于兰州